JN060502

William Atkins

ウィリアム・アトキンズ

山田文
［訳］

EXILES

帝国の追放者たち

三つの流刑地をゆく

Three Island Journeys

柏書房

帝国の追放者たち

三つの流刑地をゆく

EXILES

Three Island Journeys

by William Atkins

キース・アトキンズへ

さあ行け、本よ、私の言葉で懐かしの場所に挨拶を。

オウィディウス『悲しみの歌』〔木村健治訳、七頁〕

帝国の追放者たち　目次

【凡例】

・本書は以下の日本語訳である。
William Atkins, *EXILES: Three Island Journeys* (FABER AND FABER LIMITED, 2022)
・原注は、通し番号を章ごとに［ ］で行間に入れて巻末にまとめた。
・本文中の［ ］は著者、〔 〕は訳者による補足である。
・外国語文献からの引用は既訳を参考にした。表記も既訳に従ったが、読者の便宜をはかり適宜ルビを振っている。既訳がない場合はすべて翻訳者による訳である。

プロローグ

ホームシックについて

一冊の本のはじまりはとらえがたい。それがつくられた土のなかをのぞいて根（ルーツ）をたどろうとすると、ほぼ無限に枝分かれしている。だが、ふたつのイメージがいまも鮮明に残っている。二〇一六年夏、ギリシャの海辺に打ち捨てられた何千もの救命胴衣の写真が、ニュースサイトをにぎわせていた。トルコからエーゲ海を渡った移民が捨てたオレンジ、黄色、青、黒の巨大堆積物（モレーン）。その数か月前にアリゾナ州の砂漠を歩いていたとき、道端や干あがった川床でリュックサックの山に出くわした。近くにあるメキシコとの国境をひそかにこえた、中米やその他の場所からの移民が残したものだ。およそ一万一〇〇〇キロメートル離れたこのふたつの山は、いまの時代に固有のものであると同時に、場所を追われた人間の歴史すべてを雄弁に物語ってもいた。

わたしはまちがっていたと考えるようになった。不幸のいちばんの原因は孤独だとずっと思っていたが、そうではなく、ここではないどこかへ行きたいという望みなのではないか。かつて場所を追われた人、つまり政治的な理由で特定の場所へ送られた流刑者は、移住、国外追放、抑留の話だけではわからないことを示してくれるのではないかと思った。「故郷（ホーム）」ということばについて。帝国の振る舞いについて。世界を動かしているように思える、去ることととどまることの葛藤について。

古代ローマまでさかのぼるこの流刑のかたちは、一九世紀終わりに復活した。これは帝国的な追放と呼べるかもしれない。追放する側の権力が中心地（ハートランド）から遠く離れた領土を支配していること、それが求められる条件のひとつだからだ。したがって、最終的にわたしが取りあげた三人がヨーロッパの帝国建設の最盛期に生きていたことと、追放先が離島だったことは偶然ではない。フランスのアナキスト、ルイーズ・ミシェル。ズールー人の王、ディヌズールー・カ・チェツワヨ。ウクライナの革命家、レフ・シュテルンベルク。この三人はそれぞれ、より大きな自由とホームの理念のために、自由とホームを犠牲にした。ミシェルは短命に終わった社会主義政府パリ・コミューンの顔として。ディヌズールーはズールーランドのイギリス植民地主義の敵として。シュテルンベルクはロシアの帝政（ツァーリズム）の転覆を狙う戦闘的な活動家として。

わたしがこの三人にひかれたのは、いま強く吹いている三つの風——ナショナリズム、独裁政治（オートクラシー）、帝国主義（インペリアリズム）——にそれぞれの人生がかたちづくられていたためであり、科された刑にそれぞれが個人として対処したそのあり方のためである。三人とも追放の潰滅（かいめつ）的な影響を吸収し、祖国の喪失によって義務感を鈍らせることなく、むしろ研ぎすましたように思われる。わたしはこの三人に敬意を抱いた。とりわけ追放先の島から水平線を——つまり未来を——見つめつづけるその力に。ミシェルは南太平洋のニューカレドニアから。ディヌズールーは南大西洋のセントヘレナから。シュテルンベルクはシベリアの極東海岸沖のサハリンから。

三人のうち有名といえるのはミシェルだけで、その彼女の名すらフランスの外ではあまり聞かれない。流刑地もわたしが知っていたのはセントヘレナだけで、それはもっぱらかつての流刑者、ナポレオン・ボナパルトとのつながりのためである。この三つの島は、歴史の主流から大きく外れたところにあるようだ。しかし、アリゾナでわたしは知った。多くの場合、辺境の地は、首都――パリ、ロンドン、サンクトペテルブルク、ワシントンDC、ローマ――の権力が最も本質を露わにし、あからさまに表現されている場にほかならない。この三つの島を訪れれば、調査対象の三人にとっての流刑の意味だけでなく、場所を追われること自体の本質も理解するきっかけをつかめるのではないかと思った。

　本書はある意味では、流刑によって粉々に砕かれた人生を現地（フィールド）で集めてまとめた物語集だともいえる。しかし本書の核をなす三つの旅をするにあたってわたしは、限定された意味においてのみ伝記作家として出発した。関心があったのは、人生の歩みよりも、流刑の経験によってその人生にできた亀裂をたどることである。旅をするなかで、そうした亀裂がほかの人たちの人生に深く侵入し、いまなお侵入しつづけているのを目のあたりにした。生者であれ死者であれ、出会った人の多くは本人もまたなんらかの意味で流刑者であり、失った居場所を切実に求めている人もいれば、居場所のなさと折りあいをつけて暮らしている人もいた。

　三つの旅をひとつに束ねる導き手とわたしが考えるようになったローマの詩人オウィディウスは、二〇〇〇年近く前に黒海に面した都市トミス（現在のルーマニアのリゾート地コンスタンツア）へ流刑に処された。追放の理由――「一篇の詩とひとつの過ち」――はいまなおあいまいだが、そのあいだに彼が書いた郷愁に満ちた自己憐憫的な書簡体の長詩は、流刑に処された文学者によるテキストの嚆矢（こうし）のひとつに数えられる。「墓の名誉もなく［…］泣く人もないままに、蛮族の地に埋められる」〔木村健治訳〕のを恐れ、オウィディウスは自身の墓碑銘まで起草した。

ここに眠る私は、恋の道の戯作者、
ナーソーと名乗る詩人、自らの才能ゆえに滅びたり。
汝、道行く人よ、かつて恋をしたことがあるならば、声かけることを
惜しむなかれ、「ナーソーの遺骨、安らかに眠りたまえ」と。[1]

だが、この切実な望みはオウィディウスだけのものではなかった。トミスは物騒な植民地であり、この町で生まれ育った者も地元の悪党によく誘拐された。「ある者は捕虜として後ろ手に縛られて追い立てられていく、／虚しくも畑と家を振り返りつつ」[2]。この〝家（ホーム）〟ということばからは、次のことに気づかされる。追放される者はたいてい自分の世界の中心を離れて周縁へ向かうことを強いられるが、追放先の場所はどこも、ほかのだれかにとっての中心である。「ここでは私が〝蛮族〟だ」とオウィディウスは認める。

一九一四年までに太平洋の全域とアフリカのほとんどが植民地化されていて、その広大な土地を占領するひとつの手段が刑罰としての国外追放だった。一般の既決囚であれ政治的な反体制派であれ、流刑者が単なる囚人であることはほとんどなかった。流刑者は異国の地から富を

搾りとる手段（マシーン）であり、その土地に立てられた旗でもあったのだ。追放と強制移住は、いつでも帝国の兵力の一部だった――ローマ世界の果てに追放されたオウィディウスもまた、自分が単なる流刑者ではなく「不安な居住地の新参の住民」[3]であることをよろこんでいた。ときには被植民者と流刑者が共通の目的を見いだすこともあった。たとえば「カナックの反乱」では、ニューカレドニアへ永久追放されていたルイーズ・ミシェルは、島の先住民を共通の敵に対する盟友と見なすことができた。フランス植民地政府は、コミューン支持者とカナックを、種類は異なるがいずれも馴致すべき野蛮人（バーバリアン）と考えていた。

　本書は流刑者のことを考える一冊として企画されたが、それと同じくらい帝国についての本にもなった。両者はつねに分かちがたく結びついているからだ。それゆえ本書はまた、帝国の双子の犠牲者のあいだにかたちづくられた連帯についての一冊でもある。〝流刑者（déporté）〟と〝先住民（indigène）〟、すなわち追放された市民と植民地化された被支配者のあいだの連帯である。

＊

　一六八八年、ベルン〔スイスの首都〕の若き医学生ヨハネス・ホーファーが『ノスタルジアすなわちホームシックについての医学論文』（*Dissertatio Medica de Nostalgia, oder Heimwehe*）という学位論文を書いた。ホーファーがいうノスタルジア――彼がつくったことば――には、感傷的な郷愁の念という現代の意味はない。はるかに有害な何かであり、それを病理として位置づけようと、一連の特殊な症状と思われるものにこの新しい名をつけたのだ。

「苦しむ若者たちの話を思いだした」とホーファーは書く。「生まれ故郷に連れ戻されることなく、熱に浮かされたり、〝消耗性疾患〟によって衰弱したりして、異郷で最期の日を迎えた者たちである」[4]。正しい座標から身体を引き離すと、人は酸素のない惑星にテレポートさせられたのと同じぐらい確実に死ぬとでもいうかのようだ。

ドイツ語でハイムヴェー（Heimweh）、フランス語でマル・デュ・ペイ（mal du pays）と呼ばれる症状――すなわちホームシック、祖国への郷愁の念――は、「医学では特別な名前がつけられていない」とホーファーは言う。そこで、「ノスタルジア（nostalgia）」とそれを名づけた。古代ギリシャ語のノストス（nostos）、すなわちオデュッセウスがした故郷へ向かう王の旅と、痛みを意味する結合辞アルゴス（algos）からつけた名である。故郷への旅をできない痛み。ホーファーはそれを「故郷の失われた魅力に対する悲嘆（グリーフ）」と説明する。それは「とりわけ、思いだされた故郷という、尋常でなく消えることのない観念が喚起されることで生じる」。そして、ベルン出身でバーゼルへ学びにいった学生仲間のことを語る。「かなりのあいだ悲しみに暮れていて、やがてこの病に取りつかれた」。命が脅かされているようだったので、彼は故郷へ送り返されることになった。「われわれの街から数キロメートルのところで」とホーファーは話をつづける。「あらゆる症状がすでに緩和されていて［…］十全かつ正気な彼に戻った」

この健康状態は空間だけでなく時間とも関係していた。失われたのは故郷だけでない。そこで生きられたはずの人生もまた失われたのだ。

症状は次のとおりである。「絶えることのない悲しみ、祖国のことばかり考える状態、眠れなかったり眠りが断続的になったりする睡眠障害、体力の減退、空腹、渇き、感覚の衰退、不安や場合によっては動悸、頻繁なため息、思考の鈍化——祖国のことを考えるほかは、何ごとにもほぼ関心を示さない」。ホーファーは解毒剤として「眠気を誘う内服用の乳剤」や「頭部に塗る外用の香膏（こうこう）」を勧めるが、実のところ治療法はひとつしかない。「帰郷の旅の負担に耐えられそうなところまで体力が回復したら、故郷へ戻る希望がただちに与えられなければならない」

トミスで綴った詩でオウィディウスは、追放が健康に与える影響にくり返し触れている。「ここの気候も水も土地も空気も、私には合わないのだ。／ああ、私の体はたえず病に冒されている！」[5]。ほかのところでは、自分に科された刑をある種の手足の切断として描いている。「まるで手足を後に残していくかのように、私は身半分引き裂かれ[6]〔…〕」

故郷に送り返された学生について、ホーファーが「十全（integraeque）」な彼に戻ったと書いたのは、それなりの意味があったわけだ。

＊

本書は流刑によって打ち砕かれた人生を組み立てなおす試みともいえると書いた。しかし、三人のものであれ、わたし自身のものであれ、ここに記す旅は、いかなる人生も自己もひとつの統一体ではないことに気づかせてくれた——たとえその人生や自己が歴史から切り離されているように見えたとしても。わたしが旅をしているときに父が体調を崩した。父の病と衰えが、これから語ることに影響を与えているのが自分でもわかる。本書は死やグリーフについての本ではないが、旅行記はどれもある種の寓話にほかならない。流刑者の物語にわたしたちが心動かされるのは、ひとつには、人生における癒えることのない断絶——離別、喪失、死別——を受けとめてもらえるように思えるからだ。たとえ自分自身が生まれ故郷の村を一度も離れたことがなくても。

I

I

赤旗　ルイーズ・ミシェル

一八四〇年ごろ、フランスの田舎の庭園で、いまにも壊れそうな手づくりのステージに少女がふたり立っている。ひとりは痩せこけて日焼けした子で、破れた服はピンでとめられている。身体のうしろで両手を握っていて、まるで杭に縄で縛りつけられているかのようだ。もうひとりはその子のいとこで、足もとにひざまずき、それから目を大きくひらいて身体をうしろに引く。想像上の炎があがるなか、ひとり目の少女が息を深く吸って、声のかぎりに叫ぶ。「共和国ばんざい！」[1]

ルイーズ・ミシェルのことを思い浮かべるとき、わたしの頭に現れるのは、日に焼けて灰色っぽくなった黒服を身につけ、太平洋の島から海を眺める中年女性か、この――ルイーゼットと呼ばれていた――ルイーズ、ヴロンクールの城館の庭で、たとえば杭に縛りつけられて火刑に処されるキリスト教の宗教改革者、ヤン・フスになりすます少女である。

その城館は、パリから東へ二七〇キロメートルほど離れたオート＝マルヌ県の「森と平地のあいだ」にあった。[2]質素な灰色の建物で、四つの角にはそれぞれ灰色で正方形の塔がある。窓

赤旗

ルイーズ・ミシェル

が少ないので、ヴロンクールの村人はその建物を〝墓（la Tombe）〟と呼んだ。「わたしはいわゆる私生児だ」とミシェルは書く。「しかし、わたしに哀れな命を授けた人たちは、気がねなくそうした。愛しあっていたからだ」[3]。母マリアンヌはドマイ家のメイドで、自身もそこで育った。ルイーゼットは、マリアンヌおよび祖父母のドマイ夫妻と子ども時代を過ごす。「母は当時ブロンドで、微笑みをたたえた青い目をしていて、長い巻き毛だった。とてもみずみずしく、かわいかったので、母の友人はみんな笑いながら言った。〝この醜い子があなたの娘だなんて、ありえない〟」[4]。父親はドマイ家の気まぐれ息子、ローランだったようだが、娘のことはほとんど気にかけなかった。一方でマリアンヌは、どれだけ距離が離れてもミシェルの人生の最重要人物にとどまる。

ペットは、複数の犬と猫のほかに、カメ、イノシシ、親とはぐれたオオカミ。ミシェルは北塔に実験室（ラボ）を兼ねた勉強部屋をつくり、「目が青光りする立派なメンフクロウ」と「子猫のようにミルクを飲む数匹のかわいいコウモリ」とともにそこで過ごした[5]。「悪魔がいるのなら、わたしがそこで試みたことをすべて知っている」。錬金術、占星術、霊の召喚。その塔では、文学におけるミシェルの英雄（ヒーロー）、ヴィクトル・ユゴーへ向けた詩も書いた。ユゴーはのちに終生の文通相手、支援者——おそらくつかの間の恋人——、友人となる。

屋外では、中庭の端にバラの茂みに縁どられた池があり、そこで祖父のエティエンヌ゠シャルルとおもちゃの船を浮かべて、春にはヒキガエルがにぎやかに産卵した。のちにほかの理想郷（アルカディア）を知ることになるが、ヴロンクールはミシェルにとって生涯を通じての原風景となる。

Environs de Bourmont. - VRONCOURT. - L'ancien Château où naquit en 1833 LOUISE MICHEL
femme de lettres et révolutionnaire
Ancienne institutrice, elle prit part à l'Insurrection communaliste de 1871 Condamnée à la déportation, elle est revenue en France à l'amnistie de 1881
Organisatrice de réunions publiques, elle s'est trouvée à plusieurs reprises à la tête de manifestations populaires socialistes
Édit. A. H.

赤旗

ルイーズ・ミシェル

「〝墓〟では壁の角の塔にハシバミの木があり、夏には昼の暑さがおさまったあと、その近くのベンチに母と祖母がやってきたものだ［6］」

祖母をよろこばせようと、母は庭のこの一画にあらゆる種類のバラを植えていた。ふたりが話すあいだ、わたしは壁にもたれていた。夕方の露に包まれて庭は涼しい。ありとあらゆる花の香りが混ざりあって空へのぼっていく。スイカズラ、モクセイソウ、バラ。すべてが放つ甘い香りがひとつになる。

城館はヴロンクールの村から草原によって隔てられていた。西には領主の森と丘があり、東にはポプラの木で囲われたドマイ家のブドウ園がある。ブルモンへつながる道をさらに東へすすむと、池と牧草地をそなえたジョルジュおじさんの水車場があり、そのはるか先には、距離のために青みがかった山の連なりが見えた。一方、パリはまだ夢ではなく、ニューカレドニア——聞いたこともない一万六〇〇〇キロメートルも離れた場所——は夢の限界（フロンティア）をもこえていた。

秋には母やおばたちと隣の森の奥深くへ足を踏み入れ、斧が木を打ちイノシシが鼻を鳴らす音を聞いた。世界のどちら側でも、森と木はミシェルにとって終生やすらいの場（サンクチュアリ）の象徴となり、動物——フクロウ、イノシシ、オオカミ、のちにはたくさんの猫——への愛と動物虐待者への軽蔑は、城館の敷地の外の社会について若きミシェルが感じつつあった胸のざわめきと軌を一にしていた。

I

処刑ごっこに興じる子どもたちの叫び声は、中庭から故郷のあらゆる場所へと響いていく。城館の北塔、大広間、スイカズラが育つ壁の隙間。ブドウ園と森。母の家族が暮らすオドゥロンクールの町。それらすべてを抱く山々。子どもが書く住所のように、自宅からはじまって遠くへと広がっていく。地区と国から大陸、惑星、太陽系、宇宙へ……しかしいつでも住所の一行目に戻ってくる。ヴロンクール城館。

故郷の意味は、去らなければならないときにわかる。ミシェルはフランスのことでホームシックになったことは一度もなく、恋しくなったのは故人、祖父母、悲しみに暮れる愛しい母だけだと主張する。しかしヴロンクールがミシェルの心を離れることは、ついぞなかった。フランス本土にいたときですら、そこを恋しく思っていた。やがてすべてが取り返しのつかないかたちで失われる。一八五一年、二一歳のミシェルは、ルイ＝ナポレオンのクーデターにつづくパリの流血騒ぎの知らせを聞いた。数百人の抗議者が殺され、さらに数千人がフランス植民地のフランス領ギアナとアルジェリア〔一八三〇年からフランスの一部、一九六二年に独立を達成〕へ移送された。一九年後の一八七〇年には、首都パリを包囲すべく侵入してきたプロイセン軍に祖母のブドウ畑を破壊され、森の木は伐られて薪にされる。

*

一八八六年に刊行されたミシェルの回想録は、説教じみていて真剣で神秘的であり、不羈の

赤旗

ルイーズ・ミシェル

精神に貫かれた軽快さがあって、血、火、オオカミ、嵐、オークの木、斧を象徴として使うことで、読み手の心をかき乱す（紙の上ではちがったかもしれないが、ミシェルの心は詩人だった）。この本は目まいがするほどとらえどころがない――あるところでこのうえなく些細な記憶にズームインしたかと思えば、次の瞬間には空中からの視点へとズームアウトする。だがズームアウトするのは多くの場合、彼女の人生と人物を理解するのに何より欠かせないと思われる行動の場面である。

その欠点は、ひとつには著者としての慎重さのせいであり、記憶力と注意力の不足のせいでもある（ミシェルはサン＝ラザール監獄でそれを書いていて、おもな目的は友人アンリ・ロシュフォール〔政治家でジャーナリスト〕への借金返済だった）。冒頭でミシェルは、自分を育てた者たち――母と祖父母――のことは「伏せておく」と書いているが、実のところ顕著なのは、本のもっとあとの部分での省略であり、まるで織工が一部の縦糸を飛ばしてシャトルを使うのを許されたかのようだ。たとえば二六歳でパリにやってきた一八五六年から、パリ・コミューンとして知られるラディカルな社会主義政府の樹立が宣言された一八七一年までの期間には――ミシェルが政治の刃を研ぎすまして影響力を高めたきわめて重要な時期であるにもかかわらず――わずか二〇ページの紙幅しか割かれておらず、そのうちの数ページでは自分が書いていたオペラの進捗状況をこと細かに記している。

ときには、彼女がパリのあちこちに貼ってまわった政治ポスターを切り抜いてつくったコラージュを読んでいるような気にさせられる――すべてが赤の大文字で強調されているかのように。またときには、身近な人に向けて書かれているように感じられる。おもだった出来事をすでに知っていて、細部だけを伝えればいい相手に向けて。ひときわ生き生きと描かれ、心がこもって記述が行き届いているくだりは、コミューンや同志や政治について語るところではなく、彼女の人生の二本柱とわたしが考えるものに見いだされる。子ども時代のヴロンクールと、追放先のニューカレドニア――具体的にはもうひとつの森、ミシェルが〝西の森〟と呼んだ場所――である。

一八五三年、二三歳のミシェルは、オドゥロンクールに学校をひらいた。ヴロンクールから南へ数キロメートルの村で、母の出身地である。教え子たちのことを忘れることはなく――小さなモル、大きなローズ、背の高いエステル、足が不自由なアリシー、「流行病(エピデミック)のときにわたしの腕のなかで亡くなった」ユードクシー――、歌詞に子どもについてのくだりがある『ラ・マルセイエーズ』を一日に二度みんなで歌ったことも忘れなかった。「われわれはこの道を引き継ぐ／先人たちの亡きあとは」。村の司祭が先導して皇帝への祈り――〝主よナポレオンを助けたまえ〟――を唱えるとき、ミシェルはいつも子どもたちに「あの男」、つまりナポレオン・ボナパルトの甥でその二年前に権力を握ったルイ＝ナポレオンのために祈るのは罰当たりだと警告した。ミシェルがパリへ行きたがっていることを知ると、それを懸念したオドゥロンクールの人びとは彼女を共和主義者として糾弾した。それがどうだというのか？　町長に呼びだされて皇帝を侮辱していると非難され、流刑地であるフランス領ギアナへ追放すると脅されたが、よろこんでそこに学校をつくるし、交通費を負担してもらえてありがたいと答えた。それ以上、脅されることはなかった。

祖父母が死に、一八五六年に〝墓〟は売りに出された。ミシェルはヴロンクールを去ってパリへ向かい、一〇区のシャトー・ドー通りにあるマダム・ヴォリエルの学校で教える。その後、ドマイ家が母マリアンヌに遺した土地を売ったお金で、モンマルトルに全日制学校を買うことができた。「気の毒な女（ひと）」――母が払った犠牲について、ミシェルはそう書く。「そのお金の見返りに得たものがどれだけ少なかったか[7]［…］」

この回想録を額面どおりに受けとると、ミシェルのパリ到着が象徴していたのは、政治的な覚醒ではなく帰郷だった。彼女のような信念をもつ彼女のような人間がいるべき場所がパリだったのだ。ミシェルはパリを「出来事の中心地」と見なしていたが[8]、さらに広い世界へとつながる入口とも考えていた（おそらく彼女が思っていたのとは異なるかたちでだが、実際そのとおりになる）。やってきたパリは貧窮の底にあり、一種の道徳的な混沌状態にあって、人口の三分の一をこえる人が貧困状態で暮らしていた。都市計画が市民管理のひとつのかたちであることを理解していた皇帝は、一八五三年に旧市街地を破壊して二万もの建物を取り壊した。かつての雑然とした迷路のような路地や通りは取り除かれ、まっすぐな大通りが網の目のように張りめぐらされる。バリケードは築けなくなり、馬に引かれた大砲が二門、横並びで通れるだけの広さが確保された。反革命の中心都市（メトロポリス）。首都に居場所がなくなった労働者たちは、遠方のスラムへ送られた。

変化の瞬間、つまりミシェルの「急進主義（ラディカリズム）」に火をつけた決定的なきっかけが何かひとつあったと考えるのはまちがいだが、そのルーツを探るなら、ヴロンクールこそがその場にほかならない。野生動物でいっぱいのおんぼろ館で暮らしていたという点では一風変わっていたとはいえ、ミシェルの祖父母はカトリックの村ヴロンクールで政治的な異端者とはとてもいえず、母マリアンヌはミシェルの政治にうろたえ怯えるばかりだった。ミシェルの子ども時代の世界が異様だったわけではない（異様ではあったが、そこまで異様ではなかった）。ミシェルが不正義に並はずれて敏感で、他者の、とりわけ動物の痛みを強く感じる性質（たち）だっただけだ。「生涯を支配する考えは、偶然の印象から生まれることがある」とミシェルは回想録に書く。

とても小さいとき、首を切り落とされたガチョウを見た［…］そのガチョウはぎこちなく歩きまわっていて、もともと頭があった首には、あざになり血まみれになった傷があった。白いガチョウ。羽には血が飛び散っていて、酔っぱらいのように歩き、隅に投げ捨てられた頭は目を閉じて床に転がっていた。[9]

子ども時代に見たこうした動物虐待を成人後に振り返り、ミシェルはそれが自分のなかで誇張され、象徴的な重みをもつようになっていたことに気づく。ミシェルが生涯取り組んだ運動は〝政治的〟ではなく――いかなるものであれミシェルは公職に関心を示さなかった――、単純に苦しみを生むものに反対することであり、彼女にとってそれは、このうえなくはっきりしていた。

赤旗

ルイーズ・ミシェル

小作農は種をまいて穀物を収穫するのに、かならずしもパンを手に入れられるわけではない。ある女性から聞いた話では、不作の年には——独占者が国を飢えさせる年と彼女たちは呼ぶ——彼女も夫も四人いる子どもも、食べ物を毎日口にできなかった。持ち物は身につけている服しかなく、売れるものはもう何もない。穀物をもっている商人はもはや掛け売りをしてくれず、ちょっとしたパンをつくるためのわずかなオート麦すら売ってくれずに、彼女は子どもをふたり亡くした。[10]

だがミシェルに絶えずつきまとったのは、飛び散る血と頭のないガチョウのイメージである。血。詩人および革命家としてミシェルが病的にこだわっていたもの。それは自由の代価であり、ミシェルはティーンエイジャーのころからそれを目にしていた。ミシェルは、一八七〇年の普仏戦争と〔その一年後の〕パリ・コミューン樹立にいたるまでのあいだに、首都パリが復興の見通しに活気づきながらもしだいにパラノイアに陥っていくさまを描いている。おもだった共和主義者たちと交際していて、ある日の夜遅くには「身なりのいいどこかのブルジョア」のあとをつけ、怖がらせて楽しんだ。「これがルイーズ・ミシェルだ」皮肉な自画像として彼女はそう書く。「社会への脅威。だれもが人生の宴会に参加すべきだとくり返し言い放っていたのだから[11]〔…〕」

ミシェルは貧困に近い状態で暮らし、母や友人からの借金に頼っていた。学校は風変わりな生き物を集めた動物園と化す。ネズミ、カメ、ヨーロッパヤマカガシ〔ヘビの一種〕。ミシェルがヴロンクールの城館を再現しようとするのは、これが最後ではない。子どもたちはミシェルを慕っていた——彼女の自由な気風とやさしさを。ミシェルが革命を切望していたとするならば、この時点ではそれは個人的な革命であり、田舎の精神を捨て去ることだった。帝国が力を強めつつあると思われるなか、ただパリに住み極貧の日々を送っていたことによって、ミシェルは実際の革命が必要であり、子ども時代の教会は役に立たず、ナポレオン三世はこのうえなく血なまぐさい詩でも打ち負かせないと悟ったのかもしれない。女性の労働権を求めて運動もし、暮らしを立てられる賃金で女性が仕事を見つけられるように力を注ぐ組織、民主教化協会(la Société démocratique de moralisation)の幹事も務めた。風に血のにおいを感じとっていたパリ住人はミシェルだけではなく、彼女もまた、平等とは教育と賃金の権利であると同時にみずからの命を差しだす権利でもあるとわかっていた。「いざというときに男がしりごみするなら、女が先頭に立つだろう。わたしもそこにいる[12]」。一八六九年、反帝国主義者のヴィクトル・ノワール——アンリ・ロシュフォールが発行する新聞のひとつで働く記者——が、侮辱されて怒った皇帝の従弟に射殺されると、ミシェルは黒い服を身につけ、生涯それを着つづけた。嘆き悲しむ何かやだれかが絶えなかっただけだとミシェルは言うが、彼女にとって黒服は、夫を亡くした女性の喪服ではなく、制服だった——みずからの正義を示す制服。それはよく似合っていた。

一八六〇年代終わりに母方の祖母が亡くなると、母マリアンヌもパリへやってきたが、「革

赤旗
ルイーズ・ミシェル

命」が間近に迫るなか、めったに顔を合わせることはなかった。「幾度もの長い夜に母を家にひとり置き去りにした。その後、それは数日になり、数か月になって、数年になった。革命家の母親がしあわせになることはあるのだろうか」[13]。日中は学校で教えたが、夜になると仲間たちと会って革命について話しあった。ヴィクトル・ユゴーは、一八五〇年にルイ＝ナポレオンを痛烈に批判する文章を発表したのちにガーンジー島〔英仏海峡にあるイギリスの島〕で亡命生活を送り、そこから帰国したばかりだった。ミシェルは少女時代と同じようにそのユゴーへ次々と詩を送ったが、いまは「彼へ送る詩は火薬のにおいがする」と言う。「けたたましい雷鳴が聞こえるか？」ある詩ではそう綴る――「立場を決めない男の背後に」[14]。立場を決めるのに躊躇することを、ミシェルは想像できなかった。あのヘビ、虫けら、クモとユゴーが呼ぶルイ＝ナポレオンについて言えば、「なんの苦悩も感じずに、わたしは暴君を殺すだろう」[15]。

＊

ミシェルがパリにやってきた一四年後の一八七〇年、皇帝の権力が共和主義と社会主義に脅かされつつあると見なされるなか、〝暴君〟は軍事侵攻に着手し、フランスで支持を固めようとした。プロイセン王国が主導する北ドイツ連邦に宣戦布告すると、それをきっかけとしてドイツはすぐに統一し、フランスは窮地に立たされて、皇帝は面目を失う。九月一日にプロイセン＝ドイツ軍とスダン（セダン）で悲惨な戦いを交えたのち、一万七〇〇〇人のフランス兵が死亡して、ルイ＝ナポレオンは一〇万の兵士とともに捕虜になった。敗北はそれにとどまらない。プロイセンとドイツの軍はフランス軍を数で大幅に上まわっていて、フランス北東部をときには妨げられることなく焼き払ってすすみ、ミシェルが子ども時代を過ごしたヴロンクールの森を破壊して、ついには抵抗運動が活発化していたパリを包囲した。たちまちパリは、自国の破綻した政府だけでなく、街を包囲する軍とも敵として向きあうことになったのだ。ミシェルと仲間たちには、人生の大きな目的地が視界に入ってきた。

ユゴーは、包囲された街ではネズミのパテが好んで食べられたと日記に記している。「そこいけるという」[16]。生徒たちの食料確保に努めつつ、ミシェルは一八区のいわゆる自警団に加わった。社会主義者による地域協同組合のひとつで、仕事を斡旋して食べ物を分配し、病人をケアする組織である。仲間たちは「革命に完全にのめりこんでいた」とミシェルは書く。「性別で任務が決まることはなかった。その馬鹿げた問題はようやく終わりを告げたのだ」[17]。その問題はかならずしも終わりを告げたわけではなかったが、ミシェルは確実にグループ内で尊敬を集めていた。だが彼女が伝記の主題にふさわしいと見なされるようになったのは、いざというときに武器をとって戦う意志をもっていた――カービン銃を撃つ側にいようが撃たれる側にいようが気にしていない様子だった――ためである。

ルイ＝ナポレオンの第二帝政は打ち倒され、ミシェルの友人アンリ・ロシュフォールやヴィクトル・ユゴーらが参加する臨時の国防政府が樹立されたが、一八七一年一月にはその政府も降伏する。パリはまだ封鎖されていて、正規のフランス軍兵士はほとんどが死傷したり捕虜に

赤旗

ルイーズ・ミシェル

なったりしていたので、共和主義者からなる国民衛兵が首都の防衛を担った。これは訓練を受けていない三〇万人ほどの軍隊であり、そのほとんどが国防政府の降伏に激怒してパリ近郊からやってきた労働者階級の男だった。

一八七一年二月、元首相でルイ゠ナポレオンの敵対者であり、プロイセンのビスマルクとの休戦に署名したアドルフ・ティエールのもと、新たな共和制政府が樹立される〔このときの講和内容は屈辱的なもので、国民衛兵やパリの民衆は激怒し、政府側との対立が激化することとなった〕。その一か月後、解放されたパリで国民衛兵および街の有権者八〇パーセントの支持を得て、革命自治市会（コミューン）が誕生した。ユゴーはコミューンを、復讐心によって「馬鹿げたかたちで損なわれて」いるとはいえ「称賛に値するもの」と見なしていた。この新政府は「あらゆる社会的リスクに対する共同の保険制度」を求め、富の再分配によって「貧困状態」に終止符を打つことを要求した。またそれは、正真正銘の政府だった。最初に取り組んだのは、徴兵と児童労働と死刑の廃止、教会と国家の分離、フランス革命暦の採用などである。一八〇五年を最後に使われていなかったフランス革命暦は、一週間が一〇日で、そのときどきの季候にちなんだ月名がつけられていた。

三月一八日――「風月（ヴァントーズ）二八日」――、ティエールは数千人のフランス兵をパリへ送りこみ（その多くはドイツによる捕虜状態から解放されたばかりだった）、国民衛兵が管理する大砲を奪った。バリケードが築かれ、群集が兵士のもとへ殺到して武器を奪おうとし、馬具を断ち切って瓶で兵士を殴打した。モンマルトルでは、クロード・ルコント将軍が群集へ発砲するよう兵士に命じる。兵士たちはそれを拒み、ライフルの銃口を地面へ向けた。国民衛兵に捕らえられたルコントは、別の将軍クレマン・トマとともにロジエ通りを行進してコミューンの本部へ連行される。トマは一八四八年の蜂起〔労働者たちによる六月蜂起のこと〕の鎮圧に参加した人物であり、社会主義者のパリ住民（パリジアン）には悪名高い存在だった。群集はふたりに気づき、彼らを建物の裏庭へ連れていく。ミシェルもその場にいたが、関与の程度はのちに裁判で争われる。ルコントは命乞いをしたのちに――「妻も子どももいるんだ！」――クレマン・トマとともに銃殺された。ミシェルによると、トマは「堂々と死んだ」という[18]。パリは自治の権利を守ったのだ。「この日、三月一八日に人びとは目を覚ました。覚ましていなかったら、どこかの王の勝利になっていただろう。そうはならずに人民の勝利になった[19]」

　子ども時代から想像していた世界が芽を出すのを目のあたりにし、ミシェルは興奮して無我夢中になった。熱烈な殉教者の興奮。死が迫りくるなかで生まれかわった。熱狂していて、勝利を想像する熱狂者がえてしてそうであるように、恐るべき存在であり、痛みを恐れず、当然ながら死をも恐れていなかった。「わたしは勇敢だとみんな言う」とのちにミシェルは書く。「そんなことはない。英雄的素質（ヒロイズム）などというものなくて、単純に人は出来事のせいで我を忘れるものなのだ[20]」。とはいえミシェルは我を忘れていたようには見えず、物事をはっきりと見通し、目的意識をもっていたように思われる。

　四月七日、ヴォルテール広場の断頭台（ギロチン）が焼き払われ、大群衆が歓声をあげた。一方、パリ近郊のヴェルサイユへ退却していたティエールの新政府と軍は、反逆する首都へ砲撃を開始して

赤旗

ルイーズ・ミシェル

数百人を死傷させた。

ミシェルはルイ゠ナポレオンを本気で殺そうとしていた。ティエールを暗殺できなかったのは、ただ殺せるほど接近できなかったからだ。当初、ミシェルが担っていたのは、おもに緊急看護隊員（ambulancière）の仕事であり、負傷者のケアだったが、四月なかばにはレミントン社製のカービン銃――「すぐれた武器」――で武装し、国民衛兵の第六一大隊とともにイシとクラマールで戦っていた。ヌイイのペロネ通りのバリケードでは、人が引き払った教会に足を踏み入れる。[21] しばらくすると、建物の外にオルガンの音色が響いてきた。隊長が教会へ駆けこみ、敵の砲火を呼ぶ前にやめろとすさまじい剣幕で命じて、ようやく演奏は止まった。

「第六一大隊の兵卒のなかで、生きのいい女性が戦っている」とコミューンの日刊新聞が報じている。「巡査と警察官を数人殺害した」。イシでミシェルが戦うのを目にした友人ジョルジュ・クレマンソー（政治家、ジャーナリストでのちに首相を務めた）は、彼女が人を殺したのは自衛のためだと述べている。「あれほど冷静な彼女は見たことがない」感嘆と狼狽が入りまじった調子で、クレマンソーはつけ足す。「わたしの目の前で一〇〇度は死から逃れたが、どうしてそんなことができたのかわからない」[22]。しかしコミューンでもその後の人生でも、ミシェルが生きのびたのは、自衛本能のためというよりも、ことのほか死に無頓着だったからだ。冷徹に死を受けとめていたわけではかならずしもなく、単純に死を身近なこととして認識できていなかった。

一八七一年五月一六日、あと戻りのできないかたちで旧秩序に終止符が打たれ、それと同時に、パリがかつて経験したことのない恐ろしい一週間がやってきた――〝血の一週間（la semaine sanglante）〟。「血」はここでは婉曲表現ではない。

ヴァンドーム広場にあるナポレオン・ボナパルト像を載せた円柱（コラム）は、コミューン支持者に言わせると、フランス帝国の忌まわしきものすべてを象徴する存在だった。「野蛮の記念塔（モニュメント）、暴力と虚栄の象徴（シンボル）、軍国主義の肯定、国際法の否定、征服者による被征服者への永続的な侮辱、フランス共和制の三大原則のひとつである友愛への絶え間ない攻撃[23]」。その朝、何千ものパリ住民が円柱のもとへ集まり、音楽家が革命歌を奏でた。午後二時には円柱に太綱が取りつけられ、何頭もの馬がそれを引いたが、綱は張りすぎて切れてしまう。三時間以上かけてふたたび綱が取りつけられ、今度はようやく柱が傾き、ぐらついて、まっぷたつに折れて地面に落下し砕けた。瓦礫（がれき）にまみれた台座に旗ざおが立てられ、赤旗が掲げられる――コミューンのシンボル、自由のシンボル。だが、よろこびのムードや希望に満ちたムードは長くはつづかなかった。翌週には、少なくとも三万五〇〇〇人のパリ住民が政府軍（ヴェルサイユのティエール政権はドイツの支援を受けていた）に殺害される。昔ながらのなじみの光景。燃えあがる家、爆破される家、崩れ落ちる家、すすまみれの子どもたち。火が武器になり、腐敗臭を隠す煙は歓迎されて、その煙のせいで街はとても暗くなり、ある目撃者によると「日食の効果をもたらした[24]」。別の目撃者ギュスターヴ・フローベールは、街の雰囲気を「完全にてんかん発作を起こした状態」と言い表している[25]。ミシェルは不気味なほど平然としていた。「大砲も、火薬のにおいも、空中を飛び交う機関銃（マシンガン）の弾も大好きだ」

赤旗

ルイーズ・ミシェル

回想録でミシェルは、ヴァンドーム広場の円柱が倒されて間もない夜のことを振り返っている。コミューン支持者の部隊とともに、モンマルトル墓地を守っていたときのことだ。「砲弾が空を切り裂き、時計のように時を刻んだ」。だがミシェルは「それにうっとりさせられた。澄んだ夜で、墓の大理石の像が生きているように感じられた」。おそらく、ミシェルが恐れを知らなかったのはこのためだろう。自分はすでに死者の一員だと思っていたのだ。ヴェルサイユと呼ばれていた政府軍は、スダンでこうむった屈辱の仕返しに同胞を攻撃した――そのなかには、数か月前に同じプロイセンの敵からパリを守った者もいた。捜していたコミューンの隊長が自宅にいなかったので、代わりに一二歳の息子を銃殺した。バリケードを守っていたと疑われた別の少年は、女性のスカートのなかに隠れているところを見つかり、引きずり出されて射殺された。砲撃によって死亡した少年の葬列がまた砲撃され、少年の遺体もろとも遺族が周囲に飛び散った。地区から地区へとコミューンのバリケードが突破され、守りについていた者は（生きのびたら）捕虜になったが、射殺されることのほうが多かった。

＊

ヴァンドーム広場では、円柱破壊への報復として三〇人の捕虜が銃殺された。マドレーヌ教会へ避難していたコミューン支持者三〇〇人も射殺される。パンテオン周辺では七〇〇人。リュクサンブール公園では三〇〇〇人も。リシュリュー通りのテアトル・フランセの外では、溝が死体でいっぱいになった。テュイルリー宮殿とノートルダム・ド・ラソンプシオン教会の中庭では、防水布に包まれた死体の山から血がしたたり出ていた。レイプと拷問がいたるところで発生する。銃の反動で肩にできたあざが見つかったら、死刑判決を受けたも同然だったが、労働者階級のアクセントや外国風の名前だけでも、運命を決するにはじゅうぶんだった。コミューンが陥落するなか、パリのあらゆる場所で、男性、女性、子どもに関係なく捕虜の集団が銃殺された。街には死体が散乱していた――街角に、広場や公園に、墓地に、空き地に。殺戮の規模は、一七九三年から九四年にかけての恐怖政治〔フランス革命末期、ジャコバン派独裁政権による反革命派の弾圧のこと〕のときよりも、また一八四八年の六月蜂起のときよりも大きかった。実際、パリでは一五七二年の反プロテスタントの虐殺〔ユグノー戦争中に起きたサン・バルテルミの虐殺〕以来、このようなことは起こっていなかったし、これだけの規模の、あるいはこれだけ野蛮な、またはこれだけ効率的な虐殺は、フランスではそのあと第一次世界大戦まで見られない。現代のあるコメンテーターによると、軍は「巨大な処刑隊」と化した。[26] コミューン支持者も残虐行為を働かなかったわけではない。五月二四日にはダーボイ大司教と五人の聖職者からなる六人の人質を射殺し、ティエールはこれを恰好の口実として、攻撃に拍車をかけた。

その日のスピーチでティエールは、自軍が「滝のように」血を流させたことを誇った。ある目撃者が振り返るように、マルカデ通りでは「食肉処理場の横の通りのように血が」流れていたという。[27] この場面を、つまり殺戮のすさまじい〝気前のよさ〟を思い浮かべると、パリが復興したのも、ミシェルやこの出来事を目にしたほかの人たちが嫌悪感に卒倒することなく街の大通りをふたたび歩きまわれるようになったのも、驚くべきことのように感じられる。

しかし、どれだけ血が流れたとしても（あらゆる記述がそこにこだわっている）、当時のパリを――セーヌ川ほとりの泡、溝の黒ずみ、敷石のあいだの固まりを――思い描こうとするとき、わたしの頭に浮かぶのは赤ではない。白だ。粉状の生石灰（せいせっかい）のくすんだ白。これは腐敗を遅らせるために死体にまかれた酸化カルシウムで、何トンもの粉が髭（ひげ）や舗道にかかり、人びとの靴底について、春のそよ風に搔き立てられて雲のように立ちのぼった。これはミシェルの脳裏を離れなかった。あのとばり。何年ものちにミシェルは、「リンゴの花が散ったようにまだらに白くなった」通りのことを振り返っている。

一方、コミューンが打ち倒されるなかでミシェルが負った傷は、銃弾による耳のかすり傷、足首のねんざ、カービン銃によって帽子にたくさんあいた穴だけだった。心の傷を推しはかるのはむずかしい。目にしたもの、また言うまでもなくその後に直面したことと、ミシェルはどう折りあいをつけたのだろう。敗北をどう消化したのか。ミシェルが希望を失うことはなかった。ニューカレドニアから帰国したあと、ようやくわたしは理解した。ミシェルは、（彼女の〝男っぽさ〟やさまざまな嘲りの一環として）よく言われるように薄情だったわけではない。その反対で、ミシェルの強さと度胸の源は、ありあまるほどの愛だった。ミシェルはずっと変わらなかった。ヴロンクールの森で罠にかかったオオカミを見て泣き、子ども時代に「目が青光りする」メンフクロウと仲よくしていたのと同じ人間だった。母が軍に捕らえられたときも躊躇しなかった。自分が銃殺されるか、裁判を経て銃殺されるであろうことを承知のうえで、母マ

I

リアンヌが生きのびられるように降伏した。

*

ミシェルはヴェルサイユの南にあるサトリ高原の収容所へ連行され、夜の雨と泥のなか、ほかの捕虜たちと峡谷まで歩かされた。今夜は殺されないが、明日の夜に銃殺される——そう告げられた。しかし翌日の夜、ミシェルは殺されなかった。一方、パリのリヴォリ通りにあるロボ兵舎では、一夜で一二〇〇人もの捕虜のコミューン支持者がたちどころに銃殺された。ミシェルによると、その春アフリカからやってきたばかりのツバメたちは「巨大な遺体安置所にたかるハエの毒にあたった」。

九月、ミシェルは友人でコミューン同志のテオフィル・フェレに監獄から手紙を書いた。フェレ自身も刑の宣告を待っていたが、ふたりとも流刑に処されるにきまっているのだから、ときが来ればともにニューカレドニアへ出帆するはずだとミシェルは告げた。幻を見た！　とミシェルはつづける。「オート＝マルヌのすばらしいオークの森、わたしが育ち、冬にはオオカミの遠吠えを聞いた、いまにも崩れ落ちそうな城館［…］」。ミシェルはくり返しヴロンクールへと立ち戻る。一方、フェレはその後間もなく処刑され、ニューカレドニアを目にすることはなかった。

赤旗

ルイーズ・ミシェル

*

パリ住民は、かの悪名高い人間がどんな見た目をしているのか知りたがった。写真が撮られ、印刷されてポストカードになっている。胸にピンでとめた小さなバラ、社会主義の赤いバラが唯一の装飾品である。この大きな目で、法廷の面々を見すえる姿が目に浮かぶ。揺らぐことなく、うぬぼれもなく、やや不機嫌だが悠々としたまなざし。ミシェルは撮影者のウジェーヌ・アペールを嫌っていた。有名な人物写真家でコミューンの敵である。さっさと撮って終わらせろ。

一八七一年一二月一六日、ミシェルはヴェルサイユで戦争捕虜として軍法会議にかけられた。問われた罪は、反乱、内乱の煽動、武器の携行および使用、不法逮捕にかんする文書偽造と（共犯でないにせよ）共謀、拷問、殺人であり、何よりのっぴきならなかったのが、ロジエ通りでのルコントおよびクレマン・トマの殺害である。

ミシェルは弁護士を拒み、自分が遺憾とすることと、真実でないとわかっていることだけを否認した。たとえば、起訴状にはミシェルは〝背が低い〟とあったが、それは正しくない。わたしを見ろと（軍事省のその日の記録には次のように記されている）[28]。

身長　一・六四メートル
頭髪　茶色

眉　茶色
目　茶色
鼻　大きい
口　平均的
あご　丸い
顔　卵形
肌色　普通

反対者たちはコミューンを国際社会主義としきりに結びつけたがっていたため、ミシェルは「地球上のあらゆる場所からやってきた外国人やならず者」と共謀するとともに、クラマール、モンマルトル、イシの戦闘では前線で戦ったと主張された。ふたつ目の容疑は、たしかに正しかった。「取り返しのつかないこの政治と革命の道へと彼女を押しやった動機は何でしょう」。答えは自明だった。「もちろん傲慢さです」

ルイーズ・ミシェルは養育院で育てられた非嫡出子です。母親とともに幸福に暮らす手段を与えてくださった神に感謝する代わりに、みずからの激した想像と興奮しがちな性格に身を委ねたのです。後援者と関係を絶ってパリへ走り、冒険に身を投じました。[29]

赤旗

ルイーズ・ミシェル

ミシェルは「血に飢えた雌オオカミ」と呼ばれることへは異を唱えなかっただろうし、（一方で）「私生児」であることを否定したこともなかったが、自分は養育院や慈善家の施しによってではなく母と祖父母に育てられたと述べた。黒のヴェールをあげ、裁判官たちを見すえる（〝目　茶色〟）。「自分がした行動すべての責任を認めると宣言します。留保なしで完全に認めます」

ミシェルはルコントとクレマン・トマの殺害には参加していなかったし、ふたりが殺されるとも思っていなかった。法廷が代表するティエールとその部隊とは異なり、捕虜の殺害を忌み嫌っているともミシェルはつけ足した。けれども、そう、自分はコミューンの一員でそれに誇りをもっている。正義の名のもとになされる暴力が悪いとも思っていない。

とはいえ――すでに考えが固まっている者を相手に、みずからを擁護しても意味がない。

「わたしたちが望んでいたのは、革命の大義が勝利を収めることだけです」

「将軍ふたりの殺害には賛成でなかったと主張しましたね」裁判官が言う。「他方でそれを告げられたとき、あなたはこう声をあげたと言われています。〝やつらを撃った。当然の報いだ〟」

そう言ったのなら、それは純粋に「革命の熱意に拍車をかける」ためだとミシェルは答えた。

答弁につけ加えることは？

「自由を求めて鼓動する心臓には、ごくわずかな権利しかないようですので、わたしの取り分を要求します。もし生かされたら、わたしは復讐を求めて声をあげるのをやめませんし、同志の敵(かたき)を討つために赦免委員会の暗殺者たちを非難します――」

　裁判官が口を挟む。「この調子でつづけるのなら、話をつづけさせることはできません」

「言いたいことは言いました……あなたが臆病者でないのなら、わたしを殺しなさい[30]」

「防備を固めた場所」へ追放されると知ると、ミシェルは死刑のほうがいいと法廷に告げた。あとになってようやく、ミシェルはこの判決はある種の救いだったと考えるようになる。「ほかの場所にいて、夢が挫折したのを見なくてすむほうがよかった」。母には慰めの手紙を送っている。「また会えるように気を強くもって、何より身体に気をつけて。遠くへは行かないから[31]」。実際には、考えられるかぎり遠くへ行くことになるとわかっていた。

　オブリーヴ監獄で一八か月をこえる時間を過ごしたあと、ミシェルはロシュフォールの港へ連れていかれ、そこへマリアンヌが見送りにきた。「母の髪が白くなっているのにはじめて気づいた」とミシェルは振り返る。

　ルイ＝ナポレオンは（かつてのシャルル一〇世やルイ＝フィリップと同じく）みずからの意思で快適なロンドンへの亡命を許されたが、ミシェルは、四〇〇〇人をこえるコミューン支持者とともに、南太平洋のフランス植民地ニューカレドニアへ国外追放される判決を受けた。敗北に愕然として、捕獲者への憎しみに満ち、想像を絶するほどなじみのない遠方の土地へと追いやられた、トラウマを抱える大勢の者たち。

　フランスは一八世紀はじめから「不良分子」を追放(パージ)していて、何百人もの物乞い、前科者、売春者をパリの街頭から強制的に集め、植民者を切実に必要とするルイジアナへ送っていた[32]。

しかし流刑がフランス刑罰制度に欠かせない要素になったのは、ルイ＝ナポレオンの第二帝政のときである。一七九五年以来、煽動的な聖職者やその他の危険分子の掃きだめとなっていたフランス領ギアナは、一八七〇年代には失敗と見なされていた。風土病が蔓延し、〝ギアナへの流刑〟はすなわち死刑にほかならないと思われていた。一八五二年から五六年にかけてこの植民地へ送られた八〇〇〇人の男性（と数人の女性）のうち、半分が五年以内に死亡していて、これはスターリン政権下のシベリアよりもひどい状態である。刑罰と結びついた植民地主義そのものは、囚人には労働力としての価値があり、単純に処刑したり死なせたりするのはもったいないという認識から生まれていた。

　ナポレオン一世、すなわちボナパルトはこう主張していた。「最も望ましい刑務所制度は、新世界に植民することで旧世界を清めるものであろう」[33]。しかしコミューン崩壊後につくられた追放委員会は、単に本国を浄化したり植民地へ人を送ったりするだけでなく、対象者を教化（シビライズ）することも刑罰としての国外追放の目的にすべきだと主張した。同委員会の委員長は、コミューンの不届き者も南太平洋の大海原（おおうなばら）では「あらゆる社会を司る法は不朽であり、これらの法が必然かつ不可避の権威によっていかなる反乱をも抑えつけることにたちまち気づくであろう」と書いている[34]。彼は生身のルイーズ・ミシェルに会ったことがあるのだろうか？　あるいは、アペールが撮影したポートレート、頑（がん）としてゆずらないその被写体のまなざしを見たことが？

DINIZULU
E.E.CANEY PHOT

幽霊の山 ディヌズールー・カ・チェツワヨ

I

チェツワヨの息子ディヌズールー、二〇歳前後、当時イギリス植民地だったアフリカ南東部ナタール（一八三九年に建国、四三年に植民地化）に位置するピーターマリッツバーグの警察官舎にて。一八八八年一一月、彼は説き伏せられて降伏したばかりだった。これは逮捕写真（マグショット）だが、民族誌の記録でもあり、戦利品（トロフィー）でもある。彼はズールーランドの北西部で生まれた。一八世紀にその国が誕生した地域である。ズールーの歴史家マゲマ・フゼによると、赤ん坊のディヌズールーは「オンディニから来たマヘラナ」と名づけられた。[1] 一八七三年に王位に就いた父チェツワヨは、巨大な〝ウムジ（umuzi）〟、すなわち王室の集落をつくるよう命じた。それが国の首都オンディニである。息子には王家の名ディヌズールーを与えた。「ズールー民族をじらす者（udin'uZulu）」あるいは逆に「ズールー民族にじらされる者（udinwa nguZulu）」ということばに由来する名である。どちらにせよチェツワヨは、息子の人生の行く末を予見していたかのようだ。

乾いたいばらが茂るマシャバツィニ平野にできた新首都は、その堅固さを示してオンディニ、すなわち〝崖のふち〟と名づけられた。数千人が暮らし、祝宴や祭りのときには五〇〇〇もの人が集まった。たいていのズールーの集落と同じく楕円形であり、二重の柵に囲まれていて、外の柵は先を尖らせた材木、内側の柵はイグサでできていた。中央には練兵場があって、そこで王が兵を検分し、王家の畜牛が飼われていた。

王自身が暮らす小屋と妻たちの小屋は、敷地の北端の柵で囲われた区画にあり、ディヌズールーと姉妹はそれに隣接する囲い地で寝起きした。裏には王がオンディニを一望できる高台があった。ディヌズールーがそこに立ち入ることがあったのなら、平地のところどころにある小さな集落と、「休むことのない鳥（inyonikayiphumuli）」と呼ばれる王家の畜牛が見えたはずだ。北には父専用の飲用水の源泉、ショペクールー山があり、南には王家の風呂の水をとるムビラネ小川があって、それがさらに南の、霧がかかったホワイト・ウムフォロジ川へ流れこむ。その川の向こう岸の先、二五キロメートルほど離れたところに〝王たちの谷〟エマコシニがあり、ディヌズールーの祖先であるズールー王国の始祖たちが埋葬されている。そしてその聖なる谷と川のあいだのどこかに、処刑の場クワンカタがあった。

オンディニでの日々の暮らしをだれよりも詳しく語っているのが、チェツワヨの使用人で当時ティーンエイジャーだったポーリナ・ジャミニである。[2] ジャミニはキリスト教に改宗したあと、宣教師から話を聞かれていた。ディヌズールーは、王を称える夜明けの歌で目を覚ます。

ただちに起きて小屋を片づけ、庭を掃かなくてはなりません。日の出とともに王さまは小屋から出てきます。そのときまでにすべてきれいに整えておかなければならないのです。王さまが姿を現すやいなや、男の従者たちが前にすすみ出ます。王さまが早朝の狩りに行きたいと言えば、〝黒い家〟から狩猟用の銃をとってくるのです。王さまがいなくなると、ウムジはまるで人がいなくなったようになります。人はいっぱいいるのですが、姿を見せることをだれも許されていないのです。

午後、ディヌズールーの父が食事をする準備が整うと、オンディニの人びとは身を隠して静かにしておくよう警告される。命令に反すると厳しい罰を受けることもあった。ジャミニは王の黒い家が建てられたときのことを振り返っている。ヨーロッパ風に漆喰（しっくい）を塗り釉（うわぐすり）をかけた建物で、王はそこでライフル銃を保管し会議をひらいた。近くのキリスト教伝道区から来ていた建設作業員たちの世話をしたのは、ジャミニと同じ使用人の少女たちである。チェツワヨが作業員たちに食事をしたかとたまたま尋ねると、食べ物は出されていないという。少女たちは問いただされ、答えることができずに（おそらくあまりにも恐ろしくて口をひらけなかったのだろう）、処刑の場であるクワンカタへ連れていかれた。「あの子たちが仕事を怠ったのが死刑に値するとは、わたしたちには思えませんでした」とジャミニは言う。

死と死者の世界はすぐ近くにあった。テーブルに並べられた食事のように、青年ディヌズールーの前には祖先伝来の権利による王国があった。大地に宿るだけでなく大地そのものでもある祖先の魂、アマゾージ（amadlozi）が住まう場所。だがディヌズールーの安寧はどれも長く

幽霊の山

ディヌズールー・カ・チェツワヨ

はつづかなかった。この五年間が、彼にとって最後の平和な日々となる。一八七九年、チェツワヨが軍を解散するのを拒んだことを理由に、オンディニはイギリスに侵攻されて破壊され、王の畜牛は奪われて、一〇〇〇をこえるズールー人が殺害された。ひとつにはこれは、六か月前のイサンドルワナの戦いでイギリスがチェツワヨ軍に手痛い敗北を喫したことへのあからさまな仕返しだった。その戦いでは二万のズールー人を擁する軍が植民地軍の一三〇〇をこえるイギリス人を殺害し、イギリスは一〇〇年近くのあいだで最悪の軍事的被害をこうむった。オンディニは四日間燃えつづけ、あとに残ったのは陶器の破片と骨、炎によって焼かれて硬くなった粘土の円盤だけである。それらの円盤はかつて王家の小屋の床だったものだ。

＊

ディヌズールーの友人で家庭教師のマゲマ・フゼは単刀直入にこう述べている。「ディヌズールーがまだ一〇歳ぐらいの少年だったとき、ヨーロッパ［つまりイギリス］の軍隊が侵攻してきて国を破壊された」[3]

イギリスに捕らえられ、首都オンディニから一五〇〇キロメートル近くも離れたケープタウンに閉じこめられた父チェツワヨは、ズールー王国がふたたび別々の王が支配する一三の地域に分割されるのを遠くから見ているよりほかになかった。一九世紀はじめのフロンティア戦争のときから、流刑はアフリカでイギリスの武器として使われていて、捕らえられたコーサ人

〔おもに東ケープに居住するバンツー系アフリカ人諸民族〕の戦士たちは、ケープタウン沖のロベン島へ追放されていた。その後もズールーランドでのイギリスの優先事項は、現地勢力が集権化する気配が少しでも見られたらそれを抑えつけることにあった。

流刑先でチェツワヨのいちばんの味方だったのが、友人のジョン・コレンゾである。ズールー人にはソバンツ（Sobantu、〝民族の父〟）と呼ばれていたナタールの主教で、侵略のあけすけな批判者であり、終生イギリスをいら立たせた。コレンゾは一八六二年に広く異端と見なされた聖書の注釈書を刊行して以来、反体制派として国教会から忌み嫌われていた。[4] 布教区の異教徒のせいで、コレンゾはキリスト教の真実に背を向けさせられたというのが国教会の主張である。イギリスの悩みの種という彼の役割は、娘のハリエットに引き継がれる。父と娘がロンドンの政府へ執拗に働きかけたことで、チェツワヨはついに女王に面会してみずからの言い分を述べる機会を得た。

一八八二年、ズールーの王としてイギリスをはじめて訪れるチェツワヨは、ヨーロッパ風の服装を選んだ——棍棒（ノブケリー）を短いステッキにもちかえ、ベシュ（beshu）〔成人男性が身につける腰巻き〕の代わりにスリーピース・スーツを身につけて、イシココ（isicoco）〔成人男性であることを表す頭につける輪〕の上からシルクハットをかぶった。ロンドンの報道陣と市民は驚きと困惑が入りまじった目で彼を凝視した。「すさまじい人ごみで、通りに足を踏み入れるのが怖かった」と、あるロンドン住民が書いている。「夢中で彼を見ました」。[5] チェツワヨの存在は、植民地へイギリスがいかに関与しているのか、その現実をロンドン市民に見せつけた。フランスがニューカレドニアなど太平洋の領地を固めたのは、スダンの〝屈辱〟後にみずからの力を証明する試みでもあったが、イギリスがアフリカ南東部の支配を強化したのは、普仏戦争後に新たに統一した〝ドイツの世界政策（deutsche Weltpolitik）〟への対抗策でもあったといえる。

チェツワヨの服装は追従的と受けとめられた。彼の旅そのものも同じである。ワイト島の邸宅でヴィクトリア女王にごく手短な謁見をしたのち、チェツワヨは新たな分割条件のもとでズールーランドへ戻ることになった。国内一三の部族を三つの地域に統合する条件である。チェツワヨの王国は大幅に縮小され、南西の新しいイギリス保護領と、北東の元配下で、イギリス支持者になったジベブ・カ・マピタ〔チェツワヨの遠縁〕の拡大された領地に挟まれることになった。ジベブは王家のマンジャカジ分家の長（おさ）であり、恐るべき軍指揮官として名を馳せていた。ようするにこういうことだ。王国へ戻ってもかまわないが、王国はもう自分のものではないと受け入れることが条件である。何年もあとに、チェツワヨの息子も同じような譲歩を強いられることになる。

＊

チェツワヨが帰郷したわずか五か月後の一八八三年七月、首都オンディニの再建はジベブ軍の夜討ちに阻まれた。その攻撃につづいてムセベの戦いが起こり、チェツワヨの弟ンダブコが指揮を執ってジベブの土地を攻撃したが、その結果、ジベブの奇襲を受ける。ンダブコは一〇〇〇人をこえる兵を失った一方、ジベブが失ったのはわずか一〇人だった。ンダブコはこの失敗に絶えず苦しめられる。その一五週間後、オンディニで配下の有力族長や顧問ら数人のほかにチェツワヨの妻たちも殺され、幼い息子ニョニイェンタバ（〝山鳥〟の意）も母の腕のなかで刺殺された。ジベブ軍のイギリス人傭兵が、いかにもプロの殺人者らしい舌なめずりするような調子で殺害を、とりわけチェツワヨ配下の族長たちの殺害を振り返っている。「みんな太って腹が出ていたので、逃げられる望みはなかった。実際ひとりは捕まり、わたしの従者の少年に刺し殺された」[6]。当時一六歳前後だったディヌズールーは、叔父のンダブコとともに馬に乗って逃げた。一方、傷を負ったチェツワヨは、絶えず霧がたちこめているンカンジャの密林へ逃れた。ズールーの王族の昔からの聖域である。一八八四年二月八日、〝父〟ジョン・コレンゾの訃報が届いて間もなく、チェツワヨも死んだ。イギリス人医師による報告書では、死因は「心臓の脂肪変性」だった。[7]

伝統で定められたとおり、王の遺体は雄牛の皮に包まれ、屋根つきの小屋の中心を支える柱に座った姿勢で縛りつけられて、香木（こうぼく）を燃やした煙のなかで完全に乾燥させられた。イギリスの駐在弁務官メルモス・オズボーンは、チェツワヨを王たちの谷エマコシニへ埋葬することを禁じた。その谷には、ズールーの独立国としての地位と統一を象徴する聖なる草の輪、〝ズールー民族のインカタ（インカタ・イエズウエ・クワズールー）（Inkatha yezwe yakwaZulu）〟が保存されている。かつてのその地位と統一を一八七九年に破壊したのがイギリスだった。そこで葬儀を執りおこなえば、社会不安を招くだけだとオズボーンは主張する。そのため、二か月後も王の遺体はまだ地上にあった。この白人男にはそれだけ大きな力があったのだ。死んだあとまで身体があるべき場所を指示する力。ディヌズールーがンカンジャの密林に隠れているあいだに、ンダブコはようやく兄の遺体を森の奥深くにあるボペの尾根へ牛車で運ぶことを許され、四月一〇日、壊した牛車と生贄にした雄牛たちとともにそこへ埋葬した。チェツワヨはついに〝死者（umuntu oshonileyo）〟になったのだ。[8]

母のノヴィムビ・ムスウェリが庶民の出だったため、ディヌズールーは庶出の烙印を押されていた。それゆえチェツワヨが死んだとき、ズールーの首長の地位にはディヌズールーの異母兄など、ほかにも競合者がいた。ディヌズールーが跡継ぎであることをはっきりさせたかった叔父のンダブコと父の異母弟シンガナは、チェツワヨの死の床に立ち会った。ふたりによると、王チェツワヨの臨終のことばは、次のようなものだったという。「父で先代の王ムパンデは、国をわたしに残した。わたしチェツワヨは、国を息子ディヌズールーに残す」。こうしてディヌズールーの即位が宣言された。しかしマゲマ・フゼは、チェツワヨの臨終のことばを異なるかたちで書き記している。弟と異母弟に語ったのではなく、息子ディヌズールーに直接伝えたというのがフゼの主張である。「わたしを埋葬したら、すぐにズールーの国民を結集させてジベブを攻撃して戦え。おまえはあいつを打ち倒すだろう。わたしもわが軍のなかにいるのだから」[9]

＊

だれよりも速く走り、だれよりも巧みに狩りをして、怒ると目が赤い光を放つ——ディヌズールーについて臣下たちはそう述べている。ジョン・コレンゾの娘のひとり、フランシス・コレンゾによると、ディヌズールーは「わが物顔で地上を歩いた[10]」。敗北を喫したときですら立ち居振る舞いにある種の穏やかな鷹揚さがあり（エショウェ〔かつてズールー国の都が置かれたナタールの町〕で撮影された例の逮捕写真を参照のこと）、不遇の人生を送るとずっとわかっていたかのような印象を与える。単純なことだ。死にはふたつの種類しかない。時宜を得た死と早すぎる死。まっとうされた人生と、若枝（わかえ）のようにへし折られた人生。「わたしが死んでも完全に死んだことにはならない」と、チェツワヨはオズボーン弁務官に語った。「息子のディヌズールーが生きているのだから[11]」。父と子がいずれも恐れていたのは、口にするのも憚られるほど恐ろしい死だけだった。血統が断ち切られることである。

一八八四年六月五日の早朝、ディヌズールーが兵を率いてジベブへ攻撃をしかけた[12]。ディヌズールー配下の一万の戦士のほかに、武装したボーア人も一〇〇人いた。ボーア人はドイツとオランダからの入植者の子孫の白人で、ズールーランド北西部と接する領土、トランスヴァールの拡大をしきりに望んでいたのだ〔なお、「ボーア人」はイギリス側の呼称で、オランダ系白人はそれを嫌い、自らを「ブール人」と発音していた〕。その二週間前、ボーア人はディヌズールーをズールー人の王と認めていた。若きディヌズールーは、空のビールケースに据えられた王座にすわり、聖油の代わりにヒマシ油によって聖別された（キリスト教の儀式を知る者なら、これが実際

幽霊の山
ディヌズールー・カ・チェツワヨ

には猿芝居だとわかっただろう)。そして軍事支援と引き換えに――ここでディヌズールーの若さが不幸なかたちで露呈する――、ボーア人の指導者たちが「必要と考える」だけの土地を彼らに与える合意が取りかわされた。[13]

ディヌズールー軍とボーア人は、日照りのなか、茶色く濁って緩く流れるムクゼ川に沿ってジベブを四日間追った。するとふたつの山が視界に入ってきた。五〇〇メートルほど離れた高さ二〇〇メートルの山で、ひとつはドーム型、もうひとつは岩でごつごつしている。いずれも側面には、いばらが鬱蒼と茂っていた。東にこのふたつの山、ガザとチャネニ(イギリス人は〝幽霊の山〟と呼んでいた)があり、北にはムクゼ川とポンゴロ川が流れている。銃声が静寂を破った。分家のマンジャカジ族はディヌズールーたちの機先を制して攻撃せざるをえなかったのだ。ディヌズールーの集団ウスツ(uSuthu、ズールー王党派)は後退したが、ボーア人のライフルによってマンジャカジを追い返す。戦闘は一時間で終わり、風に漂うコルダイト爆薬と損傷した死体のにおいだけがあとに残った。マンジャカジはジベブの兄弟六人を含む数百人の死者を出した。生存者は六万頭もの畜牛を捨てて逃げ、ディヌズールーの戦士と勝利をもたらしたボーア人がそれを分かちあった。[14]

支援の見返りとして、最終的にボーア人はズールーランドのなかでもひときわ豊穣な農地およそ一万三〇〇〇平方キロメートルを要求する。そこには聖地エマコシニの谷も含まれていた。ディヌズールーは聞こうとしなかったが、王国の弔鐘が鳴らされたのだ。その三年後、敗北したジベブはウスツの土地へ戻ることをイギリスから許された。ジベブと配下の兵士たちは復讐にとりかかり、村に火をつけ、レイプし、畜牛を奪った。一八八八年六月二三日、ディヌズルーはジベブの野営地に反撃をしかけた。五年前にジベブが首都オンディニを襲撃し、母の腕に抱かれたディヌズルーの幼い異母弟が刺殺されたときを彷彿させる急襲である。ディヌズルーと配下の兵たちは、そのときと同じぐらい容赦なかった。

*

イギリスの「忠実な盟友」に対する、そのような目にあまる攻撃が黙って見過ごされるはずがない。ジベブへの援軍として、六〇〇人の竜騎兵が派遣された。ディヌズルーは叔父たちとともに二〇〇〇人の兵士を従え、首都オンディニから北へ三〇キロメートルほどの別の山、セザの鍾乳洞へ退却した。そしてイギリス軍が日ごとに前進し、農地を焼き払っていくのを、ンダブコとシンガナとともに見ていた。二〇歳。父が死んで四年。殺されるか、さもなくば投獄されるか流刑に処されることは重々わかっていた。

八月七日、イギリス軍はセザ山から聞こえてくる歌を耳にした。兵士たちがウスツの戦いの歌をうたいながら小屋に火をつけ、近くのシクウェベジ川を渡って退却していたのだ。ディヌズルーとンダブコは護衛隊とともに北へ向かった。イギリス軍を避け、炎に包まれた土地を横断した。ディヌズルーは、はじめて胸にイジク（iziqu）をかけた。ヤナギの木のビーズを紐でつないだもので、戦功をあげた者が身につける装飾品〔とくに首飾り〕である。

幽霊の山

ディヌズールー・カ・チェツワヨ

夜には変装して列車に乗り、信頼する女性が暮らすピーターマリッツバーグへ向かった。「わたしはズールー人のなかで生まれた」と、ハリエット・コレンゾは書く。「わたしは自分をズールー人と呼ぶ」。ディヌズールーが彼の父の息子だったのと同じで、ハリエットも彼女の父の娘だった。彼女はディヌズールーを弟のように思いやるようになる。ハリエットは一八四七年にイングランドのノーフォークで生まれ、七歳のときにアフリカへ渡った。父でチェツワヨの友人だったナタール主教、ジョン・コレンゾは、一八八三年に死んでいた。ナタールの入植者が、ハリエットは父親より多少は融通が利くのではと期待していたとしても、その期待は彼女と一度顔を合わせるとたちまち潰えた。ハリエットはズールー人のあいだで〝杖(Udhlewdhlwe)〟と呼ばれていた——父の一歩一歩を支えた者。しかし友人たちは彼女を別の名で呼んでいた。マトトバ(Matotoba)、ゆっくりで慎重な者。マンディジ(Mandizi)、飛ぶ者。インカニシ(Inkanisi)、頑固者。ズールーランドのほかの宣教師たちとは異なり、ハリエットは畜牛で婚資を払うイロボロ(ilobolo、単にロボロとも)の習慣を受け入れ、ズールーの国はイギリスが主張していたような「まったき軍事独裁」によってもっぱら結びついた独立部族の単なる集合体ではなく、ひとつの統一体であることを認めていた。彼女の生涯の目標は、ウスツ王室のもとズールーランドの統一を保つことだった。ディヌズールーがセザ山から逃れたあと、ハリエットは彼と叔父たちに降伏を勧めるメッセージを送る。「あっさり死んでしまったら、あなたがたを中傷してきた人たちの存在を覆い隠し、彼らにとって都合よく事態がすすんでしまいます。捕らえられて裁かれるというもうひとつの道をとれば、あなたがたを取り巻く裏切りを人目にさらすことができるでしょう[15]」

＊

三か月半後の一一月一五日、正体不明の男が二〇人の従者とともに、ピーターマリッツバーグ近郊にあるコレンゾ家の伝道所兼自宅、ビショップストウに姿を現した。ハリエットはエショウェに出かけていて不在だった。妹のアグネスは、目の前の男がほんとうにディヌズールーなのかわからなかった。だが、ほかにだれがいるだろう？「彼の敵の考えと力を知っていたので胸が痛んだ」とアグネスは振り返る。「彼はいまだに、はるかかなたにあり、ズールー人には手に入れられそうもないイングランドの正義を信じていたから[16]」。ディヌズールーを母に託し、アグネスは馬車でピーターマリッツバーグへ向かい、ハリエットへ電報を打った。

一八八八年一一月から翌年四月にかけて、特別弁務官による裁判がエショウェでひらかれた。審理されたのは一七人の男たちの容疑であり、なかでも重要だったのが、ディヌズールーおよび若き王とは別に降伏した叔父ンダブコとシンガナだった。ハリエット・コレンゾは英領アフリカで最も尊敬されていた弁護士ハリー・エスコウムを雇い、その費用のために破産寸前に陥った（ディヌズールーの法的弁護のために彼女が財産を使い果たすのは、これが最後ではない）。ンダブコの裁判は、一一月一五日にはじまった。容疑は女王の臣民および軍に対する不服従、反抗、侮辱、暴力、「角（つの）のある家畜」の窃盗、クラース・ロウという名の商人の殺害および死体損壊への関与である。めったに怒ることのないンダブコは、「こうした嘘のどれにも何も言うことはありません」と述べた。そして、甥ディヌズールーは「この問題に巻きこまれるべきではない」と主張する。「まだ子どもですから」[17]。一方、ディヌズールー自身は、反乱、暴動、殺人の罪、シンガナは、殺人と「不服従」の罪に問われた。

一八八九年二月二七日に判決が言いわたされた。三人ともイギリス臣民として反逆罪で有罪となる。シンガナは一二年の拘禁刑を言いわたされた。ンダブコは一五年。「ディヌズールー」と裁判官は判決を申しわたす。「慎重な審理を経て、われわれは次のように確信していると言ってよいでしょう。[…]あなたの目的はズールーランドの既存政府を転覆させることだった。本法廷によって一〇年の拘禁刑に処する」[18]

しかし駐在弁務官オズボーンは、ディヌズールーらがズールーランドにとどまっていると「それだけで放縦(ほうしょう)な不忠の動きがくすぶりつづけるだろう」と主張し、彼らを「海をこえたどこか安全な場所へ追い払う」よう勧告した――ハリエット・コレンゾの影響力が及ばないどこか遠い場所へ。[19] イギリスの植民地大臣も賛成した。「より隔離されたイギリス領でなら、おとなしくしてさえいれば、かなりの自由を許されるかもしれない」。一八九〇年一月一九日、三人は監房からズールーランドの総督サー・チャールズ・ミッチェルのもとへ連れ出された。

厳粛に、しかし礼儀正しく、ミッチェルは強情な子どもに対するように三人に話しかけた。

女王陛下は配下の首長たち[すなわち顧問たち]とともにすべての証拠に目を通し、博識な法律家と長官たちが、判決は正しいと陛下に助言したのです。だが女王陛下はこうおっしゃった。「この男たちは土地の首長であり、一般囚人と同じように働かせたくはない。したがって、わが領土のどこかの土地へ送ろうと思います。そこでなら、ズールーランドでは与えられない恩恵を享受できるでしょう。ズールーランドにいたら独房に閉じこめられ、草を見ることすらできません[20]」

「ここに残る者たちはどうなるのです?」ディヌズールーは強い口調で尋ねた。「つまり女たち、わたしの家族は?[21]」

「だれかが暴行を働くだろうとお考えですか?」

「うちにいるわたしの家族が困ります。わたしに会えないと」

「うちにいるわたしの家族も困っていますよ。わたしに会えなくてね」

だがディヌズールーもわかっていたとおり、総督は望めばいつでもイングランドへ帰国できた。

すでに見たように、ズールーランドでのイギリスにとっての追放は、それぞれの領土でのフランスとロシアにとっての追放と同じく、ひとつには実際的な手段だった――本国を浄化し、「放縦な不忠の動き」を抑えるのがその目的である。しかし、チェスの駒や塵のように敵を扱って地球上での居場所を指示すること、それは帝国の恐るべき覇権を見せつけて抵抗の意思を挫くことでもあった。

ミッチェルは、判決が「最も実質的な罪の軽減」であることを三人に印象づけるよう指示されていた。その七五年前、彼の同国人は打ち負かした別の敵、ナポレオン・ボナパルトへも同じようなことを言い——「この島の物理的位置は、ほかのいずれの場所よりも、本人を寛大に処遇することを可能としよう」[22]——南大西洋の同じ離島へ送っていた。

ユダヤ人居住区

レフ・シュテルンベルク

I

シュテルンベルク家の記念写真を虫眼鏡で見てみよう。[1] 一八七二年ごろにウクライナのジトーミルで撮影されたものである。おそらくスタロヴィリスカヤ通りの家に飾られていて、おそらく名刺判写真（カルト・ド・ヴィジット）としてプリントされてもいた。弟で双子のサヴェリイとダヴィドが、ひとつの椅子に座っている。そのうしろに両親、髭をたくわえたイアンケルとシェイテル〔ユダヤ教徒の既婚女性がかぶるかつら〕をかぶったイェンタ・ヴォルフォヴナがいて、イアンケルの膝には幼子のアロンが腰かけている。その背後にレフの姉ナジェジダ（シュプリンツァとしても知られ、母に生き写しである）が立ち、みんなから見て右手の少し離れたところでレフ、出生証明書の名では〝ハイム＝レイブ〟が写真家の指示でポーズをとり、雷文（らいもん）細工を施した台座に片方の前腕を預けている。台座は大階段の親柱（おやばしら）に見せかけたものだろうか。一流のスタジオではないが――双子の足もとの剝き出しの厚板や、虫の食った掛け布（ドレープ）を見ればわかる――豪華に見せかけようとし、メイドを雇って田舎で夏を過ごせるような家族にサービスを提供していた。

レフは一一、二歳だが、それよりいくつか年上に見える。生涯の友人となるモイセイ・クロリと出会って間もないころだ。茶色かグレーの厚ぼったいサージのスーツを身につけ、白い襟の下に濃い色のネクタイを締めていて、黒っぽい前髪は母親の手でまっすぐ切りそろえられている。口が少しひらいているのは、何かしゃべっているのかもしれないが、おそらく視線の先の相手にふくれ面しているのだろう（黒い布で覆った機械のうしろにいて、片手にレンズのキャップをもち、もう片方の手に時を刻む懐中時計をもつ写真家に）。まじめな少年で誠実。だれの人生にも悪がたやすく忍びこむことにきわめて敏感であり、政治観がすでにかたちづくられつつあった。「ドイツ人の気が知れないよ！」普仏戦争でのフランスの犠牲者について聞いたときには、そう声をあげた。「聖書を読んでないのかな？　剣を鋤に打ちなおさなけりゃいけないって、聞いてないの？」

　他者（動物、使用人、古代イスラエル人）の苦しみに慄然とするレフは、まったき同情心をもっていた。その同情心はあまりにも強い痛みとして経験されるため、なかには残酷になるよう自分自身に教える子もいる。クロリは友人レフの両親、とりわけ母親を懐かしく回想している。「レフは美しい心と人間へのたぐいまれな愛を彼女から受け継いだのだと思う。一方で父親は、すばらしい独創力と煮えたぎるエネルギーをもつ男だったが、どちらかというと厳格な気質だった」[2]（イアンケルはクロリが息子に悪影響を与えていると思っていたようだ）。シュテルンベルク一家は、はじめはイディッシュ語で話していたが、のちにロシア語を使うようになる。はじめてクロリに会った一〇歳のとき、レフは「ロシア語のことばを一語たりとも知らなかった」。

　一七九三年にポーランドから編入されたジトーミルは、ユダヤ人文化およびユダヤ人居住区

ユダヤ人居住区

レフ・シュテルンベルク

内の学びの中心地だった。ユダヤ人居住区はロシア西部の異種文化圏であり、ユダヤ人はおおむねその外で暮らすことを禁じられていた。またそこは、ヘブライ語での印刷出版が認められていた、わずかふたつの場所のひとつだった（もうひとつはヴィリニュス〔現リトアニアの首都〕）。シュテルンベルクが生まれた一八六一年には、人口四万五〇〇〇人のうち一万三〇〇〇人がユダヤ人だった。シュテルンベルクは自民族の苦しみの物語にひたって育つ。タルムードで語られるものだけではない。高等学校（ギムナジウム）の隣には、前世紀のユダヤ人虐殺（ポグロム）犠牲者の集団墓地があった。これは記念碑であると同時に、今後起こりかねないことへの警告でもあった。したがって彼の〝故郷（ホーム）〟の考えは複雑である。ジトーミルでユダヤ人として暮らすこと、それは自分がおおやけに愚弄と疑いの対象であると知ることであり、政府の失敗から大衆の目をそらすために、自分のコミュニティがいつ政府によってスケープゴートにされてもおかしくないと知ることである。国家は自分を守るために動いてはくれないと知ることである。シュテルンベルクが若いときに現れた比較的ラディカルな政治的党派にユダヤ人が非常に多かった理由が、ここからわかるかもしれない（一方で体制側は、ユダヤ人はどうしようもなく煽動的だというイメージを、そこからつくりあげることができた）。

スタロヴィリスカヤ通りは、テテレフ川支流のカメンカ川から一ブロックのところにあった。クロリの記憶では、「ユダヤ人が密集して暮らす崩れかかった平屋のあいだに〔…〕地主の美しい屋敷が点在していた」[3]。シュテルンベルクが言うように、「この通りの住人と常連はみな互いに顔見知りで、ともに多くの時間を過ごし、影響を与えあっていた。だれもが一方で革命の理念に、他方でユダヤ的な感情に引きつけられていた」[4]。

近所に暮らす者のなかには、著名なユダヤ人知識人たちや、未来の小説家ふたりもいた。ひとり目のウラジーミル・コロレンコはシュテルンベルクよりも八つ年上で、のちに「全般的な期待の気分」「何か起こる」という感覚のなかで蠢動（しゅんどう）する街のことを振り返っている[5]。それは前ぶれの時代、「黄金文書、百姓の蜂起、殺人」の時代だった。コロレンコは皇帝（ツァーリ）が街を公式訪問したときのことを鮮明に記憶している。若きコロレンコにとって皇帝はなかば神話的な力をもつ人物であり、「すべてできる」人だった。「私どもの部屋にやってきて、ほしいものを取ることができるが、誰もツァーリに何も言えない［…］ツァーリはどんな人間も将軍にできるし、どんな人間もサーベルで首を斬る」ことができる。ジトーミルはコンラト・コジェニョフスキ――のちの有名小説家ジョゼフ・コンラッド――の故郷でもあったが、ポーランド人の父がロシアによる支配に反対していたため、彼とその家族はすぐにロシア北部へ流刑に処された。成人後のシュテルンベルクに刺激を与えるコロレンコもまた、長年の政治的流刑を経験する。

シュテルンベルクとクロリは、学校当局から書面で許可を得て午後九時の門限を守れば劇場を訪れることができたが、街の美術館は「きわめてみだらな場所と考えられていた」し、公共図書館には立ち入りを禁じられていた[6]。認められた本はギムナジウムの図書室経由で利用でき、ほかは不正手段によって手に入れた。まずはフェニモア・クーパーやジュール・ヴェルヌから――厳密に言えば、六歳のときから読んでいたタルムードが最初だが――、そして冒険小説では飽き足らなくなったら、プーシキン、レールモントフ、ゴーゴリ、ユゴー、ディケンズ、や

ユダヤ人居住区

レフ・シュテルンベルク

がてマルクスも。クロリはツルゲーネフの短篇「猶太人(ユダヤ)」を読んだだろうか？

ほかのほとんどの作家よりもツルゲーネフを尊敬していたシュテルンベルクは、青年期に「猶太人」を裏切りとして経験した。「読んでみろ」と友人クロリに告げ、それを読んだクロリは「ショックを受けた」[7]。

「猶太人」は、ダンツィヒ攻囲戦〔一八〇七年、フランス軍がプロイセン領ダンツィヒを包囲した攻城戦〕のあいだに、ロシア人将校がギルシェリというユダヤ人の男の娘と恋に落ちる話である。ギルシェリは当時の基準でいってもうんざりするほど反ユダヤ的なかたちで誇張して描かれた人物であり、フランスのためにスパイ行為を働いたとして告発される。寛大な処置をとるよう将校が申し訳ていどの嘆願をするが、ギルシェリは恐れおののきながら惨めに絞首刑に処される。首に綱の輪がかけられるとき、読者は憐れみを感じることが想定されている——人間とは言いがたいこの卑劣漢にさえ憐れみを感じるのだと。この短篇のタイトルは、レフとモイセイが日々耳にしていた罵りことばを反響していた。〝ジッド、ジッド（Zhid, Zhid）〟——ロシアのユダヤ人が自分たちを指して使うことのないことばであり、その暴力性は侮蔑語〝イィド(Yid)〟に近かった。

「ツルゲーネフが書いた作品で唯一、ユダヤ人が描かれている物語なのに」シュテルンベルクは声をあげた。「このユダヤ人はスパイでならず者なんだ！」[8]

ジトーミルは、クロリに言わせると「年金生活者の街」であり、最寄りの鉄道駅からおよそ五五キロメートルも離れていて、電信で外の世界とようやくつながったばかりだった。そのころにはジトーミルがきわめて辺鄙な場所だとわかっていたシュテルンベルクは、ずっとあとになってからも、その孤立に不満を述べている。しかし故郷の街が「禁欲的で厳格なルール」のもとにある息苦しい場所でも、周囲の田園地帯はふたりに解放感を与えてくれた。ボートを漕いでテテレフ川の急流を下り、ジトーミルからプシーシチェへ向かってマツの森を終日歩いて過ごした。「そこへ行けば暑い日には暑さから、天気が悪い日には雨から逃れられた」[9]とクロリは言い、「きれいで透明感のある空気、マツの香り、森の奥を支配する静寂」を振り返る。こうした散歩のとき、スタロヴィリスカヤ通りの慎み深いレフは「一変した」――能弁になり、歌と詩ではちきれんばかりになった。森は若きルイーズ・ミシェルと同じく彼にも教訓を与えた。人間の世界に脅かされ、打ちのめされそうになっているときは、人間以外のものに逃げ場を見いだせばいい。

シュテルンベルクの社会主義は、スタロヴィリスカヤ通りの知的土壌のなかで一種独特のユダヤ的なかたちをとって姿を現した。階級闘争の理論と同じぐらい、ヘブライ語聖書のメシア信仰からも芽生えたのだ。シュテルンベルクの神への信仰は弱まるかもしれず、ときおり消えるかもしれないが、歴史の教訓はずっと心にとめていた。例の家族写真が撮影された一五年後、シュテルンベルクはオデーサ中央刑務所〔オデーサはウクライナ南部の黒海に面する港湾都市〕で子ども時代を振り返っている。非合法組織のメンバーだったことを理由に捕まった彼は、そこで三年を過ごしたのちに流刑に処された。「青春期のよろこびはすべて奪われた」とシュテルンベルクは書く。「その時代のことでただひとつ印象に残っているのは、道徳的な信念である。

ユダヤ人居住区

レフ・シュテルンベルク

したがって、道徳と学びという考えがわたしのなかで大きな存在になった。当時のあらゆる会話にはひとつのテーマがあった。悲しくて虚しい。悲しくてぴったり」[10]。少年時代のシュテルンベルクは、ほんとうに人生をこんなふうに感じていたのだろうか？　悲しい？　虚しい？　よろこびを奪われていた？　それに「ぴったり」とはどういう意味だろう？　惨めなのは自分にふさわしい、あるいはあらかじめわかっていた、とでもいうかのようだ。成人してから――独学で身につけた英語ではなくロシア語で――書いたほかの文章では、シュテルンベルクはジトーミルを恋しがっていて、実家に宛てたのちの手紙では両親にもっぱら思いやりと気づかいを示し、自分自身の最悪の苦しみは多くの場合隠している。おそらく喪失を自分のなかでも軽く受けとめることで、それをしのぎやすくなったのだろう。あるいはオデーサで綴られたこうしたことばは単なる憂さ晴らしで、暗いことよりも明るいことのほうが多かった過去に、つかの間、刑務所の檻の棒が影を落としていただけかもしれない。

＊

ジトーミルのおよそ一〇〇〇キロメートル北、サンクトペテルブルクの血の上の救世主教会は、エカチェリーナ運河の横に立っている。シュテルンベルクがこの街にやってくる直前の一八八一年に、アレクサンドル二世が暗殺された場所である。大きな建物であり、なかは天井がとても高くて、吹き抜けの上のほうはある種のかすみに覆い隠されているように見える。建物の一角には四柱式寝台に似た天蓋(チボリウム)があり、アレクサンドルが祀られている。大理石の床が切り取られていて、そこを一種の窓として、彼が殺害された石敷の通りが四分円のかたちでさらされている。大理石の柱、ビロードの掛け布(ドレープ)、床、すべてが赤だ。華麗で金色に輝くこの空間のなかで、天蓋は醜い血痕であり、まるで炎症を起こした内臓のようである。

その暗殺は、一八七九年に立ちあげられた〈人民の意志〉という過激派組織が、結成から二年で七度も皇帝の殺害未遂を重ねたすえの出来事だった。そのなかには、冬宮(とうきゅう)や皇帝の列車を爆破する試みもあった。〈人民の意志〉は野心を隠していなかった。事件後に出た回報の号には、パリ・コミューンの指導者のひとりであるエドゥアール・ヴァイヤンのことばがエピグラフとして掲載されている。「社会が皇帝たちに負う義務はひとつしかない。彼らを処刑することである」[11]（一方、ルイーズ・ミシェルは興奮で胸を高鳴らせながらロシアでの出来事を見ていた。「ニヒリスト、わたしの同志、みんなの恨みが晴らされている。絞首台の上の空に自由が飛翔する。ロシアに敬礼を！」[12]）

〝ナロードニキ〟すなわち人民主義者へのコミューンの影響は、それが鎮圧される際の暴力において、より際立っていた。高校卒業時にはシュテルンベルクは、プルードンやマルクスといった革命思想家を読むことで、生来の情け深さとユダヤ人として受けた教育を昇華させ、政治行動を強く望むようになっていた。暴力を嫌悪していた少年はやがて姿を消す。鋤は暴君に対してふるわれるものにほかならないのだ。革命の種は都市や大学にあるのではなく、田舎の小作農のなかにあるというのが人民主義者の主張だった。〈人民の意志〉の前身である〈土地と

ユダヤ人居住区

レフ・シュテルンベルク

自由〉運動は、〔パリ・コミューンを崩壊させた〕血の一週間の五年後、一八七六年に発足し、権力を分散させてすべての土地を小作農に分配するよう求めた。「われわれの究極の政治的・経済的理想は、無政府状態と集産主義である」[13]とそのマニフェストにはある――この理想は、暴力による国家転覆によってのみ実現できるという。

「退屈でブルジョア的な」ジトーミルで大人になろうとしていたシュテルンベルクとクロリは、「尋常でないことが起こっているのに気づきはじめた」。年長の学友たちが「人民のもとへ行く」と伝言を残して夜に姿を消す――若き革命家を田舎へ送りこみ、小作農の反乱をあと押しさせる〈土地と自由〉の方針を指すことばである。ふたりがさらに政治にのめりこんでいくなかで、ある同志がキーウ〔ウクライナの首都〕からクロリのもとを訪ねてきた。どういう意味かはわからないが「とてもミステリアスな見た目」の男であり、住所と翌日夜の指示をクロリに手渡した。クロリがその住所へ足を運ぶと、テーブルのいたるところにリボルバー、カートリッジ、ナイフが置かれていた。ミステリアスな男とその仲間たちは、革命の資金を獲得するためにキーウ＝ジトーミル間の郵便馬車を襲う計画を立てていて、案内人となる地元の信頼できる人間を必要としていたのだ。クロリはショックを受けたらしく、シュテルンベルク――一五歳のシュテルンベルク――のもとへ走った。シュテルンベルクはすぐにそのアパートメントを訪れ、暴力には与(くみ)さないと男たちに告げた。「略奪して人を殺すのは社会主義者のやることではありません」[14]。これは受け入れられたようで、いずれにせよ強奪は待ち伏せ時間を誤ったため失敗に終わった。茶番めいた出来事ではあるが、ここからふたつのことがはっきりとわかる。

第一に、過激派が過激なことをしかねないことにショックを受けたふたりの単純素朴さがわかる。第二に、その後間もなくふたりに、とりわけシュテルンベルクに訪れる変化がわかる。というのも、一八七九年にテロの使用をめぐる意見対立で〈土地と自由〉が分裂すると、ふたりの若者はより過激で暴力的な党派へ引きつけられていくからだ。ナロードナイア・ヴォルヤ(Narodnaia Volya)、すなわち〈人民の意志〉である。この決断によって、その後ふたりが歩む人生がかたちづくられる。

*

I

一八八一年三月一三日午後二時一五分、マネージュ広場で軍事演習を見たのちに、皇帝アレクサンドルは冬宮への帰路についた。コサック騎兵に護衛された馬車が角を曲がってエカチェリーナ運河の河岸(かし)に入った直後、毛皮の帽子をかぶった若い男が包みをもって姿を現した。それにつづく爆発によって、コサック騎兵ひとりと通りすがりの精肉店の少年が負傷したが、皇帝の防弾馬車は表面に傷がついただけで、皇帝自身も片手にかすり傷を負っただけだった。茫然として馬車をおりてきた皇帝は、捕らえられた襲撃者へわずかに目をやり(ある記録によると、男に向かって人さし指を振ったという)、爆弾によってできた穴を調べて、コサック騎兵と精肉店の少年に軽く声をかけた。馬車へ戻ろうとしたとき、二六歳の元工学生イグナツィ・フリニェヴィエツキが皇帝に近づく。一発目よりも強烈な二度目の爆発によって皇帝の腹は引き裂かれ、

ユダヤ人居住区

レフ・シュテルンベルク

両脚は膝から下が寸断された。アレクサンドルは、ことばにならないことばをいくつか発した。フリニェヴィエツキはターゲットより先に死んだ。恐れおののき後悔していたひとり目の爆破者、一九歳のニコライ・リサコフは、のちに共犯者を自白して彼らとともに絞首刑に処される。アレクサンドルはそりで冬宮に運ばれておよそ一時間後に死亡し、そりが通ったあとは雪がリボン状に赤く染まった。

その冬、大学で数学と物理学を学ぶために二〇歳のシュテルンベルクがクロリに一年遅れてサンクトペテルブルクへやってきたときには、暗殺事件を受けて〈人民の意志〉は解体されつつあった——クロリに言わせると「血が枯渇させられた[15]」。一八七九年から八三年のあいだに、およそ二〇〇〇人の〈人民の意志〉党員たち（narodovoltsy）が裁判にかけられて投獄され、数百人がシベリアへ送られた。新たな社会主義ユートピアの先触れになるどころか、暗殺事件によって国家による監視と抑圧が強まる。一方、ついに革命に火をつけると暗殺者たちが期待していた小作農は、暗殺にユダヤ人が関与していたというデマに駆り立てられて次々と反ユダヤ的な大虐殺（ポグロム）を実行した。こうした襲撃によって、ロシアからヨーロッパとアメリカへの最初のユダヤ人の大規模移住が起こる。次の波は、一九一四年に起こった二度目の一連のポグロムのときである。

シュテルンベルクとクロリはそれに挫けず、〈人民の意志〉の生き残りの学生部に加わった。一八八二年一一月には、教育改革反対のデモをする学生と警察のにらみあいに参加して逮捕される。監獄で一〇日過ごしたあと、ふたりは退学処分を受けた。シュテルンベルクが大学に入学して一年足らずのときである。

翌年、ジトーミルへ戻って「自宅亡命」の期間を経たのちに、シュテルンベルクとクロリはオデーサにあるノヴォロシースク大学の法学部に入学した。シュテルンベルクは解散させられていた〈人民の意志〉南支部をすぐに再建し、同運動のほかのグループの残党をひとつにまとめようとした。また、発行を禁じられていた機関紙『人民の意志通報』(*Vestnik Narodnoi Voli*)の編集を引き受ける。こうした行動のどれかひとつだけでも長期刑や流刑につながりかねず、シュテルンベルク自身もずっと自由の身ではいられないとわかっていた。翌年に彼が刊行したパンフレットはあまりにも煽動的だったため、政治仲間のなかでも不安を呼んだ。『政治的テロ』(*Politicheskii Terror*)と題されたそのパンフレットは、ロシア固有の状況のために、暴力を唯一の手段として皇帝(ツァーリ)を打ち倒し、社会主義を栄えさせる必要があるとして、その理由を詳しく説明している。小作農は無気力で、ブルジョアは無関心である。知識人(インテリゲンツィア)が先頭に立つしかなく、皇帝軍が巨大で残忍であることを考えると、現実味のあるただひとつの革命手段は「特定の人物たちを暴力的に排除すること」だ。「一時的な闘争」が必要だが、そこで犠牲になるのは「暴政のまさに中心人物たち」だけである。[16] シュテルンベルクは、あくまでテロは純粋に作戦上の手段だと強調していた。目的を達成したらすぐに、「いかなる革命家も無害な悪党の血で手を汚すことはなくなる」。ほかのところでは、モーセ自身も「エジプトの奴隷主人を殺害するテロ行為によってキャリアを歩みはじめた」といたずらっぽく書いている。[17]

一八八五年にエカテリノスラフ〔ウクライナの都市ドニプロの旧称〕でひらかれた地方会議で、

ユダヤ人居住区

レフ・シュテルンベルク

帝政（ツァーリズム）を打ち破る唯一の手段はテロであると全般に考えていたユダヤ人メンバーと、テロは自分たちの運動を損ねるだけだと主張する非ユダヤ人メンバーのあいだで意見が対立した。そもそも〈人民の意志〉の最も注目を浴びたテロ行為は、メンバーの逮捕および絞首刑や流刑を招いただけであり、さらにいうなら子どもまでひとり苦しみながら死んだ。シュテルンベルクは説得され、トーンダウンさせたうえで、政治的暴力についての文章を『人民の意志通報』に再掲した。

この危険な時期にシュテルンベルクのまわりにいたひとりが、ネイサン・ボゴラスである。シュテルンベルクおよびクロリと同時にサンクトペテルブルク大学を追い出され、故郷のタガンログ〔ロシア南西部の都市、チェーホフの生地でもある〕で自宅亡命の時間を過ごした。シュテルンベルクと同じくユダヤ人一家の出だったが、サンクトペテルブルク大学を去るときには完全に信仰を捨てていて、洗礼を受けて「ウラジーミル」と改名していた――革命活動に従事しやすくするためでもあると本人は言う。〝ロシア人の〟名前だと人の目を引きにくいからだ。彼とシュテルンベルクは生涯の友人となり、のちにサンクトペテルブルクの人類学民族学博物館でともに働く。

エカテリノスラフの会議でシュテルンベルクは、サンクトペテルブルク訪問中に、最も影響力ある人民主義のイデオローグふたりを南支部へ参加させることに成功したと発表した。アリベルト・ガウスマンとレフ・コーガン゠ベルンシュテインである。一八八四年一〇月、〈人民の意志〉の有力オルガナイザーが、革命家の名簿をもったままサンクトペテルブルクで逮捕され、さらに数百人が捕まっていた。一八八六年には〈人民の意志〉は、ほぼ南支部を残すのみとなっていた。そして四月にシュテルンベルクの番がやってくる。一時滞在中の〈人民の意志〉党員たちの隠れ家として建物を提供していた年配の店主が取り調べを受けたあと、シュテルンベルクはアパートメントの捜索を受けて逮捕された。オデーサ中央刑務所に三年間投獄され、六か月を除く全期間を独房で過ごす。ボゴラス、ガウスマン、コーガン＝ベルンシュテイン、旧友クロリはさらに一年間自由の身でいたが、〈人民の意志〉は事実上解体された。

＊

オデーサ中央刑務所でシュテルンベルクはチック症を抱えるようになり、それは彼に一生ついてまわる。また独房の恐ろしい静けさのせいで幻聴に悩まされ、映写機が壊れたニュース映画のように、同じことばがくり返し聞こえた。「ガウスマン‐と‐コーガン＝ベルンシュテインは‐死んだ‐ガウスマン‐と‐コーガン＝ベルンシュテイン‐は‐死んだ……」。友人たちの運命にも苦悩を覚えたが、何より悲しいのはジトーミルの実家にいる母と父のことだった。「母と父の命、幸福、慰めを守りたまえ」シュテルンベルクは日記にそう書いて祈りを捧げている。「神よ、ふたりを生きながらえさせ、わたしについてのふたりの悲しみに報いたまえ」[18]

国外追放を待つ一般囚人から遠く離れた政治犯翼棟は、長い平屋で、光や空気はほとんど入らず、看守が絶対的かつ重苦しい静寂を守らせていた。一日一五分の散歩のほかは、囚人は独

77 ユダヤ人居住区

レフ・シュテルンベルク

房の外に出ない——およそ四・六×一・八メートルの鉄の小室。鉄のベッドが壁にボルトで固定されていて、悪臭を放つ鉄のパラシャ（刑務所のトイレ）があり、たったひとつの高窓には鉄格子がついている。シュテルンベルクは生涯喫煙者だったが、当初は喫煙も読書も許されなかった。しかし刑期の終わり近くには条件が緩和され、英語とイタリア語を独学できるようになった。日記によると、ユダヤ人たちのジトーミルを舞台にした郷愁的で悔恨に満ちた小説を書いたらしいが、それはすでに失われている。こうした日記——ロシア語、フランス語、イディッシュ語、英語で書かれた一四冊——に慰めを見いだし、まじめで「虚しい」子ども時代を振り返って、読んだ本から長い文章を書き写している。シェイクスピア、ミルトン、マキァヴェッリ、それに——彼が皮肉を見逃すはずがない——『ロビンソン・クルーソー』。ある本がシュテルンベルクの考えを根本から変える。フリードリヒ・エンゲルスの『家族・私有財産・国家の起源』は、アメリカの人類学者ルイス・ヘンリー・モーガンの研究にもとづいた初期の民族誌（エスノグラフィー）の一冊であり、そこでエンゲルスは亡き友マルクスを読むことを通して、母系制の狩猟採集社会の廃止に近代資本主義の出発点を見いだす。シュテルンベルクのその後に、これほど大きな影響を与えた本はほかにない。

　幻聴は予兆だった。一八八九年三月、シュテルンベルクの刑期が終わろうかというときに、ガウスマンとコーガン゠ベルンシュテインが、流刑先のシベリア東部の都市ヤクーツクで抗議に参加したとして処刑された。シュテルンベルクはこう書く。「理性的で崇高な創造主という考えと、人類の相当部分でおおいに見られる貧困と屈辱がその創造主の仕事の結果であるという考え、そのふたつのあいだで折りあいをつけるのはむずかしい」。[19]この時期にパリの監獄に出たり入ったりしていたルイーズ・ミシェルは、投獄されるたびに革命への献身を深める一方のようだったが、シュテルンベルクの情熱は刑務所で多少なりとも失われた。とはいえ、引きつづき日記には、彼の道しるべとなっていた預言者たちのことばがちりばめられている。「あなたがたをあらゆる国々に、またあらゆる場所に追いやったが、そこからあなたがたを集める」〔「エレミヤ書」二九・一二―一三、聖書協会共同訳『聖書』日本聖書協会、二〇一八年、(旧)一二一五頁〕と、エレミヤ書に記されたバビロンの捕囚たちへの主のことばにはある。「私はあなたがたが捕囚となった元の場所へあなたがたを帰らせる」。刑務所、公海、追放された世界の果て――シュテルンベルクがどこにいても、故郷(ホーム)はずっとこうしたことばのなかにあった。

二年後、隣の独房に新入りがやってきた。[20]〈人民の意志〉の仲間である。ティースプーンで鉄をコツコツ叩く音がして、それからようやく声が聞こえた。声の主はすぐにわかった。のちにモイセイ・クロリは、友人シュテルンベルクは「殉教者」のような見た目になっていたと振り返る(シュテルンベルクはそう言われてもいやではなかっただろう)――「青白く、疲れ果てていて、頬はこけ、長い髭を生やして熱っぽい目をしていた」。いま残っているシュテルンベルクについての記述は、ほとんどがクロリの回想録からのものである。それらは一様に、終生の友人であり、善人であることを知っている男への親愛の情にあふれている。クロリは過去へ身を退き、プシーシチェのマツの森で過ごした長い夏の午後を振り返る。ふたりで並んで寝ころがり、茂る葉とその向こうの空を見あげたときのこと。一方のシュテルンベルクは友人の存在に

ユダヤ人居住区

レフ・シュテルンベルク

元気づけられ、まだ未来を思い描くことができた。「もっといい時代がくるよ、モイセイ。ぼくらの星はまだ地平線の上の空高くにある」。最終的にふたりは裁判の手間と注目を省かれ、エカテリノスラフの会議に参加した罪で一〇年間の「行政流刑」に処された——クロリはシベリア北西部へ、シュテルンベルクはその僻地（へきち）よりもさらに遠くへ。

シベリアは一六〇〇年代からロシアの流刑地だったが、一九世紀終わりには、刑務作業場へ送られる犯罪者と政治的流刑者の数はもはや支えられない規模になっていた。一八七六年の時点で、毎年二万人ほどの囚人が送られていたのである。囚人は、厳しい気候、栄養不足、病気のために死んでいた。脱走と犯罪が急増し、残った者にやらせる仕事も足りなかった。その地域を訪れた民族誌学者によると、そこはまるで「戦場」であり、きわめて惨めな場所だった[21]。極東の島サハリンは大きくて人口密度が低く、石炭が豊富であり、三つの目的に資すると期待されていた。シベリアへの圧力を緩和することと、ロシアの産業へ燃料を供給すること、そして何より、日本との国境を固めることである。フランスにとってのニューカレドニアと同じく、ロシアの極東もまた本国の刑罰制度の付属物であり、懲罰を加えるとともに矯正をできる——と想定されていた——飛び地だった。

三年のほとんどを独房監禁の暗い悪臭のなかで過ごしたのち、二八歳のレフ・シュテルンベルクは光のもとへ投げ出された——オデーサの海のにおいと、すがすがしい空気のなかへ。数か月にわたる航海を控えていたにもかかわらず、スタロヴィリスカヤ通りもジトーミルも〝ロシア〟も二度と目にしないかもしれないと知っていたにもかかわらず、つかの間の高揚感を覚えていたことが日記からはうかがえる。

一八七三年にルイーズ・ミシェルの母親がしたように、シュテルンベルクの両親も彼を見送りにきた。このときには、血に飢えた反体制活動家と見なされた者たちも子どもに戻る。「おまえは、ユダヤ人がファラオと戦車に追われたときに歩いて渡った海を旅するんだ」と父イアンケルは言った。「モーセが律法の石の板を授かったシナイ山を見るだろう。そしてイスラエルの神は、ユダヤ人を奴隷の家から導き出してシナイ山へ連れていったように、おまえが生きて戻り、再会をよろこべるようにもしてくださるだろう[22]」

船酔いについて

二〇一九年五月はじめ、わたしは彼を探しにいった。サンクトペテルブルクのプレオブラジェンスコエ・ユダヤ人墓地ではなく、およそ六五〇〇キロメートル離れた極東ロシアへ。

シベリアの都市ハバロフスクから列車に乗り、タタール海峡に面したワニノ〔ヴァニノ〕の港へ向かった。五〇〇キロメートル弱の距離なのに、なぜか二四時間もかかる旅である。雪から解放されたばかりで、丸一日帽子をかぶっていた髪のように、枯れ草がぺちゃんこになっている。ワニノに近づくと、前に通った列車のサモワール〔炭を用いる湯沸かし器〕から投げ捨てられた炭の燃え殻のせいでタイガに火がついたらしく、数キロメートルにわたって黒くくすぶっていた。

そもそもこの旅に出るのは躊躇した——一度ならずすべてキャンセルしかけた。父の体調がしばらく前から悪かった。クリスマスに放射線治療をはじめていた。三月に最初の心臓発作を起こし、その後、二度目を起こして、肺炎を患い、脳卒中の疑いも生じていた。五月の時点では入院していて、見る影もなく弱々しくなり、譫妄（せんもう）状態にあった。結局わたしは自分に言い聞かせた。いまの時代、どこにいても遠くにいるわけではない。姉や妹は近くにいたし、「この世の果てへ(na krai sveta)」とアントン・チェーホフが言ったサハリン島ですら、[1]四八時間以内に戻ってこられる。それでもやはりわたしの記憶では、この旅には父への不安が影を落としている。

ワニノでは、サハリン行きの夜行フェリーの呼び出しがかかるのを駅で待った。プラットフォームの売店で買ったインスタントコーヒー(紙コップにネスカフェと砂糖がスプーン一杯ずつ入っていて、あとはお湯を入れるだけのもの)を飲み、石炭を積んだ艀(はしけ)が荷下ろしするのを見て、ほかの乗客たちと話した。ハバロフスクの教師、ウラジオストクの照明専門家、中国人の鉄道保線員ふたり、ウズベキスタンの電気技師。フェリーの出発時間はだれも知らなかった。

「アッラーフ・アクバル、マネー・マネー・マネー、ファック・ユー、ファイト・ユー……」ぶつぶつ言っている大男は韓国から帰郷するところで、職業については語らなかったが、軍用のダッフルバッグをもっていた。わたしの向かいの席に座り、電気技師をにらみつけている。脈略のないことばはその技師へ向けられていたようで、男はたばこを吸って戻ってきたときに技師の小包に蹴りを入れた。「爆弾(ボム)」にやりと笑う。「ボム!」

電気技師は自分の小包を見た。立ちあがる人がいる。例の大男はまだ歯のあいだから声を漏らしている。「マネー・マネー・マネー、ファック・ユー、ファイト・ユー、アッラーフ・アクバル……」

島の南西海岸のホルムスクへ向かう船、サハリン8号は、おもに貨物輸送に使われるさびの縞（しま）模様がついたローロー船だった。悪臭——燃えたディーゼル油、たばこ、にんにく、二度茹でしたソーセージ（にんにくのにおいは、ホスフィンの殺鼠剤だとあとでわかった）。一四時間の船旅のあいだに一度だけ提供される食事は、出発後三〇分で出てきた。そば粉のお粥（カーシャ）、天然ゴム（ラテックス）のようなソーセージ、お茶。調理室の片隅ではバケツで玉ねぎが育っていた。

*

流刑が拷問の一形態だとしたら、ほとんどの報告が示唆しているように、その最も残酷な段階は移動それ自体かもしれない。流刑者と祖国を結びつける糸が、耐えられるかぎり長くのびているとき。囚人が、さらに惨めであやふやなほかの何かになるとき——そしてたいていの場合、陸の安定が海のたよりなさへと道をゆずるとき。

両親に別れを告げたあと、シュテルンベルクは本で読んだことしかなかった世界を目にするスリルを楽しんだ。まだその瞬間を楽しみ、移動というごく単純なものにさえよろこびを見いだすことができた。青年シュテルンベルクは、みずからの苦境の大きさに見合うシンボルを求めていた。囚人船ペテルブルク号に押しこまれ、おそらくオデーサから二か月かけて海を旅するうちに、自分の人生は長くはつづかなくても非凡なものになるという考えを確かにしたのだろう。

正教会のお決まりの祈りの儀式が甲板（デッキ）で執りおこなわれたあと、船はオデーサを発った。海は穏やかで、舷窓(げんそう)からはそよ風が吹きこんでくる。オウィディウスが描くこの海域の「引き裂くような強風」や「怪物のような波」はなかった。「〝黒海〟として知られる海を横断しているようには、まったく感じられなかった」とシュテルンベルクは書く。[2] 出航三日後の四月一日、シュテルンベルクはコンスタンティノープル沖のボスポラス海峡から両親へ手紙を書いた。「船室の窓の外に広がる〔…〕すばらしい景色」の描写は、まるでクルーズ客が書いたポストカードのようだ。しかしそのときのシュテルンベルクには、不安だけでなく解放感も覚える理由があった。「長い監禁のあいだは、刑務所の壁が唯一の地平線でしたが、いまは海の限りない広がりが真のよろこびを与えてくれます」

ロシア義勇艦隊の汽船ペテルブルク号は、ボスポラス海峡からスエズ運河を航行してアデンへ出て、コロンボ、シンガポール、長崎、ウラジオストクへとすすんだ。「これは実際、つらい徒労だった」と、のちにこの航海に加わったあるジャーナリストは書く。

人びとをほぼ世界一周させて、地上の楽園（隆盛を誇る壮大なセイロン）のごく一部を見せ、赤道から一・五度の贅沢で神々しくてすばらしい花盛りの庭園シンガポールを「ほんのひと目」見せて、魔法のようで絵に描いたような日本の沿岸（目をそらすことのできない海岸線）を――長崎の入口近くから――わずかにのぞかせ、そのすえに雪で覆われ荒涼とした岩だらけの岸へ連れていくのだ。[3]

目的地は書類上では出発地と同じ国だが、一万八〇〇〇キロメートル弱もの途方もない航海だ。船上でシュテルンベルクが読んだもののなかに、短篇小説「サカリーネツ（Sokolinets）」（「鷹の島人」という意味だが「サハリン」をもじってもいる）があった。ずっと昔にジトーミルの近所に暮らしていたウラジーミル・コロレンコが一八八五年に書いた作品で、コロレンコ自身、人民主義運動へ関与したかどで一八七〇年代終わりにシベリアへ流刑に処されていた。物語の語り手（作者の代役）はヤクーチアへ追放されていて、凍えるようなある晩、小屋に男が訪ねてくる。男は何年も前にサハリンから逃走したワシーリイという名の元受刑者だった。夜がふけていくなか、ワシーリイは暖炉の火のそばで投獄と脱走の顛末を語る。最初に語ったのが、オデーサからの航海である。

海上の規律は概して非常に厳しいものだが、こういう荷〔囚人〕を積んだ船ではそれは一段とやかましい。昼間だけは囚人たちは屈強な番兵に囲まれて、交代で甲板を散歩した。〔…〕船中の囚人の数は護送兵よりずっと多い、がそのかわり、この灰色の群集の一挙手一投足はあらかじめ暗示された鉄の軌道へ厳重な指揮によって連結されているから、乗客はおよそどんな暴動に対しても安全である。[4]

ペテルブルク号船上のシュテルンベルクにとって、コロレンコの物語はこのうえない慰めになった。政治的流刑者であるシュテルンベルクの待遇は、いまのところ「ワシーリイのもの」

ほど厳しくはなかった。シュテルンベルクは両親に、囚人はそれぞれ一日一度、パン、お茶と砂糖、肉の配給を受けると書いている。また、「政治犯」と船室をともにする一般囚人は「わたしたちをきわめて丁重に扱ってくれ、あらゆるかたちで親切にしてくれようとします。[…]手錠をはめられた者たちは、遠くから見るほど恐ろしい人ではありません。そのなかで最悪の者でさえも、神聖な輝きは失っていないのです」。

ペテルブルク号がエジプトのポート・サイドに寄港したとき、シュテルンベルクは船のオフィサーから借りた新聞の日付を見て、翌日がニサン一五日であることに気づいて驚いた――四月一五日、過越しの祭がはじまる日だ。仲間の人民主義者の多くとは異なり、青年時代のシュテルンベルクはユダヤ主義を拒まなかった。「記憶にとどめておくべきだ」と彼は書く。「紀元前六〇〇年に、それをこえる者がいまだ存在しない倫理思想家であるユダヤ人の預言者たちが、人間性、愛、平等、友愛、平和、地上での神の国という考えを、はっきりと、確実に世界へ明かしたのだ」。シナイの山々を眺めながら、シュテルンベルクはついにみずからの苦境の性質を、その意味を理解した。彼は「自由を求めてもいる」者だったのだ。

> 自分の民族のためではなく、自分にとって大切なほかの民族のための自由。この末裔はいま、大きな旅をする運命にある。約束の地ではなく、何千キロメートルも離れた流刑の地へ[…]。突然わたしの心から悲しみが消え、新たな感情でいっぱいになった。誇りの感情[…]。心に大きな火がついたようで、散り散りになった数百万の同胞がいまここにいたら、

火のついたことばを使って、何百年もの抑圧と隷属のせいで同胞の心に入りこんだ不純物をすべて焼き払い、彼らのなかに新たな火をつけるだけの力が自分にはあるように感じる。それによって同胞たちは、人類の至高の理想へと高められるのだ。[5]

*

シュテルンベルクの一四年前にルイーズ・ミシェルが追放されたときには、一八二七年建造のヴィルジニー号のような帆走軍艦（フリゲート）がまだフランス四人船の大多数を占めていた。[6] フランス政府の優先事項はスピードではなく節約であり、囚人が死にさえしなければそれでよかった。ミシェルとともに乗船していたのは女性二五人、男性一二五人の流刑者である。下級士官室は大きな檻ふたつと小さな檻ふたつの四つに分けられ、女性は男性と離されて船尾の右舷にある小さな檻のひとつに入れられて、五つ目の檻には航海中の食料になる動物が入っていた。寝るときは鉄格子にハンモックを吊るした。

海を見たことがなく、生まれ故郷オート＝マヌルからパリよりも遠い場所へ旅したことすらなかったミシェルは、興奮して船に乗りこんだ。ほかの人には灰燼（かいじん）しか見えないところに美しいものを見いだせるのも、ミシェルの長所だった。「このような思いがけない幸運は夢にさえ見ていなかった［…］わたしには、海はこのうえなく美しい光景だ」。ヴィルジニー号は祖父がつくってくれたおもちゃのボートを思いださせた。「それは小さなかわいいボートで、太い糸の大索（おおなわ）で帆を巻きあげることができた」。ふたりはそれを城館の池に浮かべた。赤いバラの茂みのそばにあった池である。[7]

四年前の一八六九年にスエズ運河が開通し、東方へのはるかに短いルートができていたが、ニューカレドニアへ向かうフランス人船長のほとんどは、通行料の支払いを避けるほうを選んだ。いまひとりの乗客でミシェルの友人、アンリ・ロシュフォールによると、熟練の船員数人が船長になるのを拒んだという。建造後四六年を経たヴィルジニー号は、航海に耐えられないと考えたからだ。その後、ローネイという人物が船長を引き受けた。裕福な新聞社オーナーでコミューン支持者だったヴィクトル＝アンリ・ロシュフォール、すなわちロシュフォール＝リュセ侯爵は、「内乱の煽動」および「虚報の発表」をはじめとする罪で「永久追放」の判決を受けていて、航海中はほとんどずっと船酔いでハンモックから動けなかった。ナポレオン敗北後に成立した国防政府で閣僚に選ばれたのち、その職を辞してコミューンを支持したが、当初はためらいがちであり、その後もコミューンの軍事戦略の「信じがたいでたらめさ」を公然と批判したり、コミューンが反動的な報道機関を抑圧するのを批判したりしたため、ミシェルの同志のあいだでは評価が分かれる人物だった。のちにミシェルのアナキスト仲間たちからも軽蔑される。

しかしヴィルジニー号の船上でふたりは友情を育み、その友情はミシェルの死までつづく。ロシュフォールの目には、ミシェルは異色の人物と映った。航海がはじまってすぐに、ミシェルは乗船時に手渡された服をほかの人に与えてしまったとロシュフォールは言う――スカート二枚、キャラコのワンピース、ボンネット。船にはパリ時代のミシェルの知人、ナタリ・ルメルも乗っていた。三つ年上の書店経営者で製本職人のルメルは、プロイセンに包囲されたときには社会主義者の食料品協同組合ラ・マルミットを立ちあげた。そして卵ひとつが五フランもして、裕福なパリ住民すらパリ植物園にある動物園からきた「風変わりな肉」を食べるしかないなか、毎日数百人に食べ物を提供した。血の一週間のときには、バティニョール地区とピガール広場のバリケードで戦った。ミシェルの伝記を書いたエディット・トマによると、ルメルはコミューンが倒れたときに自殺を試みたという。[8]

囚人たちは、ときおり外の空気を吸うことを許された。ヴィルジニー号がロシュフォール港から出帆した九日後の八月一九日、ほかの船が視界に入ってきた。「黒い船」で、ミシェルにはナグルファル号を彷彿とさせた。死者の手足の爪からつくられた北欧神話の死の船だ。その船は距離を保ちながら二日間あとについてきて、ミシェルは自分たちを解放するために派遣された船ではないかと思いはじめた。しかしローネイ船長が空砲を二発放つと、謎の船は退却して二度と姿を見せなかった。助けが来るかもしれないと思っていたのは、監禁者の側も同じだった。スペインの革命家がコミューン支持者の同志を解放しようとするのを想定して、ローネイはダカール〔当時フランスの植民地だったセネガルの首都〕を避けるよう指示されていた。

北東貿易風にのって大西洋を横断し、ブラジルのサンタ・カタリナ島で食料を補給したのちに同じ海を東へすすみ、〝吠える四〇度(ロアリング・フォーティーズ)〟の強風を利用してインド洋に入るのが通常の航路である。だが、船長の判断で並行するほかの航路を選ぶこともあった。南寄りのルートをとれば距離は短くなるが氷山に出くわす危険があり、何週間も風が吹かないリスクもある。ただし、どの道を選んでも突然の凪に遭遇することはある。「航海は六か月かかることもあれば三か月のこともある」とローネイ船長はロシュフォールに語った[9]。たいていの船は可能なかぎり氷に近いコース――流氷の極限(extrême des glaces flottantes)――をとった。

「大嵐の風が吹きつけ、太陽が千の輝きを水面に生む」とミシェルは振り返る。「ダイヤモンドの川がふた筋、船の左右を流れているかのようだ[…]」。ミシェルもほかの囚人も、たいていの時間は船内に閉じこめられていたが、ミシェルはこの航海をまるで逃避のように、光のなかへ流れこんでいく旅のように振り返る――氷の線に沿って東へすすむ船が、南極の強風にせかされていても。「広大な海を船で旅するのをずっと夢見ていて、いままさにそこにいる。空と海のあいだでバランスをとりながら[10]」。そしてこう綴る。パリにいる同志たちは「勝者による反動がフランスで高まるなか、わたしたちよりも不自由だろう[11]」。

ある意味ではこの航海自体が、それに先立つ流血の惨事やその後の流刑生活と同じぐらいミシェルを変えた。その極端さ――南極の氷、熱帯の暑さ――と数か月にわたる省察と会話の機会のおかげで、ミシェルは政治的な解放を経験した。「コミューンの友人たちの振る舞いについて考えた。みんなあまりにも実直であまりにも越権を恐れていたので、もっぱら自分たちの命を失うことに全エネルギーを投入していた」。空と海のあいだで過ごしたこの一二〇日間、コミューン自体よりも長くつづいたこの期間に、ミシェルはルメルと議論し、政治的自由への唯一の道はアナキズムだと確信する。「自由はいかなる権力とも結びつけられない」と気づいたのだ。ミシェルは生涯、この考えを捨てなかった。

日記はほとんど失われたが、寒さと吐き気、デッキの下の悪臭、当然目にしたはずの嘔吐と激しい怒りにもかかわらず、ミシェルはこの数か月をただただ愛おしく懐かしんでいる――船員が網で捕まえたアホウドリのことを除いて(パリの女性用帽子店が羽根を高く買いとっていた)。子どものときにひどく動揺させられた頭のないガチョウ――人生における「支配的な考え」と彼女が呼んでいた、「羽に血が飛び散り」「酔っぱらいのように」よたよた歩くガチョウ――と同じように、アホウドリはミシェルの頭から離れず、それは目にしたすべての苦しみ、打ち砕かれるのを見たすべての美しきものを象徴しているように思えた。

罠で捕らえたあと、船員たちはアホウドリのくちばしを引っかけて吊るし、死ぬまでそうしておく。ほかの殺し方をしたら、貴重な白い羽根に血痕がつきかねないからだ。悲しいことにアホウドリは、そうしていられるあいだはずっと頭をあげて長い首をねじ曲げている。一、二分のあいだ憐れな苦しみがつづく。そして最後に顔を歪め、黒いまぶたの大きな目を見ひらいて死ぬ。[12]

＊

一七年後の一八九〇年、ディヌズールーの航海のときには、帆船の時代は蒸気船の時代へ道をゆずっていた。郵便船ＳＳアングリアン号船上のディヌズールーの環境は、シュテルンベルクやミシェルよりも恵まれていて、専用の船室を与えられ、食堂も利用できた。それに、王族にふさわしい扱いを受けることもわかっていた。同行者が一三人もいて、そこには近臣がひとり、伝統医療の医師がひとり、ジシャジレとムカシロモという女性の連れあいふたりもいた。叔父のンダブコとシンガナもそれぞれ妻と男性の付き人をひとりずつ連れていた。その後、月日が経つにつれてグループの構成は変わり、去る者もいれば新たに加わる者もいたが、中心人物は同じだった。ディヌズールー、ンダブコ、シンガナの三人である。

一行には、ズールー語の通訳ふたりと、イギリス人の看守ワルター・ソーンダーズが付き添っていた。「言うまでもないことだが、いちばんの難物(なんぶつ)はディヌズールーだ」とミッチェル総督はソーンダーズへ警告する。「若くて活発で冒険的で、わたしが思うに逃亡の機会があればそれに乗じるだろう」[13]。一方、「肥満していて怠惰な」叔父ふたりは心配しなくていいとソーンダーズに告げている。だがそれに先立つ一〇年間、ズールーランドでイギリス当局の手を逃れて頭痛の種になっていたことを考えると、ふたりもそれほど怠惰だったわけではない。囚人たちは夜には監禁するが、「日中はしかるべき自由をすべて与え、新鮮な空気を吸い運動するのを許すこと」。「彼らが手に負えない振る舞いをするとは思わないが」とミッチェルはつづける。「仮にそのようなことがあれば、躊躇なくあらゆる手段を用いて保護し、法にもとづいた貴殿の命令にしかるべく従わせること」

ダーバン〔南アフリカ東部の外港都市〕からセントヘレナへの航海は、実際にはふたつの部分に分かれている。[14] まず厳しいアフリカ南東海岸を南へくだり、西にすすんで喜望峰へ向かう。そして喜望峰からまっすぐ北西へすすみ、セントヘレナへ向かう。前半の行程は経験豊かな船員でもときに手に負えず、絶えず注意が必要な海域である。風よけはなく、避難できる場所もほとんどない。一八九〇年の時点では波に身を委ねるしかなかった。潮の流れが風と競合したり反流とぶつかったりすると、波が一〇メートルほどの高さになることも珍しくなく、それだけ大きな波に襲われると、船はまっぷたつになる。アングリアン号が思いきって海岸の近くを航行したのなら、ディヌズールーの一行はポート・アルフレッドとポート・エリザベスの植民地〔いずれも南アフリカ東ケープ州の町〕を目にしたはずだ。その後、船は南西へ向かってガイザー島とポイントデンジャーの険しい浅瀬を抜け、喜望峰がぼんやりと姿を現したのだろう。

母への手紙でディヌズールーは、「娘たちの体調不良がとても心配です」と書いている[15]（これは連れあいの女性のことで、ふたりは忠節な族長の娘だった）。ムカシロモは「しきりに嘔吐し」、ジシャジシレの「病気は、まるで刺されたかのような大量の鼻血からはじまって、激しい頭痛にも見舞われました」。どちらの女性も回復したが、わたしは、ムカシロモ（「有名な者の妻」といった意味の名だが、ディヌズールーと結婚していたわけではない）とジシャジシレ（「あなたは自分を辱めた」、これが何を意味するのかは想像するしかない）のことをしばしば考えた。船上とセントヘレナでのふたりのことを。故郷から引き離されて海へ出て、未来は想像すらできない。流刑先でもうける子どもと、失う子ども。王とその叔父たちの仲たがい。「嘔吐」は乗り物酔いのせいかもしれないが、ジシャジシレの鼻血と激しい頭痛からは、もっと深刻な問題があったことがうかがえる。「薬を試してみたのですが」とディヌズールーは書く。「役に立ちませんでした」

喜望峰は旅の要となる地点であり、最も厳しく危険な段階が終わったことを示していた。アングリアン号は北西へ舵を切り、その方角へ三二〇〇キロメートルほどすすむ。海は穏やかで風はなぎ、天気はさわやかだ。喜望峰沖で船にお供していたアザラシは、イルカとトビウオに代わる。海を見たことがなく、ましてや船旅などしたことのないディヌズールーと同行者たちは、心の底からほっとしたにちがいない——おそらく、目の前の未来についての不安も一時やわらいだのではないか。わたしが彼らの航海を思い浮かべるとき、その中心場面は喜望峰を通過するドラマではない。普通の状態に戻ったときだ。大波がおさまって風が穏やかになり、自分たちも落ちつきを取り戻したとき。

父が捕らえられてケープタウンへ追放されると、少年ディヌズールーは、イギリスによってライバルの族長ジベブの保護下に置かれた。ディヌズールーはすぐに逃げだす。激怒したジベブの捜索隊を巧みに避け、隠れ家を転々として逃走をつづけながら、父が復位するまでの四年間のほとんどを過ごした。この時期に、ほぼ絶えず移動をつづけるパターンが確立される。ディヌズールーの人生は果てしない航海のようになり、たまに島で落ちつかない小休止をとるだけになった。ズールー族解放への献身が距離のために弱まることはなかったが、ディヌズールーにとって流刑生活はなじみのない静止期間だった。彼は自分の人生の外に追い出されたのだ。

＊

航海のあいだ、ここで取りあげた流刑者たちは、みんな共通の空間と時間を経験していたかのようだ。というよりはみんな解放され、空間と時間の外にある共通の領域にいた。タタール海峡を渡るサハリン8号のデッキにいると、空には雲ひとつなく海は穏やかで、わたしもまたその領域に入って、水平線に並ぶ三隻の船を見つけられそうな気がする。ヴィルジニー号、アングリアン号、ペテルブルク号。

東へ向かうその午後の太陽の動きは、西へ向かうわたしたちの動きとどこか結びついているように思えた。三等機関士のエフゲニーが、たばこ休憩をとっていた。わたしは、彼の三一年の人生のなかではじめて会った英語の母語話者だった。エフゲニーは、彼が「川の学校（リヴァースクール）」と呼ぶところで英語を学んだという。

「イギリス人はロシア人を怖がってるのかい?」エフゲニーは言った。

「政府のことはね。人のことは怖がっていない」

デッキのドアがひらいて犬が押し出され、ドアが閉まった。ポメラニアン。たしかポメラニアンにとって便秘は健康の印だ。犬はドアを見て、それからエフゲニーとわたしを見た。

なぜかエフゲニーは、わたしが作家だと知っていた。おそらく彼かほかのだれかが乗船名簿を見て、この外国人の名前をグーグル検索したのだろう。サハリン8号はいい船かとわたしは尋ねた。こちらが答えを知っているのを見こして、彼はにっこり笑って首を横に振った。「すごく古い。ソ連時代のだよ」

左舷で少し水がはねた――この海域にはコククジラがいた。つづいてもう一度。プラスチックのケトルが浮かんでいる……また水がはねる――船首から何かが捨てられた。洗濯機の扉のようだ……「ゴミ！」エフゲニーが言って、もっと小さなものが上下に揺れながらたくさん流れていった。

エフゲニーはスマートフォンを見せてくれた――WhatsApp〔メッセンジャーアプリ〕に入った写真で、捕獲されたシリアの装甲車が、故郷の街ロストフ〔ロシアの古都〕を列車で通過したときのものだ。もう一枚は、エフゲニーがマカロフのピストル〔ソビエト時代に開発された〕をもってギャングのポーズをきめている写真。六年前に兵役を終えたらしい。楽しかった？もう一度言ってくれと頼まれた。「楽しかったかって？」エフゲニーは言う。「なわけない！みんな軍隊は嫌いだよ。みんな故郷が好きなんだ」

三デッキ下がったところにあるわたしの船室は、船首の下にあたる角のない小部屋で、まるで戦車のなかのようだった。海水がときどき船体に激しくぶつかり、数センチメートル先には凍るようなまったき暗闇がある。思考は父のもとへ戻る。その後の数週間に絶えずそうするように。サウサンプトン総合病院の窓のない病室にいる父――ある夜、幻覚を起こした父が船倉に閉じこめられたと思いこんだ病室に。

II

野蛮人 ニューカレドニア

1

　六か月前、フランスからの独立をめぐる住民投票がおこなわれるなか、ニューカレドニアへ旅をした（同地では一九九八年のヌメア協定にもとづき、フランスの海外領土として残留するか独立するかを問う住民投票が二〇一八年、二〇年、二一年におこなわれた。本書の取材は一八年時点）。最初の二日はレンタルアパートに閉じこもっていた。空港で襲ってきた痛みはあまりにも深く、どこからきているのかわからなかった――腎臓だろうか？　胸骨？　ロングフライト血栓症？　立っているよりも横になっているほうが痛くなく、起きているよりも寝ているほうがましだった。昼間はずっと庭からムクドリの鳴き声が聞こえ、夜はずっと風に吹かれるヤシの葉の音が聞こえる。そのほかは、ブラインドの向こうの世界には何もない。

　三日目の朝、部屋に閉じこもっているのに飽き飽きして、ガソリンスタンドで買ったエスプレッソ四杯でイブプロフェン五錠を飲みくだし、バスに乗って首都ヌメアの中心地ココティエ広場へ向かった。

翌週の住民投票は一〇年かけて計画されたもので、首都は神経質になっていた。すべてを監視カメラを通して見ているような気分になる。受刑者の労働によってつくられた野外ステージと総督ジャン゠バティスト・オルリー像のあいだを行き来する三人の憲兵は、着慣れない防刃ベストを身につけて落ちつかない様子だ（オルリーは「カナックの反乱」のときの暴虐行為で悪名高く、像を撤去させようとする運動があった〔カナックはメラネシア系先住民で、カナックの反乱はその独立派が一九八八年に起こしたフランスに対する独立運動のこと〕）。カフェにいるオーストラリアのクルーズ客はもうすぐ船に戻り、翌週の寄港はすべてキャンセルされている。〈カフェ・ラネックス〉の前の池では、防水長靴を穿いたカナックの男がほとりに穴を掘っていて、カフェの客がそれを見ている。カナックではない別の男が、三脚のついたテレビカメラを片方の肩にかついで立ち、その同僚が電話でしきりに話していた。

ニューカレドニアの先住民が少数派にとどまっているかぎり、住民投票の結果が〝反対（ノン）〟以外になるとはだれも思っていなかった。当局が懸念していたのは投票結果ではなく、その前ぶれである。シドニーからの機上では、ヌメア生まれでパリ在住の白人が隣の席に座っていた。投票しに戻るところらしく、「世論調査が正しければ、あまりにも接戦すぎますね」と言う。予想は六〇対四〇だった。「八〇対二〇のほうがいい」

スーパーマーケットでは、酒売り場が立ち入り禁止になっている。島への武器の持ちこみは禁止され、儀式用の槍をおおっぴらに持ち歩くことも禁じられていた。ヌメアの監獄には追加の監房が用意された。同国の近年の歴史のなかで最も緊張が高まったときにわたしが訪れたのは、ジャーナリストとして取材するためというよりも、昔のものを発掘したかったからだ。イギリスのEU離脱を問う住民投票によって現在の壁が突き破られ、過去が解き放たれたのと同じように、緊張が頂点に達するこの瞬間のために裂け目ができ、一八七三年のニューカレドニア、ルイーズ・ミシェルのニューカレドニアが垣間見えることを期待していた。巡礼の旅ではなく、オマージュですらなかった。サハリンのシュテルンベルクとセントヘレナのディヌズールーの場合と同じように、ミシェルが足を踏み入れたところへわたしも足を踏み入れることで、彼女の人生の何かを再発見し、それが流刑によっていかにかたちづくられたのかを理解できるかもしれないと思ったのだ。

風が強くなってきた。三〇センチメートルもあるヤシの葉が舗道に落ちる。芝生に腰をおろし、こちらへ向かってくる警官、池の底をさらう男、エスプレッソを飲むオーストラリア人たちを横目で見ていると、何かが天からおりてきた。そう言っていいだろう。大昔の紛争の漠然とした心理的痕跡――そんな違和感をともなって、それは訪れを告げた。到来するやいなや、その記憶はまるで自動消去のテープのようにするすると消えていく。そしてその瞬間、強烈な目まいに襲われるなかでわたしは、自分の一部はつねに夢を見ていたのだと悟った。夢のなかの人生と現実とを隔てる膜に穴があいて、双方向に行き来できるようになった。

何が起こったのかを理解するまでに三年かかったが、その後の数日間――汗をかき不快だった数日間――、ミシェルとともにニューカレドニアへ流刑に処されたパリ・コミューン支持者

野蛮人
ニューカレドニア

たちの証言に多少の慰めを見いだした。「隔離は夢を見ることにつながり、夢を見ることは狂気につながる」とアンリ・ロシュフォールは書く。[1] 同じく流刑者のルイ・ルドンには、流刑の症状は心と身体の両方に現れた。「肺は詰まり、食べ物はうまく消化されずに、頭はぼんやりとしている。夜には大量の汗をかき、ときには耳鳴りがしてほとんど音が聞こえなくなる」。[2] 別の流刑者アシル・バリエールの場合は、「精神的な苦しみ」と「すさまじい身体的な痛み」が組みあわされていた。[3] 彼はこうつけ加える。「距離という考えがわたしたちを殺す」

＊

ヌメアのアーカイブスで、ミシェルが海上で描いた鉛筆のスケッチ四枚が入ったフォルダを手渡された。

一枚目は「パルマへの途上」――カナリア諸島のひとつラ・パルマ島のこと――というラベルがついていて、黒っぽい火山の半島が描かれ、山地の先に灯台が立っている。ほかの三枚はそれぞれ「サンタ・カタリーナ」――ブラジルのサンタ・カタリーナ島――と記されている。擁壁（ようへき）工事を施した高台が見える、ぎざぎざの海岸線。三本マストの漁船。船がしきりに出入りするにぎやかな港……。

最後のものが、ほかのどれよりもなぜか見る者の心を打つ――その簡潔さと散漫さのために。ほかのものはすすけた感じがして、手を入れすぎで黒っぽく、まるでデッキとデッキのあいだ

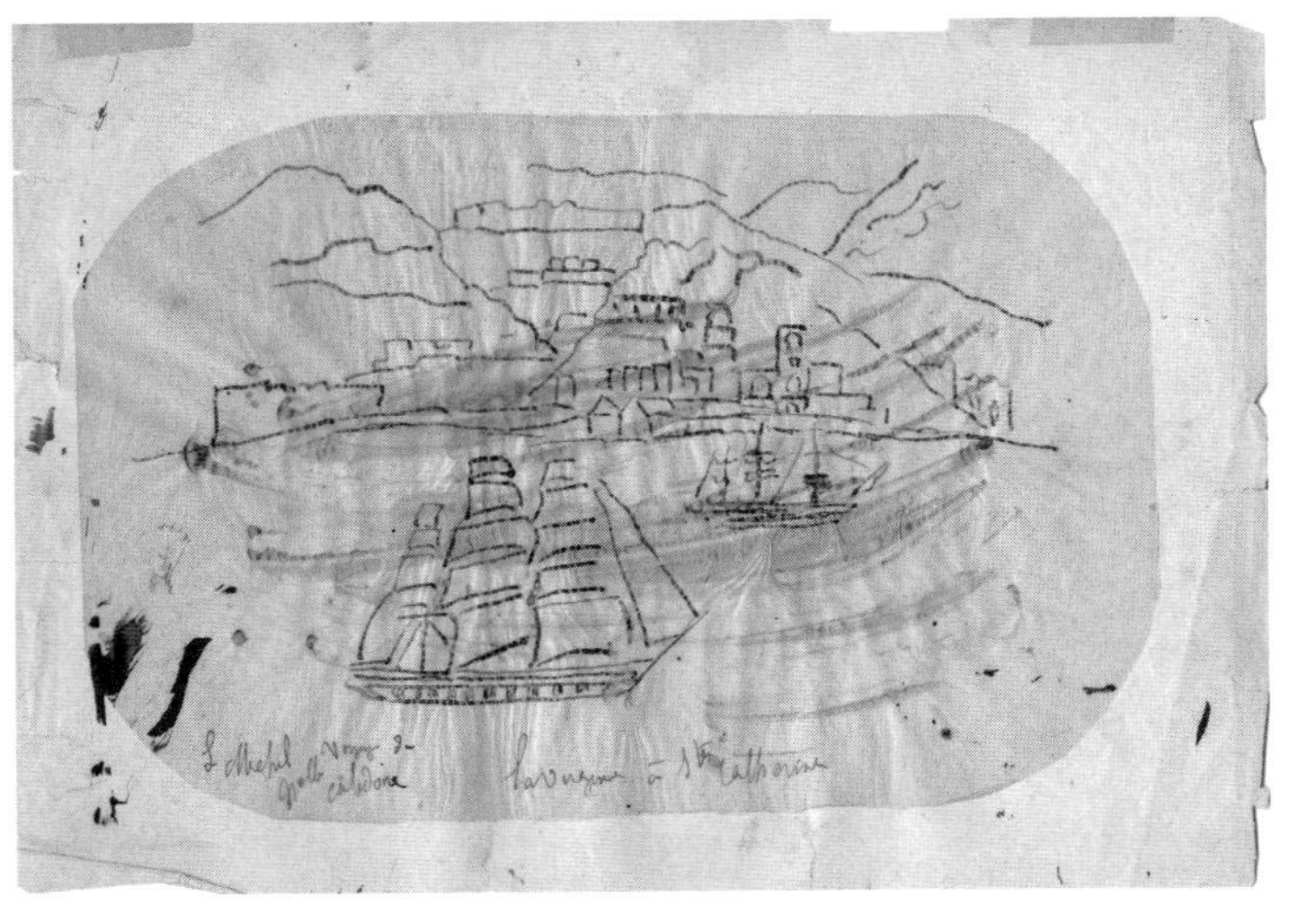

の暗闇で描かれたかのようだが、これは帆をすべて広げた二隻のスループ帆船が港の沖に停泊しているところをざっとスケッチしたもので、染みのついた紙の切れ端にその場かぎりのものとして描かれている。心の目に映った風景、海の香りと輝きに満ちた景色をただ紙に写そうとしただけのものだ。

航海の残りの部分については——南極海の氷山、ゴフ島、フランス領ケルゲレン諸島——スケッチは一枚もなく、ほかの囚人たちと取りかわした拙い詩がいくつか残っているだけだ。罠で捕らえられて吊され、ゆっくりと死んでいくアホウドリのことを考え、ミシェルはこう思った。「同じようにほかの人間を殺す人もいる。とても慎重に、自分も犠牲者も血で汚さないようにする人たち」[4]。少なくとも血は正直だ。

血にまみれたフランスを発った一六週間後、およそ二万七〇〇〇キロメートルの航海を経て、ヴィルジニー号はニューカレドニア本島の南西海岸にあるヌメア沖へ錨をおろした。一八七三年一二月一〇日のことである。

*

〝グランドテール（Grande Terre）〟（フランス語で「本土」）は長さおよそ四二〇キロメートル、幅およそ六五キロメートルの島だ。オーストラリアの東一四五〇キロメートルほどのところに、北西から南東へと斜めに横たわっている。歴史上の地理的な中心地は、カナック人が白人ヌメア（Nouméa la blanche）と呼ぶ首都ではなく中央山脈（Chaîne centrale）であり、その麓の丘陵（きゅうりょう）地帯はココティエ広場からも見える。山脈はグランドテールの背骨に沿ってつづき、フランス人の〝カルドシュ（Caldoche）〟〔フランス人家系のニューカレドニア人〕がおおむね居住する南西部と、ほぼカナック人からなる北東部を分断している。それは気候の境界線でもあり、肥沃（ひよく）で森林に覆われた風上の北東海岸では、雑木が茂りニッケルが豊かな南西の低木密生地帯（マキー）の二倍も雨が降り、年間降雨量はおよそ三〇〇〇ミリメートルに達する。

グランドテールの南東の端から一三〇キロメートルほど沖に、イル・デ・パンという小島がある。その北西にはロワイヨーテ諸島の三つの島、ウヴェア、リフ、マレがある。これらの三つの小島は珊瑚環礁島であり、グランドテールとイル・デ・パンはジーランディアという広大な海底大陸の一部が突き出たもので、六五〇キロメートルほど南のニュージーランドもその一部である。一七七四年にジェイムズ・クックがこの島を見つけた一九年後、フランス人探検家アントワーヌ・ブリュニー・ダントルカストーが、バヌアツ沖で船ごと消息を絶った同胞ジャン＝フランソワ・ド・ガローの捜索中にそこへ上陸した。だがフランスがこの新群島を自国のものと主張するのは、タヒチとマルキーズ諸島を手に入れたあと間もなくの一八五三年である――その植民地主義的な傲慢さは、現在にいたるまでコミュニティ間の関係に影響を与えている。翌年、外務大臣に宛てた手紙で、フランス海軍・植民地大臣が次のように説明している。「ある国の未開な住民は、その国に対して限定された支配権しかもたず、ある種の居住権しかない〔…〕そうした国に植民地をつくることで、開化された強国はその土地への決定的な権力

野蛮人

ニューカレドニア

を獲得する。あるいは別のことばでいうと、未開人の資格を消滅させる権利を獲得する[5]［…］」

辺境の地や領土を笑顔の移住者で満たせないのなら、強制的に入植させるしかない。ミシェルが到着したときには、ニューカレドニアは一般的な流刑地としてすでに定着していた。八年前の一八六五年に最初の囚人が上陸していたが、コミューン支持者到来前の最も悪名高い囚人は、アントニ・ベレゾウスキだった。パリ訪問中の皇帝アレクサンドル二世を暗殺しようとし、一八六七年に、ヌメアの北およそ一三〇キロメートルのブーライユへ追放されていた、ウクライナ生まれのポーランド人革命家である（その一四年後に、彼が失敗したことを〈人民の意志〉がやり遂げる）。ベレゾウスキがやってきたときには、ニューカレドニアは南アメリカのフランス流刑地であるフランス領ギアナをしのいで、フランス人徒刑囚（bagnards）の第一の流刑先となっていた。

ヴィルジニー号が錨をおろすのを待つあいだにミシェルが見たであろうヌメアは、すでに確立された港湾都市だった。数年後に港へ入ったフランス人宣教師は、次のように街を描いている。「木に覆われた高い丘が太陽に焼かれて腐食していて」、その下には「光に押しつぶされた街、トタン屋根の連なりがある。あちこちでココヤシが日陰をつくっている」[6]。ミシェルと友人のナタリ・ルメルは、船上で総督ルイ・ウジェーヌ・ゴルチエ・ド・ラ・リシュリーと会った。女性であるふたりは、吹きさらしで水のないデュコ半島で男性流刑者たちと暮らすのではなく、条件がそこまで厳しくない一三〇キロメートルほど北のブーライユにある流刑者集落に住むことになる、と総督は請けあった。〝いやだ〟。「男性の同志がデュコ半島でさらに苦しむのなら」とミシェルは書く。「わたしたちも彼らとそこにいたい」。傲慢なリシュリーはゆずらず、ルメルは彼にこう告げた。「ルイーズとわたしは今晩、八時ぴったりに海へ身を投げます」。ふたりは男性の友人たちに合流し、半島南岸の集落ヌンボで暮らすことを許された。

ニューカレドニアの流刑者は、三つのカテゴリーのどれかに該当した。〝流刑者（déportés）〟には、ミシェルやほかのほとんどのコミューン支持者のような政治犯が含まれ、通常は重労働を免除されて有給の仕事をするのを許されるが、特定の地域に閉じこめられる。それぞれ〝移送者（transportés）〟と〝被追放者（relégués）〟と呼ばれた一般の囚人と再犯者は、複数ある監獄のひとつに閉じこめられ、多くの場合、重労働を強いられた。刑の執行が終わると、八年をこえる刑期を務めた流刑囚は〝自由〟市民である〝出所者（libérés）〟としてニューカレドニアに生涯とどまる。つまり多くの者は、ヴィルジニー号やほかの囚人船の船尾からフランスの海岸が水平線の向こうへ消えるのを見るとき、その国を二度と目にすることがないとわかっていた。同じような分類は帝政ロシアにもあり、もともと古代ローマで使われていたものだが、そこでは流刑者は流刑の理由、犯罪の悪質さ、そのときの政治の風向きによって系統的に管理されていた。〝流刑（deportatio）〟は通常、特定の場所への追放、市民権の喪失、帰国の望みがないことを意味した。字義どおりに訳すと「水と火を禁じられる」となる〝aqua et igni interdictus〟は、無期限の追放と市民権および財産の喪失を意味した。一方で〝追放（relegatio）〟（オウィディウスの刑）は、市民権と財産を保持しながら特定の場所へ追いやられることを意味した。

野蛮人
ニューカレドニア

＊

面識のない人と、ガソリンスタンドの給油場で待ち合わせることが多かった。「吐き気の波が一度」とわたしのノートにはある。「尿は透明。胃に痛みが走る。熱はなし。動くと悪くなる」

ニューカレドニアに到着して一週間のその朝、ヌメアの小さなショッピングセンターの二階にある診療所を訪れた。医師はわたしの全身をこねくりまわしたが、不調の原因は特定できず、心配しなくていいと請けあって、強力な鎮痛剤の処方箋をくれた。

その三〇分後にガソリンスタンドへやってきたルイ＝ジョゼ・バルバンソンは、ニューカレドニアの刑罰史にだれよりも通じている。多くのカルドシュと同じで、彼も受刑者の子孫である。一九八〇年代には独立反対派の政党に参加していて、その党はフランスが治める政府でカナック人をよりよく代表させる運動もしてもいた。彼は車で五分の自宅へわたしを連れていってくれた。船乗りだった父がつくったバンガローで、材木はヌメアの古いアメリカ海軍基地からとってきたという（父親はバルバンソンが三歳のときに溺れ、マレ島沖の難破船のなかで行方がわからなくなった）。

「とどめておきたい人と追放したい人のあいだのどこに境界線を引くか、それで社会を評価できます。ミシェル・フーコーを読めばわかりますよ。狂気の人と狂気でない人を隔てる線。どの政府も急進派を犯罪者にしたいんです」

バルバンソンはわたしを書庫へ案内した。昔は食料貯蔵室だったのかもしれない。壁に本が並んでいて、彼の著書も数冊あった。その部屋が彼の生活の中心だ。学者らしく熱中しがちな雰囲気をもつ人物だが、現実離れはしていない。ルイーズ・ミシェルを求めて訪ねてくる巡礼者たちに懐疑的で、〝よき白人女性（bonne femme blanche）〟ミシェルよりも、称えられるどころか名をあげられてすらいない何千もの徒刑囚のほうに興味がある。「彼女は超人的（スーパーウーマン）な女性じゃない。ひとりの女性ですよ！　ほかの人が見ないものを見る、たしかにそうです。でも聖人にしなけりゃならない義務はない。彼女もいやがったにちがいないですよ。象徴的人物（アイコン）の問題がそれです。深さがなくて疑われることもない。わたしたちがルイーズ・ミシェルについて話すときはいつでも、彼女の人間性はすべて消えてしまうわけです」

わたしたちは、アンティークの低い長椅子に横並びで座っていた。とても静かでとても暑い外から、ムクドリの鳴き声が聞こえてくる。ミシェルがアイコンとはいえないここヌメアでなら、彼女の人間性が目に見えるのではないか、というのがわたしの期待だった。栄誉を称えて通りや学校にミシェルの名がつけられ、コミューンの記念日には毎年、彼女の肖像が描かれた旗がなびくフランスでは見えない人間性が。ミシェルはこの世を去ったが、彼女をかたちづくった場所は、おそらくまだいくつか残っているのではないか。

一八六七年、フランス人流刑者は、〝流刑者〟も〝移送者〟も同様にすべて、ニューカレドニアだけに送られることが決まった（ただし、アルジェリアなどの植民地の囚人は、フランス国民には条件が厳しすぎると考えられていたフランス領ギアナへ引きつづき送られた）。亜熱帯気候と豊かな

野蛮人
ニューカレドニア

天然資源のために、ニューカレドニアでは厳しさが足りないと考える人もいて、議員だけでなく犯罪者も同じように感じていた。一八七〇年代はじめ、コミューン支持者の追放が最もさかんだったときには、「常春(とこはる)の地」[7]とある論者が呼ぶこの島へ送られるのを望んで、囚人が看守を殺害する事件がフランスで多発した。一八九五年、国を二分した事件で、ユダヤ人砲兵将校のアルフレド・ドレフュスが反逆罪で流刑の判決を受けると、フランス領ギアナがふたたびフランスからの囚人へひらかれた。そのときには、ニューカレドニアの条件は快適すぎると思われるようになっていたからだ。そこで、フランスのある議員が解決策を提案した。ふたつの領土の徒刑囚を集めてひとつにまとめ、別の植民地へ送るという案である。マダガスカルの三二〇〇キロメートルほど南にある南極地方のケルゲレン諸島がその土地で、そこならば少なくとも熱中症で死ぬ者はいないだろうという。[8]ニューカレドニアでは、コミューン支持者の大多数はイル・デ・パンへ送られたが、ひときわ影響力のある者たちはデュコ半島で刑期を務めた。「モデルはいつだってイギリスの刑罰制度です」とバルバンソンは言う。「ただ、イギリス人はつねに海を見ている。船乗りで島国の人間ですからね。フランス人はそうじゃない。フランス人は大陸の人間です。土で仕事をする農民なんです」

一八七五年、フランスの刑罰制度にコメントしたオソンヴィル子爵によると、フランス人が国外移住に消極的な理由はそこにあるという。「フランス人がイギリス人やドイツ人より勤勉でないわけではない」と彼は書く。「能力が劣っているわけでもなく、労働にうしろ向きなわけでもない。だがフランス人は家族の結びつき、生まれ故郷の土へひかれる気持ちのためにとどまるのである」[9]。彼は定住へのこの根本的な傾向を〝教会の塔への愛(ラモール・デュ・クロシェ)(l'amour du clocher)〟と呼ぶ――故郷の町への愛。

「アルザス人を見てください」とバルバンソンはつけ加える。「一八七〇年の普仏戦争のあと、フランクフルト講和条約が結ばれて、アルザスがドイツへ割譲されました。アルザス人はフランス人になるかドイツ人になるか選択できた。フランス人になるかドイツ人になるかという問いは、ニューカレドニアにいたアルザスからの流刑者にも向けられて、九〇パーセントがドイツ人になってヨーロッパの監獄へ戻ることを選んだんです」

あるコミューン支持者によると、仲間の〝流刑者〟の数人は「最悪の病気である精神的な疎外感に襲われた」[10]。そうした疎外感――一六八八年にヨハネス・ホーファーが〝ノスタルジー〟と名づけ、アンリ・ロシュフォールが「ホームシックと呼ばれるあの奇妙で名状しがたい感覚」[11]と述べるもの――は致命的なものになりかねなかった。

コミューンの戦友のひとりで、ニューカレドニアへ着いたら再会したいとルイーズ・ミシェルが望んでいた流刑者は、「故郷から便りがないのを嘆き悲しみ、死んで」いた。「死のわずか数日後に、彼に宛てられた手紙の束が届いた」とミシェルはつけ加える。別の〝流刑者〟アシル・バリエールはこう問いかける。「いずれにせよ、こんな人生を生きる必要があるのだろうか?　天気は悪く、空は黒くて、気分は暗い。ここにいない者のことを考える。わが娘、あの子はどうしているだろう?　母はどうしているのか?　父はどこにいるのだろう?」[12]

ホーファーが言う「故郷の失われた魅力に対する悲嘆(グリーフ)」は、国民国家への想いとたやすく誤解されかねない。国民という考えそのものを忌み嫌っていたミシェルは、非常に多くの同志が打ち負かされたノスタルジーとは無縁だった。新たにドイツに加わったアルザスへ戻ることを選んだアルザス人と同じく、ミシェルが忠誠を誓うのは国家ではなかった。

*

「ヌンボは谷間（たにあい）の三日月形の町で、三日月のてっぺんにあたる東の端に監獄、郵便局、酒保（キャンティーン）があった」デュコ半島での新しいすみかを振り返って、ミシェルは書く。「反対の西端には低い丘に森があって、塩に耐えられる植物で覆われている。三日月のまんなか、湾の東から西まででずっとつづくところに、わたしたちは小屋を建てた」。手漕ぎのボートに乗ってヌンボへ到着すると、ミシェルとルメルは、ヴィルジニー号の男性流刑者たちおよび二年半以上前の〝血の一週間〟以来会っていなかったその他数十人の流刑者に迎えられた。

ミシェルは半島の自然の美しさに心打たれた。

> 波が礁（しょう）を打つ音が絶え間なく聞こえ、上方に見える山頂と山頂の隙間からは、頻繁に降る大雨のときに、水が音を立てて滝のように流れ、海に消えていく。日没のときには太陽が海へ姿を消すのを見て、谷間ではニアウリのねじれた白い幹が銀の青光りを発していた。[13]

友人のアンリ・ロシュフォールも、「液体になった黄金にすみれ色(アメジスト)が染みこんだ」夕暮れに見とれた。[14] 回想録でロシュフォールはさらに説明を加える。彼とほかのおもだったコミューン支持者は、デュコ島へ送られるはずだった。「ニューカレドニアから少なくとも八〇キロメートル離れた不毛の地で、［それは］すなわち緩慢な死を意味したはずだ」――だが地図上でその島を見つけられず、当局は彼らを同じ名前の半島へ送った。それでもなお、「それは厳しさが緩められたガレー船で、労働を強いられる代わりに無為を強いられる」とロシュフォールは書く。

ミシェルは無為に甘んじていられなかった。彼女は流刑を科学調査の遠征のように扱っていて、出発前に地理学会（Société de Géographie）と動物順化協会（Société Zoologique d'Acclimatation、フランスの植民地に外来種を導入することに特化した組織）から調査の実施を請け負っていた。ヌンボの小さな区画に温室と呼ぶものを建て、そこで野菜を育てるだけでなく、パパイヤの「黄疸(おうだん)」なるものについても一連の実験をした。

現実には、ミシェルが触れている山々は丘陵というほうがふさわしく、太陽が「海へ姿を消す」こともなかった。ヌンボの真西、ヌメア湾の向かいわずか一・五キロメートルほどのところにヌーという島があったからだ。ヌーヴィルと名を変えたその島は、いまでは人工の地峡(ちきょう)［二つの陸塊をつなぐ狭い部分］でヌメアと結ばれている。その地峡は、街に広がりヌメアとデュコ半島を結ぶ海岸線を占領しているニッケル工場から出た屑でつくられた。ニューカレドニアの犯罪者、すなわち〝移送者〟のほとんどと、とりわけ重大と見なされる罪を犯したコミューン支持者が収容されていたのが、ヌーの徒刑場（bagne）である。風のない日には、比較的快適で自由な環境にいた――厳しさが緩められたものでも「ガレー船」からはほど遠い――デュコ半島のコミューン支持者は、重労働を科されたパリの同志たちと海を挟んで大声で会話できた。ロシュフォールによると、毎週水曜の午前一〇時には、また別の大声も聞こえてきた。

罰として看守が囚人の足の裏を棍棒で打っていた。囚人たちは枠に身体を固定され、腰まで裸にされて、〝矯正者〟である混血（ムラート）の巨漢が、雄牛の腱でできた鞭で彼らをしたたかに打つ。そのエネルギーは、罰がはじまる前に囚人が彼の手にすべりこませたコインの大きさで決まる。[15]

ミシェルが到着した数か月後、ある出来事によって流刑者の待遇が悪化する。ロシュフォールは、到着したその瞬間から脱出を計画しはじめていた。当初の計画は、徒歩で島の北部へ向かい、そこからカナック人のボートに乗って四八〇キロメートルほど北東のバヌアツへ行くというものだった――リスクが高い計画である。一部のカナック人氏族は「脱走した囚人を捕える仕事を任されていた」からだ。結局、ヌメアの仲介者を通じてオーストラリアの石炭用帆船を手配し、ニューサウスウェールズへ密航することにした。しけの夜、ロシュフォールと五人の流刑者がヌンボ沖の岩まで泳ぎ、そこから迎えの手漕ぎボートに乗って、待っていた船と自由へと向かった。

II

「それからあとの生涯、彼はすばらしい逃亡者だった！」バルバンソンはわたしに語った。「移送者はもちろん、ルイーズ・ミシェルやほかの流刑者の苦しみも知らなかった。彼が逃げたのはただひとつの理由からですよ。金があったからです」

ロシュフォールは帆船の船長に一万フラン払っていて、その一〇倍出すこともいとわなかった。シドニーからまず船でアメリカ合衆国へ向かい、そこで勝ち誇ったような一連の講演をしたのちにアイルランドへ旅をつづけ（コミューン支持者である彼は、カトリックの暴徒から石を投げつけられた）、ロンドンとジュネーヴで亡命生活を送った。一八八〇年についにパリへ戻ったときには、二〇万もの群集に出迎えられた。ロシュフォールの脱走に感化されたミシェル自身の脱走計画は、資金不足のため頓挫し、ロシュフールが逃走したことで彼女の世界はさらに狭くなった。当局側の対応のひとつが総督リシュリーの更迭であり、後任者ルイ・ウジェーヌ・アレーロンは、その残忍さのためにたちまち忌み嫌われた。

それは「絶望的な狂気の時期」だったとミシェルは書く。流刑者を監督する者たちは、より用心深く残酷になった。「ある不運な男は油断していて、ウサギが狙い撃たれるように撃たれた。自分の区画へ戻るのが少し遅れたからだ」。ヌンボに到着したほぼ二年後の一八七五年五月、ミシェル、ルメル、ほか四人の女性コミューン支持者は、男性と離されてさらに隔離された場所へ送られるとの知らせを受けた。ミシェルらはそれを拒み、アレーロンが提案している共同住宅ではなく、個人用の小屋を新しい土地で提供しなければ移動しないと告げた。「看守長はわたしたちにとてもいら立っていた」とミシェルは振り返る。「立派に見せかけようと馬に乗って夕方にやってくるのだけれど、馬がしきりにおならをするので、その効果は台なしだった」

ヌンボの監獄は満員だったため、当局は折れた。女性たちは半島を一・五キロメートルほど先にいったところの狭い地峡へ送られた。ミシェルはそこを〝西の湾〟と呼んだ。いまも地図上では、女性たちの湾（Baie des Dames）と呼ばれている。そこはヌーヴィルの懲治場があった土地から見ることができ、ヌーヴィルにはいまも監獄、寄宿舎、ベーカリー、管理棟がある。一方、地峡には、いまではフェンスで囲われたトタル社の原油ターミナルがあって、ずんぐりとした白い保存用タンクがいくつか置かれている。そこへ行くのは無理だと言われ、半島の端にある木に覆われた丘を訪れるのは、なおのこと不可能だと告げられた。石油施設によって道が事実上ふさがれているからだ。ミシェルが〝西の森（la forêt ouest）〟と呼んだ場所である。

2

北東へ、長距離バスで六時間の旅をした。わたしは首都ヌメアに——白人ヌメア（Nouméa la blanche）に——、街のビストロ、砂浜、広場へ行くたびに感じるようになっていた街の厚かましさと不快さに、飽き飽きしていた。一週間前にココティエ広場で自分の身に起こったことを、まだ自分自身にうまく説明できずにいたが、それはこの街が生んだ何かだったのではないかと感じずにいられなかった。広くて人の少ない大通り、カナック人しか乗っていないバス、メルボルンからやってきたがに股の退職生活者でいっぱいの、黄色い小さな路面電車。汗ばんだ赤ら顔の場所、宣教師に言わせると「光に押しつぶされた」場所。そこは街としてどこかおかしく、満ちたりているようにも感じられなかった。

滞在先のアパートメントの気さくな白人オーナーから夕食に招かれた、引退を間近に控えた夫婦と、ティーンエイジャーの息子の一家である。屋外プールのそばに腰を落ちつける。わたしは木の彫刻作品に見とれていた。儀式に使う縦長の仮面と、華麗に彫刻がほどこされた木鼓（もっこ）。カナックのものではなく、近くのバヌアツのものだと夫のほうが言う。彼はかつてそこで暮らしていた。ただの飾りではなく、「悪霊」と彼が呼ぶもの——そこで夫婦は微笑みを交わした——を追い払うためのものらしい。つまり強盗のことであり、彫刻を怖がるというカナック人のことだ。食後の酒を飲みながら彼は打ち明けた。「バヌアツの先住民は、色はもっと黒いけど、あっちのほうがきれいなんだ」。わたしは息をのんだが、ショックを受けたとは口にできなかった。この種の考え方、ある種のひどい父権主義的（パターナリスティック）なノスタルジアは、彼のまわりの人たちには驚かれないらしい。「ここではみんな……鼻が平べったい。バヌアツではこうした美しい彫刻をつくる。ここでは先住民は何をつくってます？　何もつくってないですよ」

彼が考えるその芸術的才能の欠如、その怠惰は、彼の頭のなかでは、どういうわけか住民投票をめぐるカナック人の強情さと結びついていた。「あの人たちも経済がどうなるかはわかってるんだ。バヌアツが独立したときに何が起こったか知っているからね。大惨事だよ。でも気にしちゃいない。こっちは伝えようとするんだが……」〔バヌアツは一九〇六年に英仏の共同統治地となっていたが、八〇年にイギリス連邦加盟の共和国として独立した〕

彼に教育が足りないわけではない。長年ここで暮らしていて、自分にとって必要なことはすべて知っている。わたしが帰ろうと立ちあがったとき、一家は気分を害しているようには見えなかった。明日は早起きしてヤンゲン〔ニューカレドニアの北部〕へ行くと伝えた。「住民投票の前に？　食われちまうんじゃないかって恐ろしくないんですか？」また妻が彼に笑みを含んだ目配せをする。虫よけキャンドルの揺らめく火のそばで、仲のいい友人たちになら安全に口にできる、そんなたぐいの冗談だ。島を訪れたフランス人博物学者が二〇〇年以上前に書いた文章では、「彼らの獰猛(どうもう)さの紛う方なき証明」[16]として、カナックの男が骨をしゃぶっているのを見たとされている。遠目には若い少年のものに見えたという。その中傷はいまも力を保っていた。

＊

一九八〇年代の〝出来事（les événements）〟は、幾世代もの憤りに焚きつけられ、ついに一九八四年に爆発して、ヤンゲンの大虐殺につながり、武器をもたない一〇人のカナック男性が入植者に射殺された。内戦勃発の恐れがあったため、一九八七年に独立を問う住民投票が実施されたが、ほとんどのカナック人はそれをボイコットした。最新の移民を除く全員に投票権を広げることで、結果が既成事実化していると認識していたからである。ほぼ白人からなる投票者の九八パーセントが独立反対に票を投じ、翌年にはウヴェア島で人質事件が発生して、その結果さらに一九人のカナック男性と四人の白人憲兵が死亡した。

　ヤンゲンでの死者のなかには、カナック社会主義民族解放戦線（Front de Libération Nationale Kanak et Socialiste, FLNKS）の指導者ジャン＝マリー・チバウの兄弟もふたりいた。のちの一九八八年には、チバウの協力によって、パリで体制支持派と独立派のあいだにマティニョン合意が結ばれる。ニューカレドニアの政府にもっと大きな自治権を与え、ヌメアの議会でカナック人の発言権を強めて、ウヴェア島の事件に関与した者たちに大赦を与える合意である。一九九八年にはさらなる取り決めであるヌメア協定が締結され、今年二〇一八年の終わりまでに独立の住民投票を実施することが義務づけられた。

　帰郷して投票するカナック人家族でいっぱいの長距離バスは、鉄を含む海岸平野を通って北へ向かい、ニューカレドニアに固有のマツに縁どられた入江を通りすぎていく。このマツの木は、まるで弓から発射されて陸に突き刺さったかのような角度に傾いている。バスの背後でヌメアは、ニッケル工場から出る二酸化硫黄の赤褐色の雲のなかへすでに消えていた。わたしはほっとした。一時間後、大蜂起の中心地であるラ・フォアとブーライユを通過して、北へ曲がって坂をのぼり、中央山脈の密林へ入っていった。

　道路脇の日陰でときどき男女の集団が横になっていて、バスが通るとこちらに手を振る。どの家の私道にもカナックの旗が掲げられていて、キャッサバやヤムイモの畑の境目にも小さな旗がついている。青、赤、緑の三本の横縞の上に黄色い円があり、そこに黒いフレッシュ・フェティエール（flèche faîtière）があしらわれている。それは槍のようなトーテムであり、カナッ

野蛮人

ニューカレドニア

クの伝統的な小屋の屋根を飾る。山脈をこえるやいなや、この旗がいたるところに現れ、その後の数日間で、うしろの窓から旗を振りまわす若者をいっぱい乗せたトラックに一度ならず追い抜かれた——まるで解放後の日々のように。おそらく住民投票が約束していたのがそれなのだろう。過去からの、そして過去の鏡にすぎないと思われる未来からの解放の味。まだ可能性があるうちに勝利を祝っておいたほうがいい。

選挙管理委員会が各集落に掲示板を設置していて、そこに貼られた独立反対のビラは破りとられ、紙片が芝生に散乱していた。隣の独立賛成のビラはそのままだ。海の近くの河口にあるヤンゲンのひと気のない小集落では、閉店したふたつの店のあいだに手描きの横断幕が吊され、そよ風になびいていた。「自由のために命を捧げた兄弟を思いだし、賛成に一票を」

わたしは海から一・五キロメートルほどのヤンゲン川沿いにある部族の村、ウェラプに滞在した。カナックの文化においてよそ者は神聖な存在であり、歴史上、西部の部族から追放されたり難破船から打ちあげられたりしたよそ者は、世話をされるだけでなく、首長に任命されることもあった。わたしは、シングルサイズのマットレスが置かれたゲスト用の伝統的な丸い小屋をあてがわれ、地中で焼かれたキャッサバとサツマイモのシチューを食事に提供された。だが、大人たちとわたしは互いに人見知りしていた。谷の向こうの遠くでは、バンドがダブ・レゲエを演奏している。村を抱く丘の環のうしろへ太陽が沈むと、小屋の外にある芝生の一角に四人の幼い子どもがやってきて、まずはわたしのペンを、それからノートを没収し、ひとりが元気よくペンを岩にこすりつけ、もうひとりがノートの前の週のページを一枚一枚引き裂いていった。

　翌朝、バンドはまた演奏していた。止めることなくずっと演奏をつづけていたかのようだ。朝食をつくる火の甘い煙をかきわけて、日の光がさす。その前の数週間の痛みは、やってきたときの突然さと同じぐらいすぐに消えた――もう痛くない。医師の薬が効いただけかもしれないが、ほっとしたわたしは、環境の変化のためではないかと思わずにいられなかった。ヤンゲンの南西にあるヴァイルの村で話されるアジエ語のことばをひとつ学んでいた。〝マシリ(macïri)〟、すなわち「平和な住まい」[17]。

　ニューカレドニアの多雨林には二〇〇〇ほどの植物種があり、その八割以上が固有種である。木生シダ、ブナ、針葉樹、ユリノキ、カウリマツ、ヤシに混じって、パパイヤ、バナナ、ドラゴンフルーツ、レモンが育っている。例の幼い少女たちのひとりに、赤い花が咲いている木は何かと尋ねた。もちろん冗談だ。炎の木(フレームツリー)、炎の木！　ひらかれた土地があり、赤土が耕されて、サツマイモ、キャッサバ、聖なるヤムイモが育てられている。ブタが一頭鳴いている。平和とは、ときにはものの豊かさにほかならない。わたしは沈泥(ちんでい)で濁った（丘で雨が降っていた）川を泳ぎ、川辺の小道を歩いてヤンゲンへ向かった。

　この谷のトーテムや祖神(そしん)のことは何も知らなかった。観光客らしく周囲の景色に魅せられて、やみくもに歩いていた。

＊

野蛮人
ニューカレドニア

ヴィクトル・ユゴーに宛てた数多くの手紙の一通で、ミシェルはカナックの氏族とともに暮らす許可がほしいと書いている。「この計画を実行しなければフランスへ帰りません。三万キロメートル弱も旅をして何も見ない、あるいはだれの役にも立たないなんて馬鹿げていますから」[18]。許可は得られなかったが、それにめげずにミシェルはカナックの言語と伝統について西洋で最初期の研究をした。ロシュフォールを主賓にひらかれた夕食会で、フランスを発ってからはじめて会った非ヨーロッパ人と話をした。ダオミという名の男で、〝シフ（Sifou）〟出身だという（おそらくロワイヨーテ諸島の島のひとつ、Lifou（リフ）のまちがいだろう）。

ダオミはヨーロッパ人のような服装で山高帽をかぶってきていて、その帽子のせいで野性味ある男っぽい頭の印象が損なわれていた。それに、子ども用の手袋をはめていた。そのために手が拘束されていて、〔…〕肉を焼くのを手伝えず、ほかの準備も手助けできなかった。そうしてわたしは彼とふたりきりになり、戦争歌をうたってもらうことができた[19]。

つづいてミシェルは、カナックの伝説および地域の混合語（ピジン）であるビスラマ語など、言語の研究について書いている。グランドテールだけでもきわめて多様な言語が存在することを知る術はなかったが、〝カナック（Canaques）〟を軽蔑して終わらせなかった点で、ミシェルはまれな存在だった。当時は監獄の監督者から白檀（ビャクダン）商人〔ビャクダンは香木として使用される〕、コミューン支持者まで、ニューカレドニアのヨーロッパ人にはそうした軽蔑の態度があまねく見られた。パリの仲間の一部には、ミシェルは「カナックよりもカナックらしい（plus canaque que les Canaques）」と映った。[20]カナックの文化は時代に逆行していて「石器時代」にある、あるいはカナック人が「その特性と悪習」において子どものようである、という考えをミシェルも疑ってはいなかった。しかしそのうえで、無防備な子どもたちを自宅で射殺した第三共和政は、文明の頂点から治めているとはとてもいえないと説く。「ほかの人種は、武器がわたしたちの優越性を証明する前に道をゆずっている」。「白人はわれわれに天と地を約束した」と、カナックのある情報提供者がミシェルに語っている。「だが何も与えてはくれなかった。悲しみのほかは何も」。カナック人は牧場労働者や監獄職員に土地を追われ、タロイモ畑はヨーロッパの畜牛に破壊されて、埋葬地や聖地は無頓着に冒瀆された。こうした移入民には、土地は単なるモノのようで、鍬（くわ）やボートと変わらない持ち物のようだった。カナックの人びとにとって「地形（ランドスケープ）」は当時もいまも生者と死者、目に見えるものと見えないものの接点であり、場所と人と神話が分かちがたく結びつくところである。[21]「社会」は純粋に「対応、補完性、均衡、対称、他者性、相互主義の原則によって」成り立っている。「自己」はない。「わたし」という個人は存在せず、身体すらほかとは別の物体とは見なされない。人はほかの存在物との関係にほかならないのだ。

一八七八年から七九年にかけての大蜂起と呼ばれる〔カナックによる最大級の〕暴動で、緊張は頂点に達した。パリ・コミューンの〝流刑者〟および自由の身の入植者の一部には、この反乱は距離によってぼやけたアイデンティティの感覚、ナショナル・アイデンティティの感覚を求めて声をあげる機会になった。ノスタルジーは、自分自身の失われた一部を恋しがる気持ちでなければいったい何だろう？　あるコメンテーターによると、反乱は明らかに「文明に対する野蛮の蜂起」だった――その性質が政治的であったかもしれないことは、ごく少数のフランス人のほかには思いもよらなかった。仲間のコミューン支持者の多くが、野蛮な共通の敵と見なすものに対してすすんで武器をとった一方で、ミシェルのような少数の者は、反乱するカナック人たちに直感的に共感を覚えた。そもそもミシェル自身、つねに自分は「野蛮人」だと思っていた。「サトリ高原で［…］わたしたちが無差別に殺されたときのように、白人は反乱者を撃ち殺した」

コマレ地域の首長アタイが率いたこの反乱は、一八五六年までさかのぼる一連の小規模な植民地戦争の頂点とも見なせるが、直接のきっかけはヌメアから北へ八〇キロメートルのラ・フォアの監獄拡大と、何にもまして、あたりをうろつくフランスの畜牛によるカナック人の作物破壊だった。作物を守りたいのなら柵を立てるべきだとフランス人総督に言われ、アタイはこう答えたという。「わたしのタロイモがあなたがたの畜牛を食べはじめたら、わたしは柵を立てるでしょう」

ルイーズ・ミシェルがニューカレドニアへやってきて五年近くが経った一八七八年六月二五日および二六日、ウライ゠ブルパリ地区で、奇襲により一二五人の入植者が殺害された。ヨーロッパ人は、どこからともなく現れたかのように思われた暴力の唐突さとその〝野蛮さ〟に驚いた。彼らもまた、先住民は「子ども」だと考えていて――植民地主義的なあらゆる残虐行為の徴候としてくり返し見られるのがこの考えだ――、周到に準備して抵抗することなどできないと思っていた。したがって暴力によるフランス側の反応は、領土をめぐる利害関心に加えて精神的な憤りにも焚きつけられていた。とはいえ、ラ・フォア周辺の見通しのきかない土地では、カナラ族による案内がなければ何もできなかっただろう。カナラ族はアタイ率いるコマレ族のライバルとしてフランス側につき、自分たちのやりかたで抵抗を抑えつけようとしていた白人部隊を導いた。「火と破壊が先住民の村にもたらされた」と、地方のある宣教師が書いている。「カナック式の戦争のやりかただった」。一方で「子ども」たちは、「獰猛な獣」であることを見せつけた。

攻撃と反撃がつづき、アタイに率いられたカナック人は厳重にバリケードを固めた村へ退却した。一八七八年九月一日、フランス兵一〇〇人とその倍をこえるカナラの兵による遠征隊が、アタイの陣地を攻撃すべくラ・フォアの駐屯地を出発した。フランス側が考えていたような完全征服には至らなかったが、これが大蜂起の終わりのはじまりになる。ミシェルが聞いた話によると、アタイは斧の一撃によって殺害され、「伐りたおされた木のように」倒れて首を取られた。その首はヌメアの当局へ手渡され、そこからフランスへ送られたという。

遠く離れたデュコ半島からミシェルが反乱者に実際的な支援をしたとしたら、それは何だったのか。ミシェルはそれについてほとんど語っていない。フランスの対反乱活動に欠かせない電信線を断ち切る方法を助言したことと、フランス人と対戦する前に訪ねてきた反乱者ふたり

野蛮人
ニューカレドニア

に、自分の赤いスカーフをふたつに裂いて与えたことを認めているだけである――「あらゆる捜索から隠しとおしてきたコミューンの赤いスカーフ」。連帯は、アナキストであるミシェルがただひとつ信じられる宗教だった。セントヘレナとサハリンでも、不本意な流刑者と不本意な受け入れ側住民が共感を見いだして宗主国を狼狽させる。

一方、パリ人類学会（Société d'Anthropologie de Paris）にはアタイの頭部がポニーテールのまま、最上部の椎骨（ついこつ）数本がついた「完璧な保存状態で」届いた。[22]「非常に豊かな特徴を帯びている。額（ひたい）はとりわけ立派であり、きわめて高くてきわめて広い。髪は完全にもじゃもじゃで肌はかなり黒い」。同じく送られてきた手は「大きく力強い［…］かたちは非常に整っているが、古傷のために指が一本短くなっている。手のひらの皺（しわ）は、われわれのものと似ている」。

＊

ヤンゲンでは、憲兵隊本部の有刺鉄線のうしろにあるビーチが海の掃きだめになっていて、腐ったヤシの葉が積み重なり、空中には小虫が大量にいるので、唾を吐きながら歩かなければならない。髭をたくわえた大柄な男が木の下で芝生用の椅子（ローンチェア）に座っていて、彼の両脚のあいだには少女が軽く腰かけていた。男は少女の髪をゆっくりとブラッシングし、少女はタブレットでアニメを観ている。砂にはヘビが通ったあとがもつれあうように残っていて、男はわたしに小さなぶち犬について警告した。もしここや――人さし指と親指のあいだの水かきをつまむ

――、ここ――鼻の穴のあいだ――、ここ――耳のうずまきのなか――を噛まれたら「二時間で死ぬ」。そう言って少女の髪にブラシをかけつづけた。

湾の上の岬では、結婚パーティーの参加者が集まって写真を撮っていた。それぞれライムグリーンのシャツやワンピースを着ている。海岸沿いの静かな小道を南へ歩いていると、見た目がほとんど同じ白い犬たちが次々と入れ替わりながらついてきた。あらかじめ決められた一種のリレーをしながら、わたしのすぐあとについてくるようで、それぞれ一キロメートル弱いっしょに歩いたあと、縄張りの外に出たら次の犬に役割が引き継がれる。紙をシャッフルするような音を立ててバッタが道端から現れる。黒いツバメ、黒いカラスがいて、黒いポニーが道のまんなかで行きつ戻りつしている。犬が面と向かって吠えると、ポニーはひるむことなく犬をじっと見つめた。

道路は細長い森によって海から隔てられている。生い茂った森の木はときどき途切れ、漁師の小道がビーチへつづくトンネルになっていて、日陰になった道路から身をかがめてほぼまっ暗な森のなかへ入れるようになっている。打ち捨てられたウェディングドレスのように漁網が木の枝にぶら下がった森を抜けると、まぶしいビーチへ出て、まっ白な砂、海の輝き、遠くの無人島が目に入る。ビーチに覆いかぶさっているヤシの木には、数百メートルごとに個人か氏族を示す印が長刃(マチェーテ)のなたで彫られている。そこに記されているのは、祖先から引き継がれた権利によってその区画を割りあてられた者の名だ。マングローブの茂みのまわりの浅瀬では、犬が小さなゼブラフィッシュを追いかけ、嬉々として徒(いたずら)に飛び跳ねている。

こんなふうに縫うようにして（数匹の）犬とともに南へ向かった。ビーチに沿ってしばらく歩いたあと、小道を使って森を抜け、道路へ出て、数分歩いたのちにまたビーチへ戻る、といった具合に、ちぐはぐなふたつの世界を行き来しながら。永遠にこんなふうに歩いていられる気がした。この世界の美しさ、この島の美しさは尽きることがない。小さな島で暮らしていると、さらに大きな地球を意識せずにはいられない。この意味で、島で暮らす人は、なかでもオセアニア人は、大陸で暮らす人よりも孤立していない。ルイーズ・ミシェルが正しく理解していたように、海は障害物ではなく交通路であり、海岸はあらゆる旅の出発点であり終着点である。植民地化のひとつの影響は、この交通路を遮断して、カナック社会をオセアニアのほかのコミュニティからほぼ文字どおり**隔離**したことにある。

*

カナックの旗のもとでシャルルと会った。彼は自分の小屋でコーヒーを淹れながら座っていた。五〇代はじめの栄養不足の男で、グレーの髭を生やしている。身振りで示された壊れたローンチェアにわたしが腰をおろすと、彼はサッカーボールぐらいの大きさのグレープフルーツにナイフを入れ、半分をこちらへよこした。「どうぞ」。中果皮（わた）と果汁ばかりで、わたしは幼い子どものようにそれをむさぼった。「食べ終わったらコーヒーにしよう」。空にはツバメがたくさんいて、空気は塩っぽいのと同時に甘く（海と森）、その塩っぽい甘さがツバメのすみかのようだった。

コーヒーの用意ができ、プラスチックのカップを手渡された。見知らぬカナック人に住民投票の話題をもちだすのは賢明でないと警告されていたが、その警告を与えられたのはヌメアの男たちからで、シャルルはしゃべりたがっていた。彼のことは何も知らなかったが、もう遅すぎるというように彼は語った――自分の命は汚染された土に植えつけられた植物だとでもいうかのように。「独立はアイデンティティを取り戻すことなんだ」と彼は言う。「ずっと昔に同胞姉妹から盗まれた。投票結果がイエスなら、アイデンティティが取り戻される。ほかの国民も残ってもかまわない。でもフランスの政府はおしまいにしなきゃいけない。わたしの国のほんとうの名前は〝ニューカレドニア〟なんかじゃないんだ。その名前はクックに与えられた。やつは、この大きな島がスコットランドみたいだと思ったからだ。ここのほんとうの名前はカナッキー、つまりカナック人の場所だよ」

＊

滞在先のウェラプの村から道に沿って一キロメートル弱のワンヤートには、銃撃で破壊されたトラックが二台あった。明るい色の布がかけられ、プラスチックの花とカナックの旗がちりばめられている。一九八四年、ヤンゲンでの会合を終えて一行が戻ってくると、道にヤシの木が横たわっていた。引き返そうとしたところ、地元の入植者ふた家族のグループにダイナマイ

野蛮人

ニューカレドニア

ト と銃で攻撃される。死亡した一〇人(その場で六人、その後の数日で残りの四人)のなかには、カナックの指導者でほかのだれにもまして狙われていたジャン゠マリー・チバウの兄弟ふたりもいた。[23] チバウはヌメアに出ていたが、いつ暗殺されて〝大きな黒い穴(le grand trou noir)〟と彼が呼ぶものへ行くことになってもおかしくないと思っていた。その後、チバウが家族とともに移動することはなくなり、ボディガードなしではどこへも行かなくなった。「いちばんつらいのは死ぬことではないかもしれない」とチバウは書く。「何よりつらいのは、生きていて自分の土地でよそ者のように感じることである」。人生も戦いも異なるが、一〇〇年のときを隔ててチバウとミシェルは、理想主義の気質を分かちあっていた。彼の物語もまた流刑者の物語である。自分の土地でよそ者のように感じること。

島の反対側では、カナック人はすでに有刺鉄線で囲われた特別保留地に閉じこめられていたが、それと同じようにチバウの祖先はフランス人入植者によって自分たちの土地を追い出され、ヤンゲンの肥沃な谷間の平地から土地の痩せた山のなかへ移されていた。低地の豊かな壌土(ローム)は、おまえたちのものではないのだと。フランスから船で運ばれてきたギロチンに加え、国外追放もカナック人の抵抗を抑える入植者の主要な手段になった。大蜂起のときには、数百人のカナックがグランドテールからイル・デ・パンへ、またはるか遠くのフランス植民地タヒチやインドシナへ強制移送された(逆に、フランス領インドシナの反抗分子はニューカレドニアへ強制移送された)。追放された者のなかには、ジャン゠マリー・チバウの祖先で、ヤンゲン谷を支配していた氏族の長たちもいた。チバウ自身は一九三六年、ウェラプの川上にあるティアンダニトゥで、首長の息子として生まれた。祖母は一九一七年の北部の反乱のとき、ウエリスの村を襲ったフランス軍とカナックの援軍から逃げようとして射殺されていた。当時四歳だった息子——チバウの父——を腕に抱いていたという。「父はシダの茂みに転がり落ちて姉に拾いあげられた」とチバウはのちに書く[24]。

ヤンゲン谷でのカトリックの伝道活動は一八九七年までさかのぼるが、グランドテール北東部のカナック人がはじめて聖職につくのは、一九六五年のことである。ほかならぬティアンダニトゥの首長の息子、チバウである。訓練を受けるために故郷の谷とそのトーテムを離れ、カナラとイル・デ・パンの白人神学校で学んだ。もっぱらフランス語で生活し、一〇年後にティアンダニトゥへ戻って兄弟にあいさつしようと口をひらいた——そしてピンジェ（Pije）語をすでに忘れていることを知る。子ども時代にティアンダニトゥで使っていたことば、世界を名指す手段だったことばである。それが人生を変える瞬間になった。流刑は地理的なものであると同時に、言語的なものでもありうる。チバウは母語の喪失に危機感を覚えた。それは、自分たちの民族が追い立てられることのメタファーだったからだ。しかしチバウは、それに抵抗するのに求められる武器は「カナッキー」ではなくフランスに見いだされることを理解していた。

一九六八年、若き司祭チバウは奨学金を得て神学を学ぶことになり、コミューン以来フランスで最も社会不安が高まっていた時代のパリに身を置いた。宗教にうんざりして民族学を学びはじめ、「カナックの文化的アイデンティティの諸問題」という学位論文の執筆に取り組む。神学生として過ごした日々は、彼を村の生活から遠ざけたかもしれないが、留学先パリ——大蜂起を率いたアタイの頭蓋骨が眠る場所であり、彼の世界と正反対であると同時にカナック文化を根底から揺るがす震源地でもある場所――での日々は、「人が住まうローカルな土地」へ戻る道を示してくれた。

カナック人がかつてなく疎外感を覚えている国へ戻ると、チバウは聖職を離れて政治へ身を投じた。フランスの制度のもとでは、カナックが選挙で少数派にとどまっているかぎり独立を実現できないと知りながらも。一九八一年、ヤンゲンの町長になりカナックの権利の代弁者になっていたチバウは、ジュネーヴでの会議で講演し、自分たちの民族にとって祖先から伝わる土地がいかに大切かを強調した。「家系は土地に根ざしています。空間に、特定の場所に刻まれていなければ、家系にはなんの意味もありません［…］そうでなければ、その人には歴史がないのです。世界の市民であり、どこの市民でもないことになる」[25]

カナックの自治は、ノスタルジアの問題ではなく――昔のあり方へ戻るのは〝神話〟にほかならなかった――、西洋の価値観への憧れの問題でもない。白人たちは月まで行ったのにまだ満足せず、チバウいわく、いまだに「捜し求めて」いる。だがヨーロッパ型の政治的急進主義（ラディカリズム）は、それ自体が従属の表現にすぎないだろう。〝ヌメア・コミューン〟などありえない。

一九八四年、カナック人の社会主義共和国建設という目的のもとに小規模な独立主義派グループが多数集まり、ＦＬＮＫＳが結成された。カナックの旗がはじめて掲げられる。緑は土地、青は海、赤は人びとの血。ヤンゲン大虐殺の加害者で、チバウの兄弟の殺害者でもある者たちが無罪放免になり、さらなる暴力は避けられなくなった。〝待ち伏せ（embuscade）〟の首謀者のひとりは、のちにカナックの狙撃者(スナイパー)に殺された。

「そう、非暴力です」とチバウは言う。「ただし足もとに銃がなければならない」[26]

＊

II

ヌメアへ戻る前日の朝、ウェラプとヤンゲン川のあいだの森を歩いていると、サッカー場ほどの大きさの切りひらかれた土地に出くわして、この三日間、谷の周辺に響いていた音楽の出どころをはじめて見た。

太陽はすでに熱く、バナナの葉から夜露を蒸発させている。気温があがり、谷から影が現れてくるにつれて、周囲の森から聞こえてくるインコ、ヒヨドリ、雑木林の鳥たちの騒音(ノイズ)（鳴き声やさえずりとはいいがたい）がどんどん大きくなり、地震で揺れる鐘楼のように調子外れになっていく。その土地の一角では、根元のすぐ上で角(つの)が一本折れたシカが、杭につながれ日向に立っていた。土が見えるまで食べられた草の円盤の中心で、完全に静止している――谷全体でほかの何よりも静止しているように見えた。その反対の隅には二本の巨大なバンヤンの木があり、その下の掘っ立て小屋に二〇人ほどの若者がいた。バンヤンの木独特の完全な日陰のもとで、片方の木の根元にひとつ置かれた大きなスピーカーから流れる音楽に合わせて踊っている。

わたしは男たちに迎えられた（踊っていたのはほとんどが男性で、女性は小屋の前のテラスに座っていた）。いかにも徹夜明けというくしゃくしゃの見かけで、陶酔から醒めつつあり、目は明

る く肌はきらめいている。踊っているというよりはリズムに合わせて身体を揺らしている感じで、音楽は刺激のもとというより伴奏だった。彼らはウェラプやチバウの故郷ティアンダニトゥ、谷にあるそのほかの村から来ていた。新郎新婦はもういなかったが、前日の結婚式をまだ祝っていたのだ。みんな疲れ果て、しゃべる気力はほとんどなかったが、わたしは抱擁され、握手を求められて、ほとんど空になったウィスキーの瓶を手渡された。当然みんなわたしがどこに滞在しているのか、どれだけそこにいるのかを知っていた。来訪者はかならず人の目にとまり、知らせはたちまち村の内外に伝わる。そしておそらくそのために――観光客や警察官は当然の代償として評判が悪く、ヘリコプターの音のように、わたし自身よりもわたしの印象のほうが先に伝わっていた――、年長の男がひとり息巻きながらこちらへ向かってきて、踊れと強く求めてきた。わたしは彼の機嫌を損ねた――わたしの顔の何かが気に入らなかったのか、態度がどこかよそよそしかったのか。「こいつが踊らないのなら殺してやる！　ギロチンにかけてやる！（Je vais le guillotiner!）」実際に殺そうとしていたわけではないが、住民投票の一週間前であることを考えると、彼のことばを軽く受けとめることはできなかった。海岸沿いに数キロメートル北へ行ったところには、一八六八年にフランスによってギロチンにかけられた一二人のカナック人反乱者の記念碑がある。わたしは〝カマドラ（kamadra）〟すなわち〝白人（un blanc）〟であり――フランス人かどうかなど関係ない――、ここの人間ではない。土地は何も忘れない。

友人たちが彼の胸を腕で抱えてやさしく引き離し、わたしはその場を立ち去った。角が一本しかないシカが見守っている。踊りを要求した男は笑い、着ているTシャツの胸のところを引っぱって、プリントされた文字をこちらへ見せた。カナッキー（KANAKY）――ジャン＝マリー・チバウとFLNKSが夢の共和国へ与えた名だ。

3

〝隔離は夢を見ることにつながり、夢を見ることは狂気につながる〟。ロシュフォールのことば。首都ヌメアへ戻ったわたしは、街のラテン区にあるアパートメントへ移った。エアコンが壊れていたので、たいていの時間は、街の南のビーチでヤシの木陰に横たわっていた。ヴィルジニー号のあとをつかの間追った謎の黒船のことを考えた。ミシェルが処刑に求めたのと同じ解放を、彼女に約束するように思われた船。それを見てミシェルは、死者の足の爪からつくられた北欧の幽霊船、ナグルファル号を思いだしていた。流刑はそれ自体が一種の死だと見なされることが多く、それは一九〇〇年前のオウィディウスの「野蛮な海岸」も同じだった。「私が祖国を失ったとき［…］それこそ私にとって最初のしかも一層重い死だったのだ」[27]

マリーナのカフェで、同じく水平線に目を向けている様子の、また別の詩人に会った。ニコラス・クルトヴィッチ。ミシェルがヴィルジニー号で描いた絵を見せてくれた市のアーキビストで、彼の兄でもあるイスメトに紹介された男だ。イスメトは窓のない図書館の書架で生涯を過ごしてきた人物らしく、内向的でためらいがちだったが、その兄とはちがってニコラスは背が高く、荒々しくて胸の幅が広く、丘を闊歩する人間であり、少しいかがわしかった。

野蛮人
ニューカレドニア

「ここの人たちは自己中心的（égocentrique）すぎる」とクルトヴィッチは言う。「おれはそんなふうにはいられない。おれの名前はフランス人のじゃなくて、サラエヴォのだからね。かならずどこか別のところの出身だってわかる。だからほら、おれはいつだって遠くを見てるんだ。水平線がある。でもその水平線の向こうに何かがある」

彼の父はボスニア人のイマーム［イスラム教の指導者］の息子だった。一九四五年にナチス占領下のサラエヴォを逃れてまずパリへ向かい、その後オーストラリアへ渡って、そこで昔からのカルドシュ一家の娘であるクルトヴィッチの母と出会った。ふたりは結婚してヌメアで数か月暮らしたのち、一九五二年にパリへ移る。しあわせな結婚ではなかった。「父は厳しすぎて、いい夫じゃなかった」。一九六一年、彼が言うには母は「逃げだし」て、三人の子どもとともにヌメアへ戻った。クルトヴィッチは七歳だった。「ある日の夜、父が家に帰ってきたら――だれもいない！　だれもいないんだ。みんな飛行機に乗っていた」

「おれはずっと難民だと感じてきた。ほんとうの故郷（ホーム）はどこにもないって感じるし、ここでもそれは同じだよ。ずっと前に砂漠の旅についての詩を書いたことがある。こんな詩だ。〝追放される元の国がない追放された者のことをだれが語るのか？〟たとえばヴィクトル・ユゴー。彼は少なくともどこかから追い出された。おれの国はどこだ？　フランスに行ったら、ほかのよそ者と同じようにホテルで暮らす」

彼の父はサラエヴォへは戻らなかったが、フランス国民にもならなかったとクルトヴィッチは言う。無国籍者（apatride）のままだったのだと。息子もその状態を受け継いだ。少なくともその精神を。

「おれは昔は戦闘的で、活動家だった」とクルトヴィッチは言う。「おれたちは独立って呼んでたけど、心のなかではそれは、脱植民地化だった」。実際のちがいがどこにあるのか、わたしには理解しがたかった。だがクルトヴィッチがかつて独立を支持し、実際に運動もしたのだとしても、彼はすでに考えを変えていた。ほぼ確実にそうなると予想されるように、日曜に独立反対の投票結果が出ても、二年後に二度目の住民投票を実施でき、四年後にさらにもう一度実施できることがヌメア協定で定められている。

「でも二年後にもまたこっちが勝つ」とクルトヴィッチは言う〔実際そのとおりになった〕。問題はそこにある。「四年後も同じだよ。この国が独立を成し遂げる唯一の方法は、いま反対に投票してるたくさんの人が賛成に投票することだ。でもどうして？　ここには独自の予算があって、独自の雇用法がある。フランスは口出しできない。〔口を出しているのは〕司法、金、軍、大学のことだけだよ。あと、病院で働く人はみんなフランスから直接給料をもらってる。フランスは毎年一五億ユーロを送ってくる。独立したらそれがなくなる。だから経済的な理由でフランスにとどまる必要があるわけだ。でもそれだけじゃない。フランスは共和政を保証する存在でもある。フィジーでは、ソロモン諸島では、クーデターが起こっただろ。自分たちだけで暮らしてるわけじゃないんだよ。おれたちヨーロッパ人はカナックの人たちとうまくやってかなきゃいけない。カナックの人たちは白人とうまくやってかなきゃいけない。お互いが存在しないかのように振る舞うわけにはいかないんだ」

彼を難民と考えるのはむずかしい。戦争から逃れたイスラム教徒の父とはちがう。たしかに彼は、ヌメアでは実際に一種の外国人（étranger）だ。だがおそらくそれは、カルドシュであることの条件にすぎないのだろう——どこかひそやかな次元で、自分はよそ者だと感じていることは。フランスのニューカレドニアの歴史は、場所を追われてきた歴史であり、すべての者が場所を追われてきた歴史である。あと戻りはできず、だれにとっても真の独立はありえない。ただひとつ可能なのは「和解」であり、これが実のところ意味するのは、土地を所有していたのではなく土地そのものだったカナックの人びとが永遠につづく苦しみと和解せねばならないということであり、カルドシュも同じようにせねばならないということである。

ヴィクトル・ユゴーは、ルイ＝ナポレオンのフランスを逃れたあと二〇年近くを亡命先で過ごし、皇帝ナポレオンがスダンで敗北したのちにようやく帰国した。ユゴーが暮らしていたガーンジー島では、自宅のダイニングルームの扉にこんなかけ札が吊されていた。〝亡命人生(Exilium vita est)〟。人生は亡命であり、亡命は人生である。「亡命は物質的な問題ではなく道徳的な問題である」とユゴーは書く。「地球上のどこにいても同じだ」

*

スーパーヨットとフランス海軍の駆逐艦が浮かぶヌメア湾の向こうに、ルイーズ・ミシェルが西の森と呼んだものが見え、デュコ半島の先のいただきへと傾斜がつながっている。ミシェルにとってそこは神秘的な場所であり、子ども時代に経験したヴロンクールの手つかずの自然の再来だった。わたしにとってそこはエデンの園のような要塞の性質を帯びていて、虹の端と同じぐらい到達不可能と思えた。丘――それが島のほぼ全体を占めていて、ミシェルが閉じこめられていたベ・デ・ダムの地峡は非常に狭い――は、グランドテールで乾燥熱帯林が残っている数少ない場所のひとつであり、ヌメア周辺ではここのほかは全滅した希少な植物群落である。わたしがこの場所に憧れていたのは――足を踏み入れたい、ずっとそこで暮らしたい？――、そこを守るアクセスの悪さと結びついていたのだと、いまはわかる。それに、ヌメアへふたたび足を踏み入れたとたんに戻ってきた痛みとも結びついていたのだと。

ミシェルの小屋は湾の西、森の端の台地に立っていて、地峡とほかの女性たちの小屋を見おろす坂の上にあった。ミシェルが西の森と呼んだもの――現代の地図では「クムル」――はおよそ一三〇〇×八〇〇メートルの大きさで、なかば水中に沈んだトカゲの頭のように、太平洋へ向かってのびている。森の散歩を語るミシェルの文章の楽しさは、ひとつには名前への無頓着さにある。ほとんどの植物や動物の名前を知らず、数少ないカナック人の知り合いから得られる情報のほかは、それを知る手段もなかった。だが見つけたものを記す際のミシェルのよろこびは、無知のせいで損なわれてはいない。重要なのはものの豊かさであり、生命や精神を脅かされることなく引きこもれる自然のままの土地である。ミシェルは、ヴロンクールで過ごした子ども時代に孤独に強くなっていた（あるいは孤独にやさしくなっていた）。自然のほかに仲間はいらないことを学んだからだ。西の森の発見は自然への回帰だったが、それ以上に子ども時代への回帰でもあった。三方を海に囲まれ、ひと気のない密林のなかでミシェルは、オート＝マルヌ県にいたときと同じ安全を取り戻した（「ヴロンクールでは」と、子ども時代のルイーゼットがずっと昔に書いている。「世界のほかの部分から切り離される」）。

歩いて丘をのぼりながら、ミシェルは森の果物を摘んで食べる――イチジク、クワの実、黄色いプラム、クロスグリ、トマト――パリやヴロンクールの市場で売られていたのとは異なる果物。イチジクは灰のようなにおいがし、クワの実は白い粉で覆われていて、プラムのなかには巨大な丸い種があり、クロスグリはほとんど果汁がなかった。回想録でミシェルは森のつる植物のことをくり返し語る。「その枝は空中に浮いていたり、狂ったアラベスク文様を描いていたりする」。またニューカレドニア固有のニアウリ、学名 *Melaleuca quinquenervia* というフトモモ科の白い樹皮の木にも何度も触れている。

木、とりわけオークは、ヴロンクールからパリ、ニューカレドニアまでミシェルの人生の象徴学(シンボロジー)においてつねに重要だった。おそらくミシェルは、根をおろしていること、不動であることから木にひかれたのだろう。ヴロンクールでは、オークの古木は昔から誓いを交わす場所だった。パリの包囲中にミシェルは、「斧が心臓に食いこんだ」オークの大木の幻を見た――あるいはそれは記憶だったのか。血の一週間には、モンマルトル墓地の偵察中に「砲弾が空を切り裂き、時計のように時を刻んだ」。同志は身を隠すようせきたてたが、ミシェルはいつも運命に身を委ねた。「砲弾がやってくるのは、わたしにはいつも早すぎるか遅すぎる。一発の砲弾が木々の向こうに落ちて、わたしは花がついた枝で覆われた」。同志が死んだときには、赤いスカーフ――コミューンのシンボル――を外して墓の上に置いた。「同志がそれを拾って、ヤナギの枝に結びつけた」[28]

その二年後。西の森は一種おとぎ話の世界で、自然をこえた過剰なものがあふれかえっていた。だが、どれも害は及ぼさないとミシェルは主張する。「ウミヘビすら人間には脅威とならない」と言い、ペットとして池で一匹飼っていたが、年老いた猫が襲われるのを心配して手放した。「もちろんそのウミヘビは爬虫類の小さな目で猫の動きを追っていて、その目にはほとんど同情が見られなかった」

人類学の研究とパパイヤの黄疸についての調査のほかに、ミシェルはニューカレドニアで養蚕ができることを証明しようとした。何年ものあいだパリの〝学者〟と文通し、蚕の卵を次々と送ってもらったが、数か月の航海を経て届いたときには死んでいた。仮にミシェルの計画が多少なりともうまくいったとしても、年に二回半島を襲うイナゴの群れのせいで、いずれにせよ台なしになっていただろう。「葉、野菜、柔らかい草、古い低木――木の幹のほかはすべて食い尽くされる」。ほかの流刑者にはこの世の終わりの前ぶれと感じられてもおかしくないことでも、ミシェルにはただただ大きなよろこびだった。「荒れ狂った灰色のイナゴの雪ほど美しいものはない」とミシェルは書く。「その一様の色によって空全体が満たされ、虫たちが日の光をフィルターにかける［…］奇妙にぼやけた明暗法で、空から灰色の粉が降ってくる」

バリケードの恐怖から回復したミシェルは、つかの間、自分の大義と友人に起こったことを忘れられたのだと思う。煙、喧騒、大きくひらいた傷口、血のぬかるみ、石灰の粉。西の森の

野蛮人

ニューカレドニア

ニアウリ、ビャクダン、名のない果物のなかで過ごした孤独な休息時間には、ミシェルは自分が政治的存在であることを忘れられたようだ。

＊

「愛、愛、愛」とコーマは言う。「義理の父が教えてくれたことがそれなの。世界に心をひらけって」

八〇歳の女性で、頭はグレーの縮れ髪。落ちついた寛容な雰囲気を漂わせているが、退屈な質問に飽き飽きすると、たちまち横柄な態度になる。司祭の義理の娘で亡き司祭の妻――その司祭は、ジャン＝マリー・チバウの死後に部族間の和解プロセスを統括した人物である。愛についてい語るとき、彼女は土地と結びついた具体的な何かを意味していた。破滅をもたらす力をもつ強力な何かを。

わたしは、グランドテールから北へ一〇〇キロメートル弱のところにある、ウヴェア島の環礁へ短い空の旅をした。ロワイヨーテ諸島は、昔からグランドテールとは異なり、そのちがいは地質学上のものだけではない。海面からわずか数メートルしか姿をのぞかせていなくて、クックやダントルカストーすら気づかなかった。端から端までおよそ五〇キロメートル。ロワイヨーテ諸島のなかでいちばん西に位置する島であり、石灰岩でできた欠けた三日月は、最も広いところで幅六・五キロメートルほどである。南にあるムーリという小島と橋でつながっている。白くて細長い砂丘（デューン）が浅い潟湖（ラグーン）に面して島の西海岸沿いにつづき、側面にはタロイモ畑の列とウヴェア島のほとんどの家がある。

ロワイヨーテ諸島はニューカレドニアの刑罰用の群島に属したことはなかったが、宣教師の影響がいまも色濃く残っている。環礁の北はおもにプロテスタントで、南はおもにカトリックだ。数キロメートルごとに教会があり、きちんとした白い建物もあれば、屋根がなく壁土が剝がれ落ちたものもある。島にはイギリスとオーストラリアから来る英語話者との交易の歴史があり――ビャクダン、真珠、ナマコ（bêche-de-mer）――、一八五〇年代にイギリス人のプロテスタント宣教師が到来したときには、島の人びとはフランス人のカトリック宣教師を相手にするときよりも親切に接しがちだった。しかしイギリスとの交易が干あがると、本島から来るフランス人マリスト会士がその空隙（くうげき）をつき、ウヴェア島民のほとんどを説得してカトリックを受け入れさせた。

信仰による部族間の分断は、政治的な立場を固定させた。一八八〇年代の出来事はもちろん、一九八〇年代に起こったことについても、南部の首尾一貫した記憶は北部では分かちあわれていない。チバウはカトリックであり、一九八八年の人質事件の現場ゴサナで殺害された者のほとんどは、プロテスタントか少なくとも伝統的にプロテスタントの氏族に属する者だった。ウヴェア島はまた別の面でもグランドテールとは異なる。島ははるか昔の一八六四年にフランスに併合され、フランスの法律のもとで治められていたが、本島ほど植民されていなくて（この島はほぼ不毛であり、ニッケルもなければ淡水の水源もない）、いまでも白人人口は非常に少なくて目につかず、海辺の食堂でのんびりサラダを楽しむ警官たちぐらいしかいない——おそらく見た目よりも油断を怠ってはいなかったのだろうが。

　チバウが射殺されたとき〔一九八九年〕、コーマは夫とその場にいた。その出来事の背景を示す品のなかに、チバウの写真がある。一九八八年にパリで締結されたマティニョン合意の場で撮影された一枚だ。握手の相手はニューカレドニア共和党の指導者、ジャック・ラフルール。ヤンゲンの殺害者たちの無罪放免を認めた男である。

　現在、コーマはプルメリアとブーゲンビリアが輝く自宅の庭でレストランを営んでいて、わたしたちはヤシの葉でできた小屋の日陰に腰をおろしていた。コーマはときどき顔を背けてフィルターなしのジタン〔フランスで最も一般的なたばこブランドのひとつ〕を吸う——そのあいだは話したくないのだと、やがてわかった。

「あんたを戸惑わせることを言いたいんだけど」たばこをもみ消しながら、ようやくコーマは口にした。「心の準備はいいかい？」

「戸惑わせてもらってかまいませんよ」

「わたしは握手には反対だったんだ」と彼女は言う。

「妥協しすぎだと」

「心からのものじゃなかった。あれは政治だよ。あれは——ビジネスだね」

　その握手は嘘偽りのない感情からのものではなく、チバウは内心ラフルールを信用していなかったので、真の和解はなしえなかった。チバウの暗殺者やほかの独立主義者の心のなかで握手が体現していた裏切りよりも、この不誠実な振る舞いのためにチバウの死が避けられなくなったのだとコーマは思っていた。

ヤンゲンで殺害が起こり、フランス政府が対話への抵抗を強めたのち、FLNKSは積極的対決の戦略を採用した。ウヴェア危機として知られるものに至るまでの出来事は、オルガナイザーの多くがその後死んだこともあってはっきりせず、さまざまな異論があるが、どうやらFLNKSの中心メンバー——チバウおよび副党首のイウェネ・イウェネら——は、ロワイヨテ諸島の三つの島のそれぞれで、憲兵隊の本部を活動家たちに占領させることで意見が一致していたようだ。最終的にウヴェア島の本部だけが襲撃された理由はわからない。

一九八八年四月二二日の朝、フランスの選挙の二日前に、四人のカナックの男がウヴェア島南西部フェアウェの入植地にある警察署構内に入った。[29] もみ合いになり、警部補がカナック人のひとりを撃って負傷させ、そのカナック人は彼を刺殺した。ほかのふたりの憲兵も、ライフルをとりにいこうとしたところで殺害される。カナックの援軍——二〇人ほどのウヴェア島民——が到着したときには、三人の警官が死んでいて、ほかの警官たちは武装兵の監視のもとに置かれていた。平和的な行動として計画されていたものが、すでに大惨事に陥っていたのだ。

この攻撃を率いたアルフォンス・ディアヌは、チバウと同じくカトリックの司祭としての訓練を受けた（フランス政府によるのちの主張とは異なり、リビアで戦闘員としての訓練は受けていない）。彼と指揮下の男たちは生き残った二七人の憲兵を捕らえ、数台のトラックに乗せて北へ車を走らせて、ゴサナの村近くにある秘密の洞穴へ向かった（石灰からできているため、環礁にはハチの巣状に穴があいていて、その入口の多くは地元の村人しか知らない）。

一方、三〇〇人のフランス兵と武装警官がウヴェア島へ派遣され、そのなかにはフランスから空路でやってきた特殊部隊〝ショック部隊〟もいた。フランスの選挙を二日後に控え、レバノンでフランス人の人質三名の解放に巨額の身代金を支払ったばかりの大統領ジャック・シラクは、疑問の余地のない強さを印象づけたいと願っていた。フランス特殊部隊のキャプテン、フィリップ・ルゴルジュは、人質犯と交渉を試みるうちに、兵士五人、憲兵ひとり、地元の治安判事ひとりとともに捕らえられた。警察署の攻撃から二週間を経た五月五日、ヘリコプターと火炎放射器を使った部隊がついに洞穴を襲撃する。一九人のカナックとふたりのフランス兵が殺害された。残忍な銃撃戦があったと報じられたが、実際には周囲の木や洞穴の壁に弾痕はなかった。二三人の人質は全員が無傷で解放された一方で、解剖では人質犯の一二人が至近距離から撃たれたことが示唆されていた。フランス側の反応に見られる冷徹な怒りに、一八七八年から七九年にかけての大蜂起の鎮圧が、また言うまでもなく別の〝野蛮人〟であるコミューン支持者の一八七一年の大虐殺がこだましているのに気づかないわけにはいかない。

人質犯の中心人物ディアヌは降伏後に脚を撃たれ、手当をされずに出血多量で死亡した（これはカナックの目撃者と、名誉を失いのちに辞職を強いられたキャプテン・ルゴルジュによって確認されている）。流刑の出発地と目的地が入れ替わる歴史上のまれな例として、人質事件に参加あるいは関与したカナック人のうち生き残った三二人はフランスへ飛ばされ、裁判を受けて収監された。

＊

かつて憲兵が襲撃を受けたフェアウェを通ったとき、路上のスピード防止帯に〝わたしは投票しない（Je ne voterai pas）〟とチョークで書かれていた。八百長と見なす住民投票をボイコットする島の先住民をだれが責められるだろう？　数メートル離れたところには低い石の壇があり、写真とプラスチックの花がちりばめられていて、共同墓地のなかで一七人の死者が埋葬されている場所がわかる。

危機のあいだ口をつぐんでいたジャン゠マリー・チバウは、一年後にようやく、伝統的な服喪期間を終える儀式のためにウヴェア島へやってきた。彼が行動しなかったことにゴサナの人びとがまだ憤慨しているのはよく知られていた。償いがなされるべきだと思っていたのだ。チバウは落ちつかず、夜の追悼式をできるだけ早く終わらせたいとしきりに望んでいた。「逝った者たちの血は、いまもわれわれとともにあります」嘆き悲しむ者たちにチバウは語った。「われわれは猛然と前にすすみます。この死者と生者の血がそう呼びかけるからです。それはわれわれの血です。われわれの民族に自由を要求する血なのです」[30]

死者の名が一人ひとり読みあげられて式は終わりに近づき、チバウと握手するために参列者が列をつくった。そこでデュベリー・ウェアが前にすすみ出る。同じく独立主義者の彼は、包囲のときフランス部隊に殴打されたのちに死んだ高齢の父を弔っていた。また、FLNKSによるヌメア政府との和解の動きに反対していた。数か月前の握手に典型的に示されていたのが、この動きである。彼はかばんから機関拳銃を取り出し、至近距離でチバウ――防弾ベストを着ていた――の顔面を撃った。その後、イウェネ・イウェネを殺害し、銃を手放していたにもかかわらず、彼もチバウのボディガードに射殺された。記念碑に刻まれた一七人の名に、さらにふたつの名が加わった。

*

諸聖人の日。沿道の森は、長刀（マチェーテ）をふるって野の花を集める子どもたちでいっぱいだった。流木の十字架が立つ小さな墓地の多くでは、大鎌で草が刈られ、水の入った瓶に子どもたちが集めた花が詰められている。ムーリの聖マリア教会でのミサには年老いた女性が六人いるだけで、子どもたちが鳥のように走って出入りしていた。壁は白、付け柱（ピラスター）と持ち送り（コーベル）は明るい青、幅木（はばき）と窓の朝顔口は明るい赤。扉のそばにある聖水盤はホタテガイの貝殻だ。祭壇のまわりに花が飾られ、女性たちは腰をおろして待っている。

窓の下で、キリストの懇願する腕の前で、聖母マリアの首のまわりで、ヤシの葉が旗のように揺れている。海から吹くそよ風が丘をのぼり、小道に並ぶマツの木のあいだを抜けて教会へ送りこまれて、目当ての一節を探す読書家のようにヤシの葉をぱらぱらとめくる。女性たちは黄色の花輪を身につけてそわそわしている。

さらに四〇分、無言で座ったまま礼拝がはじまるのを待ち、屋根の梁(はり)が風に軋む音を聞いていた。走りまわる子どもたちに、女性のひとりがときどきすさまじい怒りの声をあげ、子どもたちは数分のあいだおとなしくなる。花柄シャツにジーンズ姿の司祭がやってきて、祭壇に一本だけ立つろうそくに火をつけ、聖具室へ入っていった。四人の若い男がスピーカーをふたつもって現れ、祭壇の両側の椅子にそれを置く。長い木のベンチが側廊のいちばん奥に置かれている。数組の家族がぶらりと入ってきた。

司祭が祭服を身につけてふたたび姿を現し、わたしたちの背後からくぐもったざわめきが聞こえてきて、人びとが席についた。五〇メートル先の木が立ち並ぶ丘の上から、列をつくった男たちがこちらへ向かってゆっくり歩いてくる。一〇人が横に並んでいて、そのうしろにさらに人がいる。女性や子どもが、教会へつづく道へ一列ずつ足を踏み入れていて、その列のなかにようやく平床(フラットベッド)トラックが見えた。前を行く者たちを含め、人びとはトラックに合わせた速度で歩いていて、大人が普通に歩くときよりもペースが遅い。

五分後にトラックが教会に着いた。その周囲には八〇人から九〇人ほどがいて、みんな教会のなかへ流れこみ、会衆席(かいしゅう)が埋まった。最後に棺を担ぐ者たちがトラックから棺をおろし、四人は腰の高さで棺を運んで、側廊のベンチにそれを置いた。わたしは唯一の白人で完全なよそ者だったが、そこにいるのは好ましくないという態度はだれも示さなかった。でもやはりきまりが悪く、賛美歌がはじまると——南洋キリスト教の冷ややかで甘いハーモニー——外へ出てフェアウェへ戻った。

野蛮人
ニューカレドニア

＊

独立は実現されないだろう。独立支持派の指導者たちですら、二度目あるいは三度目の住民投票で異なる結果が出るとは本気で思っていなかった。カナックの理想は、それを否定する勢力に引きつづき直面するはずだ。その結果は、いつでも多かれ少なかれ暴力である。犯罪率が低くても、この国はミシェルの時代と同じく、また一八五三年以来ずっと、根本から暴力をはらんだ場所である。

わたしがヌメアへ戻った翌日に投票結果が出たが、その後も緊張がやわらぐことはなく、警戒の雰囲気は消えなかった。実質的にヌメアの貧しい郊外になっていたカナックの村サン・ルイでは、燃えあがる自動車によってそこを通りぬける道がふさがれていた。装甲バスで到着した警官は、石を雨あられと投げつけられた。引きつづき人でにぎわっていたヌメアのビーチから煙があがるのも見えた。結果にそこまで大差がつかなかったため、独立支持派はこれは部分的な勝利であり、独立へ向けた第一歩だと論じることができたが、だれもそんなことは信じなかった。デュコ半島のおもな集落カメレとティンドゥでは、通行する車に石が投げつけられた。だが、監獄に追加で準備された監房は、空いたままだった。

＊

デュコ半島とクムルことミシェルの西の森へ同行してくれることになっていた地元の男性が、キャンセルのメールを送ってきた。ベルナール・シュプランというニューカレドニアで最も有名な植物学者であり、彼の関心は半島の珍しい乾燥熱帯林にある。クムルへつながる唯一の道路がカメレとティンドゥを通っているため、彼は〝世間の空気〟に不安を覚えていたのだ。その後、車が損傷した際に補償する書類に署名したら連れていくと言われた。わたしは断ったが、彼を責めるわけにはいかなかった。状況は落ちついているように思えたし、危険が迫っているときはたいてい察知できるが、わたしに〝世間の空気〟の何がわかるだろう？　危険を冒してそこまで行ってくれるタクシーもない。クムルを知り、原油ターミナルを迂回する方法を知る彼を見つけるのに三週間もかかったし、三日後にはもう発たなければならない。わたしはしつこくせがみ、やがて彼は不機嫌そうに言った。「じゃあ危険を冒しますよ」。半島は落ちついているというテレビの報道を、彼は信じていなかった。「いいニュースしか伝えられませんからね」。カメレの投石者が目を覚ます前の早朝に出発しなければならない。

乾燥林は世界でもきわめてまれな種類の熱帯林で、かつてはグランドテール南西部で最も広く見られた環境だが、植民地化後に一万ヘクタールを除いてすべて破壊された。残った部分には三七九の自生植物種があり、そのうち五九は乾燥熱帯林に固有のものである。第二次世界大戦中、クムルは野生化したヤギの群れのすみかになっていて、戦後は森の植物のほとんどが破壊された。わずかのあいだ半島に基地をもっていたアメリカ陸軍が撮影した航空写真を見ると、

野蛮人
ニューカレドニア

丘がほとんど裸になっていたのがわかる。そのあとヤギが間引かれ、土地がほかから比較的隔離されていたこともあって、森は回復した。現在のクムルは、カナックの漁師が所有する浜辺のいくつかの小屋——シュプランが不法占拠地(スクワット)と呼ぶもの——のほかは、草木に密に覆われている。

彼のランドローバーは、静かなカメレの通りをけたたましい音を立てて走った。ベッドに横たわっていても、わたしたちが通る数分前にはギアを変える音が逐一すべて聞こえただろう。人の姿はなかった。海へつづく丘陵の斜面には、すらりとした白い塔が密林からのぞいている。かつてのハンセン病患者療養所にあった教会で、いまは打ち捨てられているとシュプランは言う——立ち入り禁止区域であり、いまはヌメアの依存症患者とホームレスの住まいになっている。下の浜辺には、医療廃棄物の焼却炉と坐礁したトロール漁船の巨体が見えた。半島はいまも掃きだめだ。

ルイーズ・ミシェルとほかのコミューン支持者が到着後に閉じこめられたヌンボは、もっぱら小規模な海洋産業の土地だった。コミューン支持者の墓地はいまも保存されていて、墓石のまわりの草は短く刈られている。ヤシの木陰にある波止場は、デュコの流刑者たちが船からおろされた場所だ。その海辺で一八七三年に太平洋で最初のフランスのギロチンが組み立てなおされた。ヌメア湾の向こうにヌー、すなわち現在のヌーヴィルがあり、そこからヌンボのコミューン支持者は、足の裏を棍棒で打たれる囚人の悲鳴を聞くことができた——聞かないわけにはいかなかった。

隣の岬から、わたしたちは地峡を見おろした。〝女性たちの湾〟は男たちの場所になり、トタル社の原油ターミナルがあって、白いタンクの数々とパイプがつたう突堤(とってい)が見える。そして地峡の向こうの高台、青々とした丸い丘がクムルである――西の森だ。

*

ミシェルとほかの女性コミューン支持者は、一八七五年五月二一日にここの湾へ送られてきた。その後間もなくサイクロンに襲われる。パリの連続砲撃に鼓舞された彼女らしく、ミシェルはスリルを覚えていた。「わたしは野蛮人で、大嵐(テンペスト)の詩(うた)に心奪われた」

サイクロンがやってきたのは夜であり、日中は静かで穏やかだったが、ミシェルのヤギと猫は落ちつきを失っていた。[31] 夜になると赤と黒の雲が海上に集まり、羅針盤(コンパス)の針が激しく回転しだして、危険を知らせる大砲の轟音がヌメアから聞こえてきた。おそらくミシェルは、二年前に逃げだした友人アンリ・ロシュフォールのことを思いだしていたのだろう。風と雨と暗闇のなかヌンボの岬まで走り、年配のコミューン支持者で元海軍大佐のペリュセの小屋を訪れた。そこでのやり取りをミシェルは回想録に記している。

「こんな天気のなかだれだ？　大馬鹿者」

息を切らしながらミシェルは言った。「港を見張ってるボートがもう動いてないの。今夜はもう港に出ないと思う。サイクロンにのっていかだでここから離れて、次の陸地まで運んでもらえるんじゃないかな。シドニーとか」

ペリュセがミシェルを見ると、びしょ濡れで顔を赤くしている。ようやく彼は口をひらいた。

「いかだをつくる材料がないじゃないか」

「古い樽がいくつかある。それを結びつければいいじゃない」

古い樽。

「どこにたどり着くか、どうやってわかるんだ？」

「いちかばちか、やってみるしかないでしょ」

彼は拒んだ。航海に耐えられる船を夜明けまでに仮につくれたとしても、島を取り巻く礁によってばらばらになるとわかっていたからだ――当然ミシェルもそれをわかっていたはずだ。せっかくパリの砲撃を生きのびたのに、軽率で無益な行動のためにここで死ぬのは馬鹿げている。

ミシェルは扉をぴしゃりと閉め、歩いて西の湾の岬へ戻った。時間が経ちサイクロンがおさまると、ミシェルの計画はつかの間の狂気のように思えてきた。翌朝は静かで明るかった。地峡の浜辺は嵐の残骸でいっぱいだ。死んだ植物、貝、「古い難破船の破片」。「なかば死んだタコが人間のような目を『ひらいている』」というくだりと、正体不明の「ピンクのゼラチン状物質」についての記述からは、戦争後の状態を目に浮かべずにいられない。

警備艇はパトロールを再開した。

西の森はやすらいの場であリつづけ、そこへ足を踏み入れる者はほかにいないようだった。

ミシェルはその場所を自分だけのものにしたが、当時でもその森は手つかずとはとても言えなかった。長年、デュコの流刑者たちが木を伐って荒らしていたからだ。「それでも」とミシェルは振り返る。「いちばん奥の砦に似た岩の岬では、野生植物が未開の静けさのなかに逃げ場を見いだしている」[32]

*

原油ターミナルを迂回するのは実はとても簡単で、有刺鉄線と海に挟まれたビーチに沿って歩くだけでよかった。ずっと漂っている炭化水素のにおいは風が吹いても消えず、湾にたくさんいる魚は原油に汚染されていて、漁師は手をつけない。

フェンスの向こう側、クムルの低い地峡とふたつの丘のあいだに、ミシェルの小屋が立っていた高台がある。火事のリスクをできるだけ抑えるために、低木は短く切られて芝生は刈られている。フェンスの向こう側の乾燥林では、棘(とげ)のあるアカシアが茂って侵入不可能な壁をつくっている。潮が満ちてくるなか、海岸線をじりじりとすすむしかない。

シュプランは七〇歳で、マングローブの木立のあいだで水を跳ねながら、つねに一〇メートル先を歩く。剝き出しの脚には、棘によってできた一生分の傷が格子模様を描いている。ずっとそんなふうに歩みをすすめた。左手には穏やかな海があり、右手には白い砂や白い石灰岩の崖に生えたニアウリの白い幹が並んでいる。およそ一〇〇メートルごとに木陰になった入江が

野蛮人

ニューカレドニア

あって、そこでは砕けた白い珊瑚でビーチができている。わずか一・五キロメートルほどの距離のところに人口一〇万人の都市があるにもかかわらず、これらのビーチに人間が訪れることはまれだ。ある比較的長いビーチでは、一艘のボートが浜に引きあげられていて、ニアウリの木陰に漁師の小屋があり、近くで鎖につながれた三匹の犬が怒って吠えていた。煙が漂っていたが、呼びかけてもだれも姿を現さない。よそ者とかかわるとろくなことがないと思っているのだろう。呼びかけるのはやめた。旅行者の居心地の悪さ、旅行者の気恥ずかしさを覚える。侵入者の気恥ずかしさ。ほかにも小屋やトタン板の差し掛け小屋にいくつか出くわした。同じくさっきまで人がいたような気配があり、見えない目で見られている感じがする。怖がるべきではない。怖がらせているのはこちらのほうだ。丹念に草取りをされたキャッサバ畑があり、小屋を支える柱のひとつに赤、青、緑の旗がかかっている。半島の先——ミシェルの「砦に似た岩の岬」——に森がひらけたところがあり、わたしたちは海を離れることができた。

その入口のまわりにはつる植物のぶ厚いカーテンが育っていて、小さな白い花が星のようにちりばめられ、数十匹の白い蝶が舞っている——ミシェルが記しているのと同じ白い蝶、ケイパー・ホワイトだ。丘陵の斜面には——シュプランの考えでは戦争中にアメリカ陸軍によって——らせん状の小道が切りひらかれていて、森のなかを少しずつ抜けて丘のてっぺんまでのぼれるようになっている。

「森は美しかった」とミシェルは書く。「年に二度、つる植物と匍匐(ほふく)植物に覆われ、それらの枝が空中に浮かんだり、狂ったアラベスク模様を描いたりしていた」。さらにミシェルは森の中心部と思われるものを描写する。

小山のあいだの峡谷の深いところ、海の苦いにおいが染みこんだ場所に、ヨーロッパのオリーブの木にとてもよく似た巨木が一本あり、カラマツのように枝を横に広げていた。苦みのある黒い葉に虫がとまることはなく、その木陰には岩屋のような涼しさがあって、身体だけでなく思考もリフレッシュできる。[33]

この乾いた森 (la forêt sèche) はつる植物、ニアウリ、バンヤンの木の茂みで、棘だらけのアカシアがほかを圧倒している。下生えは乾いていて葉がないが、地面には細い緑のつたが罠の仕掛け線の高さに広がっていて、一歩すすむごとに立ち止まってくるぶしを解き放たなければならない。木があまりにも密に茂っているので、空はほとんど見えず、丘のどれだけ高くまできたのか、どのあたりにいるのか判断しがたい――とはいえ、なかには陰気なジャングルもあるが、この森はかなり明るく、まるで空を覆う葉の下にライトがついているかのようだ。シュプランが知らない植物はない。この森はミシェルが想像していた無垢のエデンの園ではなかった。偽のマンゴー――自殺する囚人が使う毒物。火のつる――少しでも触れると肌がひりひりして何週間も治らない。白いマングローブの乳液――目に擦りこむと、二度とものが見えなくなる。

ふたりとも疲れきり、糸車に巻きとられる撚り糸のように丘のまわりをぐるぐる回っているだけではないかと思っていたとき、ようやく木がなくなって視界がひらけ、剝き出しの石灰岩の頂上に出た。「西の森の高い丘の頂上では、数々の巨大な岩が崩れていて、要塞の廃墟のようだった」と、ミシェルはいつものように大げさに書いている。

木々のあいだから、空よりも濃い青として海が垣間見える。だが〝眺め〟といえるほど満足いくものは得られなかった。近くの崖の下に古くて巨大なバンヤンの木が生えていて、その木陰で休憩した。ブロンズ色の根に隣りあわせで座り、プラスチック容器に入ったココナッツのスライスを食べる。すしのように柔らかい。原油ターミナルの音が聞こえる。どこからも遠くへきたわけではないが、おそらくわたしにとってここは、望むかぎりミシェルに近づける場所だったのだろう。

＊

一八七九年一〇月一六日、ミシェルは流刑の減刑を知らされたが、仲間のコミューン支持者がデュコ、ヌー、ブーライユ、イル・デ・パンで惨めな生活を送っているのに特別待遇を受けるわけにはいかないと、それを拒んだ。「みんなといっしょか、まったくなしか」とミシェルは言い（それが彼女のモットーだった）、支援者たちによる恩赦の嘆願をはねつけた。「わたしの名でなされていても、わたしの名誉を踏みにじる処置はすべて無効と思ってください」

その年には、デュコ半島を去ってヌメアで教師として働くことを許されていた。〝流刑者〟

の娘たちに教え、日曜にはカナック人たちが彼女の家に押し寄せて読書、絵画、数学、音楽を学んだ。パリの新聞がその仕事を茶化したときには、ヌメア教育委員会の元委員がミシェルを擁護した。「彼女は揺るぎない献身ぶりで務めを果たしていました」と、彼は中傷者たちに告げる。ミシェルには「政敵までもが尊敬と称賛の念を」覚えるばかりだったという。[34]

八か月後の一八八〇年七月一一日に全〝流刑者〟の恩赦が宣言されると、ミシェルはようやく去ることに同意した。教師として稼いだお金でやや不本意ながら帰国のチケットを買い、カナックの友人たちにはまた戻ってくると約束した。ミシェルは、自分自身や恩赦を受けた仲間のコミューン支持者がフランスでよりよい暮らしを送れると希望を抱いていたわけではない。揺らぐ気持ちが抑えられたのは母のことを気にかけていたからで、故国についてミシェルがおそらくただひとつ心から恋しく思っていたのが母だった。ミシェルはこんな知らせを受けたばかりだった。「母は疲れきっていて、生きてわたしに再会できないのではと恐れている」。そうしてシドニー行きの汽船に乗りこんだ。カナックの教え子たちは悲しい声で叫んだ。「もう戻ってこないんでしょう！」刑期を終えたあとに監獄へ戻ってくるのは、頭のおかしな者だけだとわかっていた。

＊

ヌメアで過ごしたわたしの時間は、はじまったのと同じココティエ広場で終わった。〈カフ

野蛮人
ニューカレドニア

ェ・ラネックス〉はシャッターをおろしていて、台座の上のジャン゠バティスト・オルリー像はわびしげに見えた（その後、この像はジャン゠マリー・チバウとジャック・ラフルールの有名な握手を再現したものに取り替えられると発表された）。わたしはあの奇妙な心の乱れを――ほんとうにたった三週間前のことなのか？――一種のあえぎもがいている状態として記憶していた。眠りに落ちかけているときにたまに経験するあの感覚や、縁石を不意に踏みはずしたときのあの感覚が、延々とつづく状態。

帰国後に精神科医の友人に話すと、診断といえるほど具体的な所見は示したがらなかったが、身体上あるいは精神上のストレスによって、解離や、場合によっては軽い精神疾患の症状が出ることもあるという。わたしはまたオウィディウスへ立ち戻っていた。彼は自分の運命を将軍メッティウスの運命になぞらえる。ウェルギリウスの『アイネーイス』のなかでメッティウスは、ローマを裏切った罰として二台の馬車（チャリオット）に縛りつけられ、四肢を引き裂かれた。オウィディウスにとって流刑とはふたつに引き裂かれることであり、文字どおり〝しかるべき場所から外れること（dislocation）〟だった。「まるで手足を後に残していくかのように、私は身半分引き裂かれ、／体からその一部が切り離されるかのように思われた」と彼は書く。[35]

流刑地のコミューン支持者たちは、この手脚が引き裂かれる感覚を心の底から実感していた。そもそも彼らは単純に世間から見捨てられた者ではなく、残酷な内戦の生き残りである。極度の残虐行為、暴力、不当な仕打ちを目にし、それに参加していた。目の前で友人たちがおぞましい姿で死んだ。人生最大の望みが、無謀な理想主義だったことが白日のもとにさらされた。

流刑の影響はトラウマの影響と切り離せない。おそらく彼らが経験した〝ノスタルジー〟は、身体が忘れようと必死で、同時に心がみずからの正気を保とうと必死な状態だったのだろう。一方で現実は、その自己をばらばらにして正体不明の断片にしようと脅かしていた。

〝距離という考えがわたしたちを殺す〟。だが「距離」は、アシル・バリエールのフレーズでは、ふたつの場所の間隔というよりは無限の空白だった――ジャン゠マリー・チバウが〝大きな黒い穴〟と呼んだものである。ルイーズ・ミシェルの解決策はこうだ。フランス人やカナック人としてではなく、ロシア人やズールー人やイギリス人としてでもなく、全世界が、宇宙が、自分の生まれ故郷の都市であるかのように生きること。チバウが認識していたように、この態度の代償は、永遠のホームレス状態である。

月の男 セントヘレナ

1

わたしがセントヘレナに上陸したのは聖木曜日〔復活祭直前の木曜〕だった。一日中、男たちが波止場や崖から、また海へ出て、魚を釣っていた。沿岸警備隊が岸をしきりに行き来していたが、やがてみんなうちに帰った。ルパーツ湾にあるバー〈ウィキッド・ワフー〉では、自分たちで釣った魚を提供していた。カマスサワラ、シイラ、キントキダイ、イットウダイ、ヒトデ。骨が多く脂がのった魚が、巨大な平鍋で揚げられる。これは家族のイベントで、幼い子どもたちがタオルを空中に放り投げて頭で受けとめるゲームをしている。セントヘレナの島民でないのはわたしだけだ。

その週はずっとジョニー・キャッシュの曲が谷に響いていて、そこでもキャッシュの曲が演奏されていた。「アイ・ウォーク・ザ・ライン」。シーバードという名の男がキーボードを弾き、スクエアーズという名の歌手がスマートフォンで歌詞を見ながら歌うバンドだ。島民の多くと同じように、スクエアーズもイングランドでしばらく働いていたという。曲と曲の合間に、ベイジングストーク〔ハンプシャーにある都市〕のホログラム製造業者のことを聞かせてくれた。その工場は、どういうわけか空中に浮かんでいたという。それに、身体のさまざまな部分が詰まったスーツケースが駅で見つかったときのことも。「タクシー運転手が手伝ってトランクに載せたんだ！」とスクエアーズは言う。それがイングランドだ。あだ名のことを尋ねると楽しそうにこう答えた。「頭が真四角(スクエア)だからって、みんな言うんだ」。そして頭の角を軽く叩いた。

同じピクニックテーブルには、ネイサンという一八歳の青年がいた。その晩はずっと自分の席で笑顔を振りまいていて、みんながネイサンの皿に食べ物のおかわりを載せ、紙容器のジュースを次々と運んだ。彼の世話を焼いているらしい祖母といっしょで、スクエアーズが舞台に戻ると、わたしたちは三人でいっしょに歌った。ネイサンはテーブルの向こうからこちらを見て、わたしが歌に加わっているのを確かめる。祖母の話によると、彼はセントFMのパートタイムDJだという。復活の主日(イースター・サンデー)に彼が出演するカントリー・ミュージック番組を聴くと、「アイ・ウォーク・ザ・ライン」をかけていた。

＊

一八九〇年に島へやってきたとき、ディヌズールー・カ・チェツワヨの一行は、四〇〇〇キロメートル離れたナタール植民地の権力者たちから受ける扱いよりも、はるかに敬意のこもっ

月の男
セントヘレナ

た扱いを〝ホスト〟たちから受けた。一八日間の航海ののち、アングリアン号は二月二五日にジェームズタウン沖に錨をおろして、デッキからカロネード砲を発射し、興奮した首都に船の到着を告げた。そのころ島に駐在していたイギリス兵によると、そんな知らせは必要なかったかもしれない。というのも、「ジェームズタウンの路上で暮らす目ざとい少年たちは、見張りの信号手が手旗を取るためにしゃがんだだけでもそれに気づいて、マストヘッドの旗が見える前に〝汽船だあー!〟の大声が町に響くことも多かった」からだ。[1]

翌朝、艀(はしけ)で岸へ運ばれる前にデッキから島を見たディヌズールーと連れあいの女性、ジシャジレとムカシロモの目には、また叔父ンダブコとシンガナの目にも、セントヘレナはどう映ったのだろう? その一〇年前の一八七九年に、あるイギリス人訪問者がこう述べている。「海岸の近くはでこぼこの溶岩がかなり剝き出しになっていて、海から接近するよそ者には、何よりも近づきがたい様相を呈している」。[2] 首都については「こんな町を見たことがあるだろうか?」と、当時の別の刊行物が問いかけている。「非常にこぎれいで整然としていて、とてもスマートに彩られ、白と黄色の壁、緑のベランダがある。そんな町が、これほど深くて暗く、岩がのしかかる峡谷にあるのを?」[3] 疲れ果て、脱水状態になったジシャジレとムカシロモは、何が待ち受けていようとも陸にあがりたくてしかたなかったにちがいない。

＊

II

わたしは、ジェームズ・バレーのてっぺんの丘陵地帯にあるブライアーズという地区に滞在した。谷壁(こくへき)は、町を落石から守るために、芸術家クリストの〝梱包〟作品のように上から下まで巨大な鋼鉄の網で覆われている。歌っていないときのスクエアーズは、その網を点検し、管理する仕事をしている（ディヌズールー到着後間もない一八九〇年四月には、ジェームズタウンでの落石によって九人が死亡している）。ある日の夕方、雨が降ったあとでテラスに座っていると、遠くで花火があがるような音が聞こえたが、音が止まったときに落石だと気づいた。みんな自宅から出てきて谷の向こう側を見ていたが、被害はなかったようだ。

バンガローの小さな庭は、ナポレオンのふたつの住まいのひとつと接していた。ナポレオンは、一八一五年から一八二一年に死ぬまでこの島に幽閉されていた。その一年前にイギリスによって送られた流刑先、トスカーナ群島のエルバ島にいたときよりも惨めだった。エルバ島での流刑生活では、島に閉じこめられてはいたが肩書は保たれ、支配者としてのあらゆる権力を与えられていた。復位の望みがずっとあった。だがエルバ島を逃げだして間もない一八一五年にワーテルローで敗北し、パリから七二〇〇キロメートルほど離れた逃走不可能なイギリス植民地へ追放された。

二〇一六年まで、ほとんどの人にとって島へ行き来する唯一の手段は、アセンション島〔南大西洋に浮かぶイギリス領の火山島〕かケープタウンへ向かう二週間に一便のRMSセントヘレナ号だったが、その後、この航路は廃止された。空港の計画はその何十年も前から取り沙汰されていた。空港に明かりが灯ったときは、島民総出で見守った。空港はボーイング737に合わせて設計されていたが、同機が着陸したときにはじめて乱気流の問題が明らかになる。長年の遅れ、開港記念パーティー、お祝いムードのプレスリリースののちに、新しいことばが島民の語彙に加わった。ウインド・シア（風向きや風速の急激な変化）。会話でこれを使うと、聞き手はうんざりした表情になる。航空会社は撤退し、島はまた隔離されて、船を使わなければたどり着けなくなった。

　空港の建設工事をはじめる前の実現可能性調査（フィージビリティ・スタディ）では、乱気流への懸念が示されていた。一八三六年にビーグル号でここを訪れたチャールズ・ダーウィンすら、島の「猛烈な風」に触れている。事前のテストでは小型のプロペラ機しか使われていなくて、政府の投資対効果検討書（ビジネス・ケース）に明記された双発機７３７は試されていなかった。二〇一七年にようやく、ここへ就航しようという事業者がひとつ見つかった。７３７よりもはるかに小さな航空機を使い、わずか七五人の客を乗せてヨハネスブルグから週に一度飛ぶ。空港の建設には三億ポンドかかっていた。高級な〝エコロッジ〟ホテルの開発業者は手を引いた。ジェームズタウンに新しくできた四つ星ホテルのマンティスは、毎週すべて空室で、入口にはボーイがふたり立ち、期待するような目で通行人を一人ひとり見ていた。

＊

　パピヨン――パピヨン！――は、ジェームズタウンへ向かって歩くフランス名誉領事とわた

II

しのそばの地面をのろのろと歩いていた。いも虫（ワーム）たち。領事の飼い犬パピヨンは、ほっそりとした黒のレトリーバーで、胸に黒と白の斑点がある。〝パピヨン〟という名はちょっとしたジョークであり、アンリ・シャリエール（小説家で俳優でもある）が一九三〇年代に経験したフランス領ギアナでの投獄について書いた回想録のタイトルだ。

領事は近くに住んでいて、パピヨンを散歩させているときによく顔を合わせた。領事の本名はミシェル・ダンコワヌ＝マルティノーだが、セントヘレナの人びとは、ただ「フレンチマン」と呼ぶ。

「ポスト植民地主義は、ほんものの植民地主義よりもはるかに有害だ」と彼は言う。

彼は島にあるナポレオンゆかりの土地を管理している。ナポレオンが流刑生活のほとんどを過ごしたロングウッド、ブライアーズ・パビリオン、ナポレオンの墓。いまは五三歳で、父の仕事を引き継いで一八歳のときから島にいる。偏狭な人間ではない――パリから来た裕福な旅行客であってもおかしくなく、ある種の慇懃（いんぎん）さと聖職者のようなよそよそしさを身につけている。著書の回想録『わたしは空（から）の墓を守る者』（*Je suis le gardien du tombeau vide*）は、フランスでベストセラーになったと言う。空の墓とはナポレオンの墓のことで、彼の遺体はアドルフ・ティエール（当時は大統領で、のちにルイーズ・ミシェルの大敵になる）が画策した運動によって、一八四〇年にフランスへ戻された。

島に着いて間もなくのこと、いまは記念館になっているロングウッド・ハウスで、ある日の午前を過ごした。客はわたしだけだった。家はマホガニーの暗さを残していて、草木が植えられた明るい土地にしっかりとした影の塊を落としている。部屋は涼しく、蜜蠟（ビーズワックス）のにおいがする。彼のビリヤード台、彼の天球儀、石棺ほどの深さがある彼の銅のバスタブ、黒い天蓋（てんがい）つきの彼の死の床。コメントブックへのイギリス人による書きこみは、イギリスの勝利を擁護するものが目立った。バースから来たリチャードは、展示品の興味深さを認めつつも、「なぜ彼がこんなにいい扱いを受けているのか？」と疑問を呈している。セントオシスから来たジョンとジョアン――手書きの文字はまちがいなくジョンのものだった――は、展示が「楽しかった」としたうえでこうつけ加える。「あのおぞましいＥＵの旗は外してほしい。フランス国旗（トリコロール）だけでじゅうぶんだ」。イギリスのＥＵ離脱国民投票のあとの書きこみである。

「当然ですが」とダンコワヌ゠マルティノーは言う。「旗はそのまま残します。ロングウッド・ハウスはフランスの一部で、われわれは誇り高きヨーロッパ人ですから」

だが、セントヘレナ自体はイギリスである。島はおおむね涙のしずくのようなかたちをしていて、全長は一六〇キロメートルに満たず、アンゴラの西一九〇〇キロメートル、ブラジルの東二九〇〇キロメートルのところに位置している。あまりにも辺鄙な土地なので、ほんとうの意味での先住民が存在したことはない。ジェームズタウンの公園を見おろす〈アンズ・プレイス〉というバーの壁に、南大西洋の海図が貼ってあった。左にブラジルがあり、右にアフリカがあるが、ふたつのおおよその中間地点、小さなセントヘレナがあるはずの場所には何もなかった――汚い白い染み、汗ばんだ指先で一〇〇〇回もこすられて消えた島のほかは何も。「ここがそうだよ！」

II

島で暮らす人の数はおよそ四〇〇〇で、一八九〇年にディヌズールーがやってきたときからさほど変わっていない。一五〇二年、おそらくセントヘレナでのカトリックの祭日である五月二一日にポルトガルがこの島を発見し、その後オランダが領有権を主張したが、どちらの国も植民はしなかった。ここで宇宙空間に漂いながら日々を過ごしたい人などいるだろうか？　一六五九年にようやく、インドから戻る船の補給地としての価値を認めたイギリス東インド会社が、島に植民地をつくった。それ以来イギリスの支配下にとどまっていて、現在では属領として治められている。

「これはイギリスの偽善ですよ」と領事は言う。「〝属領〟は、偽善者による〝植民地〟の呼び名にすぎません。猫は猫と呼ぶべきなんです」マルティノーは無遠慮にそう語った。

わたしたちは犬のあとについて、ジェームズ・バレーのてっぺんから流れる滝を見おろす私有地の小道を歩いていた。背の低い黒檀（コクタン）のなかでムクドリが言い争っている。滝から漂う霧のなかで、白い斑点のように見えるアジサシたちがくるりと旋回する。

「もっとひどい流刑地だってありますす」と領事は言う。ナポレオンのことを言っているのか自分自身のことを語っているのか、あえてはっきりしない言い方をしたのだと思う。ディヌズールーのことは聞いたことがあるというが、反応はそっけなかった。そのアフリカ人の流刑は、ナポレオンの流刑と比べると取るに足らない。ナポレオンはロングウッド・ハウス周辺の数ヘクタールに監視のもと閉じこめられていたが、ディヌズールーは望みのまま自由に歩きまわることができた。「〝流刑〟といいますが」と彼は皇帝の拘束状態について語る。「実際には投獄です」

自分はただの「見物人」だと彼は話をつづけた。青年時代にはじめてここへ来たときの日々を懐かしむ。ほかの場所ではすでに不可能に、不可能で馬鹿げたものになっていた植民地的な生活様式が、まだ島に残っていた時代である。「わたしは一八歳で、すぐにここになじみました。とてもくつろいだ場所で、非難がましさもなかった」。当時はイギリス人ともつきあいがあったのか？「ええ、でもわたしが……愛着を覚えて、好意を覚えるようになると、その人は去ってしまう。とてもつらいことでしたので、いまはもうつきあいはありません。見ているだけの人間でいるのが、とても居心地のいい立場なんです」

散歩を終え、わたしのバンガローのテラスに腰をおろした。芝生では、ムクドリが木から落とした緑のマンゴーをウサギが齧(かじ)っている。

領事はパピヨンの脇腹をなでた。「当時の国外在住者といまの国外在住者を比べることはできませんよ」と彼は言う。「当時の人たちは植民地的な精神構造(メンタリティ)をもっていた。ほかの生き方を知らないんです。ビルマやアフリカから来たイギリス人船長たちとその妻たちは」。わたしは、帝国をモチーフにしたある種の老人ホームとしてこの島を思い描いた。「イギリスに戻ってやっていける人間ではなかった。でも、いまの国外在住者よりも、地元の人たちにずっと感じよく接していましたね。いまはもっぱら金と地位ですから」

一九八二年、セントヘレナ在住者は一時的にイギリスの市民権を剥奪された。中国へ返還されようとしていた香港からイギリスへ移住者が殺到するのを防ごうと、一律に適用された決定のためである。だが、そのときですら怒りはなかったと領事は言う。戸惑いと、昔からつづく苦しみがあっただけだ。

「みんなイギリスの誇り高き市民です」と彼は言う。「彼らをクソのように扱うイギリスのね」

*

一八八九年にディヌズールーを島へ送る案が出たとき、ロンドンの植民地省はそれに懐疑的だった。「ほかの事件では、罪の軽い野蛮人をあの島へ送る案はこれまで斥けてきた［…］感情面での理由と国際的な理由のためである。それを認めたら、ここでもフランスでも人びとが黙っていないだろう[4]」

しかし、流刑地としてのセントヘレナの歴史は皇帝ナポレオンのはるか前までさかのぼり、ポルトガルが島を発見した直後からはじまる。インドのゴアで兵士として戦ううちにイスラム教へ改宗したポルトガル人、フェルナン・ロペスは、現地でポルトガルへ抵抗するイスラム教徒の側につき、同胞に捕らえられて拷問を受けた。外見を損なわれて——鼻と耳を切り落とされ、頭皮は二枚貝の殻で骨が見えるまで削られた——、一五一五年にポルトガルへ戻る途中でセントヘレナに置き去りにされる[5]。島に寄港して物資を補給するポルトガルの船乗りのあいだで世俗的な聖人のような存在になり、一五二五年には祖国訪問を許された。またローマでは、教皇から背教を赦される。〝戻ってこい〟とみんな言う。〝ここにとどまれ。おまえの流刑は取り消されたのだから〟。だがロペスは、火山とシロアジサシと海の音が恋しく、若いおんどりの友だちが恋しかった。セントヘレナでの孤独な生活へ戻り、おそらく満ちたりた気持ちで一五四五年に死んだ。

　印刷されて残っているセントヘレナ島についての最初期の記述が、一六三八年に刊行された本のなかにある。著者はドミンゴ・ゴンザレスとされ、当時もこの島は辺鄙な土地として有名だったことがわかる。ゴンザレスは東インド諸島から母国スペインへの途上で体調を崩し、島の浜辺に上陸した。そこはミニチュア版のエデンの園だった。丘には「無花果（イチジク）、葡萄（ブドウ）、洋梨（種類豊富）、パルメット椰子（ヤシ）、椰子、橄欖（オリーブ）、李（スモモ）といった果樹」がふんだんにあり、動物相（ファウナ）の豊かさにも恵まれていた――「山羊（ヤギ）、豚、羊、馬、鶉（ウズラ）、野生の鶏（ニワトリ）、雉（キジ）、鳩（ハト）その他の野鳥」さらには「驚くほどの畜類禽獣（きんじゅう）」。

　野鳥のなかには「ある種の白鳥（ハクチョウ）」がいて、彼はそれを〝ガンサ（gansa）〟と呼ぶ（おそらくスペイン語の〝ガチョウ〈ganso〉〟からだろう）。

> 私は三十羽から四十羽ほどの雛鳥を連れ帰り、一つには慰みのため、そしてさらには、あとで実際に作ることとなった装置の案が頭にあったため、我が手でその雛を育て上げた。[…]どうにかして多数の鳥を一堂に集めてもっと大きな荷を運ばせることはできぬものかと、私は思案を巡らすことになった。もしそれができれば、一人の人間を空中に飛ばし、他の場所へと無事安全に運ぶことが可能になるだろう。[6]

つまり月へ飛ばせるということである。ゴンザレスの話は『月の男』の冒頭に置かれている。ヘレフォード主教フランシス・ゴドウィンが書いたと思われる作品で、実のところ彼は宇宙どころかセントヘレナも訪れたことがなかった。

＊

ナポレオンの流刑がある種の生きたままの死だったのなら——コント・ド・ラス・カーズ〔皇帝時代からの側近でセントヘレナにも随行した〕によると「彼はもはや未来にまったく関心がなく、過去を振り返ることもなくて、現在も気にかけていなかった」[7]——、ディヌズールーの流刑は変化の期間だった。もちろんそれは抵抗をやめることではなく、叔父たちとはちがってディヌズールーは、ルイーズ・ミシェルと同じく悲しみに沈むことはほとんどなかった。だが、一七年前にミシェルがニューカレドニアの熱帯の目新しさに感嘆していたのに対して、ディヌズールーは、若さにもかかわらず世慣れた人物だという印象をセントヘレナの人びとに与えた。見慣れぬものによろこびを感じ、何より自分自身の地位に自信をもっていて、ズールーランドにいるときと同じく、ここでも自分の民族の王であることを確信していた。

「ディヌズールーは」と『セントヘレナ・ガーディアン』紙は書く。「明らかに馬に乗ってローズマリー・ホールへ向かうつもりで船をおりた。ゲートルを穿いて手には乗馬鞭をもっていたからだ」[8]。記事はつづく。「彼の一行は明らかに船旅に慣れておらず、われわれが見るかぎり馬車にも不慣れである。女性たちはほとんど這うようにして船から上陸し、一行を郊外へ運んだ三台の馬車はゆっくりすすんだ」[9]

ローズマリー・ホールは、ディヌズールーの一行が暮らした三つの家のひとつであり、ずっと昔に解体されているが、ジェームズタウンの西へ五キロメートル弱のところにあった。「とても大きくてとてもすてきな家です」母への手紙でディヌズールーはそう説明する。「涼しくて人の喧騒からは離れています」。二階にある複数の部屋で、一一人のズールー人が性別と年齢によって分かれて眠り、「バスルームがひとつと、キッチンもひとつあります」[10]。彼の感情がどれだけ正確に翻訳され、文字にされているのかはわからないが、満足して過ごしていることを伝えたがっていたのは明らかである。

四月には『イラストレイテド・ロンドンニュース』紙[11]が島での出来事を知り、一行が群集に囲まれてジェームズタウンへ上陸する場面の絵を掲載した。島民のほとんどが彼らをひと目見ようと集まったようだ。八年前にディヌズールーの父がロンドンへ旅したときに、数千人が見物に訪れたのと同じである。白いドレスを着た女たち、白い探検帽(ピスヘルメット)をかぶった男たち、船乗りたちがいる。ディヌズールーは白の乗馬ズボンとスカーフを身につけ、自分が囲まれて暮らすことになる人びとを好奇の目で見ているが、不安を抱いている様子はない。

「流刑者ではあるが、いまなお威厳を保っている」[12]と『セントヘレナ・ガーディアン』紙は報じている。ほとんどの島民にとってこの印象は、ディヌズールーの滞在中ずっと変わらなかっ

月の男

セントヘレナ

た。「威厳」を保ち、ヨーロッパ風の服装を保っていたのは、それが楯となり、おそらくは武器となるとわかっていたからだ。

一八六九年にスエズ運河が開通すると、補給地としてのセントヘレナはほぼ廃れ、島は衰退して完全に回復することはなかった。「現在の島の状態は何よりも嘆かわしい」と、一八七五年にある在住者が書いている。[13] ジェームズタウンは「毎日、憂鬱な雰囲気で［…］店自体もほこりっぽく、打ち捨てられたようで足を踏み入れにくい見た目をしていて、商品はまるでノアの時代からウィンドウに並べられているかのようだ」。この時期に何百人もの島民が使用人や鉱山労働者の仕事を求めて南アフリカへ移住し、一八九三年一月から九四年六月までのあいだだけで四九三人——島の人口の八分の一——が島を去った。ズールーの歴史家マゲマ・フゼは、一八九六年にディヌズールーの個人教師として島へやってきたとき、「汽船の到着は、セントヘレナの〝レディ〟たちには大きなお祝いの機会であること」を知った。「一張羅を着て小さなボートに乗り、それで運んでもらって船に乗りこんで、金銭を求めるのである」[14]

一九〇五年の本によると、一八九〇年代はじめにはセントヘレナは「最悪の状態」に陥っていて、島を去りたい者たちも汽船の料金を払えないことがあったという。おそらく島民は、海辺の静かな村が観光バスの外国人観光客を歓迎するように、アングリアン号を歓迎したのではないか——金銭のために、けれども、何か目新しいものも求めて。その本が刊行される一〇〇年前、ナポレオンがセントヘレナ島を流刑の同義語にする一〇年前ですら、『セントヘレナ島の説明』という本を書いた訪問者によると、「現状に満足して暮らしていたり、立ち去りたいという切なる思いをもたずに暮らしていたりすると思われる［…］住民はほとんどおらず、最近の入植者だけでなく先住民も、〝故郷（ホーム）へ帰る〟望み、つまりイングランドへ行きたいという気持ちを愛おしそうに頻繁に口にする。みんな自分の状況を流刑状態と考えているようだ[15]」

2

ミシェル・ダンコワヌ゠マルティノー名誉領事と〝小さなわんこ〟と彼が呼ぶパピヨンに出会ったあと間もなく、わたしのバンガローの近くでひらかれるランチ・パーティーへ招かれた。ナポレオンがやってきたばかりのときにつかの間の住まいとした、ブライアーズ・パビリオンが会場である。いまそこで暮らすイギリスの副総督が主催し、およそ三〇人の若いイギリス人国外在住者が出席した。パビリオンに近づくと、ロイド・ウェバー「オペラ座の怪人」のパワーメタル・カバー・バージョンがベランダから爆音で鳴り響いていて、ギターソロがクライマックスに達すると、ムクドリたちが悲鳴をあげて木から逃げていった。

キッチンでゲスト女性のひとりが、入れたばかりでまだ生々しいタトゥーを見せてくれた。手首には羅針図があり、その中心に島の輪郭が描かれている。一種の誓いだ。パビリオンには記念館のような雰囲気がある。ナポレオン時代のエッチング、当時の家具に黄緑（アーセニックグリーン）の羽目板。ダイニングルームのテーブルには、ゲストが持ち寄った食べ物がところ狭しと並んでいる——サラダとディップと生野菜（クリュディテ）の前菜、焼きハム、アランチーニ〔ライスコロッケ、イタリアの郷土料理〕、グージョン〔スティック状の肉〕、テリーヌ、ペイストリー。その場にいたのは、病院のイングランド人薬剤師、イングランド人土壌科学者、イングランド人気象学者、イングランド人政府弁護士、出向中のイングランド人警察官とその妻、さまざまな教師、自身もイングランド人である副総督の女性。島の専門知識はほとんどが輸入されていて、そのほとんどが一過性のものである。

島の中等学校、プリンス・アンドリューズで教える科学教師で、髭をたくわえ日焼けした二〇代の男がベランダでわたしのそばに立ち、皇帝の芝生でくつろぐ二十数人の若者を一人ひとり指さしていった。「彼女はいなくなる」と彼は言う。「彼もいなくなる。彼らは一か月後に去る。彼は五月にいなくなる。彼女はだれかの母親で——土曜に去る。二か月後、三か月後、一〇月、六月……」

みんな近いうちにいなくなる。国外在住者はいつもすぐにいなくなる。それが〝国外在住者(expat)〟であり、それはすなわち一時的な状態にほかならない。一、二年ここにいて、高い収入を得たのちにイギリスへ帰郷する。それもひとつの理由となって、彼らと島民の関係はあまり深くない。政府のウェブサイトには数学教師の募集広告が出ていたが、応募資格があるのは島外の人だけだ。提示されている年収は三万五〇〇〇ポンドで、島の平均年収はおよそ七〇〇〇ポンドである。

その科学教師はあと二年はここにいるつもりだという——勤務時間は悪くないし、給料もいい。そのあとは中国か中東で個人として教え、イギリスで家を買う頭金ができるまで働く。「当然のことだと思いますよ」と彼は言って、引きつづき脱出者をあげていった。「去る、去る、去る。一年後にはだれもここに残っていません」。芝生に横になったゲストたちは、紹介されるとわずかに視線をあげたが、サングラスを外そうとはせず、木陰にスペースをつくってくれることもなかった。

小学校教師のエマは、ほかの人たちから隔たりがあるように見えたが、やがて理由がわかった。ヘンリー・ソープといっしょに来ていたのだ。淡青色（パウダーブルー）の肩出しドレスを着ていて、彼女とソープがベランダから出てきたときには、芝生の女性たちも顔をあげた。ソープはわたしが会った〝セイント〟のなかでは、裕福さと教育の両方で並はずれていた。まだ若くて背が高く、古風で静かな語り口の非常に礼儀正しい青年で、わずかに尊大なところがある。ソープ家は島の大部分と、ジェームズタウンの食料品店など古くからあるビジネスをいくつか所有している。横柄にならずに尊大。階級ゆえに安全なところにいる、海軍高級将校の心の広さを思い浮かべてもらうといい。

エマは、セントヘレナで過ごした二年間に着想を得た小説に取り組んでいるという。「ここにいるべきでない人でいっぱいの、ここにあるべきでない島」。はじめてここを訪れたときは母親といっしょで、自分はヨーロッパ人の入植者であり、空間だけでなく時間の面でも移植されたという意識があった。彼女のぎこちなさと優雅さ。ドレス。思慮深いことばの選択。エマは「影の島」という自分の考えを口にした。目に見えないけれど、国外在住者の楽しみと観光局の旅行案内（〝ジンベエザメと泳ごう！〟〝一九〇歳のカメ、ジョナサンに会おう！〟）と共存している島。わたしの心のなかではそれは、ジェームズタウンの裏通りの、ある離れ家の中身に典型的に示されていた。海底の火山の力と同じで、大きいのに目に見えない影の島という考えは、島で日々を過ごすうちにわたしのなかでどんどん鮮明になっていった。

エマは近いうちにここを去り、パリで文芸創作の勉強をはじめるという。ヘンリー・ソープはイングランドで暮らしたことがあり、教育もそこで受けた。だが彼はビジネスマンで、家族が何世代にもわたって暮らしてきたセントヘレナが故郷であることに疑いの余地はない。わたしは早めにその場を辞し、一〇〇メートル離れた滞在先のテラスから、暗くなるまでパーティーがつづくのを聞いていた。一時間ほどすると残りの車も去り、芝生のスプリンクラーの音だけになった。昼も夜もつづく音。

*

ディヌズールーの友人で個人教師のマゲマ・フゼは、キリスト教への改宗者で、〝民族の父〟ジョン・コレンゾの元教え子だった。ビショップストウにあるコレンゾの伝道所で暮らし、働いたフゼは、娘のハリエットとも親しかった。王の一行が発った六年後、フゼはディヌズールーにセントヘレナへ呼ばれる。著書『黒い人々、彼らはどこからきたのか』(ズールー語で書かれた最初期の書籍で、一九二二年に *Abantu Abamnyama Lapa Bavela Ngakoma* という原題で刊行された)でフゼは、若き王が主催する夕食会では「ヨーロッパ風のダンスがあり、王のふたりの叔父が見物人としてそれを見守っていた」と振り返っている。[16] ディヌズールーを受け入れるにあたって、島の総督がこの種の自由を許していたこと、さらに悪いことに相互的な関係を築いていたことが、ナタールの当局の逆鱗に触れた。〝なぜあいつはそんなにいい扱いを受けているのか?〟しかし植民地エショウェは遠く離れた場所であり、ディヌズールーらが「最近、きわめて不愉快な存在になっている」と一八九七年に『ナタール・ウィットネス』紙が論じたときには、[17]『セントヘレナ・ガーディアン』紙がたちまちそれに反論した。「この非難を文句なしに否定するにあたり、われわれはセントヘレナ全住民の一致した意見を表明していると確信している」。そして社説は次のようにつづく。「実のところ島民とズールーの首長たちとの関係は、現在もこれまでも、このうえなく友好的である[18]」

フゼはとりわけ、ダンスをリードしていたセントヘレナの三人の若い女性のことを振り返っている。「ミス・カミングスおよびミス・クレッシーとその妹はいずれも褐色肌で、彼女らの父親たちは子ども時代にコンゴで水遊びをしているときに捕らえられた[19]」。のちには四人の男性に触れている。その名はカミングス、ウィリアムズ、ジョージ、ムビリムビリ(「ヨーロッパ人が彼を呼ぶ名は忘れてしまった」)で、彼らは「女王の船でやってきた白人たちに救助され、女王の命令によってセントヘレナ島へ連れてこられた」とフゼは言い、話をつづける。「いま彼らは年をとって自分の家をもっているが、ムビリムビリだけは家がなく、われわれのことばをほんの少し知っている。ほかの三人は、わずか数語を除いてもはや何も憶えていない[20]」

現在、プリンス・アンドリューズ校の生徒は、ハイビスカスの花で飾られた静かな谷でナポレオンの空の墓(tombeau vide)を見ることができる。その墓は、まるで聖十字架〔キリスト処刑に使われた十字架」が埋められているかのように領事の庭師によって手入れされている。また生徒たちは、ジェームズタウンにある汚い壁の小さな建物も見ることができる。刑務所の裏の路地の先に隠れていて、その扉には花輪やビーズのネックレスがかけられている。ラミネート加工された掲示によると、なかには「三二五人のアフリカ人の遺骨」が収められている。

＊

『黒い人々、彼らはどこからきたのか』でフゼは、「川で水遊びをする黒人の子どもたちを捕まえてまわる、ポルトガル人をはじめとする邪(よこしま)な白人の船」のことを記している。

金を手に入れるために子どもたちを集めてほかの白人に売り、奴隷にする。仁慈深いイギリスのプリンセス、ヴィクトリア女王がこの邪な習慣にやがて終止符を打つ。卓越した軍艦を派遣して海をパトロールさせ、黒人の子どもを乗せた船を見つけると、そうした船を拿捕(だほ)して子どもたちを取りあげる。子どもたちは売られることなく、女王がつくった所定の場所へ送られた。[21]

ジェームズタウンに遺骨が眠る三二五人は、一八三九年に奴隷貿易抑止法令（Act for the Suppression of the Slave Trade）が可決されたのちにセントヘレナへ送られた、二万四〇〇〇人をこえる「解放アフリカ人（liberated Africans）」（法律用語）の一部である。奴隷船がアフリカから新世界へ向かうルート、いわゆる中間航路（ミドル・パッセージ）はセントヘレナの近くを通るので、当然そこに〝処理施設（processing depot）〟がつくられた――まずはジェームズタウンの西のレモン・バレーに、のちに海軍による拿捕が増えると、もっと広い東のルパーツ・バレーに。つまり、そのわずか四〇年後にやってきた王の一行は、生きている人の記憶のなかでセントヘレナに最初に姿を現したアフリカ人国外移住者ではなかった。生き残り（サバイバー）がまだ島にたくさんいるのに、以前の新来者の記憶と物語を抑えつけることなどできない。証拠は土のなかにもあった。予告も相談もなく、強制収容所（concentration camp）――六〇年後のボーア戦争でイギリスがつくることば――が、人びとの住まいの目と鼻の先にいきなりつくられた。

一八四〇年一二月、ポルトガル船ジュリア号から二一五人の奴隷が海岸へ運ばれた。翌年にはその数が急増する。

マルシアンナ号より二五六人

エウル号より三〇五人

ミネルヴァ号より三一六人

ルイザ号より四二〇人

何十もの文化、伝統、宗教、言語、方言。一様にみんな体調が悪く、多くは船がセントヘレナへ着く前に死んでいた。島についての本を書いたジョン・チャールズ・メリス〔セントヘレナ出身、アマチュアの博物学者〕は、一八六一年――ディヌズールーがやってくる三〇年弱前

は、

——にジェームズタウンの波止場につけた「満員の奴隷船」を訪れた。メリスによるとその船は

せいぜい一〇〇トン積みなのに、おそらく一〇〇〇人弱が乗っていて、ほぼ満員であり、みんな何週ものあいだこのうえなく暑く、このうえなく汚い空気のもとにいた［…］デッキには死者、死にかけの者、飢えた者の身体が一面に散らばっていて、わたしはそれを踏まないように端から端までゆっくり歩いた［…］船からボートへ乗り換えるあいだにも多くが死に、実際、下船の作業はあまりにも手早くすすめられたので、死者と生者を分ける時間もなかった。[22]

七〇〇〇人から八〇〇〇人の「解放アフリカ人」がセントヘレナで死んだ。ジェームズタウンの小屋でふたたび埋葬されるのを待つ三二五人の墓は、新空港へつながる道路の建設中に、バー〈ウィキッド・ワフー〉からわずか二、三〇〇メートル内陸に入ったルパーツ・バレーで見つかった数千のなかの一部である。

セントヘレナの住民は、遺骨のことをずっと知っていた。ときどき犬や鋤によって掘り返されていたからだ。だが埋葬の規模が明らかになったのは、二〇〇七年に考古学者が現地を発掘しはじめたときである。ルパーツ・バレーは国際的に重要な場所であることが明らかになった。第一世代のアフリカ人奴隷の遺骨がこれだけたくさんある場所はほかにない。ほとんどが死亡

セントヘレナ

時に一八歳未満であり、平均年齢はおよそ一二歳だった。なかには子どもといっしょの母親もいる。壊血病に加え、当然ながら栄養不足の徴候が見られた。射殺された子どももふたりいた——船上で？　あるいはそのあとで？　遺骨に紛れて銅のブレスレット、陶製のパイプ、ボタン、ヤギの繊維でできた織物の残存物もあった。いくつかの墓では、明るい色の小さなビーズが何百個も見つかった。ビーズ細工のマットレスの残骸である。道路がつくられ、墓地はアスファルトの下に封じこめられた。ジェームズタウンの小屋にある遺骨の行く末については、決定が無期限に延長された——どこに埋葬されるべきか。それを記念するものはどのような性質であるべきか。いかなる合意にも達することができず、遺骨はいまもそこに残されている。

「解放アフリカ人」にとっての解放は自由ではなかった。セントヘレナへ連れていかれた二万四二二一人のほとんどは、カリブ海地域で年季奉公の労働者になる。しかし五〇〇人をこえる者が島に定住し——マゲマ・フゼが触れていた三人の女性の父親たちもそのなかにいた——、最後のひとりは一九二八年まで生きていた。セントヘレナへおろされた者のほとんどは、中央アフリカ——コンゴとアフリカ——からさらわれてきていたが、なかにはモザンビークから運ばれてきた者もいて、ディヌズールーの祖父ムパンデの臣民だったズールー人もいた可能性がある。

ディヌズールーの苦境は、歴史上、強制的に場所を追われた大勢の人たちの苦境とは比べものにならない。難民、捕虜、奴隷。そもそもディヌズールーは王である。強い喪失感を抱いていたとはいえ、政治的流刑者のほとんどは、二〇世紀はじめまで特権的な地位を享受していた。

第二次世界大戦の大量移動は、現実にはおぞましいものだったが、〝流刑・亡命（exile）〟ということばにある種の魅力を与え、英雄的な疎外というその装いはいまでも残っている。ジェームズタウンのあの崩れかかった窓のない離れ家と、ラミネート加工されたA4サイズの掲示は、政治的流刑者や亡命小説家の何百万倍もの数の人が、名前をあげられることもなく奴隷船へ、囚人流刑地へ、強制収容所（グラーグ）へ、死の収容所へ、追放というまったき暗闇の虚空へのみこまれてきたことを思いださせてくれた。

＊

ジェームズタウンから歩いて二時間のところに、セントポール大聖堂がある。ディヌズールーと叔父たちが礼拝をしていた場所であり、大きく性質の異なる埋葬地である。裏庭にふたりの人間がともに葬られている小さな墓を見つけた。背の低い墓石がひとつ立ち、ふたつある空のガラス瓶には乾燥した花の茎が入っている。ズールー人の一行が島へやってきた翌年、一八九一年に生後四か月で肺炎のために亡くなったノムフィノという少女と、一八九四年に三歳で腸炎のために亡くなったモシャザナという少年の墓である。墓石のいちばん下には、小さな文字で「ディヌズールーの子どもたち」とあり、それから「汝の望みが遂げられますように」とある。

ノムフィノはムカシロモの子で、モシャザナはジシャジレの子だった。このふたりの連れあいの女性は、セントヘレナにいるあいだに合わせてさらに五人の子どもを産む。ムカシロモの息子ソロモンは、のちにズールーランドの王の座を引き継ぐ。マゲマ・フゼがセントヘレナで暮らす王の子どもをあげていて、ソロモンのほかには次のような子がいた。「ニャワナ〔…〕ムフパプ（ヴィクトリア）、当時はとても幼かったムシイェニ（アーサー）、ベケレンドダ」[23]

ほかにも、島の女性とディヌズールーのあいだにできた子もいた。一八九五年一〇月一四日、ディヌズールーの世帯に日用品を届けていたエマ・ヘンリーが息子のジョージ・エドワードを産んだ。そのさらに息子――ジョニー・チーフという名で知られている――は、いまでも島民の記憶に残っている。ディヌズールーの数少ないほかの子孫は、ほとんどが彼とのつながりを認めたがらなかったが、わたしが島に到着する前から耳にしていた人物がひとりいた。王の孫で現在八〇歳代の女性である。彼女は自分のことをプリンセス・ディヌズールーと呼んでいた。

彼女は人生のほとんどをイギリスで過ごし、看護師やジャズ・シンガーとして働いていたという。そして引退後にセントヘレナへ戻ってきた。話によるとプリンセス・ディヌズールーは、ズールー族の伝統衣装を身につけ、自宅には部族の工芸品を飾っていたらしいが、有名な先祖の故郷を訪れたことはなかった。王にふさわしい（regal）と人びとは言う。身体が非常に弱っていて、ハーフ・ツリー・ホロー〔セントヘレナの一地区〕の高齢者介護施設で暮らしているとのことだった。しかし電話するともうそこにはいなくて、受付係は彼女のその後を教えてくれなかった。

ディヌズールーの判決が出たあと、ナタールの駐在弁務官メルモス・オズボーンは、首長ディヌズールーがズールーランドやナタールにそのままいるという「その事実だけで」「くすぶっている不忠の活発な動きを保つのにじゅうぶんだろう」と主張し、「彼らはパルチザンと連絡をとり、陰謀を実行に移す手段を見つけるにちがいない」と言い張った[24]。したがって、一行がセントヘレナから故郷へ送った手紙はイギリスによって翻訳され、煽動の気配が少しでもないか注意深く監視されていた。ディヌズールーはすぐに日用品を送るよう手紙で求めるようになった。食器、航海中に壊れたものに代わる新しいひょうたん、薬用植物、陰茎包皮を縫うための繊維、たばこ、かぎたばこ、現金、大麻（ディヌズールーが隠しもっていたものは、エショウエからダーバンの港まで彼らを運んだラバ追いに盗まれていた）。「叔父たちと女たち［ムカシロモとジシャジレ］は、みんなに忘れずにいてもらいたがっています。ニョサネ［男性の付添人］とポール［伝統医療の医師］は、かぎたばこを送ってほしいと言っています。ニョサネは妻たちに忘れずにいてもらいたがっていて、自分が生きて元気でいるあいだは、逃げてほかの夫を見つけるようなことはしてほしくないと言っています[25]」

セントヘレナは彼らが思っていたよりも大きい――「島の片側から反対側まで、ホワイト・ムフォロジからハバナニまでと同じぐらいの距離があります」。ディヌズールーは孤独で、その寂しさを恨みがましく述べている。「みんなは家でビールを飲んでしあわせに暮らしている」

と不平を述べる。「わたしは捨てられ、それなのにみんなわたしになんの知らせも届けてくれません［…］ネネグワの人びとは、わたしの畜牛のために小屋をつくりましたか？ わたしの馬はみんな生きているのでしょうか？ わたしの犬はみんな元気ですか？」[26]ほかの手紙では畜牛を三〇頭売却するよう手配し、こうつけ加えている。「ああ、ああ、ああ――セントヘレナでのわれわれの時間はあまりにも長い！」[27]（畜牛へのディヌズールーの配慮は、みずからの臣民と王国への配慮と一致していた。畜牛の幸福はズールーランドの幸福だった）

島へやってきて三か月を経た五月末には、女王の誕生日を祝うパレードにディヌズールーと叔父たちが加わり、終了後は総督が主催するレセプションへ出席した。一一月にはジェームズタウンの植物園でひらかれたバザーを訪れ、「花火の打ちあげに大きなよろこびと驚きを示した」[28]。一八九二年一月に植民地医師のドクター・ウェルビーがガーデンパーティーを催したときには、ズールー人たちもゲストのなかにいて、その二年後にはディヌズールーは、島に駐屯するイギリス陸軍のチームとの綱引き競争に駆りだされた。

ディヌズールーらはただ目新しいだけの存在ではなかった。秘書のアントニー・ダニエルズは、ハーフ・ツリー・ホローのエレン・アン・オーガスタスとセントポール教会で結婚した（ハリエット・コレンゾの意向に反して任命されたダニエルズは、のちにディヌズールーを劇的なかたちで裏切る）。三年後にはズールー人医師のポール・ムシムクフールーとキャロライン・ブラウンが、やもめ同士で結婚する。「ドクター・ポールと新婦にあらゆる幸福を願う」と『セントヘレナ・ガーディアン』紙は述べている。[29] ほかにも結婚する者がいて、すでに見たように子どもが生まれた。数か月後には、今度はディヌズールーが女王の誕生日を祝う催しを主催することになり、女王と総督のために乾杯した。「プリンスの上品な物腰を目にするのは大きなよろこびである」と『ガーディアン』紙にはある。[30]

ディヌズールーがだれよりも頻繁に手紙のやり取りをしたのが、エショウェ時代の信頼できる友で支援者のハリエット・コレンゾである。一八八九年に降伏して「捕らえられ」るよう説得したハリエットは、今度は彼の釈放に向けた運動に身を捧げていた。「だれも助けてくれません」とディヌズールーはコレンゾに不満をこぼす。ディヌズールーは落ちつかず、ルイーズ・ミシェルと同じように島の暮らしの制約を強く感じていた。「わたしは学びたくてたまらないのです。実際、ずっとのどが渇いているのに水を与えられず、川を丸ごと飲みこみたいとまで思うようになった者のようです。それに、心臓はまだ動いているのにクモの巣に絡めとられたハエのようでもあります[31]」

島でのディヌズールーの様子を伝える記述の多くは、うすら笑いを含ませつつ、次のような点をあげている。粋なイギリス風の服、〝紳士的な〟振る舞い、夜会（soirées）、ピアノ演奏（「〝マリナーズ・ジョグ〟を弾きます」とディヌズールーはコレンゾに告げている。「それに〝ホーンパイプ〟と〝エリーゼのために〟も[32]」）。到着後一年もしないうちに、一行の新しい監視人が総督にこう書いている。彼が受けもつ人物は「つねに身なりをよくすることに誇りをもっていて、けばけばしい色の衣服――野蛮人の目にはとても魅力的に映る――と地味なものとのちがいまで区別していたが、文明化された人種の服の色合いになりつつある[33]」。

叔父たちはディヌズールーほど環境になじめず、ふたりの叔父のなかでもとりわけンダブコは苦しんだ。彼は一五年間の刑期を宣告されていた――このじめじめした貧しい辺境の入植地に一五年間も！　仮に生きながらえても、ふたたびズールーランドを目にするときには六〇歳近くになっている。数年後に島民が書いたものによると、いずれの「叔父も［ディヌズールーより］はるかに非社交的で、新しいものは頑なに拒んでいた［…］椅子やテーブルは使わず、ベッドも使わずに、それが義務づけられている戸外を歩くときのほかは、ヨーロッパの服を着なかった」[34]（ズールーの伝統衣装を公衆の面前で身につけないことが島で自由に暮らす条件だったが、玄関の扉を閉めたあとにディヌズールーがジャーミン・ストリート〔高級紳士服店が並ぶロンドンの通り〕のスーツを脱ぎ捨てたかどうかは疑わしい）。

写真――ほとんどはPRを目的にコレンゾが手配して撮らせた――では、ンダブコは堅苦しい人物である。口の結び方にはいつも倦怠感があり、それは流刑の前からあった絶望による倦怠感だ。ディヌズールーの父チェツワヨが流刑先から戻ったあと、ムセベの戦いで部隊を率いて大量の死者を出したことが、彼の人生にずっと重くのしかかっていた。目はマネキンのように固定されていて、それはずっと昔の恐怖の名残かもしれないが、おそらく単にどんよりとした降伏のまなざしなのだろう。

ンダブコという名は、「わたしは憶えている」という意味である。彼は大きなふたつ折り判（フォリオ）のカラー石版画の本、アンガスの『カーフィルズ・イラストレイテド』をじっと見つめていたという心動かされる話が伝わっている。同書の副題は「ズールー国、ナタール、ケープ植民地における景色・風景のスケッチ」であり、一八四九年にロンドンで刊行された。ノスタルジアを感じていたのは、読者として想定されていた引退後の元植民地住民だけではない。

来島一年後の一八九一年、ンダブコとシンガナがコレンゾへ嘆願の手紙を書いている。ふたりが「獣のような」見た目になっていることをコレンゾは知った。ふたりが気にしていたのは、島民の評判ではなく仲間たちの考えである。「あまりにも恥ずかしくて、仲間たちのなかにいて見られるのがいやなのです[35]」。「わたしたちの髪を整えるために、ズールーランドから人をよこすように頼んでください」とふたりはコレンゾに依頼している。

〝イシココ〟すなわち頭につける輪は、ズールー族の男性に特徴的な装飾品である。植民地以前の時代からあって、王と配下の族長が身につけ、一般の男性も結婚したらそれを頭につけた。草の輪が畜牛の腱とともに髪に編みこまれ、特別な樹脂でコーティングされて油を塗られ、つやが出るまで磨かれる。一行の写真を見ると、イシココはまるで粘土を丸めたような完璧な環になっていて、頭のてっぺんで髪にしっかりと編みこまれており、釉(うわぐすり)をかけたようになめらかなのがわかる。なおマゲマ・フゼの説明によると、その重要性は象徴的なものにとどまらない（それに叔父たちは若くなく、自分が重要人物であることを自覚していたことも心にとめておく必要がある）。「男はみるみるうちに成長し、美しい黒髪をたくわえるが、五〇を境に頭に乱れの徴候が現れるのに気づくだろう。白髪が見られるようになるずっと前に、髪が一本もない、肌が剥き出しの部分が後頭部にあるのに気づくはずだ[36]」

フゼは話をつづける。「少しはげた白髪の高齢男性が美の対象になるとは思えない。実のところその男性は、みんなから少し年老いたはげ頭と呼ばれる」。同じ理由から白人は帽子をかぶるのだとフゼはつけ加える。「そうしなければ彼らはさらに見た目が悪くなり、さらに見苦しくなる」

だがコレンゾは、叔父たちの嘆願がナルシシズムによるものではないことをわかっていた。ふたりは単純に、若き王の「地味な色合い」や山高帽を真似したくなかったのだ。イシココは「ほかとのちがいの印」だとふたりは説明する。「身がすくんで、いかなる目的のためであれ外出できないのです」。しかしこのとき、コレンゾは力になることができなかった。

陰気なローズマリー・ホールの応接室にいるンダブコをわたしは思い浮かべる。髪、草、腱、油脂が絡まりあったイシココは悪臭を放っていて、甥の青年は日に日に「イングランド人」になっていき、くすんだ古い家が船のようにまわりで軋んでいる。重みのあるページをめくっていく。ビールをつくる女性。川にいる気怠げなカバたち。ひと気のないビーチをそっと歩く一匹のライオン……画家のまなざしは彼のまなざしとは異なる。人びとは、それに動物たちまで、誇張して描かれている。けれども彼はそこに光を見る。

一八九三年二月、ズールー人の一行は、湿っぽく感じていたローズマリー・ホールをようやく離れ、ジェームズタウンのモルディヴィア・ハウスへ移った。明けわたされた住まいの状態について、総督が報告を受けている——小馬鹿にしたようにおもしろがって書かれた報告である。「ズールー人たちは、煙突が煙の通り道として好都合であることも適切であることも認めず、部屋のまんなかで火を熾(おこ)していた[37]」。だがそれは礼儀作法の問題だった——環境が変わっために、文字どおり丸いものを四角くしなければならなかったのだ。ズールー族の伝統的な円形の小屋では、イジコ（iziko）すなわち炉床は中心部に置かれる。逆にいうと、ヨーロッパの暖炉があるところは、火を燃やす場所ではない。それはウムサモ（umsamo）の位置を占めているからである。各小屋の入口から見ていちばん奥の壁際に置かれた台のことで、それは祖先を祀る壇であるのと同時にその住まいでもある。ウムサモには供え物――肉、穀物、たばこ――を置く。そこを暖炉として使うと、火を生贄として捧げるというありえない振る舞いをすることになる。

正方形の新居、モルディヴィアを見せてもらった。ジグザグの山岳道路の突きあたりにある背の高い木造住宅で、屋根のついた広いベランダがあり、数ヘクタールの森に流れる小川に面している。ローズマリー・ホールよりも乾燥していて町の中心部に近いが、町のほかの場所と同じように「深くて暗く、岩がのしかかる峡谷」にあるため、真昼でも影が落ちていて、谷壁がつねに目の前に迫り、大きな岩が落ちてくる危険にさらされている。

＊

意味があると感じられる何かが起こった。セントヘレナでわたしが過ごした数週間における決定的な出来事だと思うのだが、その意味をことばにするのはむずかしい。歴史は複雑すぎて、すっきりと解釈できないメタファーによってみずからを表現することがある。

月の男
セントヘレナ

ヨハネスブルグからの飛行機で、グレーの髭を生やし、短いカットオフ・ジーンズと真っ黒のタンクトップを身につけた五〇代の男が目にとまっていた。聖週（ホーリー・ウィーク）のあいだに何度も彼を見かけた。やたらと目立つ人物で、日焼けした脚でジェームズタウンをのし歩き、くつろいだ生のよろこびを謳歌していたので、長く島を離れていてひさびさの帰郷をよろこんでいる島民にちがいないと思っていた。

あとでわかったのだが、この人物は町の人たちがわたしに語っていた「蛾の男（モス・マン）」で、ここで暮らしているわけではないが、島のことをかなりよく知っていた。ティム・カリシュ博士。ドイツの鱗翅（りんし）類研究者で、デッサウの自然史博物館からセントヘレナのナショナル・トラストへ出向していた。誘蛾灯（ゆうがとう）を見にこいと強く誘われ、ある日の夕方にわたしは〈アンズ・プレイス〉で彼に会った。

セントヘレナの鱗翅類はあまり研究されていないが、非常に興味深いと彼は説明してくれた。固有種が大部分を占めるからだ。比較的小さなもの、とりわけオポゴナ（*Opogona*）属というヒロズコガの一種は、ほとんど知られていないという。はじめて島を訪れたのは一九九五年のクリスマスだった。昆虫学者の友人でクサカゲロウの専門家とともに、気まぐれでウェールズから二週間の船旅を選んだ（当時はＲＭＳセントヘレナ号は英国ウェールズの首府カーディフから出帆していた）。ボクシング・デー〔一二月二六日〕の夜、地元の一家からクリスマスの夕食を振舞われたあと、ふたりは島の雲霧林（うんむりん）に最初の誘蛾灯を設置した。

約束の日の夕方、彼はジェームズタウンの目抜き通りにあるナショナル・トラストの事務所

II

前で待っていた。足もとには捕蝶網がふたつあり、白いシーツ二枚、木の棒四本、ケーブルつきのソケットと巨大な電球ひとつが入った段ボール箱が置かれていて、ポータブル発電機、ガソリンひと缶、試料管と捕虫瓶がたくさん入ったビニール袋があった。

荷物をナショナル・トラストのランドローバーへ積みこみ、ジェームズタウンを出てトムソンズ・ウッドへ向かった。セントヘレナ固有のゴムの木が生える最後の自然の砦のひとつである。

海に落ちる陽には、みかんの房から搾った果汁のような透明感があった。トムソンズ・ウッドへ向かって坂をのぼっていくと、霧の層に突入し、空にまだ太陽が残っているのにいきなり暗闇に入ったような気になる。下に見える海食崖（かいしょくがい）は、まだ明るい海を背景にして、ぼやけた炭のような黒に見える。ほかの場所では経験したことがない――夕暮れというよりは、夜と昼の共存だった。

トムソンズ・ウッドに着いたときには、すっかり暗くなっていた。懐中電灯の明かりのもと、露に濡れた草をかきわけて森の端まで歩く。カリシュは棒で枠をつくり、そこに二枚のシーツを重ねてとめて、電球をソケットに取りつけた。二〇メートル先の発電機が音を立てて動きだすと、電球が熱を帯びて薄い緑から淡いピンク、赤、白へと色を変えていく。トムソンズ・ウッドの蛾たちが目を覚ました。

明かりのもとだと、わたしたちがいる場所がわかった。巨大な火山岩が散乱する、勾配のある野原の隅。数千年前から同じ場所で育ってきた、背が低く曲がったゴムの木が茂る古代林の端。島に固有の蛾、とりわけ小さなオポゴナとそれらの木との結びつきに、カリシュは関心をもっている。

「どこを見るかわかっていれば、とても特別なものを見つけられる」

たちまち外側のシーツは、一般的なツトガ科の金緑（きんりょく）の蛾が何百匹もとまり、揺れ動くヴェールになった。そのなかに産卵管の針を引きずりながら這いまわるヒメバチが一匹いる。淡黄色（ペールイエロー）で羽に白い筋がある *Helanoscoparia transversalis*。青と白がちりばめられた同じ属の *scintillulalis*。

巣が壊されて日にさらされたミツバチのように活発にうごめく大量の蛾のなかに、羽をたたんだそれぞれ全長一ミリもない小さなオポゴナがいる。カリシュはその名をあげていく。*Opogona sachari*、*Opogona divisa*、*Opogona vilis*。光の島で耳にするそれは、まるで迫害されたどこかの宗派（セクト）の礼拝を聞いているようだった。

「とても特別なんだ。こいつはね」とカリシュは言う。「すごく小さいから。それに珍しい。識別しようとするんだが、もちろんだれも気にしちゃいない。ゾウだったらもっと興味をもってもらえるんだけどね」

カリシュは試料管のなかにオポゴナを入れる。ガラス瓶——酢漬けのニシンが入っていたもの——には比較的大きな蛾を入れる。それぞれ底には酢酸エチルを染みこませた詰め綿が敷かれている。

「いまはみんな眠ってる。ぐっすりおやすみ！」

II

「どうして光に寄っていくんです？」

「光に引きつけられてるわけじゃなくて、光にいらついているんだよ」

午後一〇時にはふたりとも咳をしだしていた。服のなかへ、めがねのレンズの下へ、蛾が入ってくる。耳たぶにとまり、唇のあいだではばたく。ほこりのもやが光から立ちのぼる——蛾のほこり、羽から出るごく小さな鱗片が空気中を満たし、わたしたちの肺を満たす。

　耐えられなくなり、わたしは暗闇に逃げこんでカリシュの作業を見守った。彼の頭上にのびる光の柱と罠に閉じこめられた蛾は、火から立ちのぼる火の粉ほどたくさんいる。ジョゼフ・ライトの絵。手もとの光のなかで夢中で作業をし、周囲の無限の暗闇を忘れる科学者。膝もとにあるシーツには試料管の小さな山ができていて、それぞれにオポゴナが閉じこめられている。彼のところへ戻ると、試料管を一本手渡された——光に照らすと、大麦ひと粒よりも小さな蛾が一匹入っていて、翅（はね）に覆われ黒の斑点がついた灰色の背、くさび形の頭、長い口先が見える。てらいなく無頓着にカリシュは言った。「これは世界でこれまでに見られたことのない蛾だよ」[38]。実際そのとおりだとのちに判明する。

　発電機のスイッチが切られると、高潮のような力で静寂と暗闇が野原に押し寄せる。わたしたちはなんとなく空を見あげた。蛾は光から解放された。南半球のあらゆる星がそっと動いている。

*

月の男

セントヘレナ

II

記念館の興味深いがらくたのなかに、手彫りの木製ビアベッセルがあった。その脚のまわりには「ミセス・ウェルビーへ、ディヌズールーより」と刻まれている（おそらく植民地医師の妻だろう）。そのそばに島の別の囚人の手になる絵があった。島からの視点で描かれたもので、ピンクの岩の塊がふたつと海があり、その下に黄色の広がりがある。空には濁った黄緑の長い雲が浮かんでいる。ふたつの岩の向こうの水平線には三本マストの小型帆船（バーク）がある。

船は島から離れていっているようだ。小さく描かれてはいるが、海や海岸線ではなく船がこの絵の主題である。これはフロンティア号というヨットのオランダ人船長、ウィレム・メルクの作品で、彼は一九九一年にジェームズタウン沖に停泊していたとき、国際刑事警察機構（インターポール）からの情報提供を受けたセントヘレナの警察に身柄を拘束された。船上では大量の大麻が見つかり――彼はプロの薬物密輸業者だった――、逮捕されて裁判にかけられ、ジェームズタウンの小さな刑務所で一五年の刑期を務める判決を受けた。フロンティア号は解体され沈められる。オランダ帰国後、彼は島での最後の日々をさまざまなジャーナリストに語っている。

看守が絵に見とれているあいだに――ひょっとしたらいま記念館に展示されている絵かもしれない――、彼はせっけんを使って鍵の型をとることに成功した。その型をもとに、なんらかの手段で金属くずの破片を削ってレプリカをつくる。刑期四年目の一九九四年四月四日の夜、詰め物をした服を一式ブランケットの下に置き、自分のいびきを録音したディクタフォン（速記用の口述録音機）の再生ボタンを押した。複製した鍵で監房の扉をあけ、ジェームズタウンの外れの丘に数日身を隠して過ごしたあと、名前はわからないが友好的なセントヘレナ島民がつくって沖に停泊させていたいかだまで泳いだ。発泡スチロールとパレットでつくられたこの船に乗って星を手がかりに航行し、三週間後に約二九〇〇キロメートル離れたブラジルに到着したとメルクは言う。彼はこの船を〝ナポレオンの復讐号〟と名づけた。

　彼が収容されていたジェームズタウン刑務所は、セントジェームズ教会と警察署長のオフィスのあいだにあった。鉄格子のついた木の小門を通ってなかに入る。ヴィクトリア女王時代の刑務所の見た目は、ジェームズタウンの中心部ではあまりにも場ちがいで、訪れたクルーズ客船の日帰り客は記念館だと思いこみ、ときどきベルを鳴らして見学したいと申し出る。そして勘ちがいだったと知る。

　所長のレズリーは〝看守（warders）〟と〝囚人（inmates）〟ということばを嫌っていた。

「職員（officers）と在監者（prisoners）です、憶えておいてください」

　受付に出てきたレズリーは無表情でそっけなかった。在監者と無関係の人物が立ち入りを許可されるのは異例である。在監者は動物園の見せ物ではない。島で発行されているふたつの新聞のひとつ、『センチネル』紙に出たばかりの記事も、彼女の機嫌にはプラスにならなかった。

「罪を犯した若者が職場や学校へ復帰できるよう手助けする仕組みが、刑務所には欠けている」[39]

「わたしたちのせいじゃない」にべもなくレズリーは言った。その非難に答えるのは自分の仕事ではないというわけだ。

「いまある刑務所の状態と新刑務所に求められるアップデートには、ここのところ大きな注目

II

が集まっている」と記事にはある。「その契機となったのが、〝ジェームズタウン刑務所における拘禁の状態〟について、平等・人権委員会（Equality and Human Rights Commission）による調査がはじまったことと、新刑務所の用地が議会によって最終承認されたことである」

「あまりうれしくはありませんね」とレズリーは言う。しかし腰を落ちつけると、警戒を解いて饒舌になった。彼女のオフィスは施設でよく使われるラベンダー色に塗られている。ラベンダー色の下には、たばこの染みがついた幾層もの水性塗料と壁紙がわずかにのぞいている。レズリーはイングランド人だが、フランス人領事と同じくほかの国外在住者とはつきあいがないようで、パーティーにも呼ばれていなかった。ケントの刑務所長を務めたあと、ジェームズタウン刑務所のハーフ・ツリー・ホローへの移転を仕切るために二年前に採用された。ハーフ・ツリー・ホローは町を見おろす人口が密集した岬である。彼女の契約は残り二週間だった。

一度だけ邪魔が入った。高齢の男性在監者が戸口に姿を現し、まるで撮影現場に迷いこんできたエキストラのようにレズリーに無言で追い払われた。彼女は監房を見せたがらなかった。この刑務所では在監者の区画と職員専用の部屋があまり区別されていない。レズリーのオフィスへ向かうときに青いカーペットが敷かれた小さな広間を通ったが、そこは職員のミーティング・ルームであり、在監者の集いの場でもあった。

オフィスにいても船上の閉塞感があった。音が響く明るい現代の刑務所の雰囲気はまったくない。壁がすさまじく厚く、空気が暖かくてよどんでいるのがわかる。自由な世界――カモメや子どもたちの声、海のにおい――がにじみこんだ監房を想像していたが、実際には町は遠く感じられた。地下にいてもおかしくない感じだが、レズリーのオフィスの窓だけは別だ。窓の外には新しいマンティス・ホテルがあり、レズリーによると、客のいない一泊二〇〇ポンドの〝ヘリテージ・スイーツ〟が見えるという。

すでに小島にいるのに、世界はさらに小さくなりうる。身体刑の本質は、当然ながら身体の移動性（モビリティ）にどんどん厳しい制約を科していくことにある。鎖で締めあげていくわけだ。したがって、ダンコワヌ＝マルティノー名誉領事が主張していたように、ナポレオンの流刑はディヌズールーのものよりも厳しかった。ナポレオンはロングウッドに閉じこめられていたが、ディヌズールーは島のなかを自由に移動できたからだ。同様に、ニューカレドニアでの刑期の終わり近くに、デュコ半島の外へも移動を許されるようになると、ルイーズ・ミシェルはそれに解放感を覚えた。もちろん三人とも故郷（ホーム）に近づいたわけではない。

ジェームズタウン刑務所には屋外スペースがあまりないので、受刑者は多くの時間を島のほかの場所で働いて過ごす。ロングウッドのナポレオンの家の近くで、刑務所のオレンジのＴシャツを着た三人組の男に会っていた。看守ふたりの監督のもと、教会墓地の草を刈っていたのだ。みんなあいさつのことばを口にした。暖かい日で、協同組合の仕事のような雰囲気だった。刈られた草のにおい。鎖につながれた囚人というよりは、地域のボランティアといった感じだ。

「職員のほうがずっとたいへんです」とレズリーは言う。職員はセントヘレナで生まれ育った島民で、在監者と知り合いのことが多い。血縁関係にあることもある。イギリスの刑務所で職員が在監者のだれかをたまたま知っていたら、その在監者は別の刑務所へ移される。ここではそれは不可能だ。

家庭内暴力の常習犯が数人いるが――「男が女を殴って服役して、女が男を殴って服役する」――、ほとんどの在監者は性犯罪者で、小児性虐待者も何人かいる。そのなかには児童ポルノを所持し、未成年者をレイプしたことで有罪判決を受けて、終身刑に服しているイギリス人の元警察官もいた。イギリスの刑務所では慣例になっている小児性虐待者向けのグループ・カウンセリングは、ここでは実施されない。被害者がここにいる男の妹だったり、自分の甥をレイプした男がすぐ右にいたり、その男はいっしょにボーイスカウトに入っていた人物でもあったり、その男の父親が自分の娘の上司だったり、といったことがじゅうぶんにありえるからだ。人口四〇〇〇人の島には精神科の閉鎖病棟はなく、保安設備つきの高齢者ケア施設もない。在監者を海外へ移送することは人権法で禁じられている。面会権を守ることができないからだ。ロンドンのウォームウッド・スクラブズ刑務所へ、母親がどれだけ頻繁に雑誌やたばこを差し入れられるだろう？　往復の航空券に一六〇〇ポンドもかかるのだ。

はじまったばかりの調査では、「建物の物的インフラ、監房の大きさと状態、衛生設備、室温調整と換気、食べ物と水、服、洗面施設へのアクセス、医療へのアクセス、娯楽施設と運動の機会、苦情対応制度へのアクセス、暴力からの保護」について調べるという[40]。

ようするに、大陸から二〇〇〇キロメートルほども離れ、イギリスの小さな町と同じぐらいの人口しかいない島で、現代国家の設備を提供し、あらゆる規則を守り、世界レベルの専門知識を魔法のように提供しようということだ。

「これまでわたしが働いたところではどこでも、在監者の不満はみんな同じです」とレズリーは言う。「おもに食べ物ですね。イギリスの刑務所に何人か一週間だけでも送ってやりたいですよ」

ロングウッドと新空港を結ぶ道路沿いの用地へ刑務所を移転する計画は、棚上げされていた。島にやってきたばかりの観光客（ほとんどは例の有名囚人をもっぱらの目当てに島を訪れる）にいい印象を与えないと思われたからだ。ハーフ・ツリー・ホローへの移転という以前の計画（レズリーが採用されたのはそれを監督するためだった）は、地元からの反対によって取り下げられた。刑務所はさしあたりいまの場所にとどまる。

レズリーの孤独は専門家の孤独であり、副総督のパーティーで会った人たちにも見られた孤独である。警察署長ですら刑務所のことも刑務所が動く仕組みのこともわかっていない。ジェームズタウン刑務所は目的にかなったつくりになっていない——監房は暗くて暑く、トイレはほかから丸見えだ。予算は少なく、固定されていて、職員は訓練不足である。職員を海外へ派遣するのは費用がかさみ、講師を島へ呼ぶのも費用がかさむ。あらゆる理想は、議事妨害、内部対立、専門知識の不足に足を引っぱられている複雑怪奇な官僚政治に挫かれる——隣の建物で埋葬を待つ「解放アフリカ人」の遺骨のことを考えてほしい。改革は遅れ、先送りにされ、キャンセルされ、棚上げにされるか、ぼんやりと記憶された夢のカテゴリーへと追いやられる。

終業時間だ。レズリーはバッグを手にとった。門のところで立ち止まって、受付の窓のなかへ身をのりだし、業務日誌に何か書いている同僚のはげた頭を軽く叩く。彼は顔をあげて硬い笑みを浮かべた。

「金曜の散歩は楽しかった?」レズリーは彼に尋ねた。だれといっしょだったのだろう。少し間(ま)があく。

「どうしてそれを――?」

「こっちにはちゃんと目がついてるんですからね、おばかさん」

ちなみにメルク船長の話はでたらめだった。たしかにこのオランダ人船長は脱獄したが、刑務所内に手引きする者がいた。即席のいかだでブラジルまでひとりで航海したわけでもない。メルクより先に釈放され、多額の金を受けとって手助けしていた元同房者がいて、ブラジルまで逃亡できるだけの食料と燃料を積んだヨットに乗って沖合で待っていた。ナポレオンの復讐号は存在せず、星を手がかりにひとりきりで航海した数週間も存在しなかった。

＊

一八九〇年二月、ディヌズールーとその付き添いたちが貧しい島へ航海しているとき、ハリエット・コレンゾとその母と妹は、イングランドへ向かっていた。三人はそこに三年半とどまり、友人たちを釈放させようと運動する。「わたしがイングランドへきた目的は」とコレンゾは記者に語る。「わたしが理解しているズールー族の大義を伝えることにあります〔…〕裏切り者、反逆者としていま罰せられている人たちは、国の秩序を保つのに最大の貢献をしてきた人たちにほかならないのです」[41]

コレンゾは植民地省から敬意をもって慎重に扱われた。自分はアフリカ人だと思いこんでいるらしいイングランド人主教の娘をどう受けとめればいいのか。コレンゾは植民地省から偉そうな態度であしらわれることはなかったようだ。コレンゾに言わせれば、彼らは愚鈍で残酷で怠慢だった。それにイングランドは息苦しかった。自分の故郷（ホーム）ではなく、懐かしさも感じない。イングランドの正装には慣れていなくて、自由党の政治家との会合に着ていったガウンには——ある詮索好きのコメンテーターによると——「裾に五〇センチメートルほどロンドンの泥が」ついていた。[42]

一八九〇年春、コレンゾは、影響力ある政治家が数人出席していた全英自由クラブ（National Liberal Club）の会合でスピーチをした。その結果、八月に議会で「ズールー問題」が議論される。夜遅くの審議で出席者もまばらだった。女性傍聴席に座ったコレンゾは、国務副大臣——ワームズ男爵——が議員たちに「［ズールーランドの］状態は申し分ない」と請けあうのを聞く。この議論が新聞で取りあげられることはなかった。

コレンゾはその年の残りを費やし、イギリス各地の自由党の団体や教会で講演をしてまわった。当時の政治情勢は、侵略をすすめつつあるイギリスの帝国政策へ強く反対を主張する人物に——女性に——好意的な状態ではなかった。その帝国政策をアフリカで体現するケープ植民地首相のセシル・ローズは、同じ年の五月に「黒人（ニガー）よりも土地のほうが好きだ」と明言している。

コレンゾがロンドンに到着した一八か月後、一八九一年七月におこなわれた議会での二度目の討論は、より白熱したものとなった。そこでもまた男爵が発言する。コレンゾが長年「ズールーランドで果たしてきた役割は、先住民の幸福にも国の平和にも役立ってこなかった」と彼は言い放った。ディヌズールーと叔父たちについては、そもそもイギリス軍に降伏したのであり、「ほんとうの意味での反逆者である」[43]。

刑の執行は停止されないという。自由党下院議員オズボーン・モーガンが一応の抗弁をし、コレンゾは息苦しく沈黙してそれを聞いているしかなかった。「だれもが知っていることですが、南アフリカのような国では、人命はイングランドのような国よりもはるかに軽い」。しかし、と彼はつづける。ミス・コレンゾは「女性らしい誇張」に耽っていたかもしれないが、彼女自身は「誠実で思いやりある心の持ち主です」[44]。

一方、イギリスのズールーランドでは、境界委員会が、ディヌズールーの王国を数十の小さな支配地域へ分割する作業に着手していた。隣接する植民地ナタールへ統合する準備のためである。君臨する王国があるうちは、トラブルメーカーを帰国させるわけにはいかない。翌年、ワームズ男爵は、ディヌズールーの敵ジベブがズールーランドへの帰国を許されるという噂を否定した。植民地に混乱が生じるようなら、「それはミス・コレンゾのような人間の行動によるところが大きいだろう」[45]。

一八九三年、コレンゾは三二ページのパンフレット『ズールー人の現状と未来へのいくつかの提案』(*The Present Position Among the Zulus and Some Suggestions for the Future*)を刊行した。ディヌズールーと叔父たちは祖国へ送還されるべきだとコレンゾは主張し、併合されたズールーランドの「主席首長（head induna）」にディヌズールーを任命して、王としての彼の身分とズールーランドのほかの族長たちの権威を認めるべきだと論じた。コレンゾとディヌズールーがアフリカを発って三年半後にあたるその年の九月、コレンゾは母サラと妹アグネスとともにビショップストウへ戻った。おそらくサラは自分が病気であることをわかっていて、その二か月後に亡くなる。コレンゾがディヌズールーに知らせたところによると、その前の晩、母サラはズールー人から〝ゾバンツ（民族の父）〟と呼ばれていた亡き夫の夢を見たという。夫だけでなく、ディヌズールーの父チェツワヨもいた。「母はいま、仕事をつづける勇気をもてと、あらためてわたしたちに言い聞かせています」[46]

コレンゾはイングランドで自分の写真を撮らせている。黒のタフタ〔平織りした絹織物の一種〕を身につけ、ミヤマガラスのように首を傾げてカメラをじっと見つめている。くたびれているように見える。コレンゾのまなざしはイングランドではなく、彼女の人びとへ向けられている。イングランド人が理解しないことを、その人びとに理解してもらいたがっている。わたしがもっているものを見てほしい。ツォコベジ（tshokobezi）、すなわち王への支持を象徴するほぐした雄牛の尻尾。その木の持ち手にぶら下がっているのは、数珠つなぎになったイジク、つまり戦功を立てた者が身につける名誉のビーズである。だがコレンゾは、まだ勝利を収めていなかった。

II

＊

到着五年後の一八九五年に叔父たちと仲たがいしたことをきっかけに、ディヌズールーおよびその連れあいのジシャジレとムカシロモと子どもたちは、ジェームズタウンの共同住宅モルディヴィアを去り、徒歩で一時間坂をのぼったジェームズ・バレーの頂上にあるフランシス・プレーンのもっと小さな家へ移った。言い争いの種は何だったのか？　単に抑留がつづくプレッシャーと、自分たちが置かれた絶望的な状況のためだろうか？　それは若き王がヨーロッパ流を受け入れていることに如実に現れていた――山高帽、オルガン演奏、白人女性たちとの接触。王たちの谷エマコシニから遠く離れた場所で、ディヌズールーの権威は色あせはじめていたのだろうか？

現在、フランシス・プレーンにはプリンス・アンドリューズ校がある。ディヌズールーが歩いたジグザグの急な坂道は草に覆われているが、朝のバスに乗り損ねた子どもたちは、いまもその道を使う。わたしがのぼっていると、露に濡れた草から銀と金の蛾が次々と姿を現した。最近の雨のせいで、あちこちに落石のあとがある。

帯状のベランダとバルコニーがついたディヌズールーの家は、学校の職員室として使われていて、近づくとバルコニーで教師が三人お茶を飲んでいた。どうぞ、なかに入ってあがってきて！　どこかでケトルのお湯が沸いていて、電子レンジが音を立てる。家は一三〇年前からほとんど変わっていない――オイルを塗った黒っぽい床板も、重たい扉と黒ずんだ暖炉も同じだ

――が、モルディヴィアとはちがって光に囲まれていて、薄いカーテンが海風にはためいている。バルコニーからの眺めを楽しむ教師たちに合流した。クリケット競技場の向こうの、ジェームズタウンを囲う岬――それから大西洋に反射する巨大な雲。途方もない孤立をこれほど強力に感じられることは、セントヘレナではめったにない。自分はわずか四〇〇〇人のなかのひとりで、大陸から二〇〇〇キロメートル近く離れた火山岩の頂上にいる。わたしたちのように北を見ていると、八九〇〇キロメートルほど離れた北極までひたすら海しかない。

島全体でも数少ない平地であるフランシス・プレーンに来たときには、穴から這い出たような気分になったにちがいない。ようやく自分の地位にふさわしい場所を得たのだ。ズールーの習慣では、女性と子どもとその産婆はディヌズールーから離れて暮らすことになっていて、モルディヴィアとローズマリー・ホールではそうしていたが、これほど小さな家では容易でなかった。ディヌズールーは何をして過ごしたのだろう？　ピアノと「アメリカのオルガン」を習って。英語とズールー語の書きことばを練習して。ゲストをもてなしロンドンからスーツを取り寄せて。コレンゾとズールーランドの人たちへ次から次へと手紙を書いて（スーツは無料ではない）。「父を憶えている人ならみな、ちょっとした額を出してくれるでしょう」[47]

ディヌズールーが見た風景――陸の端とその先の果てしない海、あらゆる流刑につきものの光景――を眺めていると、ニューカレドニアを訪れたのと同じ理由でわたしはここにいるのだとわかった。存在するものはすべて、なんらかのかたちで痕跡を残す。その考えを捨てられずに、わたしはここへ足を運んだのだ。とはいえ、痕跡の存在を信じることは幽霊を信じることとは異なる。ここへ来るのは、故人にとって大切な場所を訪れることだった。ここでは、ほかの場所では不可能なかたちで、その人たちを取り戻すことができる。

3

一八九五年一月二四日、セントヘレナのイギリス人総督がディヌズールー、ンダブコ、シンガナに、同行者ともども島を離れる準備をするよう伝えた。ロンドンでのコレンゾの努力は、ある程度まで実を結んでいた。コレンゾが提案していたとおり、ディヌズールーはウスツの族長になり、給料を受けとってズールーランド政府の首長〔induna こと首長は、もとはズールー王に助言する宰相のこと〕になる。だが彼の王国はすでになくなっていた。一行は二週間以内にウムクジ号に乗ってナタールへ発つという。

持ち物を競売に出す告知が出た。家具、鏡、絨毯、植木鉢、ベッドの台、アヒル、ディヌズールーのピアノ、「有名な去勢馬ブラック・プリンス」。[48]

セントヘレナの『ガーディアン』紙は、全体としては彼らが去るのを残念がっている。

ズールー人たちがここへやってきてちょうど五年になり、その間に彼らは、未開で野蛮な生活を徐々に捨ててきた〔…〕それはとりわけ若きプリンスに当てはまる。非常に洗練され、その紳士らしい態度と振る舞いを見ると、彼が支配するであろう部族の野蛮さはすみやかに改善されると期待できる。

みんな彼らを恋しがるだろう。「一年に一〇〇〇ポンドをこえる額が世帯に費やされていて、現状を考えると植民地は、その喪失を実感するにちがいない」[49]

出発の三日前、小型砲艦HMSスワロー号がジェームズタウン沖へ投錨(とうびょう)した。ズールー人たちの釈放は撤回されたという。ウムクジ号が到着したときには、その命令を確認する正式文書もいっしょだった。彼らは島にとどまることになったのだ。

ハリエット・コレンゾがやってきて友人たちを慰めた。一八九〇年にエショウェでディヌズールーらが投獄されたとき以来の再会だ。何があったのか？ どうやら最初の命令が送られたあと、自治植民地ナタールから植民地省へ要請があったらしい。ズールーランドがナタールに統合されるまで、ディヌズールーの帰国を許さないようにと。「喪失感と苦しみから、先住民たちは絶望のために騒動を起こすかもしれない」と総督府からの電報にはある。[50]

コレンゾは一か月以上島に滞在し、ほとんどの時間をディヌズールーと過ごした。ともに総督と食事をし、馬（ブラック・プリンス？）に乗って中央山脈の最高峰ダイアナズ・ピークへのぼって、当時はシロアリに蝕(むしば)まれた廃墟だったナポレオンのロングウッド・ハウスを訪れた。わたしはこんなふうに想像する。ふたりは再会した姉と弟のようで、ふたりにとってこれは、ある種の帰郷だったのではないか。コレンゾはジェームズタウンのギャリソン劇場で、「ズールーランドの数々の写真」を特集する幻灯機による展示を手配した。また、ンダブコとともにミサにも出席したようだ。彼の〝ノスタルジア〟はやわらいでおらず、島にとどまるという知らせを受けた直後では、幻灯機のショーを見ても気持ちは楽にならなかっただろう。「彼がどれだけ寂しがっているか、わかっているつもりだったのに！」とコレンゾはアグネスに書いている。[51]

ディヌズールーと叔父たちは、イングランドを訪れる機会がほしいと訴えた。おそらく、一八八二年にチェツワヨがロンドンとワイト島を訪れたことを憶えていたからだろう。帰郷できないのなら、せめて自分たちを苦しめている者の土地へ足を運び、言い分を述べさせてもらいたいと。「わたしたちは風邪と熱に悩まされています」コレンゾが島を発ったあと、ディヌズールーは彼女にそう書いている。[52] コレンゾの友人で、ディヌズールーの教育を助けるために彼女が島へ派遣していたムビ・ノンデニサが、ディヌズールーの訴えをくり返している。「子どもたちのあいだで、またその親のあいだでも、発熱が見られます。なかなか収まらず、大雨が三日もつづいて落石があったときには、さらにひどくなりました」。[53] コレンゾもイングランドへの一時逗留は有益だろうと考えた。一行の健康のためになるかはともかく、ひどいショックを受けたあとの元気づけにはなるだろうと思ったのだ。「彼らのイングランド訪問はたいした手間にならず、かかる費用も比較的少ない」植民地省に向けて発表したパンフレットでコレンゾはそう述べる。そして、ロンドンでは博物館や動物園、ウェストミンスター寺院を訪れたらどうかと提案している。田舎では「イングランドの乳牛や穀物に興味をひかれるかもしれない」。[54] だが回答はノーだった。先住民の煽動者の観光旅行を準備するのは、イギリス政府の仕事ではないというわけだ。ディヌズールーらはセントヘレナへとどまるのだと。

＊

ディヌズールーの孫娘に会うのはあきらめていたが、ヨハネスブルグへ戻る飛行機に乗る数日前にメールが届いた。ロングウッドで〝プリンセス・ディヌズールー〟に会えるという。

宿泊先のバンガローから六・五キロメートルほど歩いた。道端には野生のフサスグリ、ランタナ、フクシアの赤が散らばっている。ベニノジコたち、用心深いシュイロマシコたちが鳴き声を立てずにやぶのなかを飛びまわり、赤の差し色がジョン・コンスタブルの風景画の赤のように意外な印象を与える。花やベニノジコと同じく木も広がっていた。ユーカリ、マツ、ヒマラヤスギ。島に残る数少ない固有種の植物が、トムソンズ・ウッドなど、あちこちに点在する森に生えている――ゴムの木、ニオイシュロラン。島の固有種のコクタン、ロベリア、白色木材用の木、木生シダ、セリ、オオバコ、ローズマリー。

プリンセスはもう伝統衣装は身につけていなかった。アパートメント一階のベッドにパジャマ姿で丸まっていた。窓があいていて、ロングウッドの平地から吹いてくるそよ風にカーテンが揺れる。カーテンの隙間から、バーン（Barn）と呼ばれる高さ六〇〇メートルの火山の残余物が見える。通りの二〇〇メートル先には、ナポレオンが忌み嫌ったロングウッド・ハウスがある。

ふたりの看護師に助けられて上体を起こし、車椅子に移って補聴器をつけた。いまは八二歳で、「いい日もあれば悪い日もある」と看護師のひとりが言う。ふたりが出ていくとき、彼女は小さな声を発した。わたしたちは座ったまま、窓の外のムクドリの鳴き声を聞いていた。

座った姿勢は、だらしなくはなかったが傾いていた。目をあげてわたしを見たが、口はひらかない。まなざしにはある種の警戒がうかがえた。わたしが訪ねてきた理由は知っていたが、こちらのあいさつに応えて力強い小さな手を差しのべたときには、返事を小声でつぶやくだけだった。

「王さまのことで来たんです」わたしは言った。

彼女は彼の名を口にしてにっこり笑った。彼女の人生について知りたいと願っていたが、話してもらえないであろうことはわかっていた。邪魔をして申し訳なく感じた。

ずっとあとになって、島の歴史家が刊行したパンフレットで〝プリンセス・ディヌズール〟は一種の芸名だと知った。[55] 一九三六年にマグラン・フランシスという名で生まれたが、父はすぐに戦争へいき、ハンセン病にかかっていた母（ディヌズールーの娘）は島の片隅に隔離されていた。したがって〝マギー〟はほぼ祖母のジュリア（ディヌズールーの愛人）に育てられた。少女時代には、自分が知らない話——〝王家の〟血筋のこと——を知る学校の友だちに笑いものにされた。「ほら見て、プリンセスだよ！」一四歳のときにロードおよびレディ・グレナーサーのメイドとしてスコットランドへ送られ、のちに看護師としての訓練を受ける。そして〝プリンセス・ディヌズールー〟は、職業人としての残りの人生を看護師と助産師として——またやがてパートタイムのジャズ・シンガーとして——過ごした。彼女の記憶では、母が好きだった賛美歌は「町に明かりが灯るとき（'When Lamps Are Lighted in the Town'）」だったという。その最終部には次のようにある。

はるかかなたの深く暗い海で
神が漁師を見守ってきた
そして無事にうちへ連れて帰る
帰ってこられてうれしい場所へ。

ロングウッド・ハウスまでの短い距離を歩くあいだ、外ではまだムクドリが鳴いていた。

＊

「わたしに言わせればここは〝記憶空間（lieu de mémoire）〟で、記念館じゃありません」とマルティノー名誉領事は言っていた。記憶の場所。だからロングウッド・ハウスには説明の札が少ないのだ。「湿気、におい、腐敗、ネズミ、病気を復元できるとは言いません。ひとりの人間の記憶を記念するものなんです」

ロングウッド・ハウスの目玉は、一八二一年五月五日にナポレオンが息を引き取った黒の天蓋つきベッドを再現したものだ。嘔吐によって苦しみ、光に恐れをなすと同時に引きつけられ

II

ていた。「やあ太陽！」とナポレオンは声をあげる。[56]「やあ太陽、わが友よ！」「ランプの光が消えるように消えた（Il s'est éteint comme s'éteint la lumière d'une lampe）」彼の最期の日々について従者はそう書いている。彼の光はランプの光のように消えた。

一八九五年、ズールーランドへの帰国が叶わないと知ったあとに、ディヌズールーがコレンゾとともにここを訪れたときのことを考えた。ディヌズールーは自分の王国が解体されつつあるのを知っていた。ひょっとしたらナポレオンと同じ運命をたどり、祖先の墓から遠く離れた「この不吉な岩石（イヴィル・ロック）」（退位させられた皇帝ナポレオンのことば）で死ぬのではないか。

当初の命令から二年半以上を経た一八九七年一二月になってようやく、一行はズールーランドへの帰国を許された。イギリスの植民地大臣ジョゼフ・チェンバレンは、一八八九年にディヌズールーが追放されたときにソーンダーズがしたように、ディヌズールーの責任を率直に伝えるようセントヘレナの総督へ指示した。「彼がはっきり理解しておかなければならないのは、最高の首長としてズールーランドへ戻るのではないということである」[57]。ディヌズールーはウスツだけの族長となり、その力が及ぶのは、イギリスの境界委員会が割りあてたウスツの範囲内にとどまる。「彼はそのなかで統治をおこない、ズールーランド政府の法律のもと、ズールーランドのほかの部族の族長と同じ法律と政府の形態によってそこを治める」

一八九〇年に到着したとき一一人だった王ディヌズールーの一行は、立ち去るときにははるかに大人数になっていて——二四人から三〇人以上と、記録によって数にばらつきがある——、さまざまな家庭教師や通訳、助産師、島で生まれた八人の子ども、ズールー人同行者の——セントヘレナ生まれの——新しい妻たちなどがいた。歴史家が書くように、セントヘレナ島民のなかにはいつでも「自分たちの状況を流刑状態と考える」人がいた。貧困にあえぐときには、彼らをうらやむ者もいたにちがいない。

島でできたディヌズールーの連れあいのひとりに、マリー・ジョンストンという女性がいた。船が出る二日前に、彼女もディヌズールーに同行するつもりだと知って、旅がスムーズにいくようにと島へ戻っていたコレンゾは、彼女らしからぬ慌てた調子で単刀直入な手紙を書いている。セントヘレナでその女性がディヌズールーに「役立った」ことは認めるとしたうえで、コレンゾはこう警告する。「ズールーランドでいまと同じようにあなたが彼を助けられるとは思えません。ご承知のとおり、あなたがディヌズールーに仕えるように若い女性が紳士に給仕し仕えるのは、イギリス流の習慣ではないからです[58]」。コレンゾが言いたいのは、若い白人女性が、ということである。「ズールーランドで同じことをしたら、あなたに害になり、ディヌズールーに害になって、イギリス人にも害になります」。ズールーランドでは、彼女はよそ者になる。どれほどのよそ者か、ジョンストンのような島の人間には想像もつかない。「これはわたしの務めです」コレンゾは道理を説いて聞かせる必要があると感じていた。「わたしはあなたより年長の女性で、イギリス人の女性で、宣教師だからです。これがわたしの務めだというのは、あなたがいま同行すれば、思わぬかたちでとても惨めな思いをして、おそらく殺されると思うからです。ディヌズールーはそれをわかっていなくて、おそらくあなたを連れていくのが親切で、残していくのが不親切だと思っているのです」

そして、その日の夕方までに返事がほしいと書いて手紙を締めくくる。もしミズ・ジョンストンがあくまで計画どおりに行動するというのなら、コレンゾは躊躇なく彼女の母親にも同じ警告をすると告げた。ひょっとしたらこの若い女性に、自分とディヌズールーの協力関係を脅かすものを感じていたのかもしれない。その協力関係は、どちらにとっても親への孝行心の印だった。父ソバンツとチェツワヨがあらゆるものを犠牲にし、彼女とディヌズールーが人生のエネルギーを注いだのちに、無邪気ででしゃばりな島民のためにズールーランドの未来を危険にさらすわけにはいかないのだと。だがコレンゾは、一夫多妻制の社会では、その女性はもはや自分は特別だと思えなくなり、つらい思いをするだろうともわかっていたのにちがいない。

　結局、マリー・ジョンストンは島にとどまった。クリスマスの五日前、ジェームズタウンの波止場に並ぶ人たちのなかに彼女がいたのかはわからない。一行が次々と艀（はしけ）を漕いで沖で待つSSウムビロ号へ向かうのを、人びとは見守った。その後、船は水平線へ向かってすすみ、煙突から出る最後の煙が風に吹き消された。

　島は変わり、ディヌズールーも変わった――より敏感になり、懐疑的になって、みずからの権利について確信をもち、誇り高くなった。故郷へ戻ることは過去へ戻ることと混同されやすいが、彼が戻るズールーランドは立ち去ったときの国ではなかった。ふたたび外洋へ出ること、それはミシェルとシュテルンベルクにとっても、クロロホルムを含ませたハンカチに身を委ねるようなものだった。気がついたときには何を目にするのか？　三人ともわからなかった。

黒い川の島

サハリン

1

セントヘレナを訪れた一年後（二〇一九年）、モスクワでは、赤の広場周辺の交差点が市のオレンジのダンプカーで封鎖されていた。防弾ベストを身につけた警官が広場へつづく道を警備し、午前九時には髭をたくわえたコサックの若者の楽団が円になって立ち、空へ向かって軍歌を高らかに奏でていた。

その日はナチス・ドイツの降伏を祝う戦勝記念日で、のちほどプーチン大統領が軍隊に向けて演説することになっていた。これに合わせて計画されたのか、あるいは偶然かはわからないが、国際アカペラ・フェスティバルもひらかれていた。間に合わせのスクリーンで戦争の映像がくり返し再生されているのと同じ広場に、屋外ステージがいくつか設置されていて、歌い手たちがハーモニーをつけて真剣に歌う曲――スティーヴィー・ワンダー「迷信」のビートボックス・バージョンなど――が、たとえば赤軍合唱団が歌う「聖なる戦い」とぶつかりあう。両

II

者が同じ音量に達して耐えがたくなり、やがてアカペラのほうがコーラスに突入する。

プーシキン広場では、ロシア共産党モスクワ支部国際班（Moscow Communist Interbrigade）のメンバー三〇〇人が鎌と槌（つち）とレーニンの顔が描かれた旗を携えていた。そのなかに別の似顔絵が刷られた緑の旗がひとつ混じっている——チェ・ゲバラだろうか？　いやカダフィだ。「資本主義反対（ニェット・カピタリーズム）！　ファシズム反対（ニェット・ファシーズム）！」拡声器を通じて男がくり返し声をあげる。群集の頭の向こう、バリケードの先には、穀物貯蔵庫（サイロ）ほどもの大きさがある弾道ミサイルが、赤の広場へ向かってトヴェルスカヤ通りをゆっくりすすんでいるのが垣間見えた。

一方、そこから一・五キロメートルほど離れた場所では、プーチンが演説をしていた。「われわれの国は、戦争が何かをよく知っている。すべての家族に悲嘆と、はかりしれない苦しみをもたらしたのです。われわれは何も忘れてはいない。すべてを憶えている〔…〕」。だが、だれもが過去を振り返っているわけではない。キタイ゠ゴロド〔モスクワの商業地区〕の数々のバーでは、女性の半分ほどが同じブランドのデニム・トレンチコートを着ているように見え、その背中にはこうプリントされていた。「がんばる者には、いいことがやってくる」

プーシキン美術館でわたしは、ルーカス・クラナッハ（父）の《人間の堕落》の前で足を止めていた。根茎（こんけい）のように白く肌理（きめ）の細かいアダムとイヴが、エデンの園を追い出されようとしているところ。おそらくもう純潔ではないが、新しい暮らしがどうなるかは想像できない。

その後の三週間、ロシアのあちこちでシュテルンベルクの幽霊を追いかけるうちに気づいた。わたしが流刑者にこだわるのは、楽園喪失を嘆いているのではなく、単純に喪失についてもっとはっきりと考えたかったからなのだと。五月九日は旅人の守護聖人、聖ニコラスの祝日でもあったので、わたしは生神女就寝大聖堂でろうそくに明かりを灯した――これからの旅のために、だが二五〇〇キロメートル離れた病院にいる父のためにも。

*

一八九〇年春、アントン・チェーホフが、モスクワの自宅からサハリンまで六五〇〇キロメートルほどの旅をした。陸、川、海による一一週間の旅である。島には二か月滞在し、おもに中心地アレクサンドロフスクで囚人、元囚人、行政関係者、刑務所監督者に話を聞いた。その結果をまとめた文章で描かれる不潔さ、性的虐待、無能、組織的な残酷さは、連載時に広く物議をかもし、三年後に『サハリン島』として書籍化された。

チェーホフが選んだ陸路は、ジャーナリスティックな色あいで描かれてはいるが、ほぼ過去の遺物になっていた。とはいえ、一八七九年にオデーサからの海路ができるまでは、何千もの人が悲惨な「行進被護送隊（マーチング・コンボイ）」に加わって、徒歩で大陸を横断した。外洋と同じぐらい単調なステップとタイガをこえ、何千キロメートルも歩く。海路だと二か月のこの旅は、最長で二年かかった。実際、極端な寒さと暑さ、混沌とした無法状態のなかでするこの旅自体が、シベリア流刑の最も厳しく危険な要素であることもしばしばだった。レフ・シュテルンベルクのように船でサハリンへ旅するのは、ペテルブルク号船上の暮らしに固有のつらさがあったとしても、比較的楽な手段だった。

「自分が感傷的な人間でないのが残念です」チェーホフは出発前に、出版者で助言者(メンター)のアレクセイ・スヴォーリンにそう告げている。「感傷的だったら、トルコ人がメッカへ行くように、われわれもサハリンのような場所へ巡礼の旅をすべきだと言うでしょう」[1]。同じころシュテルンベルクは、この島はぞっとするような場所ではあるが、生涯の仕事の中心地になるかもしれないと思いはじめていた。

＊

午前四時、サハリン8号のデッキから、サハリン島の南西海岸にあるホルムスクの明かりに近づくのを見ていた。世間一般のイメージとは異なり、サハリンはセントヘレナほど辺鄙な場所ではない。七万七〇〇〇平方キロメートルをこえるロシア最大の島であり、面積はオーストリアとほぼ同じである。アムール川河口の向かいのオホーツク海にあり、その最南端は日本のわずか四五キロメートル北に位置していて、日本は歴史上、島の主権を主張してきた。だがチェーホフと、それに先立ってシュテルンベルクがやってきたときには、サハリンは荒涼と孤立の代名詞であり、あるコメンテーターによると「銃殺されず絞殺されなかった者の最終目的地」であって、別の者によると「道徳的暗愚と絶望的な悲惨にまみれた土地」だった。[2]

窓ガラスが曇ったマルシュルートカ——ロシアのあらゆるところで見かける乗り合いミニバ

黒い川の島
サハリン

スー――に乗り、東へ二時間の州都ユジノサハリンスクへたどりついた。サハリンが載っている数少ない旅行ガイドブックでは、この島は〝チョウザメ形〟をしていると書かれていることが多い。ニューカレドニアのグランドテールが〝バゲット形〟とよく呼ばれるのと同じだ。たしかにサハリンは魚に似ている――長くて細く、骨ばった魚で、南にふたつ並ぶ半島がふた叉に分かれた尾びれ、東に向かってオホーツク海に突き出たもうひとつの半島が背びれだ。ロシア本土のラザレフと島の北西海岸のポギビのあいだでは、タタール海峡は非常に狭くなるため、島の先住民が海に囲まれていると主張していたにもかかわらず、一八五五年まで隣国の日本ですらサハリンは半島だと思いこんでいた。サハリンで最大の先住民集団ニヴフは、ポギビとラザレフのあいだの海底には雷神が住んでいると信じていたので、一九五〇年にスターリンが建設を命じたトンネル――ロシア統一の象徴であり軍事資産――が工事中に崩壊し、数百人の強制労働者が溺死しても驚かなかった（クリミアとロシアのあいだにつくったものに触発され、プーチンは同じ場所に橋をかける計画を策定するよう命じた）。

島の南半分を占めるのが、平行するふたつの山脈、東サハリン山脈と西サハリン山脈で、そのあいだに島のふたつの川の氾濫原（はんらんげん）が広がっている――それらの川は、排水する陸地の規模を考えると、地図上でも現実でもどこか大きすぎるように見える。北東部を蛇行するのがトゥイミ川で、南部を流れるのがポロナイ川だ。島の北半分はもっと平らで、湿気が多く、草木が少なく、寒く、風が強く、ほとんどが湿地と凍土帯（ツンドラ）とひらかれたタイガであり、海岸線にはラグーンの波形の格子模様が広がっている。北東の海岸沖には、オホーツク海の大陸棚の巨大な油田・ガス田がある。ユジノ〔ユジノサハリンスク〕と呼ばれる州都は、魚の尾の割れ目のすぐ北に位置している。

　わたしが滞在したビジネスホテルには、石油企業の職員がたくさん泊まっていた。この街は石油産業で栄えていて、レストランは短期契約の若いアメリカ人でいっぱいであり、うまい儲け話の噂でもちきりだった。わたしはアリーサというサハリン在住コリアンの通訳と会った。あでやかな黄色のワンピースとへこみのある黒のフィアット〔イタリアの自動車メーカー〕。仔犬のときに引き取って獰猛になった犬に寛容に接するように、彼女はのたうつような巨大な悲しみに耐えていた。島に閉じこめられていたのはロシア人だけではない。五〇万弱の人口のうち五万五〇〇〇人が朝鮮系で、そのほとんどがユジノで暮らしている。第二次世界大戦中、サハリン南部（〝樺太（からふと）県〟と呼ばれていた）が日本の統治下にあったときに、およそ一五万人の朝鮮人が故国から引き離されてここへ連れてこられ、島の鉱業と林業に従事する日本人の労働力を支えた。労働環境はその五〇年前にロシア人受刑者が同じ仕事をしていたときとたいして変わらなかった。一九四五年にロシアが侵攻してサハリン南部を奪い返したとき、ほとんどの日本人と朝鮮人は逃げたが、四万三〇〇〇人ほどの朝鮮人が立ち去るのを阻まれた（島の強制収容所の労働力を補うために彼らをとどめるよう、スターリン自身が指示したとも言われる）。国境が閉ざされ、身動きがとれなくなったのだ。

　アリーサは、サハリン在住コリアン二世の子としてユジノで生まれた。石油・ガス産業で通訳として生計を立てているが、ほとんどの時間を三歳の娘に費やしている。食事をともにしながらアリーサは語った。生まれてからずっと、この世界のエネルギーにうまく対処するのに苦心してきた。肯定的なエネルギーと否定的なエネルギーを区別し、自分がもつエネルギーを抑えるのに。エネルギー？　説明するのはむずかしいという。モスクワで建築を学んでいた学生時代、アリーサは悪魔の憑依のような症状に苦しんだ時期があり、それがトラウマになった。神と悪魔の存在を彼女は疑っていない。運命が何ごとにもまさるという深い確信を母から受け継いでいた。関係する〝エネルギー〟を評価して、それにもとづいて唐突に計画を立てたり取り消したりする——たとえば、韓国での実入りのいい契約をフライト前日にキャンセルした。「もちろん向こうは怒ってたけど、ちゃんと理由があったの」。たくさんの心理学者と会い、この〝エネルギー〟をもつほかの人たちとも会った——病気のときに、手引きを求めてカザフスタンの高齢の男のもとを訪れたこともあるという。わたしは彼の職業と専門分野を尋ねた。

「〝仕事〟なんてないの！　ただとても変わった人ってだけ。会ったらわかるよ」

　アリーサと娘のミアとともに、アリーサの母に会いにいった。母親は島の主要石油共同事業体(コンソーシアム)、サハリン・エナジー社の外国人居留地の上にある丘陵地帯で暮らしている。〝ストロベリー・ヒルズ〟として知られるその居留地には、ロシアらしからぬ芝生、従業員専用のレストランやヘルスクラブがある。アリーサによるとサハリン初のヘルスクラブだという。アリーサの実家は古い二階建ての相じゃくり〔板の接合方法のひとつ〕の家で、庭には花、開花した桜の木、何列ものほんもののストロベリーが植えられている。涼しいそよ風が吹くバルコニーからはユジノの平地と街を一望でき、はるか下で大聖堂の金のドームが光を放っていた。

アリーサの母サンドラは、通りを歩けばだれもが気づくユジノサハリンスクの元有名人で、テレビ司会者、批評家、元州知事の秘書を務めた（知事はヘリコプターの墜落で命を落とした。事故だと思うのなら、まあそれでもかまわない）。わたしたちは腰をおろして緑茶を飲んだ。サンドラの両親とおじは、一九四〇年代はじめにみずからの意思で島へ来た朝鮮人だという。「そのあと国境が閉ざされてね、祖国、親、家族と完全に切り離されてしまったの。手紙すら書けなかった」。この追放状態のために最もつらい思いをしたのが、教師だったおじである。「朝鮮社会では教師の地位はとても高かった。でもね、ロシア語をしゃべれないもんだから、サハリンでは教えることができなかったの。朝鮮に恋人がいたけれど、手紙も書けなかった。ただひとつの逃げ道がアルコールよ」

一九八五年にゴルバチョフが政権を握ると、ようやく国境がひらかれて、一九四五年八月以前に生まれた朝鮮人は韓国へ戻ってもいいと告げられた。「ただし子どもと孫をここサハリンに残していくなら、って条件でね」とサンドラは言う。「父は国に帰ることにした。涙をたくさん我慢しなきゃならなかったよ。生活のために韓国へいくんじゃないってわかってたからね——父の生活はここにあった。そこへ行くのは死ぬためで、ひとりぼっちで死ぬことになるってわかってた」

階段の吹き抜けには、サハリンの芸術家から駆け出しのころの支援に感謝して贈られた絵が何枚も掛かっていた。アリーサ本人が気に入らない何かをとらえた、彼女の全身肖像画。夏の庭で花瓶に活けられた花。くたびれて悲しみに沈んだ島の風景。タイガ、ステップ、海……。

黒い川の島
サハリン

アリーサは離婚後にミアと暮らしていた部屋を見せてくれた。黄金色の木材に囲まれ、黄金色の照明にあかあかと照らされた美しい部屋で、ひときわ存在を主張していたのが、大きく育ちすぎたゴムの木だ。あまりにも大きいので、部屋の片側から反対側へ移動させようと思ったら、巨大な茶色い葉が天井すれすれになる。

「若いときに家を出て韓国で勉強することにしたときにね」とアリーサは言う。「母がこの木を買ってきて言ったの。〝おまえがいないあいだは、これがおまえだよ〟って」。一〇年後に娘を連れて部屋へ戻ると、その木は壁と天井に押しこめられて苦しんでいた。「母にその葉を見せたの」とアリーサは言う。「わたしがずっとサハリンを去りたがってた理由を、はじめてわかってもらえた」

＊

シュテルンベルクの〝アレクサンドロフスク〟ことアレクサンドロフスク・サハリンスキーは、チョウザメの腹部、南の山と北の沼地が接する西海岸のまんなかあたりにある。一八八八年までに、島はシベリア最大の囚人流刑地になっていた。いかなる犯罪であれ二年八か月をこえる刑を宣告された者と、二年をこえる刑を宣告された四〇歳未満の女性は、みなここへ送られる可能性があった。ニューカレドニアの〝流刑者（déportés）〟、〝移送者（transportés）〟、〝出所者（libérés）〟、また古代ローマの〝流刑（deportatio）〟、〝追放（relegatio）〟、「水と火を禁じられる（aqua et igni interdictus）」と同じく、ロシアにも独自の分類があった。スシールノカートルジュヌエ（ssyl'nokatorzhnye）と呼ばれる通常の犯罪者、〝流刑徒刑囚（convict-exiles）〟のほかに、サハリンではさらに三つのカテゴリーがあった。〝定住流刑者（settled exiles）〟はニューカレドニアの〝出所者（libérés）〟と同じで、刑期を終えたが島へ残ることを義務づけられた者である。六年から一〇年を経るとそれが〝流刑小作農（peasants-in-exile）〟になり、ヨーロッパ・ロシアへ戻らないことを条件に自由に島を去れるようになる。また、みずからの意思で島へやってくる者もいた。「賢い者たちはここへ連れてこられる」と島ではよく言われた。「大馬鹿者たちは自分からやってくる」。〝自由（free）〟な身の者のなかには、温暖で豊穣でチャンスのある土地だという夫からの手紙に誘われた囚人の妻たちもいた。「ここの気候は実にすばらしい！」とある手紙には書かれているが、気温が摂氏マイナス二〇度よりも下がるときのことには触れていない[3]。

ロシアには「道なきとき（rasputitsa）」という便利なことばがある。雪がとけた春と、雨が降る秋のことだ。サハリンでは、いかなる距離であれ飛行機か列車で旅をするのが最も安全である。ユジノ近郊では、列車は生えてきたばかりの若竹が密生する側線を通る。白樺（シラカバ）のタイガは緑に色づきつつあった。森の暗闇のなかで、まるでミラーボールの光の点のように若葉が輝いている。夜のはじまりに寝台に横になり、列車を待つあいだにアリーサから聞いた話のことを考えた。彼女の母の話のつづきだ。

ティーンエイジャーのとき、アリーサはピアノの奨学金を得て韓国へ行った。テレビの取材班がインタビューにやってきて、アリーサが赤ん坊のとき以来会っていない祖父が何年も前に韓国へ来ていることを司会者が知る。涙の再会を撮影するチャンスと考えた取材班は、老人ホームにいる祖父を見つけだし、アリーサがそこを訪れるよう手配した。教師からはそれに従うようにと言われた。テレビ局の人がわざわざ見つけてくれたのだから、断ったら印象が悪いではないかと。そこで見知らぬ地方都市を訪れ、見知らぬ老人に会うところをカメラに収められた。「撮影が終わったあと、サハリンへ連れて帰って死なせてくれって頼まれたの。でも、親に面倒を見る余裕がないのはわかってたから」。これは昔のサハリン流刑者にも、またルイーズ・ミシェルとディヌズールー・カ・チェツワヨにも、なじみのある経験だった。ようやく故郷へ戻ることを許されても、もはやそこが故郷ではないことを知る。

2

五月一三日の夜明け直後、列車はアレクサンドロフスクの東およそ八〇キロメートルのところにあるティモフスクに停車した。

チェーホフ博物館の館長ミロマーノフ氏が手配してくれた、運転手のアレクサンドルに出迎えられた。ティモフスクからアレクサンドロフスクへの道は、雪どけの水にあふれたタイガを抜けていった。水があらゆるところに流れている。島はまるで海から引きあげられたばかりのようだ。森の沼の境目あたりに、アレクサンドルがラプフ（lopukh）と呼ぶ花が咲いていた。ミズバショウだ。アレクサンドルは〝ブーブー、キーキー〟という声を立てつづけにあげた

――少し経ってからようやく、この植物はブタの飼料に使われると言いたいのだとわかった。アラム〔サトイモ科の多年草〕に似た白の仏炎苞（ぶつえんほう）は、炎のような、あるいは水差しのような、あるいは祝禱（しゅくとう）を捧げる手のようなかたちをしていて、酸素のない黒い水のあちこちからまとまって頭をもたげている様子は、不安に駆られた大勢の人が群れをなしているところを彷彿とさせた。

地面がでこぼこの野原でたばこ休憩をとった。アレクサンドルによると、ここでスターリンによる粛清の犠牲者が、何千人も銃殺され埋められたという。さびた鉄の十字架がシラカバからぶら下がっている。道路は丘陵地帯から白い住宅街をいくつも抜け、タタール海峡へ向かう小川に沿ってつづいていた。

*

ナタリアは引退した英語教師で、生まれてこのかたアレクサンドロフスクで暮らしている。彼女は自分の町、自分の国をわたしがよく思わないのではないかと心配していた。ホテル、食堂、道路がいまいちだと思わないかと。わたしたちは、いまは使われていないアレクサンドロフスクの港まで歩いた。港にはタデ科の雑草やアンゼリカの茂みがあり、坐礁してなかば沈んだトロール船があった。一八九〇年七月一〇日の夜、チェーホフが乗った船バイカル号が沖合に錨をおろしたとき、町をとり囲む丘陵地帯は燃えあがっていた。「暗闇と海面に立ちこめた煙をとおしては」と彼は書く。「波止場も建物も見えず、わずかに監視所のぼんやりとした灯かげが見わけられるだけで、そのうちの二つは赤かった〔…〕まるでサハリンじゅうが燃えているかのようだ[4]」。「まるで地獄のよう」とつけ加えるまでもなかった。

その一四か月前に島へやってきたレフ・シュテルンベルクの第一印象は、もっと肯定的だった。五月の暖かい日に「礼儀正しい」地区長の出迎えを受け、「政治犯」として手当が支給され、重労働を免除されて、有給の事務作業への従事が許されると説明を受けた。実際、シュテルンベルクは、やがてジトーミルの両親のもとへ送金できるようになる。とはいえ、旧友モイセイ・クロリにはこう書いている。「自分が特権的な立場にいるからといって、あらゆる権利を奪われた人たちの苦しみを見るのがたやすくなるわけではない[5]」。シュテルンベルクが書くのは、流刑者仲間へのひどい仕打ちだけではない。到着後間もなく、ニヴフの高齢男性が公衆浴場のオーナーの子どもたちにからかわれるのを目にした――「見て、あのシャーマンのじいさん！ 占いができるんだよ、ほんとうに！」シュテルンベルクは日記に、その男は「部族のなかば神のような存在で、みんなから畏れられているのだろう。おそらく古代からつづく氏族の出ではないか〔…〕ひょっとしたらいまこの瞬間にも、住居に戻った彼はふたたび自分は賢く自信に満ちた神聖な人間だと感じているのかもしれない〔…〕」そしてこう締めくくる。「彼らのことを調べてみたい[6]」

一方、チェーホフは、「温和なサハリンの雑種犬」は島の先住民にしか吠えないと主張する。チェーホフほど鋭い作家にとっても、ニヴフは視界の隅にいる理解不可能な影にすぎなかった。

「ギリヤーク人は決して顔を洗わないので」と彼は書く〔ギリヤークとはロシア人がニヴフに与えた他称である〕。「人類学者でさえ彼らのほんとうの顔いろを言いあてるのはむずかしいくらいだ」[7]。だがニヴフは、好戦的でなく、けんか好きでもなくて、暴力的でもなく、嘘をとても嫌うことをチェーホフも認めている。

島で最大の先住民集団であるニヴフは、民族誌学者が「パレオアジアティクス（Paleoasiatics）」と呼ぶシベリア東部の五つの先住民のひとつであり、その言語にはほかの言語集団とのつながりが見つかっていない。よく知られているように、ニヴフには一から一〇までを数える方法が二六もあって、数えるものの物理的・社会的性質によって使い分けられる。ニヴフは伝統的に半遊牧の漁民であり、空、山、水、火の四つの〝霊的な主（spirit masters）〟を中心としたアニミズムの信念体系をもっている。現在、およそ二五〇〇人いるニヴフの人びとは、そのほとんどが島の反対側の北東部にある石油の町や、その周辺で暮らしている。まず一九世紀終わりにロシア人移民が流入したことで、またのちにソヴィエトの集産主義化のいくつかの段階によって、昔からの集落を追われたからだ。

作家と革命家というふたりのよそ者が上陸した港は、泥と砂のなかに消え去りつつあった。「陸にあがったボートほど悲しいものはないよね」板囲いの隙間からかつての港を見ながら、ナタリアは言った。過去を恋い慕うのは、みずからを慰めるひとつの手段である。それに、よそ者に現在を説明する手段でもある。ずっとこんな状態だったわけではない。ナタリアが子どものときには、町には二万の住民がいて九つの学校があった。いま人口はその半分で、学校は三つしかない。少なくともシュテルンベルクの時代には、この場所には目的があった。いま若者は学校を出ると、すぐにユジノ、モスクワ、ウラジオストクへ逃げていくとナタリアは言う。

町の外れでは、またその後の数日で見た村々でも、人が暮らしている家は多くの場合、何十もの朽ち果て草に覆われた住まいに囲まれていた。そこに暮らすのは野犬と、ときどき姿を現すクマだけである。ナタリアの記憶に残っているのは、山で共産主義少年団（ピオネール）のキャンプが催された快晴の日々、港が栄え、石炭艀（はしけ）から出る黒い塵でビーチがきらめいていて、そのビーチから夏の午後に学校の友だちと家に帰った日々だ。

いまでは石炭産業は消滅し、木材会社はほとんどが日本へ移転した。島の大部分と同じくアレクサンドロフスクも、北東部の油田・ガス田から出る富をほとんど享受していない（二〇一八年、サハリン・エナジーは六〇億ドルの収入を報告しているが、税金のほとんどはモスクワにくすねられている）。タタール海峡の魚は減り、もはや町の漁業を支えられなくなって、海水位があがったため、ナタリアの子ども時代のビーチは、満潮のときも干潮のときも水中に沈んでいる。地球温暖化によって太平洋のあらゆる場所で海水位があがっているが、ナタリアはこの現状を、しかたのないものとして受け入れてはいない。これは自分の国のせいではないと思っている。

チェーホフの到来を記念するさびた銘板（プラーク）の写真を撮っていると、ふくらはぎに激痛が走った。あまりにも強い痛みに面（めん）くらい、ビュリダンのロバのように（同質同量の二つの干し草の真ん中に置かれたロバは、双方からの刺激が等しいためどちらも選べず餓死するという、理性を強調しすぎることをいさめるたとえ話）、悲鳴をあげればいいのか嘔吐すればいいのかわからない。ナタリアが金切り声をあげる。銛で撃たれたような感覚だ。犬――チェーホフが言う「温和なサハリンの雑種犬」の一匹――が、その前に瓦礫のなかの見張り場所から吠えていて、目を細め、いまにも嚙みつきそうな本気の動きを見せていた。こちらが目をそらしたとたん、とても首尾よく仕事をやり遂げたので、犬の見た目の記憶はわたしの頭からすべて消えた――大きかったのか小さかったのか、どんな犬種で何色だったのか。血があまりにもたくさん出ていて、傷をあらためることもできない。靴下を脱いでふくらはぎに巻きつけたが効果はなく、靴が血に浸って、通りがかりの車を呼びとめた。

一時間後、わたしの背中に注射針を刺しながら（狂犬病の注射だと思ったら、破傷風のものだった）、町の診療所の看護師が言った。「書くネタができてよかったじゃない」。にやけそうになるのを我慢して、医師は鼻の穴を膨らませた。わたしは町で唯一のホテル、スリー・ブラザーズへ戻って靴の血をトイレに捨て、抗生物質を飲みこみベッドに横になった。その後のサハリン滞在中はずっと、買い物用ビニール袋を脚に巻き、テープでとめてシャワーを浴びた。翌朝、夜に小さな地震があったと知らされても驚かなかった。サハリンは地震の起こりやすい場所にあるからだが、理由はそれだけではない。

*

翌朝に博物館の館長ミロマーノフと会うと、犬の健康状態について尋ねられた。犬は注射を受けたのかい？　引きあわせてくれたナタリアと館長は、四〇年前にふたりがピオネールのキャンプで見習い教師をしていたときからの知り合いだった。彼女はまるで、彼が有名人であるかのように話した——狭い意味ではたしかに有名人なのだが。彼が自分のことを憶えているとは思わなかったという。「彼はすごいことをしたの。ほんとうにびっくりすること。〝なんでもいいからことばをあげてくれ、詩をつくるから〟って言って。で、まさにそのとおり。ことばをひとつあげると、たちまち完璧に韻を踏んだ詩を口ずさむの。しかも、へぼい詩じゃなくてね」

かつて町長を務めたミロマーノフは、連邦保安局に直接雇われてはいないにせよ、おそらく情報提供者（インフォーマント）だとわたしは知らされていた。情報提供者が珍しいわけではない。フェリーには大きすぎる黒のスーツを着た細身で陰気な顔の男がいて、おそらくわたしを見張るのが彼の仕事だった。のちにはノグリキ〔島中部の東海岸に面した町〕の記念館で、面会の場に——よりあからさまに——ふたりの若い男が座っていて、紹介もないまま、わたしがしゃべっているあいだスマートフォンをいじっていた。それにユジノのホテルの部屋では、アリーサが照明器具や煙感知器を見あげて手を振り、あまり冗談ぽくなく「ハイ、みんな！」と声をかけていた。

ミロマーノフは丸刈り頭でグレーの髭を生やした男で、漁師の顔色をしていた。若い女性を除き、だれに対してもせっかちだ。ナタリアと同じくアレクサンドロフスク生まれで、一時は町長を務めた。その前は世界を旅したという。どのような立場でかと尋ねると話題を変えられたが、あまりにも巧妙だったので、何時間もあとになってようやくそれに気づいた。人気のある男で、ほかの人が慎重な笑みを浮かべて彼へ接しているのを見ると、影響力ある人物としていまなお力を振るっていることがうかがえる。たくさん質問をしたが、二秒以上考えてから答えることは一度もなく、「わからんね！」とぴしゃりと答えるときもそれは同じだった。博物館の館長とは思えず、さらに言うなら町の素人劇団の人気者にも見えなかった。

チェーホフが滞在した場所に建てられた木造平屋の博物館は、一八九六年にシュテルンベルクらによって歴史と人類学の博物館として設立され、ミロマーノフの前には彼の父が運営していた。家族経営のビジネスを投資家に紹介する者の態度で、ミロマーノフはわたしを案内した。部屋はどれも完璧に整っていて、書簡やもの（チェーホフの机、チェーホフのサモワール、チェーホフのあらかじめ印刷された国勢調査用紙）は、ロシアの地方博物館の一部に見られる哀れな特徴――切れた電球、粘着テープを使ったラベル、潜伏する猫――とは無縁の状態で展示されている。清掃係がひとり、部屋から部屋へとわたしたちのあとをついてきて、正教会の聖像（イコン）につく唇のあとをきれいにするために雇われた女性のように、ガラスの展示ケースを拭いてまわった。

シュテルンベルクとチェーホフがここにいたとき、サハリンの流刑徒刑囚（ssyl'nokatorzhnye）には四つの集団があったとミロマーノフは言う。ほとんどは町の刑務所で眠り、足枷はかけられていなかったが、毎日数キロメートル南の海岸にあるドゥーエの炭坑（チェーホフによると「恐ろしい、ぶざまな［…］ところ」[8]）で働かされた。第二の集団は足枷をかけられていて、一日四時間の労働を科された。第三の最も惨めな集団、タチェチニキ（tachechniki）すなわち「手押し車を押す者」は、木の手押し車に死ぬまで鎖でつながれている。タチェチニキが働くことはなく、手押し車はもっぱら足枷として使われていた。手押し車につながれて立つ男たちの写真が何枚かあったが、みんな苦しみに終わりがないことを知る者の、ほとんど恍惚としたような表情を浮かべていた。最後に、少人数の「行政上の」政治的流刑者がいた。その数は一八九〇年の時点で五〇人に満たず、そこにはポーランドの革命家やシュテルンベルクのようなロシアの人民主義者たちが含まれた。

一八九〇年、ぼろぼろのノートを手に有名作家がやってきたのを知ったとき、アレクサンドロフスクの当局は、政治的流刑者であり、囚人の権利を主張するうるさい活動家でもある人物が、その場にいて証言することがないよう手をまわした。シュテルンベルクは一年以上アレクサンドロフスクにいて、まわりの囚人たちへのひどい扱い、とりわけ監督官が恣意的に与える鞭打ちの罰にうんざりしていた。『サハリン島』でひときわ記憶に残る場面が、逃亡に失敗した者に対するシラカバの木の枝での鞭打ちであり、これはニューカレドニアの囚人が経験した鞭打ちについてのアンリ・ロシュフォールの記述と対をなす。えじきになったのは、子ども(『サハリン島』によると「コサックとその孫ふたり」)を殺害して刑に服していたプローホロフという男だった。

プローホロフの髪の毛は額に張りついて、頸(くび)がふくれあがる。五度から一〇度打つと、それまでの鞭で一面みみず脹れになった体は、赤くなったり青くなったりしている。皮膚は一つ打たれるたびに破れて行く。

II

「所長さま！」という声が、金切声と泣き声にまじってひびく。「所長さま！　許してくださえ！　旦那さま！」[9]

チェーホフは「なんだか妙な具合に頸をのばしたり、吐く音がしたり」と書いている。それ以上見ていられず、彼はその場を去った。その数年後に別の訪問者チャールズ・ホーズが書いた本に、鉛が先端についた革ひもの鞭〝プレーチ（plet）〟の説明がある。[10]ホーズは鞭打ち一〇〇回の罰を受けたある犠牲者の話を語る。その囚人は、鉛のついた先端を当てないようにしてくれたらウオツカを一本渡すと執行者に約束した。しかし残り五回のところで囚人は約束を反故にした。「もうおれを傷つけようったって無理だぞ。ウオツカがもらえると思うな！」執行者は無言で打ち方を調整した。さらに三度打つと、男は死んだ。「ひと振りするときにプレーチをうしろへ引くだけでよかった」とホーズは説明する。「鞭の先端で肝臓が傷つけられ、血の塊が心臓へ送られたのだ」

ほかの流刑者の待遇をくり返し激しく非難したのち、レフ・シュテルンベルクはその年に当局から説得されて、抗議をやめると約束する合意に署名した。それに背くと、「サハリンの最も隔離された地方」へ追放するという条件つきである。その後もシュテルンベルクは抗議をつづけ、決められていたとおり八〇キロメートルほど北の小さな集落へ送られた。ヴィヤハトゥという場所で、シュテルンベルクが「民族誌学の洗礼」と呼ぶものを受けた土地である。[11]

一九〇五年に刊行されたシュテルンベルクの『ギリヤークの社会組織』はやや堅苦しい本で

あり、わたしには理解できないところも多いが、囚人のユーモアでページに活気が与えられている。「わたしがこの研究に関心をもつようになったのは」とシュテルンベルクは冒頭に書く。「ある冬の終わりに、不本意ながらタタール海峡のうら寂しい岸辺、アレクサンドロフスクからおよそ一〇〇キロメートルの土地へやってきたからである」（ロシアの読者は、彼がいた場所とその理由がわかったはずだ）。「ここヴィヤハトゥ川河口の広い牧草地では」とシュテルンベルクはつづける。「シカを飼育するツングースや犬を育てるギリヤークといった部族の代表が年に一度の会合をひらく［…］彼らはときに数日間わたしたちとともに過ごすことがあり、お茶とパンと引き換えに、彼らの原始的生活の秘密の一部へわたしをいざなってくれた[12]［…］」。

シュテルンベルクは、一八八四年に刊行されたフリードリヒ・エンゲルス『家族・私有財産・国家の起源』をオデーサの刑務所ではじめて読んだ。ヴィヤハトゥでは、そのエンゲルスの本と、ルイス・ヘンリー・モーガンによる一八七七年の画期的な本『古代社会』を再読する。エンゲルスの本は、このモーガンの著書への応答だった。人間社会の進化がたどる連続的な段階についてモーガンが自身の考えを形成したのは、チャールズ・ダーウィンとの出会いがきっかけだった。モーガンの考えでは、「集団婚」と乱交が普通の状態である「野蛮（savagery）」から、夫と妻が緩やかにペアとなる「未開（barbarism）」へ、そして現在の段階である一夫一婦制（モノガミー）の「文明（civilisation）」へと移行する。「人類の一部が野蛮状態に、他の一部が未開状態に、更にまた他の一部が文明状態に在ったことは否定しえないが」とモーガンは書く。「それと同様にこれら三つの異なった状態は進歩の自然的かつ必然的な系列において、相互にことになる。

関連していることもまた否定しえないことのように思われる」[13]。三つの段階を経るこの社会の進化——野蛮、未開、文明——は、シュテルンベルク自身の民族誌学で中心的な位置を占めることになる。

シュテルンベルクの研究がもっぱら目を向けるのが、ギリヤークである——現在ではニヴフという名が当事者たちからは好まれている。「彼らの言語はまったく知らないが、ギリヤークがさまざまなカテゴリーの親族を指して使うことばには、最初から強い印象を受けた」[14]。そしてこう説明する。「子どもたちはイムク（imk）つまり母さんという共通の名で、自分の母親だけでなくその姉妹や、父親の兄弟の妻たちすべてにも呼びかける。同様に、多少のバリエーションはあるが、子どもたちは父親とその兄弟みんなにもツヴング（tuvng）と呼びかける」[15]。その後、こうした氏族の関係とそれを表現するのに使われる言語が、シュテルンベルクにとってヴィヤハトゥでのもっぱらの関心の的となる。シュテルンベルク自身、「社会組織」の研究はサハリンへ来るきっかけとなった政治活動の延長線上にあると考えていたのか、仮にそうだとしたらどれほどそう考えていたのかはわからない。疑いの余地なくわかっているのは、のちにほかの者たちがみずからの政治的目的を追求するために、この研究を利用することである。

その小さな土地をおおいに神話化していたわたしは、くり返しヴィヤハトゥのことを考え、ぼんやりとしたそのイメージをもてあそんでいた——近くまで来たいまはなおのことだ。アレクサンドロフスクが〝世界の果て〟なら、ヴィヤハトゥは宇宙ステーションである——打ち捨てられた宇宙ステーション。そこには「見るべきものは何もない」とミロマーノフは言い切ったが、春の洪水で道路が流されていなければ、また必要な燃料と飲み物をわたしが提供するのなら、そこまで連れていってくれるという。すでになじみになっていた町の薬局で、わたしは包帯を買いこんだ。

＊

午前五時、へこみのある赤のランドクルーザーが、アレクサンドロフスクの中央広場に入ってきた。後部座席にいる男を紹介する前に、ミロマーノフはスザンヌをわたしに紹介した。車の名前だ。「車に名前をつけるのは大切だ」そう言ってダッシュボードを軽く叩く。「運転したら、すぐに彼女の名はスザンヌだってわかった」

後部座席の男はミロマーノフの友人で博物館のマネージャー、ウラジーミルだった。ほとんど口をきかなかったが、ヴィヤハトゥまでの道中はずっと小声で歌い、ウオツカを配給していた。ウラジーミルとミロマーノフは、迷彩の釣り用オーバーオールを身につけていた。トランクには防水長靴と釣り道具が入っていて、ウラジーミルの隣には赤軍合唱団が指示(キュー)を見落とすのにじゅうぶんな量のウオツカがある。

わたしはサハリンの地図帳でヴィヤハトゥの場所をあらかじめ調べておいたが、現在の村はシュテルンベルクの時代のものではなかった。彼のヴィヤハトゥは、ミロマーノフが〝旧ヴィヤハトゥ〟と呼ぶ場所で、一・五キロメートルほど北の入江の向こう側にあり、ボートを使わなければたどり着けないという。地図を見るとたしかにあった。シュテルンベルクの「ロシアン・パレスチナ」。森と海に挟まれた特徴のない平地で、ネジル（nezhil）と記されている。〝無人〟という意味の略語だ。

冬と夏のあいだの耐えられないほど湿っぽい時期だった。土が雪から解放されたと思ったら、今度は水びたしになるとき――ラスプーチツァ。わたしたちが通る道を横切る野ウサギたち――不運の前兆だとミロマーノフは言う――は、まだ白い冬の毛皮を脱ごうとしている最中だ。轟音を立てて流れる茶色い川には、たわんだ木の橋がかかっていて、そこを渡るのは運命に身を委ねる行為のように感じられた。道はところどころにある漁村を抜けていく。それらの村の名前は、チェーホフとシュテルンベルクの本で知っていた。ムガチ、タンギ、ホエ、トラムバウス。季節の変わり目で、一年のなかでも特別な時期だとわかっていた。何もかもが雪に押し流され、光はあまりにも平板なので、揺さぶりをかけて美しく見せることもできない。

ミロマーノフは植物の名をひとつも知らず――「知らないって！」――、わたしが座席で身体をひねってよく見ようとした日の出にも心を動かされなかった。彼の自然界との関係は、もっと本能的なものだった。

「世界中のあらゆる場所へ行った。ほんとうに、どこもいっしょだよ――ロシア、スコットランド、アメリカ……。でも釣った魚を放さなくちゃいけない国には暮らせなかった。どうして？　どうして？」

指で銃をつくり、自分のあごの下を撃つ。

道が分かれるところで車をとめ、ウラジーミルがブリキのカップにウオツカを分けて、それぞれがドアをあけて道路へカップの中身を注いだ——その先はニヴフの土地なので、その神ボルドホ（Bordh）へ捧げるのだ。この行為に皮肉なところは何もない。ニヴフの考えではこれは、献酒というよりも滋養を与える行為である。ウラジーミルがまたみんなのカップにウオツカを注ぎ、わたしがイギリス風に乾杯の音頭をとった。〝サハリンへ〟（アルコールのせいで気が大きくなっていた）。「ちがう！」ミロマーノフが吐きだすように言う。「サク‐ハ‐リン！ ケツ‐の‐穴」。これもまた天地学（コスモグラフィー）だ。

*

ヴィヤハトゥ——〝新ヴィヤハトゥ〟——は砂丘の縁にあり、轍（わだち）のついた十字路のまわりに明るい色に塗られた木造家屋が立つ集落だった。小さな農地の外で、オベートと会った。入江の向こうの旧ヴィヤハトゥへ船で渡してくれる漁師で、全長一メートルの冷凍サーモンを肩にかついでいる。

そこから三キロメートルほどの入江の口にある彼の釣り用宿営地は、エンジンブロックと船の扉の解体処理場だった。古いオレンジのバスが小屋として使われ、その窓枠は隙間風を防ぐ発泡プラスチックでふさがれている。車台の本来ならば車輪があるところには、先を曲げた長さ二五センチメートルほどの鉄パイプでつくられたそりの滑走部が溶接されている。潮を待つ

II

あいだ、わたしはバスのなかでうとうとし、ミロマーノフとウラジーミルが釣り糸を早瀬に投げ入れるのを見た。ふたりはこのためにここへ来たのだ。

二時間後、潮の流れが変わって、オベートは水の深さがじゅうぶんだと判断した。ミロマーノフはため息をつき、くるぶしまでの長さがある油脂加工したコートを着た。海は波が激しく、荒れていて、すさまじく冷たく、なかば沈んだ木の幹や枝を揺らしていた。ボートの舷側は引き潮に猛然と抗い、舳が水をすくう。待ったほうがよかった。熱狂的な波はたちまち船体を満たすか、だれかひとりを——わたしを——船外に放りだすかもしれない。服の袖、ズボン、髪、脚の包帯、すべてがたちまち水びたしになった（あとで釣り用宿営地へ戻ったときに、ようやくわかった。わたしが金を払っていなければ、オベートは危険を冒してまで船を出さなかったし、ウラジーミルとミロマーノフの笑い声は、不安に駆られた笑い声だった）。一五分後、赤面して息を切らし、アドレナリンをすべて使い果たしたわたしたちは、流木で覆われた浜にボートをあげ、砂っぽい崖をよじ登って岬へあがった。

「何もない！」平地が広がるのを見て、ミロマーノフが勝ち誇ったように言う。言ったとおりだろうと。

半遊牧民のニヴフにとって、岬は昔から中継地点だった。ニヴフはここから二キロメートル離れたところに野営地をもっていて、移入民のだれよりも土地のことをよく知っていたため、ニューカレドニアの特定のカナック氏族と同じように、逃亡した囚人を連れ戻すために雇われていた。アレクサンドロフスクやドゥーエの炭鉱から逃げた者のほとんどは、夏であってもサハリンの未開地で長く生きのびることは望めなかった。「死にたい気なら、どこへなりと行くがいいさ」コロレンコの「鷹の島脱獄囚」で、古株の囚人が新参者に警告する。シュテルンベルクは、この物語をペテルブルク号の船上で読んだ。「島はでかいし、どこも禿山と密林だ」。だが逃亡は完全に不可能である。「俺たちに残された道は——北に向って、どこまでも岸づたいについてゆくことだ。海峡がある。海の方でちゃんと道案内してくれるよ。三百露里［およそ三二〇キロメートル］も行くと、海峡がある。狭い場所だ。だからここでボートでアムールの側へ渡るのだ。／——ところで、ただお前に言っておくがな、若いの」としてこうつけ加える。「ここだっても容易じゃないぞ、というのは、歩哨線のそばを通って行かなけりゃならないから」[16]

釈放された元囚人が暮らす五つの家のほかに、ヴィヤハトゥにはシュテルンベルクとともに少数の兵士が駐屯していた。タタール海峡の最も幅が狭い地点、ポギビへ向かう逃走囚人が通る場所として知られていたからだ。「みんなと同じく、彼らの望みは」とシュテルンベルクは書く。「逃亡者をひとり捕らえるたびにもらえる、三ルーブルの賞金を手にすることだった」[17]

「何もない！」背の高い草のなかを歩きまわりながら、ミロマーノフがまた言う。ウラジーミルとオベートは、ボートのそばに立ってたばこを吸っている。ほとんど何もない。背の高い枯れ草に覆い隠された、建物の土台のせり上がった輪郭。やぶに包まれた井戸の枠。数本の材木。ビルベリー、発育が妨げられたトウヒ、芽を出しつつある棘の生えた低木の一種……だがそのほかには、平地の北の境目になっている森の暗い端と、溶鉱炉からの流出物のように海に向かって広がる入江しかない。

シュテルンベルクはこの場所を「何もないタイガのなかのうら寂しく打ち捨てられた墓場」と呼ぶ。[18]「雪の積もった大草原の上に陰鬱な空が低く垂れこめていて、濃い霧に囲われた草原の先は、どうやらこの世の果てらしい」

ナ・クライ・スヴェタ（na krai sveta）――また〃この世の果て〃だ。しかしシュテルンベルクには、別の世界のはじまりだった。最初は兵士たちの小屋の片隅についたてで仕切られた空間を与えられただけだったが、やがて自分の小屋をもらい、そこをある種のわが家にできた。壁に友人たちの写真を飾り、そのなかにはクロリのものもあった（当時、シュテルンベルクに恋人はいなかった）。柔軟体操をし、薪を割って、英語の勉強をした。夏には水泳までしている。それに、もちろん本も読んだ。ダンテ、ウェーバー（『ギリシャ史』）、エンゲルス。「だれかに会いたいと思ったときは、高潔な守衛を呼ぶ」とシュテルンベルクはクロリに書く。「妻を殺した大男で、神のこと、人びとのこと、高遠なこと全般を彼に話す[19]」

シュテルンベルクは、雪の吹きだまりがたくさんあるタイガを散歩して、ためらいがちな緑の印に元気づけられた。水びたしの土から顔をのぞかせる「白い花」に――ミズバショウだろうか？　おそらく少年時代にジトーミル近郊を散歩したときのことを思いださせたマツの香りに。西の森でのルイーズ・ミシェルのように、シュテルンベルクはここにささやかなやすらいの場を見いだした。集落では数少ない話し相手と語らうことで「生活につなぎとめられていた」が、頭のなかの「空虚さ」のせいで仕事ができないと不満を漏らしている。[20]「空虚さ」（「空っぽ」や「空白」とも訳せるpustota〔プストター〕）についてはそれ以上語っていないが、ニューカレドニアのコミューン支持者たちの手紙にくり返し見られることば――ル・ヴィド（le vide）――を彷彿とさせる。たとえばミシェルとともにデュコ半島へ閉じこめられていたジョアネス・カントンは、みずからのノスタルジーを「膨れあがった空虚さ」と表現している。[21]

シュテルンベルクは三〇歳だった。オデーサにいる母の助言を憶えていただろうか？「あなたはやさしい子で、神は公正なの。神はどこにでもいて、サハリンにだっている。神があなたを見捨てることはないから」[22]。復活大祭前夜のある日、ヴィヤハトゥでともに暮らす数少ないロシア人――元囚人、守衛、賞金稼ぎ――が、教育を受けたこの仲間に嘆願した。最寄りの教会は何キロも先なので、復活大祭の礼拝を執りおこなってくれないか？きみがユダヤ人であってもかまわない。

記憶を頼りに、シュテルンベルクは山上の垂訓（すいくん）を暗誦した。心の貧しい人びと、悲しむ人びと、飢え渇く人びと、憐れみ深い人びと、妻を殺した人びと――人里離れたこの岬にいて、それぞれいちばんきれいなシャツを身につけたわずか数人の聞き手は魅了された。「最後の行を口にしてすらいないのに」とシュテルンベルクは振り返る。「奇妙な音が聞こえだした。ひとりのすすり泣きが、すぐにその場の全員の大きなすすり泣きに変わった」[23]

＊

アレクサンドロフスクの行政は、島の先住民を監視することに戦略上の関心をもっていたので、シュテルンベルクが残りの刑期を過ごすあいだ、島の北部の集落へ何度か「人口調査」の遠征をする自由を与えた。チェーホフはすでにモスクワへ戻っていたが、絶え間なく苦情を申し立てる厄介なユダヤ人を忙しくさせておくことは当局の利益にかなっていた。

最初の遠征は島へ来て二年弱のとき、ヴィヤハトゥへ移された一一か月後におこなわれた。「一八九一年二月六日、犬に引かれたふたつのそりで——ひとつに一か月分の食料を積んでわたし自身が乗り、もうひとつに通訳が乗った——最初の旅をはじめた」[24]

この遠征では、ヴィヤハトゥの北の凍てついたタイガと沼沢地を抜け、島の北西海岸沿いに点在する冬の漁村を訪れた。ニヴフ語を話せなかったため、シュテルンベルクはロシア語を話すオボンという名のニヴフの男性（ソヴィエト時代まで、ニヴフの人びとには父称も姓もなかった。必要なかったからだ）と、ニヴフに詳しいロシア人のそり使いをひとり雇った。オボンはロシア語がたどたどしく、（シュテルンベルクによると）無礼な性格だったが、「頭のよさと弁論の技術で有名」であり、「大きな情熱と活発な知性」の持ち主だった。犬に与える魚の干物がなくなったため、一か月後に旅は中断される。その地域で暮らすニヴフ一〇四〇人——ほぼ全員——の人口調査を実施し、シュテルンベルクはそり使いとオボンとともにヴィヤハトゥへ戻った。どうやらシュテルンベルクは、首長たちになかばシャーマンだと思われていたようだ。薬をもっていたからである。それになかばスパイだとも思われていて、本人は可能なかぎりアレクサンドロフスクのうしろ楯から独立していたいと望んでいたとはいえ、実質的にはそのとおりだった（サハリンへ送られるきっかけになった急進主義——『政治的テロ』のパンフレットを思いだしてほしい——にもかかわらず、シュテルンベルクはロシアがここにいる権利に疑問を呈したことは一度もなく、さらにいうなら、受刑者による労働を疑問視することもなかった。ただし「植民地化は［…］先住民の苦しみを最小限に抑えるかたちで実行されるべきである」と主張してはいた[25]。

シュテルンベルクはフィールドワークが好きになったが、それ以上に、頭の「空虚さ」を埋めてくれるように思われたタイガの広大さと、長年の監禁——オデーサの刑務所、ペテルブルク号の船上、アレクサンドロフスクの煙たい小屋、島同然のヴィヤハトゥ——のあとでは、無限のように感じられたにちがいない自由が好きになった。日記にこう記している。

詩情にあふれ、きわめて教育的でもある美しい記憶の数々は、永遠にわたしのなかに残るだろう。神経質な人間であるわたしは、［ニヴフの人びとの］生活と密に接することで落ちつき、力を得られることがわかった［…］ギリヤークの小さなボートに横たわり、景色のいい急流をオホーツク海まで下るのがどれだけすばらしいか！［…］明るい火の光に照らされた木の天蓋の下で過ごす夜、テントのなかで熊の毛皮のラグに座り、新刊本を読んで過ごす雨の日がどれだけすばらしいか！[26]

六月、ノートをまとめたシュテルンベルクは二度目の遠征に出発し、トゥイミ川をボートで下った。この川は島の中央山脈のまんなかに源を発し、曲がりくねりながら北東海岸にある現在のノグリキに達して海へ流れこむ。「東海岸のギリヤークについて、ひときわ怪奇な伝説が西海岸のロシア人とギリヤークのあいだで流布している。彼らは〝黒ギリヤーク〟と呼ばれ、あらゆる種類の悪徳をもつとされる」[27]。そうした悪徳の筆頭が、案の定、人食い(カニバリズム)だった。東海岸のギリヤークが何も知らないよそ者を捕らえると、小屋に閉じこめて魚を無理やり食べさせ、しかるべきときに殺害して鍋で調理するのだと広く伝えられていた。入植者が先住民のカニバリズムについて語るときにはたいていそうだったように——ニューカレドニアのフランス人にとってカニバリズムは、カナックの他者性を裏づける何より恐ろしい証拠だった——、ロシア人の不安に根拠はなかった。東海岸のニヴフの氏族は、西海岸の者たちと変わらず親切だった。それにもかかわらず、シュテルンベルクが食べられたという知らせが広がる。「アレクサンドロフスクへ戻ると、島の総督が犯行現場へ派遣隊を送ろうとしているところだった」

シュテルンベルクは一か月を費やし、ボートやトナカイの背に乗って東海岸を南へ旅した。「その地域の人が暮らしている場所はすべて訪れることができ、詳しい人口調査をするとともに、人びとの暮らしと信仰についても観察をつづけられた」[28]。晩夏の雨とともにサーモンが産卵をはじめるころ、シュテルンベルクはトゥイミ川を上流へ向かい、島の反対側へ戻った——「困難と窮乏に満ちた一一日間だった。食料が尽き、川の両岸はクマだらけだった」。その年の残りはヴィヤハトゥで過ごし、調査ノートをまとめて複雑なニヴフ語をゆっくり解きほぐしていったが、「文法と音声体系はあまりにもむずかしそうで、学ぶ希望はすべて捨てた」。

それでもその後の二年間で西海岸の方言に堪能になり、さらに数度の遠征をおこなっている。島の南部を訪れ、また北端部のマリア岬を調査したときには、帰りの船旅であやうく溺れかけた。その後、一八九五年にはロシア本土で数か月過ごして、アムール川河口のニヴフと生活をともにすることを認められた。明らかにサハリンの当局は、シュテルンベルクが戻ってくることを疑っていなかった。そもそも逃げたとしてどこへ行くのか？　陸も海と同じぐらい過酷だった。それに、いまや彼にはやるべき仕事があった。

新ヴィヤハトゥへ戻るわたしたちの船の旅は、往路よりもスムーズだった。少なくともそれほど恐ろしくはなかった。釣り用宿営地では、ウラジーミルがバスの陰で火を熾し、その上で水が入った鍋を流木の湾曲部に吊した。じゃがいも、ディル〔ハーブの一種〕、粉末だし、釣ったサーモン、塩、レモン汁、野生のネギ、たくさんのウオツカ。バスのなかで食事をしながら、タタール海峡へ絶え間なく流れこむヴィヤハトゥ川を眺めた。その向こうには旧ヴィヤハトゥがある。わたしたちは、もうだれもそこへ足を踏み入れないだろう。ミロマーノフが言っていたとおり何もなかった。空虚（プストター）。だが、シュテルンベルクとなんらかのつながりをもちたいというわたしの気持ちは満たされた。荒涼としたその土地は、シュテルンベルクにとって人生できわめて重要な意味をもつ場所だったのだ。

3

ミハイルは六〇歳で、ラムシュタイン〔メンバー全員が東ドイツ出身のロックバンド〕の初期のハードな曲しか聴かない。「デュ・ハスト」と「ムター」をくり返しかける。背骨が砕けそうな島の道路での唯一の音楽。ミハイルはエコシェルフという企業で運転手として働いている。

同社は原油流出への緊急対応を専門とする会社で、ノグリキのエクソン・ネフテガス社の取引先だ。ミハイルは一六〇キロメートル北にあるサハリンの石油・ガス産業の中心地、オハまでわたしを車に乗せてくれた。

その前にわたしはアレクサンドロフスクを発ち、シュテルンベルクと同じくトゥイミ川に沿って山脈を抜けて、オホーツク海に面した石油の町ノグリキへたどり着いていた。オハへ発つ前日、ノグリキの文化会館で館長ユーリイがわたしの肩に腕をまわし、〝特別展示〟なるものへ案内してくれた。カーテンをあけると、ソヴィエト時代の寝室の実物大モデルが姿を現した。ノグリキ市民から寄贈されたさまざまなものが置かれている。蓄音機、アコーディオン、ミシン。それにスチールフレームのベッドの上には、愛情をこめてタペストリーに描かれたレーニンの肖像がかかっている。ユーリイは闇市のたばこを見せつける者のような、誇らしげであると同時に慎重な表情でわたしの反応を待っていた。ここでいちばん人気のある展示なのだという。「高齢のかたはよろこんでここへ来て、じっと座っているんです」

オハの北の道路は、両脇に黒い沼地から突き出た枯れたモミの木が並んでいる。道の左右はタイガで――ここではシラカバよりもカラマツとトウヒのほうが多い――、右はオホーツク海、左側はタタール海峡までずっと広がっている。荒れた道に入ると、ミハイルは「ファッキン・ブ、ブ、ブ、ブルシット！」とうなり声をあげ、アスファルト舗装が戻ると、「ファッキン・エクセ、セ、セ、セレント！」と声をあげた。

なんの前置きもなく彼はたばこに火をつけ、三〇歳の息子が――そこまで言って輪縄（わなわ）を首にかける身振りをした。去年、首を吊ったのだという。最初の結婚でできた息子だった。「人生はつらいですね」わたしは思わず口にし、ミハイルはこちらを一瞥(いちべつ)して鼻を鳴らした。左の親指には、故郷ウラジオストクのサメのタトゥーがある（サハリン沖はサメには寒すぎる）。さらに北へすすむと、山が少なくなり沼は砂地に変わった。

＊

オハにはヒグマがたくさんいる。フロント（訪ねてくる石油関係者のために町にはホテルがひとつある）には『ゴルディロックスと三匹のくま』に出てくるような一家三匹がいた。ビーズのネックレスをつけたお母さんと、ロシアの旗を握ったお父さん。近くの博物館には二・七メートルほどのやつが一匹いて、撃たないでくれと殺害者に嘆願するかのように、左右の前足をあげて口をひらいていた。ぬいぐるみのたぐいだけでなく、ほんものもいた。森のなかやラグーンのまわりに。伐採道路や石油施設に。川が汚染されてサーモンがいなくなり、森も完全に伐採されたので、クマたちは空腹のために大胆になっている――村に入ってきてだれかのマスティフ犬を食べたり、農家の畑からじゃがいもを掘りだしたり。四八〇キロメートル以上も南のユジノの上にあるスキー場にまで姿を現していた。ひとりでハイキングに行くような場所ではないと言われ、そもそもどうしてそんなことをするのかと尋ねられた――ひとりでハイキングに行く？

シュテルンベルクはニヴフの一年の中心行事、冬のクマ祭りを「ギリヤークの生活のおそらく最も晴れやかなとき」と記している。[29] 幼いときに捕えられたクマが数年間、囲いのなかで愛情をこめて乳を与えられ、かわいがられて、太らされ、やがてその日が訪れると殺されて、一族と客人にふるまわれる。ユジノの博物館でわたしは、そうした行事のミニチュア・モデルに目を奪われた。建築家の模型のように緻密につくられたものだ。みんなに愛されているクマが鎖につながれていて、数時間にわたって血を流し、そのまわりで村人が畏敬の念を抱いて哀願しながら立ったりひざまずいたりしている（おそらく何よりすごいのは、すべてが――一見したところマホガニーを彫ったもののようだ――名前のわからないだれかが、おそらくアレクサンドロフスクの腹を空かせた囚人が、パン生地のほかは何も食べずに彫刻した作品だということだ）。「食べ物をふんだんに与えられて崇められた生贄のクマは、一族の者を日々守ってくれる」とシュテルンベルクは説明を加える。

一八九一年夏の二度目の遠征でシュテルンベルクが北東海岸を歩き、そりで滑り、船で下ったとき、オハはほぼ無人で、原油は試掘者によって発見されたばかりだった。町の名はニヴフ語の「悪い水」に由来する。ある冬にシカ飼いがこの場所へいき着いた。シカと犬は渇きのせいで弱っていたが、水は悪臭を放つ沼地で固まっていて、水たまりも薄膜で覆われ虹色になっていた。動物たちはそれに触れようとせず、無理に飲んだ男は吐き気をもよおした。「オハ」は生命を支えられない場所であり、この世の恵みが損なわれた場所だった。

現在、この町には二万一〇〇〇人ほどが暮らしていて、ほぼ全員が直接あるいは間接的に原油によって暮らしを立てている。部屋がひとつしかない〈ハクナ・マタタ〉という英語学校の外で、一四人の生徒といっしょに写真を撮ってほしいと頼まれた。生徒はエクソン社のロシア人およびウクライナ人管理職の聡明な子どもで、少年たちはリーボック〔アディダスの子会社〕のフーディーを身につけ、少女たちはギンガムのスカートを穿いていて、みんな一分の隙もなく礼儀正しい。町の広場に立つレーニン像の下では、脇に寄せられた雪の塊が雨に蝕まれていた。それぞれの角に女性がひとりいて、野生のネギの束を並べ、風が吹くなか手をこすりあわせている。オハの醜さは貧困や放棄や孤立の醜さではない――〈ハクナ・マタタ〉のほかにタリアテッレを出すアメリカ風のビストロもあって、屋内の市場は人でにぎわい、目抜き通りは歩行者専用になったばかりだ。醜いということばは、町に漂うかりそめの雰囲気に当てはまる。サハリン――わたしの故郷の島よりもはるかに自然が残っている島――のほかの場所では、自然を間借りしている感覚がこれほどまでに希薄に感じられることはなかった。いつトイレから原油が噴き出してきてもおかしくない。町が目を覚ましたら、森からクマが群れをなして姿を現していて、ぬいぐるみの親類の敵(かたき)をとりにくるかもしれない。

＊

エクソン・ネフテガス社に解雇される違反行為のなかに、酒びたりになることとクマに食べ物を与えることがあるとアレクサンドラが教えてくれた。彼女は地域最大の雇用主、エクソン

II

社の「コミュニティ・コーディネーター」である。コミュニティ・コーディネーターは何をするのか？　いいことであれ悪いことであれ、人びとが同社について考えていることを会社が把握しておけるようにするのがその仕事だという。エクソンが人びとのことをどう考えているのかはわからなかったが、町、地域、島をエクソンが支配していることは疑問視されていないようだ。原油がなければオハは存在しない。エクソンがなければ雇用もない。北部に点在し、いまも残るニヴフのコミュニティは、エクソンの補助金に頼っていて、学位をもち同社に直接雇われているアレクサンドラは、ニヴフのなかでは例外的な存在である。たいていのニヴフの人はじゅうぶんな資格がなく、最底辺の仕事にすら就けないという。ただ、腐敗が蔓延しているとはいえ（「腐敗」ということばを聞くと、みんな一種の苦痛に満ちたよろこびを含む笑い声をあげる）、人種主義（レイシズム）の問題はなかった。ここではその概念に対応する訳語がないかのようだ。それでもやはりニヴフのコミュニティは、非ニヴフの近隣コミュニティよりも明らかに物質的な欠乏状態のもとで暮らしている。一九九〇年に当時の大統領ボリス・エリツィンがルブノフスクの村を訪れた。ヘリコプターから降りたった大統領は周囲を見まわし、ざわめく群集にこう語りかけたという。「なんて恐ろしいところだ！　本気でここに暮らしているのか？　こんな場所があるとは、ロシア人として恥ずかしい」[30]

アレクサンドラは白髪を短く刈りこみ、めがねに紐をつけている。いつもおどけた笑顔をしていて、それは自分が基本的には幸運だとわかっている人の笑顔だ。彼女は故郷の村ネクラソフカへわたしを招いてくれた。二五キロメートルほど北東へ行った巨大なラグーンの端にある、

黒い川の島
サハリン

カラマツ林のなかの村だ。午後四時にオハのオフィスへ行くと、アレクサンドラはぴかぴかのランドクルーザーに乗って待っていて、隣には運転手の若い男がいた。

　オハから西へ一・五キロメートルほどのルブノフスクの油田の端で、アレクサンドラは運転手に命じ、赤、白、青に塗られた発電所の横へ車をとめさせた。樹木を剥ぎとられた山腹では、何百ものポンプジャックがうなずくように上下に揺れ、地中から原油を吸い出している。わたしは原油が混ざった水たまりを踏んだ。空気は炭化水素のきつい悪臭がする。悪い水。小川の流れは一段高くなった木製の水路へ向けられ、発電所の冷却に使われて、出てきたときには泡だって硫黄色になっている。

「わたしが子どものころは、男の人たちがこの川で釣りをしていたの」近くで育ったアレクサンドラは言う。「いまは油と粉塵（ふんじん）」

　三〇分後にたどりついたネクラソフカは、砂っぽい通りが碁盤の目のように走っていて、現代的な住宅地が並んでいた。「コーディネーター」として働くかたわら、アレクサンドラはサハリンのニヴフ語新聞『ニヴフ・ディフ』紙の特派員も一六年にわたって務めていて、その新聞社のオフィス（オフィス兼人類学博物館で、ひとつの部屋にはガラスケースが並び、サーモンの皮のチュニック〔丈の長い上着〕やシラカバの樹皮でできた一〇〇年前のゆりかごが展示されていた）で、わたしたちは腰を落ちつけてお茶を飲み、ジャムとパンとニヴフの珍味〝モス（mos）〟を食べた。モスは甘みを加えたアザラシの脂と魚の皮にベリーをちりばめたもので、ラードのようなゼリー状（アスピック）の食べ物である。ラグーンのそばを通りすぎたときには氷の名残があったが、午後の空気は暖かく、ひらいた窓からは犬が吠え、子どもが大声をあげるのが聞こえてきた。

アレクサンドラはオハ郊外の村で育った。その村では、〝タタール人〟とウクライナ人のなかにニヴフはふた家族しかいなかった。祖父母はニヴフ語を流暢に話し、その親類はほかの言語を知らずに、ロシア語すら話せなかったという。サンクトペテルブルクで学んでいた一七歳のとき、アレクサンドラは教員のひとりがニヴフ語で話すのをたまたま耳にして、そのことばに聞き憶えがあるだけでなく、なぜか意味を理解できることに気づいて驚いた。忘れてしまったことばだと思っていたからだ。

「昔の暮らし？　昔の暮らしは消えてしまった。いまの世代は、ニヴフの文化を何も知らないの。自然なことでしょう。インターネットで育ったんだから。ニヴフ語を話すのはお年寄りだけよ。若者はロシア語だけ」。ただ、ノスタルジアには力を与えてくれるものがある。「ソヴィエト時代のほうがいまよりずっとよかった。無料で教育を受けられた。どこにでも旅をできた。仕事を見つけられた。いまは教育を受けていても仕事は見つけられないでしょ。お金がなくてどこにも行けないし。みんな病気になったときに療養所へ行けるようにお金を貯めようとしている。政府は助けてくれないから」。お決まりの笑い声。未来については、「川は流れていて、すべては変化している。政策は変わって、人生も変わる。過去に戻ることなんてできないの」。

ニヴフの人びとにとって言語消滅の先触れになったのは、コミュニティの解体ではなく、その反対の集産主義化だった。分散していた半遊牧民が定住と異郷生活へ追いやられた。「わたしたちにはとてもむずかしかった」とアレクサンドラは言う。「ソヴィエト時代が終わると元へ戻ろうとしたけれど、すでにインフラ、映画、店、コミュニケーションに慣れてしまっていて。もう魚とベリーだけでは生きていけなくなっていたの」。過去は消え、故郷も消えた。ことばは水から立ちのぼる霧のように消滅した。わたしはニューカレドニアのことを思いだした。ひとりが場所を追われると、それがきっかけとなってほかの人も場所を追われ、次々と連鎖反応が起こる。流刑者が流刑者を生む。ただし島の先住民には復旧の可能性はない。かつての場所は過去と同義であり、元に戻すことはできない。

＊

一八九四年に皇帝ニコライ二世が即位したとき、政治的流刑者の多くの刑期を三分の一短縮する命令が出た。なんらかの理由でシュテルンベルクは除外されたが、おそらく厄介者としての評判のためだろう。一八九七年五月、もともとの一〇年の刑期を一七か月残すのみのところで、ようやく帰郷を許された。

長期的な民族誌的フィールドワークの価値を（意図せずして）証明したほかに、サハリンで、シュテルンベルクは、正確に何を成し遂げたのだろう？　ニヴフの神話を記録し、ニヴフの宗教と言語について大量のデータを集めたのに加えて、民族誌学上の最も重要な功績は、きわめて複雑なことで知られるニヴフの血縁関係の制度を記述したことにある。かいつまんでいうと、シュテルンベルクの考えでは、ニヴフ社会のすべてのメンバーは「妻を与える（wife-giving）」

一族と「妻を受けとる（wife-taking）」一族にはっきりと分けられる。ある一族の男性はだれでも、妻を与える一族の同世代の女性たちに性的にアクセスする権利をもち、そこには妻の姉妹も含まれる。そして同様の仕組みで女性もみな同じ権利をもつ。さらにいうと、ニヴフの人びとは一族の外部の者とのみ結婚するが、三つの氏族による連合体の内部で結婚する。したがって、モーガンとエンゲルスの分類によると、ニヴフ社会は「野蛮」の実例である。シュテルンベルクがクロリへ書いているように、「まさに［モーガンが説明していた］イロクォイ氏族とサンドウィッチ諸島のプナルア家族のような親族用語と氏族制度を発見した。ひとことでいえば、モーガンの理論の土台になっている婚姻形態の名残だ[31]」。『ギリヤークの社会組織』ではもっと具体的に書いている。「ギリヤークの親族と婚姻の制度は、モーガンの根本的な仮説を完全に裏づけている」――だがそれにとどまらず、「モーガンの場合は関係を示す用語にもとづく単なる臆測だったが、ギリヤークのなかではそれが完全に実現されている[32]」。シュテルンベルクの針路は定まった（ニヴフの針路も）。ただしシュテルンベルクは、ニヴフの人びとが使う親族用語は思っていたよりも秩序だっておらず、現実をそのまま反映してもいないことに気づく。「みんなが純血の貴族だと思っていた」とシュテルンベルクはのちに認めている[33]。

集団婚についてのエンゲルスの記述を見つけたことでシュテルンベルクが刺激を受けたのだとしたら、エンゲルスもまた、サハリンから発信されたシュテルンベルクの最初の調査報告を読んで同じぐらい興奮を覚えた。一八九二年一〇月の『ロシア報知』紙（*Russkiye Vedomosti*）

に掲載されたその報告では、「一連の男たちと一連の女たちのあいだで相互に性的交渉をもつ権利が、十全におこなわれていることが明白に確認」されているとエンゲルスは言う。[34] シュテルンベルクが書くように、「ギリヤークが〝妻〟ということばを女性の集団に用いるとき、その女性たちはあらゆる意味で彼の妻である。ギリヤークがよく知られた男性の集団を〝父〟と呼ぶとき、その男性たちは実際にその人物の母親へ性的にアクセスする権利をもつ」[35]。

エンゲルスの考えでは、これは、『家族・私有財産・国家の起源』に書いたことと、ルイス・ヘンリー・モーガンが主張していたことを、すべて裏づけていた――「集団婚」が「ほぼ等しい発展段階にある原始諸民族」のあいだでつねに見られることがわかり、社会進化についてのマルクス主義理論が裏づけられただけでなく、すべての「財産」が共有される「原始共産制」で集団婚がきわめて重要な要素だったことも確認されたのだ。

エンゲルスの（またその延長線上でマルクスの）見解では、資本主義はその本質からして単婚で父系制である。父親が相続者の父であると確信をもてるのは、女性の性的貞節を重視する体制においてのみだからだ。「行政における民主主義、社会における友愛、権利の平等、普通教育は」とエンゲルスは書く（厳密にはエンゲルスが引用するモーガンのことば）。「次代のヨリ高度な社会段階の、手ほどきをするであろう」。最後の一文は強調されている。「それは、昔の氏族の自由・平等・友愛の復活――だがヨリ高度の形態での復活――であろう」（氏族は女性の祖先を通じてつながっている集団である）。

シュテルンベルクはマルクス主義に懐疑的だったが、彼の研究はソヴィエトの大義を支えるのに利用された。一方で真の〝野蛮人〟ニヴフたちは、共産主義が、共産主義だけが、人類の自然状態であることの証明であると見なされた。

*

その後の二日間で、モスクワ行きの飛行機に乗るために列車を乗り継いでユジノサハリンスクへ向かうあいだに、WhatsApp のメッセージがいくつか届いた。ひとつ目は、サハリン8号のフレンドリーな機関士エフゲニーからだ。「ロシアでどんな本をつくるんだい？」彼はさらにグーグル検索をしていた。いい質問だが、わたしは返信しなかった。ひとつにはそのあとに届いたメッセージの性質のためだが、自分でもまだ答えがわからなかったからでもある。いまならこう答えるだろう。「故郷（ホーム）についての本」。そして「ホーム」とは何かを説明するとしたら、ズールー族の定義を示すかもしれない。祖先たちが埋葬された場所。

ふたつ目のメッセージは父からだった。ことばは一語もなく、旗、黒い旗の絵文字だけだ。

🏴 🏴 🏴

だが返信しても――「だいじょうぶ？」――返事はなく、翌日の夜に同じく列車の寝台で、例の苦しげな手旗信号が八〇〇〇キロメートル離れた場所からまた届いた。

この黒旗を見返す気にはなれないが、それらは水平線に沿ってじりじりとすすむ船の帆、あるいは船団の帆だといまでは思っている。

III

黒旗

ルイーズ・ミシェル

去るときに故郷（ホーム）への理解が深まるのだとしたら、戻るときにもまた深まる。ルイーズ・ミシェルがフランスへ帰りたがっていたのかは定かでない。流刑者のなかには、本国への帰還のときがついに訪れると、ふたたび流刑に処されるように感じる者もいる。それにミシェルは、ヨハネス・ホーファーが「故郷の失われた魅力に対する悲嘆（グリーフ）」と呼んだものをほとんど感じていなかったようだ——病気の母を恋しがり、子ども時代のヴロンクールの田園風景の記憶をずっと心に抱いていたとはいえ。

そもそも理屈のうえでは、アナキストに流刑は存在しない。ピョートル・クロポトキンによる一九一〇年の定義が、いまでも標準的なものとして通用している。「真の進歩には」とクロポトキンは主張する。「中心から周縁までという現在のヒエラルキーの代わりに、単純なものから複雑なものまでの自由な連合が」求められる。[1]

流刑によってミシェルはグローバル市民になった。世界全体が自分の国になったのだ。中心と周縁、政府と治められる者、故郷（ホーム）と流刑といった考えをすべて捨て、ヨーロッパへ戻って徹底的(ラディカル)に移動をつづける生活をはじめた。フランス、ベルギー、オランダ、アルジェリア、ロンドン。政治的な境界線はいつでも、ミシェルにとっては自分を侮辱する存在だった。「わたしはいかなる国境も認めない」とミシェルは回想録に書く——この拒絶もまた、ミシェルが体現する脅威の一部だった。「人びとが祖国を認めるのは、ただそれを戦争の入口にするためです」コミューンのあとの法廷でミシェルは語った。「人びとが国境を認めるのは、ただそれを策謀の対象にするためです。わたしたちは祖国と家族をもっと広い意味でとらえています。それがわたしたちの罪なのです[2]」

国境線はミシェルを認めていた。訪問を熱望していたアメリカにはビザの発給を拒まれ、結局、ミシェルはふたたび流刑者になる。追放された者(déportée)ではなく亡命者(émigrée)として。

*

ミシェルはオーストラリアのまずはシドニーに、ついでメルボルンへ立ち寄り、その後、パシフィック汽船会社が運行する郵便帆船ジョン・ヘルダー号に乗りこんだ。船には五匹の忠実な仲間たち、ニューカレドニアでいちばん昔から飼っていた猫たちを、オウムのかごに詰めこんで、ひそかに持ちこんでいた。なんとかみんな航海を生き抜き、「船に乗っているあいだずっと、寝台の一部である棚にまるで飾り物のように固定されて」過ごした。「大きな鳴き声をあげることは一度もなく、悲しげにわたしにかまうだけで満足していた」[3]

サハリンへ向かうレフ・シュテルンベルクがスエズ運河を通過する九年前（一八八〇年）、ルイーズ・ミシェルもその海域から同じ畏怖の念をもって陸を見わたし、のちのシュテルンベルクと同じく「砂漠の無限の広がり」から刺激を受けた。同じ船に乗っていた者のなかに、「特赦を受けたアラブ人」の高齢男性がいた。[4] フランス植民地支配に対する一八七〇年から七一年にかけての反乱ののち、ニューカレドニアへ追放された数百人のアルジェリア人のひとりである。一八三〇年にアルジェリアへ侵攻して以来、一八七五年までにフランスの〝鎮定（pacification）〟によって推定八二万五〇〇〇人が殺害され、さらに数百人がフランス領ギアナとニューカレドニアへ送られていた。その老人に自由が訪れるのは遅すぎたとミシェルは振り返る。船上で死んだからだ。

ミシェルがニューカレドニアを発ったおよそ五か月後の一八八〇年一一月七日、ジョン・ヘルダー号は英仏海峡に到着したが、濃霧のために八日間立ち往生して波止場に船を着けられなかった。テムズ川の河口で待つあいだ、「絶えずサイレンが悲しげな音を鳴らしていた」。「まるで夢のようだった（On eût dit un rêve）」[5]――「夢の軍艦」ヴィルジニー号による七年前の往路の航海とまさに同じように。

ニューカレドニアからまずはシドニーへ、それからシンガポールを経てロンドンへ帰国の旅をするなかでわたしは、こんなふうに感じるようになった。ミシェルが大人になってからまったき自由を多少なりとも感じることがあったとしたら、それはだれからも恩義を受けず、義務にも土地にも縛られていないとき、つまりこのように世界を横断する移動のあいだだったのではないか。だがテムズ川の河口にいた週——あの見通しがきかない週は耐えがたかったにちがいない。着陸したあとの飛行機にずっと閉じこめられていたようなものだろう。ミシェルには〝教会の塔への愛（ラモール・デュ・クロシェ）〟はなかったかもしれないが、ニューカレドニアを発つ直前に、母マリアンヌの調子が悪く、ことによると死にそうだとの知らせを受けていたからだ（霧のなか、ミシェルの寝台で身を寄せあう年老いた猫たちも、木漏れ日のさす心地いい生活に何が起こったのかと不思議がっていたにちがいない）。

あの霧が夢の蒸気だったのなら、それが消えたとき、ミシェルの人生も次の幕があがったことになる。ミシェルは五〇歳だった。たしかにわたしは流刑というプリズムを通じて彼女の生涯を見る罪を犯している。まるでミシェルが、コンベヤーで粉体塗装装置（パウダーコーティング）を通りぬけた工場生産の商品にすぎず、その六年によってその後の年月が永久に色づけられたとでもいうかのように。ヨーロッパをふたたび離れたのは一度だけだが、それでも流刑後のミシェルはあらゆる面で流刑前と同じぐらい波瀾万丈の人生を送った。残りの人生にはそれ自体の支柱がいくつかある。だが、ミシェルの人生を本書と同じく三部構成として——I、II、III——わたしが見ているのは、ひとつには、ミシェル自身がそんなふうに自分の人生をとらえがちだったからだ。ニューカレドニア以前の時代に思いこがれていたというよりは、彼女のなかのその部分が、つる植物、バンヤンの木、〝青光りする〟ニアウリのある完璧な森の魅力に、つねに引きつけられていたのである。

III

ジョン・ヘルダー号がニューカレドニアから一万六〇〇〇キロメートル以上離れたテムズ川へようやく入ると、数艘の漁船に迎えられ、そこにはコミューンの同志が何人か乗っていた。ヨーロッパ各地からロンドンへやってきた、数多くの政治的亡命者の一部である。上陸前にミシェルは、船上でできた友人たちに五匹の猫を一時託し、それぞれ身をくねらせる猫を一匹ずつコートに忍ばせて船をおりた。これらの猫。ニューカレドニアからの生きた土産物は、不死身のようだった（ミシェルが六年後に回想録を書いたときも、そのうちの数匹はまだ元気だった）。「ロンドンに着き、友人たちがもってきた巨大なボウルに入った牛乳と暖炉を前にすると、みんな身体をのばしてあくびをした[6]」。猫たちはミシェルとともにロンドンからパリへ渡り、ときどき病気の母に預けられた。「わたしはにおいに慣れるかもしれないけれど」とマリアンヌは不満を漏らす。「使用人たちはそれほど辛抱強くない[7]」

「お願いだから」とミシェルは返信する。「わたしのニューカレドニアの猫をだれにも失わせないで」。そしてみずからを擁護するようにこうつけ加える。「笑いたい人には笑わせておけばいい。あの子たちは故郷（ホーム）から生きて連れて帰ってきたのだから」

ミシェルは〝故郷（ホーム）〟にどういう意味をこめていたのだろう？

＊

ロンドンには長くとどまらなかった。その後の一〇年は、ミシェルにとって悲嘆と不満の期

黒旗

ルイーズ・ミシェル

間になる。なんらかの安定を、みずからをつなぎとめるものを求めたようだが、自分には手に入らないことを受け入れざるをえなかった。コミューンが失ったものを——また個人として失ったものを——大事にしたいと願い、みずからの務めに没頭した。

フランス国家は囚人流刑地を矯正施設と見なしたがっていた。そこでコミューンの野蛮人たちは、自然による純化作用と労働によって文明化されるというわけだ。しかし、国外追放によって殺人犯やレイピストを〝矯正〟できると仮に想定するとしても、流刑には急進派を穏やかにする効果はほとんどなく、ミシェルは使命感を新たにして西の森から帰国した。かつて政府を単純に別のものに取り替えようとしていたミシェルは、政府の廃止を求めるようになったのだ。

パリのサン゠ラザール駅でミシェルは、帰国するコミューンの受難者として、〝赤き聖母〟として二万人の群集に歓迎された。そのなかには昔の流刑者仲間もいて、「すばらしい逃亡者」と〔ニューカレドニアで刑罰制度について教えてくれた〕ルイ゠ジョゼ・バルバンソンが呼んでいた男もいた。恩赦を受けて同じくフランスへ帰国していた、アンリ・ロシュフォールである。ロシュフォールはさまざまな意味で戸惑いを覚えさせる人物だ。権威への露骨な反対者。終生のごまかし屋。人間の自由の擁護者。恥知らずの反ユダヤ主義者。悪魔のあご髭を生やしたロシュフォールは——出来事に影響を及ぼす自分の権利のほかに——何を信じていたのだろう？「わたしがいつも直感的に疑いの心を抱くのは」とロシュフォールは書く。「忠誠や愛国心にこだわる人たちである」[8]。若いときには、彼の新聞を中傷した者たちや、自分の新聞で彼を中傷したとロシュフォールが思いこんだ者たちと、ほとんど毎週のように決闘をしていた（血を見るのを嫌い、武術のたしなみがない男にしては奇妙な癖だった。弾丸を少なくとも一発受け、自分の介添人の膝を剣で刺したことも一度ある）。またロシュフォールはおそらく、母を別とすればミシェルが唯一ことばを濁す人物だった。ミシェルの生涯の資金提供者かつ編集者であり、大切な親友だったこの男は、一八七一年にはコミューンをなかなか支持せず、さらに一八九五年以降には、フランス社会の深層にある反ユダヤ主義が露わになった事件で、アルフレド・ドレフュスのひときわ激しい非難者になる。ミシェルの政治上の盟友たちは、彼をひどく嫌っていた。とはいえヴィルジニー号の船上ですてきな詩を送ってくれ、自分と母をかつて支え、いまも支えている友人を、ミシェルが拒めるだろうか？　ミシェルは妥協することに慣れていなかった。

七年ぶりに娘の〝ルイーゼット〟に会い、母は元気を取り戻した。ミシェルは血で排水路が詰まり、石灰のせいでむせるような空気だった一八七一年以来、はじめてパリの大通りを歩いた。その後の二年で、生涯つづく生活習慣がつくられる。ほぼ毎日、講演や遊説（ゆうぜい）をして、それに加えて尋常でない量と幅の執筆活動に取り組んだ――詩、長篇小説、ジャーナリズム、回想録。体制を批判するだけでは足りなかった。大義に全身を投じることによってのみ、ミシェルは正しく人生を過ごしていると感じられたのだ。この傾向は、政治的暴力の原則にミシェルが傾倒していたのと軌を一にしている。まるで自由の身であることがなんの意味もなさなくなったかのように、ミシェルはくり返し自由を放棄する。

一八八二年一月、肌がヨーロッパ人の青白さを取り戻しつつあったころ、ミシェルは警察官

黒旗

ルイーズ・ミシェル

を侮辱したかどで逮捕された。「すでにわたしはずっと重い犯罪で罪を認めています」とミシェルは裁判官に語った。[9] そしてサン゠ラザール監獄で一五日間を過ごす判決を受けたが、ミシェルにはなんの不都合もない刑期だった。だがニューカレドニアからの帰国後二年も経たない一八八三年三月以降の一連の出来事によって、ミシェルは一二年前のサトリの大虐殺や地球の反対側への追放のときよりも絶望に、さらには神経衰弱にすら近い状態へ追いやられる。

その月のはじめ、ナポレオンの墓（彼の遺骨は一八四〇年にセントヘレナから持ち帰られていた）の近くにあるアンヴァリッド前の広場で、大工組合（Syndicat des Menuisiers）がデモをおこなった。ミシェルは一万四〇〇〇人ほどの男女を率い、社会改革と雇用を要求する。そして群集にこう警告した。「ヒツジのように食肉処理場へ追いやられないようにしましょう［…］わたしたちはパリを行進して、仕事とパンを求めるのです」[10]

カネット通りを行進するあいだに、ふたつのことが起こった。ひとつ目は、棒にくくりつけた黒いぼろきれ、アナキズムの黒旗をだれかがミシェルに手渡したこと。黒服に身を包んだミシェルは、それを振りながら行進をつづけた。赤き聖母（la Vierge Rouge）は黒き聖母（la Vierge Noire）になったのだ。

ふたつ目は、群集がベーカリーの前を通ったことである。「パンか仕事を！」とみんな大声をあげる――「お腹が空いているのなら、パンをとりなさい」とミシェルは言った。「でも職人さんは傷つけないように」

ベーカリーは略奪され、そのあとに別の店も襲われて、やがて行進は警察によって強制的に解散させられた。

通りから人がいなくなり、割れた窓ガラスが掃き集められると、侵入と略奪を煽動したかどでマダム・ミシェルに逮捕状が出た。

あいかわらず逃げ足の速いミシェルは姿を消した。

*

翌日に予定されていた演説に姿を見せなかったため、フランス全国と国外で警察が捜索をはじめた。二四時間でどれだけ遠くまでいけるだろう？　人相書が配布された。

豊かな黒髪
長い鼻
厚い唇
色の濃い肌
黒い服［生涯の服装］
頻繁に顔から押しのけられる帽子[11]

女性のコミューン支持者はずっと、共和国だけでなく女性にとっても裏切り者と見なされていた。ミシェルの容貌が同時代の人たちの強い関心の的になっていたのは印象的である。支持者たちが高潔さの印と見なしていた彼女の「男っぽさ」は、敵に言わせれば「反抗的な本性」のさらなる証にほかならなかった。

さまざまな噂が流れた。ミシェルはサン゠テティエンヌで見つかった――いや、リアンクールだ。ブリュッセルにいる。スイスにいる。あるいはロンドン？ 大胆にもバスティーユからサン゠トゥアンへ向かう路面電車と、ポンタルリエの駅の食堂で見かけられた〔この二都市は四五〇キロメートル以上離れている〕。炭坑労働者に演説をするためにモンソー゠レ゠ミーヌへ向かっている。〈政治犯家族への救援物資配給委員会（Commission de répartition de secours aux familles des détenus politiques）〉の会議のためにリヨンへ向かっている。「ほかには、ブローニュの森でのパーティーでわたしを見かけた人もいる」と、のちにミシェルは書く。「そこにもわたしはいなかった」[12]

ニューカレドニアでミシェルのことを知っていて、どこで見かけてもわかるという軍医は、ヌーシャテルの近くで彼女を見たと断言する――そこにもミシェルはいなかった。すでに二週間も逃走していた。「どんな特権があって、ルイーズ・ミシェルは責任を問われずに逃れているのか」と『ル・パルルマン』紙は詰問する。[13] 警察による捜索もつづいていた。どこにいたとしても、ミシェルは自由の身のままだった。

実際には、三月九日からずっと同じ場所にいた。サンシエ通り二六番地。ロシュフォールの『ラントランシジャン』紙の編集者、エルネスト・ヴォーンのパリの自宅である。アンヴァリッド大通りからわずか三キロメートルほどのところで、母の住まいからも近く、男性の恰好をして（例の「男っぽさ」には利点もあった）くり返し訪れていた。結局、ミシェルとヴォーンは警視庁へ出頭する。ミシェルによると、身柄は警視総監の手に委ねられたが、面目を失うのを恐れた彼はミシェルをいったん追い払い、警官たちを送ってあとをつけさせて、総監の権限で彼女を逮捕したという。翌日、ミシェルは母のもとへ最後の訪問をしたのちに、身柄の拘束を許した。

ミシェルにとって重要だったのは、自分の自由を広げることよりも、迫害者の面目を失わせることだった。一五か月前に二週間を過ごしたなじみのサン＝ラザール監獄へ収容され、囚人たちにも監獄の修道女たちにもあらためて歓迎された。「第一級（ファーストクラス）の悪党」として、ミシェルは個室を与えられ、訪問者を受け入れることも許されて、さらには監視つきで外出し、なぜか娘の逮捕を知らされていなかった母マリアンヌのもとを訪れることまで認められていた。

デュコ半島で過ごした歳月によってミシェルが幽閉状態を恐れなくなったのだとしたら、帰国の途上でしばし立ち寄ったエジプトもまた、おそらくミシェルに深い影響を与えた。「監獄は砂漠のようだ」とミシェルは書く。「果てが見えない空間にいても、まわりを囲まれた小さな場所に閉じこめられていても、感覚は変わらない。無限のものはすべてを包みこむ[14]」。修道女のような自分の傾向に、ミシェルは一度ならず救われた。

裁判は六月二一日に予定されていた。準備のためにロシュフォールが弁護士を派遣しようとしたが、ミシェルはコミューン後の軍法会議のときと同じように、自分で自分を弁護するとい

黒旗

ルイーズ・ミシェル

う。

裁判官――「催されるデモにはすべて参加するのですか？」

ミシェル――「残念ながらそのとおりです。わたしはいつでも不幸な者の味方です」

ほどなくして黒旗の質問に移った。「黒旗は」と裁判官が言う。「アンヴァリッド前の広場で、奇跡のようにだれかの手に落ちてきたりはしません」

「ほうきの柄と黒のぼろきれさえ見つければこと足ります」

では、なんのためにそんなものを手にパリを練り歩いたのか。

「黒旗はストライキの旗で飢餓の旗です」証拠物のテーブルにあった旗を見せられると、ミシェルは三月九日に手にしていたものだとすぐに認めた。

裁判官の質問は、ベーカリーの略奪へと移る。なぜブーシュの店の前で止まったのか。止まっていない。では、オージュローの店のほうはどうか。旗を振って合図し、あとにつづく者たちにその店を略奪させたのではないのか？　ミシェルは無意識のうちに旗を動かした可能性があることを認めた。だが、略奪をした「子どもたち」がその動きをどう解釈したかは、自分には重要ではない。

＊

ここでおこなわれているのは政治的な手続きです。起訴されているのはわたしたちではなく、わたしたちを通じてアナキスト政党が起訴されているのです。

あなたにとって驚きなのは、あなたをぞっとさせているのは、女性が図々しくも自分を弁護していることです。女性が図々しくものを考えるのを、みんな見慣れていないのです。

わたしは国境を認めないと言い、全人類が人類の遺産への権利があると言って、ヨーロッパを行き来してきました。

共和国の敵だと言われるとき、わたしたちの答えはひとつしかありません。三万五〇〇〇人の屍の上に、わたしたちがそれをつくったのだと。そうやってわたしたちは共和国を守ったのです[15]。

*

監獄行きになるとは思っていたが、下された判決――六年間の独房監禁およびその後一〇年間の警察による監視――にはショックを受けた。なかには刑の重さを歓迎する者もいた。「われわれはこの派手な聖母にうんざりしていた」と『ル・ナシオナル』紙は書く。「こうした口汚い女の感情のひけらかしにも、このように憎しみに訴えて友愛の名のもとに市民と市民を対

黒旗
ルイーズ・ミシェル

立させることにも」。「われわれは毒ヘビを殺す」と『ル・フィガロ』紙は書く。「ヒョウを気の向くままにうろつかせておくこともない。それなのにコミューン支持者には恩赦を与えた。その結果どうなったか見てもらいたい！」[16]一八七一年の「野蛮人」たちが、以前にもまして野蛮になって地球の反対側から戻ってきたのだ。

この判決は「報復であって正義ではない」と考える者もいたが、[17]いずれの側も首を左右に振りながらこう論じた。この女は犯罪者というよりも、頭がおかしいと見なされるべきだ。あいつにふさわしい場所は、マザスの監獄〔サン＝ラザール監獄と同じくパリにある〕ではなく、シャラントンの精神科病院だ。こうした評価はミシェルのあらゆる行為についてまわった。

結局、ミシェルはまず第二のわが家サン＝ラザール監獄へ送り返され、その後、中央高地（マシフサントラル）のクレルモン監獄へ送られた。ヴィルジニー号の船上で服をみんなにゆずったのと同じで、持ち物をすべてほかの囚人に与えてしまうので、ロシュフォールが監獄を訪れるときには、持参したビスケットをミシェルが食べるのを見守っておかなければならなかった——「彼女が文字どおり餓死しないようにするために」[18]。

かつては城だったクレルモンは西の森とは異なり、そこで過ごす六年間は、親切なシスターたちと過ごしたサン＝ラザールでの二週間の一時滞在とは大きく異なった。「いくつ監獄を経験しただろう！」ミシェルはそれを一つひとつあげていく。サトリ、オブリーヴ、ヌンボ、女性たちの湾、サン＝ラザール、クレルモン（ヴィルジニー号は言うまでもない）……だが何かがちがった。以前の刑期のあいだに感じていた無限の広がりは縮み、息の詰まるような暗闇に変わった。「突如として囚われの状態がこれまでになく恐ろしくなった〔…〕壁が少しずつ縮まっていて、天井が少しずつ下がってきているように感じる」[19]
ミシェルの不安は、母への懸念によっていっそう募った。七年ぶりに再会したのち、母はふたたびミシェルから引き離された。「あなたがすばらしい舞台女優になっていたら」とマリアンヌは書く。「わたしにもほかの人たちにも、いまよりずっと役に立てていたと思います〔…〕革命とそれに関係する何もかもがいやでたまらない。それがなければ、あなたはいまもわたしのそばにいたでしょうに」[20]。ミシェルもわかっていたように、母は死を迎えつつあった。ミシェルは内務大臣に手紙を書き、母が「死んだあとではなく生きているあいだに幸福になれる」ように、パリで刑期を務めさせてほしいと嘆願した[21]〔クレルモンはパリから三五〇キロメートルほど離れていた〕。そして、ひとつの取り引きまで提案する。「パリで母のそばにいられるように、釈放か別の監獄への移送をしてもらえるのなら、それと引き換えに、母がわたしたちのもとを去ったあとはニューカレドニアへ行きます」。その後の手紙でも、ミシェルはさらに興奮した調子で同じ提案をする。実のところ、ニューカレドニア——〝故郷(ホーム)〟——へ戻るのは、少なくともマリアンヌが死んだあとならミシェルにはつらくなかった。むしろ逆だ。ミシェルはうんざりしていた——監獄にうんざりし、フランスにうんざりしていた。最初の手紙の六日後に母はミシェルへ手紙を書き、心配しないようにと励まして、自分は「少しも悪くなっていない」と安心させようとした。そして「針仕事のために絹糸を送ります」とつづける。[22]「前に話した海の景色をつくってください」[23]

黒旗

ルイーズ・ミシェル

マリアンヌの容体が深刻であることがはっきりすると、ようやくミシェルは母が暮らすパリのアパルトマンを訪れる許可を与えられた。母の死が訪れつつあるという現実を目のあたりにしたミシェルは激しく動揺し、幻覚にくり返し苦しめられる――黒いごみ収集車のように毎晩やってくる霊柩車がドアの前にとまっていて、まだ息をしているマリアンヌを連れていこうとする。母の住まいへ同行する警察官はミシェルを親切に扱っていたようだが、その警官たちに抑えつけられなければならないことも一度ではなかった。一八八五年一月三日の朝、マリアンヌ・ミシェルは死んだ。二日後にルヴァロワ＝ペレの墓地に埋葬される。バリケードのヒロイン、偉大なるルイーズの母の葬列には一万人をこえる群集が従い、そのなかにはコミューンとニューカレドニアの同志たちもいた。サン＝ラザールへ戻され、自殺しないように監視のもとに置かれたとき、ミシェルは不満を述べなかった。監獄の医師によると、絶えず泣いていたという。〝血の一週間〟の真っただなかでも、サトリの平原で友人たちが次々と引きずられていって射殺されるなかでさえも、涙は一滴もこぼさなかったのに。母を失い、ミシェルは時間のなかで漂っているように感じたが、ヴィルジニー号の船上で経験した未来の可能性の感覚は皆無だった。壁は狭まり、天井に押しつぶされそうだった。

＊

ミシェルの苦しみは、死別につきもののただの自責の念ではなかった――もっとはっきり愛

III

を伝えておくべきだった。残された時間はとても少なかったのに、どうして離れてしまったのか？　どれだけ義理堅い友人でも、ミシェルが母の人生を楽にするためにできることはやり尽くしたとはとても言えなかっただろう。大赦の八か月も前にニューカレドニアを去ってパリへ戻るチャンスがあったのに、それを辞退した。この八か月はマリアンヌにとって何を意味しただろう？　何が起こるかわからないのに、アンヴァリッドのデモを率いたり黒旗を振ったりする義務もなかった。ヴロンクールを去って以来、ミシェルは自分の政治のために断念した選択肢をくり返し考え、母の孤独をくり返し考えていた。その真実を受けとめる痛みは、ほとんど耐えがたかった。

以前と同じように友人や支持者が恩赦を求めて運動し、以前と同じようにミシェルは最後まで刑期を務めるべきだと言い張った。「お願いだから放っておいて、監房のなかにいさせてください[24]」――あるいは、できれば流刑先へ戻してほしい。送り返しなさいよ、畜生！

葬儀の八日後、ミシェルは以前の提案を添えて内務大臣に手紙を書いた。「母が死んだいま、フランスにとどまるのに必要な勇気がありません。母との最後の時間について、わたしはあなたに借りがあります。ニューカレドニアの部族のために学校を運営することで、その借りを帳消しにしたい［…］いちばん早く乗れる船のどれかで、島へ送ってくださるようお願いします」。ミシェルの数々の手紙のうち、読んでいて気の毒な気持ちになるのはこの一通だけだ。まるで迷子になった洞穴の奥深くからかすかにことばが聞こえてきて、それがこだましているかのように感じられる。

大臣はその提案を聞き入れず、ミシェルは回想録を書いて気を紛らわせた（回想録もやはりマリアンヌの死で終わる）。九月にはマルクスの義理の息子、ポール・ラファルグからインタビューを受け、『ル・ソシアリスト』誌に掲載された。ミシェルは自由の身のときには知らなかった幸福を監獄で見つけたと主張する。ロシアの人民主義運動の動向を追い、ロシア語を学んで、英語の上達をはかっている。「わたしのことを気の毒だと思わないでください」とミシェルはあくまで言い張る。「塀の外で大空のもと歩きまわっている人たちよりも、ほんとうにずっと自由なんです[25]」。一〇年以上前にヴィルジニー号の船上でも同じように感じたという――囚われの身での自由。「うす暗い海の広がりを船ですすんだときの自然の光景ほど、わたしの存在を強く動かしたものはありません」

一八八六年一月八日、世間の騒ぎに屈した共和国大統領から恩赦を与えられると、ミシェルは激怒した。「あらためて断言しますが、みんなが去るまでわたしはこの場所を去りません」。ニューカレドニアで刑期満了前に恩赦を与えられたときも同じことを言っていた。だがミシェルの拒絶と怒りには、どこか思いつめたところがあった。わたしは立ち去らない。にべもなく拒んだ。アンヴァリッドでの行進のあと、ミシェルを逮捕しようと三週間も費やした当局は途方に暮れた。「一刻の猶予もならない」と内務大臣は監獄の所長へ手紙を書く。「ルイーズ・ミシェルをただちに釈放すること」。必要であれば力ずくで。ようやく――「これは道化芝居になろうとしている」――ミシェルは降参した。「でもわかっていてもらいたい。わたしは恩赦を受けたと思っていない[26]」

＊

ようやくサン゠ラザール監獄から出たあと、ミシェルはすぐに仕事を再開した。演説、ジャーナリズム、アナキストの集会。台風の目は穏やかな場所である。しかしミシェルは猛烈に怒り、「友人たち」とその「偽りのやさしさ」にうんざりしていて、刑期満了前に釈放されたことについて、だれよりもロシュフォールを非難した――ミシェルを自由の身にするためにロシュフォールは、彼女は頭がおかしくなっていると主張していた。釈放されたばかりのミシェルは、クルミ材のピアノとぼろぼろのトランクがあるつつましやかな自宅の居間で『ル・フィガロ』紙からインタビューを受け、「人類の幸福」のために戦いつづけると語っている――だが、もうフランスでは戦わない。ではどこで？　当然ミシェルが望んでいたのはニューカレドニア、ヴロンクールを去ったあとに知る唯一の故郷（ホーム）である。

八月一二日に今度は動乱を煽動したかどでまた逮捕され、拘禁刑四か月の判決を受けたが、再審で無罪になった。その後、一八八八年一月二二日にル・アーヴル〔フランス北西部の港湾都市、パリから一八〇キロメートルほど〕を訪れて、満員のゲテ劇場で演説をした。

いわゆる政府なるものは盗賊団にほかならず、救いようがないほど腐敗しているとミシェルは説明する。「社会は生まれかわらなければなりませんし、わたしたちは流血ではなく平和と努力によってそれが成し遂げられてほしいと思っています。でも、有産階級（ブルジョアジー）がわたしたちとと

黒旗

ルイーズ・ミシェル

もに革命を起こしたくないのなら、わたしたちは彼らに対して革命を起こすことになるでしょう」[27]。暴力を行使するという脅しはつねに言外に含まれていた――現実の一斉射撃に出くわすと、平和な変化を望む気持ちが生き残ることはまずないことを、ミシェルはだれにもまして目撃していた。

その三時間後、今度はエリゼ通り〔ル・アーヴル市内〕の会場で、一五〇〇人の群集を前に話していた。舞台の近くに、演説者と同じように黒服を着た若い男が立っていた。ピエール・リュカというブルターニュ人の倉庫係で、彼はそれに先立つゲテ劇場での演説を聞いていた。激しやすい人間だったが、演説と演説の合間の三、四時間、しっかりとその激情を燃やしつづけていたのにちがいない。コーヒー、見知らぬ人のやさしいことば、ふと耳にした子どもの笑い声――殺意はすぐに挫かれる。

リュカは背後からミシェルに近づき、たちまち一五〇〇人の視線を集めた。そして口ごもりながら「おれは盗賊じゃないし、殺人者でもない。ブルターニュ人だ」と言って十字を切り、〝赤き聖母〟の頭部へ銃弾を二発放った[28]。

リュカは舞台から引きずりおろされ、聴衆の目は被害者へ向けられた――動揺してはいるが無事なようだ。平気、平気、とミシェルは言い張った。空砲だったから！　わたしはだいじょうぶ。だいじょうぶ！

実際には空砲ではなかった。一発は外れたが、もう一発は左耳のうしろの乳様突起に入りこんでいた。

医師がふたり呼ばれたが、どちらも弾丸を取り除けなかった。ロシュフォールによると、「骨をこするはがねの音が聞こえた」[29]。ミシェルは外れたほうの弾丸をロシュフォールへ贈った（彼自身、かつての決闘の日々に弾丸で負傷したことがあった）。当然、ミシェルは暗殺未遂者――明らかに気がふれた憐れむべき男――を警察へ通報する気はなく、頭に弾丸が入ったままパリへ向かう早朝の列車に乗った。朝日に向かってがたがたと走る列車のなかで、ミシェルは左耳のうしろに冷たく硬いものを感じていたのだろうか？

その後、ミシェルは死ぬまで弾丸を頭のなかに入れたまま過ごした。迎えていたかもしれない死のささやかな記念品。リュカへのミシェルの態度は、弾丸への態度と同じぐらい風変わりだった。憐れみ以外の目で彼のことを見る気は一秒たりとも起こさなかった――憐れむどころか、尊敬の念さえ抱いていた。まるで自分を殺そうとした彼に感心しているかのようで、仮に成功していたら、いっそう感心していたかもしれない。

リュカの妻には、安心させようと次のような手紙を書いている。「行為に及んだとき、あなたの夫は正気を完全に保っていたはずがありません。ですから、彼があなたのもとへ戻されないはずもありません」[30]。リュカはおそらく正気を失っていたとミシェルは考えていたが、彼が「みずからの大義に身を捧げる熱狂的な人物」だったのなら、「あのように行動したのは正しいことですし、そのために彼を責める気は毛頭ありません」と『ル・マタン』紙に語っている[31]。世間はわたしを憎むように教えこまれているとミシェルは嘆く。「子どもたちまで」。意外なことではないが、ミシェルは体調を崩した――熱、激しい頭痛、視覚の乱れ。弾丸は頭のさらに深くへ入りこんでいたようだ。猫たちと過ごす時間に慰めを見いだす。ようやくリュカの事件が法廷にもちこまれた。一方でミシェルは、リュカは行動に責任がないと主張する。他方で、彼は行動の根拠になった考えを理解していなかったとも主張した。リュカは無罪放免になる。

健康への影響とは関係なく、撃たれた瞬間からミシェルは生き急ぐようになったようだ。〝血の一週間〟のときよりもさらに死に近づいたかのようで、自分の存在がいずれ消えることを寸分のためらいもなく受けとめていた。

＊

一八八八年ののちほど、ミシェルはまたもや逮捕された。同じく暴力を煽動したことが理由で、今度は労働者階級の団結を訴える大規模デモの準備中だった。「五月一日のデモは、革命的な性格を帯びていなければなりません」と、ミシェルはヴィエンヌの会合で語った。「社会革命の到来を宣言しなければならないのです」[32]

ミシェルの激しいことばが現実に影響を与えた証拠は、パリのアナキストが大量のつけ髭を買うところを目撃され、警察がそれを知ったことらしい。ミシェルは監獄を恐れたことはなかった。恐れていたのは不当に恩赦を受けることだけであり、今回もまた、五月一日のデモ参加者が監房に惨めに取り残されるなか自分だけ釈放されると知ると、その屈辱に耐えられなかった。頭に埋まったままのリュカの弾丸がミシェルに影響を与えたのか、与えたのならどのような影響かは知りようがないが、このときばかりはミシェルは、自分を抑えられなかった。声がかれるまで金切り声をあげ、ヴィエンヌの監房にあるものをことごとく破壊した――窓、家具、壊せるものはすべて。

「怒り、空気不足、食べ物不足、こうしたことが組みあわさって、わたしは目まいを覚えていた［…］脳炎を患っていたのにちがいない。幻覚が消えなかったからだ」とミシェルはのちに振り返る。[33] ニューカレドニアでは襲われることのなかった〝ノスタルジー〟に、ついに屈しようとしていたのだろうか？

ヴィエンヌ拘置所に収容されている前述のルイーズ・ミシェルは、被害妄想に襲われていて、彼女の振る舞いは本人と周囲の者たちのいずれにとっても危険であり、それゆえただちに彼女を特別な精神科病院へ移し、治療を受けさせる必要があると断言する。

友人たちに見捨てられた、あらゆる苦労に疲れ果てたと彼女は絶えず不満を口にし、みずからの命を終わらせたいと望んでいる。この自殺への傾向のために、異常をきたした者のための精神科病棟へただちに入院させることが求められる。

マドモアゼル・ルイーズ・ミシェルは現在、幻聴に苦しんでいて、そのせいで暴力行為へと導かれている。彼女の考えは奇妙であり、わたしには混乱しているようにも思われて、

黒旗

ルイーズ・ミシェル

早期の老年性認知症であるかのようだ。監禁が必要だと思われる。

だが逮捕からわずか数日後の六月三日、ミシェルは「釈放」されると知らされる。殉教者をつくりだすのは政府の仕事ではなかった。今度は、ミシェルは抵抗しなかった。監獄とはちがい、「正気を失っていると思われること、ほんとうに正気を失った人たちとともに閉じこめられることは、恐ろしかった」。

ミシェルは銃で撃たれて死にかけた。母は死んだ。敵の数が味方の数を上まわったように感じられた。正気を失っているという言いがかりを政府が自分に対していつ使ってもおかしくないとわかっていたし、自分では正気だと思っていたが、精神科病院へ長期的に閉じこめられたら実際に正気を失うかもしれないともわかっていた。

というのもミシェルは、ヴィエンヌでの一件からあることを記憶にとどめていたからだ。幻覚に見舞われて過ごしたあの四日間は、「まるで別の世界へ送られているようだった」とミシェルは書く[34]。次にそれがやってきたとき、ホームへ戻る道がわからなかったらどうすればいいのだろう?

＊

したがってミシェルは、みずから選んだ亡命先へ逃げこんだ——一八五一年に友人ヴィクトル・ユゴーがしたように。一八七〇年にフランスへ帰国したユゴーは、一八八五年、ミシェルの母の一週間後にこの世を去った。ふたりが（ユゴーの日記がほのめかすように）恋人だったことがあるか否かにかかわらず、芸術家ユゴー、活動家ユゴー、友人ユゴーは、ミシェルにとって生涯、エネルギーと楽観の源だった。「ヴィクトル・ユゴーが死の川を渡り暗い谷へ入った」と、その週の新聞の典型的な見出しにはある。ミシェルの悲嘆（グリーフ）は、必然的にもっと大きな悲しみの雲とひとつになった。デュコ半島にいたとき、ミシェルはあらかじめ小さな記念碑をユゴーのために残していた。「バラのように花崗岩（かこうがん）の花びらをひらく巨大な岩に［…］わたしはユゴーの詩を一篇、彫り刻んだ」[35]――次のように熱狂的に締めくくられる一篇である。

III

ラザロ！　ラザロ！　ラザロ！（Lazare! Lazare! Lazare!）

起きあがれ！（Lève-toi!）

「ラザロ！　ラザロ！　ラザロ！／起きあがれ！」この碑文はいまもどこかにあるのだろうか。乾燥熱帯林に囲まれて、つる植物に覆われて、大きく育ったバンヤンの木の根に隠れて？

一八九〇年七月終わり、ミシェルはコミューンの仲間がたくさんいるロンドンへたどり着き、フィッツロイ・スクエアに面した家を見つけた。「そう、わたしは認める」とミシェルは書く。「このイングランドが大好きだ。追放された友人たちがいつでも歓迎される場所」[36]。ふたたび亡命してロンドンにいたアンリ・ロシュフォールは、それほど楽観的な見方をしていなかった。

黒旗

ルイーズ・ミシェル

「そこで会うフランス人の男はみな、座礁した船に似ている。よろこんでイングランドで暮らしている者はひとりもいないからだ」。しかし亡命者受け入れの規則が緩いイングランドは、一八四八年と四九年の革命以来、ヨーロッパの政治的な避難所になっていた——実際そこは、あらゆる種類の政治的亡命者が安全な避難先を見つけられるヨーロッパで唯一の場所だった（ミシェルが忌み嫌っていた暴君ルイ＝ナポレオン自身も、一八七三年に亡命先のチズルハーストで死んでいる）。

ミシェルは残りの人生の大部分を、ロンドン各地のさまざまな家で暮らす。フィッツロヴィアの〝小フランス〟からイースト・ダルウィッチ、ストリーサムまで、街にいるさすらいのアナキストや社会主義者のなかで、つつましやかな住まいをもった。政治生活から引退することはまったくなく、ロンドンで過ごした時間には、ニューカレドニアでの時間とどこか同じような力を得られる効果があった。

到着一年後、ミシェルはロンドン中心部のフィッツロイ通りに、政治的亡命者の子どものための学校、国際社会主義者学校（International Socialist School）をひらくことができた。クロポトキン（同じくロンドンへの亡命者）やウィリアム・モリスなどの有力社会主義者から支援を受けていたが、長くはつづかなかった。だれのせいかはわからないが——おそらくそこへ潜入した工作者兼密告者だろう——、数か月のうちに警察が建物に踏みこみ、地下で爆発物と爆弾づくりの道具を見つけた（だれかが仕組んだのだと思われる）。それが見つかったのは、大陸でアナキストの暴力が最高潮に達しているときだった——いつものようにミシェルは、その暴力を否定しようとしなかった。「現在の革命の時代には、一人ひとりが躊躇なく命を差しださなければならず、良心の呵責なくある種の敵の命を奪わなければならない」[37]

警察による踏みこみのあと、ミシェルは逮捕を免れたが、学校は閉鎖された。学校への想いはおそらく理想主義的ではあったが、それほどイデオロギー的ではなかったとのちにミシェルは振り返っている。「フランス、イングランド、ドイツの小さな子どもをみんな受け入れて語学を教えることで」と、ミシェルはインタビュアーに語る。「お互いのことを知り、それから理解できるようになってもらいたかったのです。そうすればやがて、アイデアの交流を通じて国は互いに憎しみあうことが減り、愛しあうことを学ぶかもしれません」[38]

一八九二年一一月、アナキストの爆弾でパリの警官が五人殺害された。「大歓迎だ」とミシェルは反応する。「やつらのせいなのだし、労働者たちが死んでいるかぎり［…］ダホメやトンキンのような植民地戦争で地面が死体だらけになっているかぎり、ずっとやつらのせいだ」[39]。ニューカレドニアで過ごした時間と「カナックの反乱」鎮圧の際の残忍さによって、植民地主義へのミシェルの軽蔑がさらに激しくなったように、おそらくミシェルの無慈悲さもそれによって強化されたのだろう。とはいえ、政治的暴力は避けられないというミシェルの信念は、本能的かつ暴力的なまでに強い思いやりと共存していた。政治上の仲間たちはもちろん、年老いて悪臭を放つ自分の猫たちのためにも、ミシェルは死んだだろう。ミシェルの共感の普遍性にはどこか自己破壊的なところがあり、ミシェルに死んでもらいたいと思っている人も、ミシェルが死んでほしいと思っている人も、等しくその対象に含まれていた。ミシェルは〝愛〟とい

黒旗

ルイーズ・ミシェル

うことばを使っただろう。それはなんらかの意味でミシェルの人生を導く原則だった。地理上でその原則に相当するものを、ミシェルは西の森で見つけたのだと思う。だがその前にヴロンクールでも見つけていた。

子ども時代を過ごした場所は、ミシェルから離れなかった。一八七一年の〝血の一週間〟のあとにアラスの監獄で天命を待つあいだ、ミシェルは友人アベ・フォーリーへ小包を送っている。なかには絵が二枚入っていた。一枚は監獄の中庭に生えていたキヅタの小枝を描いたもの。もう一枚は一風変わった建物の絵で、角にそれぞれ四角い塔がある大きな四角い納屋が、森に囲まれた草地に立っている。わたしの机には、同じ建物のセピア色の写真を使った古いポストカードがある。〝ヴロンクール——文学と革命の女性、ルイーズ・ミシェルが一八三三年に生まれた古城（VRONCOURT – L'ancien Château où naquit en 1833 Louise Michel, femme des lettres et révolutionnaire.）〟（正しくは一八三〇年生まれ）。伝記を書こうとしていたモーリス・バレスが一九〇七年に訪れたとき、城館は打ち捨てられて崩壊寸前だったが、バレスはその「暗くて厳粛な美しさ」に感動を覚えた。[40] ミシェルの絵では、塔のピラミッド状の屋根の傾斜が実物よりきつく、構図もより正面に近い角度からとらえたものになっているが、実物を見ながらスケッチした絵であってもおかしくない。

＊

黒旗

ルイーズ・ミシェル

みずから決めた演説のスケジュールは厳しく、必然的にミシェルは体調を崩した。だが疲労困憊や病気はいつでも、さらなる努力へ向けた刺激になった。ニューカレドニアから戻ったあと、ミシェルが休んだのは、監獄に休むことを強いられたときだけである。一九〇四年、七四歳のミシェルはフランスで講演しているときに肺炎と診断され、あやうく死にかけた――「身体がぼろきれの束になったみたいで、何かほかのものを見ているときと同じような感覚で自分の身体を見た」[41]。それを受けてミシェルは、その年ののちほどに最後の大航海を計画した。

そのときには、ニューカレドニアへは二度と戻れないだろうとすでに悟っていた。ヨーロッパ各地で、外地の流刑植民地という考えがしだいに時代錯誤と見なされつつあり、刑罰と結びついた植民地主義――囚人を入植者にすること――はつづけられないとの見方が広がっていた。二〇世紀にヨーロッパの流刑地が最終的に廃止されたときは、脱植民地化全般と歩みをともにした。しかし、早くも一八八四年の時点でニューカレドニアの総督は、新しい囚人が定期的に押し寄せてこなくても国の発展を図れるようにと、「汚水の蛇口」と彼が呼ぶものを締めはじめていた。[42]一八九七年以降、フランスの国外追放者はすべてフランス領ギアナへ送られたが、植民地ニューカレドニアの閉鎖がようやくはじまったのは一九四二年、そこにいる〝被追放者〟の四八パーセントほどが死んだ時点のことである。一九五三年、ついに最後の囚人たちが本国へ送還された。

ミシェルはニューカレドニアで、アルジェリア人の国外追放者数人に出会っていた。一八七〇年から七一年にかけての大反乱に参加した、レジスタンスの闘士たちである。一九〇四年一一月、フランスによるアルジェリア征服が「完了」したと見なされたのち間もなく、ミシェルは講演ツアー兼現地調査のためにアルジェリアを訪れた。マルセイユから出航するとき、ミシェルは「夢の軍艦」ヴィルジニー号のことを考えただろうか？　ずっと前に死んだ母が、悲しみに暮れながら手を振る姿を見ただろうか？　ミシェルは友人の――というよりはミシェルが、彼の友人だったと言うほうがいいだろう――アナキスト、エルネスト・ジローといっしょだった。彼は一九〇六年にミシェルの最初の伝記『ラ・ボンヌ・ルイーズ』(*La Bonne Louise*)を書く人物であり、フランスのオリエンタリズムの伝統について書いたあまり知られていない紀行文『地獄の植民地』(*Une Colonie d'Enfer*)の著者でもある。

ミシェルよりもずっと若く、一八七一年にコミューンで生まれたジローは、アルジェリア人に対するフランス人の振る舞いに慄然としたが、彼自身も人種差別的な嫌悪感から逃れられなかった。鼻をつまみながら権威をもって語るのはむずかしい。講演会場から次の会場へと移動する際、旅の道連れミシェルへの彼の接し方は、まるで有名な古い美術作品を携えて地方各地の美術館をまわる、落ちつかない管理者のようだった。ティージ・ウズ〔アルジェリア中北部〕の街へ向かう列車で、若きジローがしきりに「休む」よう懇願するのにうんざりし、ミシェルは怒りを爆発させた。「なんの役にも立たなくなったら、わたしは死にます！」まだそのときではない。「子どもみたいに世話をされる」必要はないのだと。[43]

ジローの『地獄の植民地』では、ミシェルは影の薄い存在にすぎない。しかし彼がミシェルを過去へ送り返すとき、彼女はほんのつかの間息を吹きかえす。

黒旗

ルイーズ・ミシェル

ふたりはまた列車に乗り、次の講演のために地中海沿いに東へ向かっていて、遠のいていくアルジェの街の明かりを、後方の展望台から眺めている。打ちよせる波の音は大きく、エンジンの騒音をしのぐほどだ。ミシェルはここにいてしあわせなのだろうか、ジローは思った。

なぜそんなふうに思うのか。「わたしたちは世界でいちばんしあわせよ」[44]

だが、外国でのミシェルの経験は、かならずしもしあわせなことばかりではなかったのではないか？　ジローは南太平洋での日々のことを考えている。

「後悔はしていないよ」打ちつける波の音に負けずミシェルは言う。そもそも流刑のおかげで西の森に出会えた――ブラジル、オーストラリア、氷山、ニアウリも見た。征服がその本質からして悪であることも目のあたりにした。フランスにとどめられていたらどうなっていたか、だれがわかるというのか？　「そんな旅をするためなら人生の一〇年をよろこんで投げ打つ人がたくさんいるでしょう」。ジローとこの会話を交わした二週間後、ミシェルはアルジェリアを去り、ヨーロッパへ戻る最後の船に乗った。

没落者

ディヌズールー・カ・チェツワヨ

セントヘレナを発ったほぼ一か月後の一八九八年一月、ウムビロ号はナタール州ダーバン沖へ錨をおろした。乗っていたのはディヌズールーおよび数が増えた同行者たちで、一行がスムーズに出発できるようにと島へ出向いていたハリエット・コレンゾもいっしょだった。

厳しい航海だった。当初、事務長（パーサー）は女性に前方の二等船室を、男性と子どもに一等船室を割りあてた。コレンゾはすぐに慣習どおりに乗客の配置を換え、男性だけを一等船室に残した状態で、往路とは逆方向への航海がはじまった。まず南大西洋の穏やかな日々がつづき、その後、喜望峰の激しい嵐がやってくる。「とても興味深い航海だった」とコレンゾは振り返る。「だが一度経験したら当分しなくていいかもしれない」[1]

ウムビロ号が錨をおろすと、先住民政策次官（Undersecretary for Native Affairs）と行政長官がやってきて、ズールー語と英語で書かれた書類をディヌズールーへ手渡した。ズールーランドとナタールをイギリスの統治下へ組みこみ、イギリスのひとつの州にすることを確認する書類である。合意のとおりディヌズールーは、〝政府の首長（government induna）〟としてズールーランドへ戻った。

翌朝、船が港へ入って、ディヌズールーの荷物がおろされた——次官によると、「四〇トンの家具［…］五頭のロバ、一〇匹の犬、数匹のウサギ、ニワトリの檻、カナリヤ、オウム、サル」などである。[2] 当局は、一八年前にミシェルがパリで経験したような盛大な帰郷をディヌズールーに許したくなかったため、一行はダーバンからたちまち追い立てられた。荷物のごく一部しか載せられない小さな列車で港を出て、五〇キロメートル弱離れた終点トンガシへ向かい、そこから一行は荷馬車でエショウェへ移動して、ナタールの弁務官チャールズ・ソーンダーズによる〝面接〟を受けた。

暑くて窮屈でみすぼらしい四日間の荷馬車の旅。湿気に慣れていなかったため、セントヘレナから船で連れてきたロバのうち四頭が死んだ。一行は大雨と洪水に見舞われ、列車に積めずにダーバンに残していた荷物の大部分がだめになった。不幸な帰郷だったにちがいない。さらに、ソーンダーズの筆頭「先住民行政官（native executive officer）」として、ディヌズールーは家具つきの家を提供されてエショウェで暮らさなければならなかった。ウスツから一六〇キロメートルほども離れた場所である。約束された〝本国送還〟は不完全だったのだ。ある日、ハリエット・コレンゾが派手に落馬した。その後、ディヌズールーのまわりの面々は、次から次へと熱を出して倒れる。一八八九年にディヌズールーが失脚した土地であるエショウェは、妖術（ubuthakathi）に毒された場であることを、言われるまでもなくみんな知っていた。ディヌズールーの叔父ンダブコは周囲の森へ逃れ、伝統医療による治療者（ヒーラー）の助けを求めた。ようやくソーンダーズは、ディヌズールーを王家の支配地オスツへ戻すべきだという勧めを受け入れる。オスツはヴナ川のほとりにあり、ディヌズールーが子ども時代を過ごしたオンディニから北へおよそ八〇キロメートルの場所である。ソーンダーズはのちにこの譲歩を後悔する。『タイムズ・オブ・ナタール』紙は「セントヘレナでのうんざりするような年月のせいで、チェツワヨの息子は確実に人民から遠い存在になった」と論じていたが、[3] コレンゾはそうした距離を感じなかった。「以前と変わらず彼らは心が善良で、ひとつにまとまってもいます」とコレンゾは妹に請けあっている。[4] ディヌズールーの「文明」――シルクハット、短いステッキ、熱のこもった賛美歌の歌唱――は、「彼と彼の父の人民とのあいだの妨げにはならないでしょう」。当局は、ディヌズールーのダーバン到着を目立たせないようにはできたが、オスツへの道中――コレンゾによると「勝利の行進」――で受けた歓迎には、ディヌズールーもほっとしたにちがいない。「遠方の地区から彼の人民――政府の族長たちも含めて――が大挙して集まり、道中のいたるところで彼に会って忠誠を誓い、現金を差しだしました」

イギリスが理解していなかったこと、あるいは理解できなかったこと、もしくは忘れていたことを、ディヌズールーは理解していた。自分の土地に近づけば近づくほど、自分の力が増すということである。そもそも流刑は、単に指導者を人民から切り離そうとする企てではない。指導者をその活力の源から切り離そうとする企てである。一キロメートルごとに、一分ごとに、ディヌズールーは力を得た。中心へ、オスツと王家の祖先の埋葬地へ戻ること。エショウェの木枠の部屋に甘んじていたら、おそらく主権は活気を失ったままだった。自分の土地に戻るこ

没落者

ディヌズールー・カ・チェツワヨ

とは、主権を生き返らせることにほかならなかったのだ。

とはいえ、流刑者が戻る祖国は、去ったときと同じ祖国ではありえない。過ぎ去った年月は取り戻せない。ズールーランドは解体されて、対立する族長たちの領域に分けられ、イギリスの小屋税（hut tax）のために困窮していて、男たちは賃金労働へと追い立てられて自宅から遠く離れたところへ働きにいくことも多かった。さらには、セントヘレナでの最後の年にディヌズールーは、ウイルス感染症によってズールーランドの畜牛が死んでいるとの最新情報も受けとっていた。被害の現実にディヌズールーは恐れおののいたにちがいない。ズールー族独立の終わりを告げたのは、戦争でも分割でもなく、一八九七年から九八年にかけての牛疫の流行だったのかもしれない。ディヌズールーが帰国した時点で一六万頭ほどの畜牛が死んでいて、六月までにズールーランドのすべての牛のおよそ八割が死んだ。牛疫によってズールー族の社会は大混乱に陥り、過去から隔てられた。ズールー族のどの集落でも、牛小屋が中心に据えられていたことからもわかるように、畜牛はズールー族の社会とアイデンティティの中心だった。イロボロ（婚資）も含め、ほぼすべての取り引きは、畜牛の頭数で値がつけられる。集落の牛は集落の人びとおよび死者たちと一体だったので、牛疫は家庭に暗い影を落とした。牛が屠られることはめったになかった——飢饉のときや祖先を慰めるときぐらいである。だがディヌズールーがオスツの境界をこえて王家の囲い地にふたたび足を踏み入れたときには、肉、乳、生贄に使える畜牛は、ズールーランドにほとんど残っていなかった。

ディヌズールーの立場はありえないもののように思われた。イギリスから与えられた権限は、簒奪的な権力から与えられる権限がすべてそうであるように、ほんとうの権限ではなかった。〝政府の首長〟。それはいったい何なのか？　使用人、使い走り、使者、仲介人、砂のなかのトカゲ。だがその血統のゆえにディヌズールーは、ズールー人のほとんどにとってはやはり王であり、王の博識と権力、王の知恵、王の義務をそなえた存在だった。

＊

イギリスは「土地の売却、譲渡、割譲はしない」と約束していたにもかかわらず、[5]一九〇二年にズールーランドは隣接するナタールと併合され、最も条件のいい一万平方キロメートルほどの土地が白人の農場主たちに売られて、岩だらけで硬く、マラリアが発生する残りの土地が「先住民の土地の保護区」としてズールー人へ分配された。一八八八年に一万三〇〇〇平方キロメートルほどの土地がボーア人に接収されると（その土地は、ボーア戦争〔南アフリカ戦争とも呼ばれる。一八八九年一〇月から九二年五月までつづいたイギリスによる植民地獲得戦争〕後に今度はナタールへ併合される）、ズールー人のもとに残ったのは、ディヌズールーが流刑に処される前に自分たちのものだった土地のごく一部だけである。補償はなく、保護区の外に集落がある者たちは、立ち退くか借地人になるしかなかった。

ズールーランド北部と西部のボーア人独立共和国とイギリスとのボーア戦争は、終結に向かっていた。当面はイギリスと敵対したくなかったディヌズールーは、イギリスへの援軍として

没落者

ディヌズールー・カ・チェツワヨ

部隊を派遣してボーア人のゲリラ・キャンプを襲撃させた。ディヌズールーが王家の支配地クワノバムバ（〝統一の砦〟）をエマコシニの谷に再建すると、ズールー人への彼の影響力が確たるものになる。エマコシニの谷には祖先たちが埋葬されていて、遠くシカンジャの密林に葬られた父とは異なり、ディヌズールー自身もいずれそこへ埋葬される。空腹で疲弊し、小屋税のせいで困窮していて、土地と過去から切り離されたズールー人は、指導者を渇望していた。族長たちは、危機のときにいつも王に頼っていたように、ディヌズールーにすがった。だがディヌズールーは、自分は取るに足りない一族長にすぎないと言い張った。自分は無力だ。ナタールと話さなければならない。

一九〇五年、匿名の布告書がナタールとズールーランドの集落で出まわった。「ブタはすべて処分しなければならず、白いニワトリも同じである。食べ物を入れたり食べたりするのにこれまで使われていたヨーロッパの道具は、放棄し捨て去らねばならない。従わない者は集落が雷に打たれるであろう」[6]。もっぱらヨーロッパ人と結びつけられていたブタは、魚や子牛と同じように、ズールー人には禁忌（タブー）と考えられていた。それを処分することは、すなわち人種としての自治の表現である。一九一三年に刊行された反乱の公式記録でジェイムズ・スチュアートが論じるところによると、〔その文書に含まれた〕ズールー人へのメッセージははっきりしていた。「一斉に蜂起して、白人を大虐殺しようということである」。ディヌズールーは関与を強く否定したが、植民地当局もナタールおよびズールーランドの族長たちも、実際に文書を書いてはいないにせよ、それを煽動したのは当然ディヌズールーだと思っていた。

反乱のあいだ、ナタール政府の諜報員として働いたスチュアートは、その命令は「ディヌズールーの支配下での生活状態よりも、ヨーロッパ人のもとでの状態のほうが耐えがたいという考えに取りつかれた先住民の想像から生まれたのではないか」とのちに認めている。[7] この怪文書を書いたのがだれであろうと、その「取りつかれた」状態は、アフリカ南東部の先住民にほぼあまねく見られた。それでもなおイギリスは翌年に新しい人頭税の導入を発表し（ボーア戦争は高くついた）、それが通り雨のように黙って受け入れられると思っていたようである。

既存の小屋税を拡大した新しい人頭税は、コミュニティにいる労働年齢の男性ひとりにつき、年に一ポンド集めることをズールーランドとナタールの各族長に義務づけた。これは歳入を増やすための計画だったが、何にもましてズールー人を賃金労働へと押しやる手段だった。白人男性が黒人男性の二〇倍の収入を得ている社会でのことだ。ディヌズールー自身はその税金を払い、配下の者たちにも払うよう促した。ナタールの政府から見れば、ディヌズールーは求められたとおり忠実なままだった。

一九〇六年二月七日、ナタールの警部補が部下ひとりとともに殺害された。一週間後にズールー人の男ふたりが殺人の罪で裁判にかけられ、有罪判決を受けて射殺される。その後間もなくさらに二四人の男が逮捕されて、一二人が同じ罪で死刑判決を受けた。イングランドの政府が反対して刑の執行は留保されたが、ナタールの首相がそれに抗議して辞職すると、反対は取り下げられて死刑が執行された。マゲマ・フゼによると、「処刑の直前、彼らはまるで祭りへ向かう人たちのようにとても陽気に歌をうたい、氏族のかけ声を唱えた。そして自分の墓穴を

没落者
ディヌズールー・カ・チェツワヨ

掘るよう命じられると、よろこんで死へ向かう者のように、すすんで作業に取り組んだ」[8]。

これが、その後に起こる反乱の直接の背景である。その反乱は、あるひとりの男と結びつけられるようになる――ディヌズールーではなく、彼の推定上の権威のもとにいた無名の族長である。

バンバタ暴動として知られるようになるこの反乱は、数十年にわたる盗みと強制移住の結果であり、見捨てられたものや奪われたものを取り戻す試みだった。〔一九〇六年〕二月終わり、ゾンディ一族の長バンバタが、一族の男たちとともに、ナタールのグレータウンにいる行政官のもとへ出頭して人頭税を払うよう命じられた。決められた日に姿を現さなかったため、ふたたび呼び出しがかかったが、今度もまた反応がなかった。三月九日、造反者を捕らえようとナタールの警官一七〇人と騎乗ライフル部隊が派遣される。バンバタは北のズールーランドへ逃げていた。

三月終わり、バンバタは妊娠中の妻と子ども三人を連れてウスツへ到着し、王の庇護を求めた。しかしディヌズールーは、逃亡者をかくまっていることがナタールに伝わると、自分を逮捕する口実を当局に与えることになるとわかっていた。慎重になるのも無理はなかった。ディヌズールーは三八歳で、年寄りとは言えなかったが、かなり体調が悪かった。セントヘレナ後の人生は、ほとんどずっと体調を崩していた。ある種の浮腫（むくみ）のようなもののためにほぼ寝たきりになっていて、おそらく、おもな死因となる腎炎の初期段階にあった。「手脚が膨れあがり、胸が痛んで息をするのも困難で、排尿できなかった」と部下のひとりは言う[9]。こうしたいたましい時代の写真を見ると、ディヌズールーの植民地における制服姿は痛々しいほど窮屈そうで、苦しげな姿勢からは敗北感が否応なく伝わってくる。そのときにはすでに、やすらかな死も自分にふさわしい死もほぼ望めなくなっていた。ディヌズールーの流刑は、ズールーランドが最終的に崩壊することと切り離せない。彼がいなくなったことでズールー社会のかなめ石が奪われ、この大建築物は崩れるよりほかになかったのだ。

よそ者のバンバタはこう告げられた。ナタールへ戻って有名なズールー人医師を呼び、ディヌズールーを診てもらえるよう手配してほしい。庇護の要請をディヌズールーが検討するあいだ、バンバタの家族はウスツへとどまってもよい。もちろんそれはバンバタを追い払う策略であり、バンバタも当然それをわかっていた。彼はひそかに自分の集落ムパンザへ戻り、ディヌズールーのあと押しがあると支援者たちに思いこませて、戦争の準備を整えた。四月四日、一四六人からなる派遣隊がふたたび逃走者バンバタの捜索と逮捕を試みた。その翌日、ムパンザ川の浅瀬近くにある谷で、一行はバンバタの兵に奇襲される。

まずイギリス人たちの馬が撃たれ、その後、落馬して逃げる者たちも撃たれた。一五頭の馬と四人の男。死者はひとりを除いてすべてイギリスが回収し、グレータウンへ持ち帰った。残されたブラウン巡査部長の遺体が四月八日に発見されたときには、内臓が引き抜かれ性器が切断されていた。これは単なる侮辱行為でも恐怖心を植えつける試みでもなく、死者の霊魂をなだめ、殺害者に報復しないようにするためのしきたりだった。一五〇人のズールー人は、この小競り合いでひとりも死ななかった。彼らの身体はイギリス人の弾丸を通さないからだ――本

没落者
ディヌズールー・カ・チェツワヨ

人たちにはそう思っていた。だが、魔法や祖先の介入によって与えられた保護は、すべてつかの間のものだった。

　四月はじめ、配下の兵を率いたバンバタとナタール各地のズールー人数百名がンカンジャの森に結集し、チェツワヨが埋葬されているボペの尾根の周辺に一〇〇〇人にのぼる兵が野営を張った。一方、ズールーランドから成り行きを見守っていたディヌズールーは、弁務長官にみずからの潔白を主張している。「わたしは完璧に忠実であり、いかなるかたちであれ政府の望むとおりにそれを証明したいと心から願っています。わたしに言えるのはそれだけです」刑務所行きや流刑に再度直面することになるとわかっていたディヌズールーはそう訴え、さらには「健康状態を顧みずに」部隊を率いてンカンジャの森へ向かい、「この犬バンバタ」を捕らえるとまで申し出ている。[10]

　ディヌズールーがおとなしく従ったことで、ナタールはしばし安心したが、植民地当局は彼が反乱に関与していないとは思えなかったようだ。書類の上ではちがうにせよ、実質的にはディヌズールーが王の座にとどまっていることをすでに理解していたからである。バンバタの兵がグレータウンへの攻撃を計画しているとの知らせを受けて、大軍がンカンジャへ送られ、反乱者をあぶり出すために集落を焼き払って穀物庫を空にし、畜牛を捕らえるよう命じられた。六月はじめ、ナタール野戦砲兵隊の分遣隊がモメ峡谷の上に陣どった。そこにバンバタとその部隊が野営を張っているのがわかったからだ。谷の出口はすべてふさがれる。六月一〇日の明け方にピストルの発射音が三発響き、それを合図に一斉攻撃がはじまった。攻撃は一六時間もつづく。マキシム機関銃、一五ポンド臼砲（きゅうほう）。破裂弾、射撃、ダムダム弾によってさらに被害が広がる。助命は許されず、降伏も受け入れられずに、捕虜もとられなかった。逃げようとした者は撃たれた。三人のイギリス兵が命を失った。イギリス側によると、ズールー人の死者数はバンバタを含めて六〇〇人だというが、実際にはそれよりはるかに多かった。ナタール騎馬警官隊の史料編纂者は、この出来事を大虐殺として描いている——「それは戦闘ではなかった」[11]。

ナタールとズールーランドでのその後一か月の戦いで、少なくとも二〇〇〇人のズールー人が殺害されたのに対して、イギリス人の死者は二四人だった。イギリス人の遺体が切断された話、とりわけ儀式として内臓が抜きだされた話は、この戦いについて語るイギリス側の記述のいたるところに見られ（一八七九年の戦争の記述でも同じだった）、それはバンバタの遺体の扱いが伝えられる際にもこだましている。ナタールの政府はバンバタが死んだ証拠を求め、身元確認のために遺体をンカンジャの町へ運ぶよう命じた。カルヴァリーという巡査部長が、主人の死を目撃したバンバタの幼い使用人に案内させてモメ峡谷の現場へ足を運んだ。急勾配で岩だらけで植物が生い茂った地形であり、ひとりの男とひとりの子どもだけで人間の遺体を運ぶのは容易ではない。馬を使ってもむずかしく、埋葬されずに三日も放置された遺体となると、なおのことだ。カルヴァリーは実際的な性格だったようで、バンバタの頭部を切り離してそれを自分の鞍袋（サドルバッグ）へ入れた。

首実検のために集められた族長たちは、たしかにこれはバンバタであり、疑いの余地はないと言った。しかしズールー人のあいだでは、族長たちはバンバタの首ではないとわかっていたと広く信じられていた。その噂によると、無傷で逃れたバンバタは残りの人生をンカンジャの奥に隠れて過ごした、あるいはことによると、外国で人知れず静かに暮らしたとされる。一方で、彼の王がそのような避難先（サンクチュアリ）を見つけることはなかった。

＊

ナタールの総督は、アントニー・ダニエルズを味方につけた。セントヘレナでディヌズールーの通訳と秘書を務めた人物だが、その後、窃盗の罪で王家の支配地オスツを追われていて、ディヌズールーを恨む理由があった。ダニエルズはこう主張する。ディヌズールーははじめから反乱を支援していて、オスツで銃を不法に所持し、反乱のあいだにはバンバタのほかに数多くの反逆者をかくまった。それに〝戦争治療（war doctoring）〟――戦闘で戦士たちを守るための伝統儀式――が王の集落でおこなわれていたともつけ加えた。一九〇七年一二月はじめ、ディヌズールーは大逆罪でしかるべく告発され、抵抗せずに自首するよう命じられた。ここでハリエット・コレンゾがふたたび登場する。以前と同じくコレンゾは友人ディヌズールーへ降伏を勧め、以前と同じくディヌズールーもそれに従った。一二月一〇日、ノンゴマの裁判所でディヌズールーは正式に罪状の認否を問われた。

その翌日、オスツは強制捜査を受けた。ディヌズールーの娘、プリンセス・マゴゴはのちにこう振り返る。「銃を探すという名目で兵士たちがやってきたときには、家のなかをあさりまわって、わたしたちの持ち物をほとんどすべて略奪していきました」[12]。反逆者はひとりも見つからず、発見された数少ない銃は合法的に所有されているものだった。一二月一四日、ディヌズールーはナタール野戦砲兵隊に護衛され、ノンゴマからピーターマリッツバーグへ送られた。一二月二三日に予備審問がひらかれたが、グレータウンでの裁判がはじまったのは翌年一一月である。一八八九年の裁判を彷彿させるように、ディヌズールーは二三の訴因で起訴された。大逆罪、大衆騒擾（そうじょう）、煽動、一九〇五年の銃器法の違反、殺人の教唆などである。

最初の担当法廷弁護士は、嫌悪感を露わにして辞任した。依頼人であるディヌズールーに有利な証拠は握りつぶされ、好意的な証言者はみな投獄されたからだ。「司法による非道行為」だと苦言を呈したのち、彼はイングランドへ戻った。後任のW・P・シュライナーは、アフリカ南部で最も尊敬を集める弁護士のひとりだった。だが彼も裁判の妥当性に不安を抱いていて、その不安は正しかったことがたちまち確認される。イギリス側の目撃者の証言は「誇張と偽り」だらけであり、「あらゆるところに陰謀の雰囲気が色濃く」見られた。検察側の主張が終わろうかというころ、シュライナーは、ディヌズールーから行く末をひどく恐れる手紙を受けとった。「わたしのただひとつの罪は、チェツワヨの息子であることです。何もしていないのに、悪意によって殺されようとしています」[13]。ディヌズールーはまた流刑に処されるのではないかと恐れていて、それは無理もないことだった。セントヘレナへ送り返されるかもしれず、あの芝居じみた、無力な、詮索の目にさらされる暮らしに戻らなければならないと考えると、絶望感に襲われたにちがいない。

ディヌズールーに対する訴えは三つを除いてすべて斥けられたが、バンバタやその他の反乱者をかくまったことで、人生二度目の大逆罪による有罪判決を受けた。「名誉を汚されることなく悪事に手を染めることはできないこと、それを人びとは理解しておかなければなりせん」と裁判官は締めくくり、一〇〇ポンドの罰金と拘禁刑四年の判決を言いわたした。[14] 判決の寛大さに怒ったナタールの政府は、すぐに王家の支配地オスツを破壊させ、ウスツ族を〝廃止〟した――ウスツ族は隣接する三つの族長の領土に分散された。

一九一〇年に成立した南アフリカ連邦では、ケープ植民地、トランスヴァール、オレンジ川植民地、ナタールが合併してイギリスの自治領になった。ケープタウンの新政府が最初にとった行動のなかに、寛大な処置があった。ディヌズールーは刑務所から釈放され、少人数の関係者とともに、オスツから北西へおよそ三二〇キロメートルのところにあるトランスヴァールの人里離れた集落へ移される。

コレンゾは、ディヌズールーの「杖」でありつづけた。かつて父にとってそうだったように。植民地ナタールからはトラブルメーカーとして忌み嫌われていたが、ズールー人からの信頼を疑う者はほぼいなかった。「その方向へ力を注いだら、彼女ほど先住民の心を落ちつかせることのできる者はほかにいない」と『ナタール・ウィットネス』紙は書く。[15] シュライナーは報酬をほとんど辞退したが、コレンゾは弁護費用のために破産寸前に追いこまれた。一九一〇年、ナタール最後の法律のひとつによって、ピーターマリッツバーグの主教たちが、ついに異端者ジョン・コレンゾの娘に復讐する機会を見いだした。新しい教会財産法（Church Properties Act）のもと、ジョン・コレンゾがビショップストウを建てた土地は、ナタール州教会のものになったのだ――ビショップストウはハリエット・コレンゾの子ども時代の家で、母の死後も妹のアグネスとそこで暮らしていた。コレンゾの抗議は実らず、彼女とアグネスは立ち退かされた。「それは彼女を困らせるためになされた」と、ナタールの法務長官は認めている。[16]

ディヌズールーの叔父ンダブコは、一〇年前の一九〇〇年に死んでいた。セントヘレナから戻った三年後である。一方、島の住人の報告によると、本国へ送還されたシンガナは、「村へ戻って一か月もしないうちに、文明の煩わしい服を脱ぎ捨てた」[17]。その九年後、一九〇六年の反乱に関与したとして、ナタールの海岸地アマンジムトティへ追放される。「あの人たちはついに彼を殺した」彼の最後の日々をともに過ごしたコレンゾはそう書く。友人の孤独な死のほかにも、コレンゾには悲しむ理由があった。そのときにはすでに、彼女が力を費やしたものはすべて――父〝ゾバンツ〟が力を注いだものもすべて――廃墟と化していた。自分が知るズールーランドは跡形もなくなり、イギリスの恥をコレンゾ自身も多少なりとも感じざるをえなかった。病気のディヌズールーを引きつづき訪れて慰めたが、二度目の流刑は最初の流刑とはちがった。ディヌズールーはもはや一八九〇年の「澄みきった、明るい、すばやく動く鋭い目」をもつ活気に満ちた若者ではなく、ズールーランドの戦いは終わったのだとふたりともわかっていた。一九三二年、ハリエットとアグネスはピーターマリッツバーグ郊外の丘のコテージで、一か月ちがいで亡くなった。

*

ディヌズールーの流刑先は二〇平方キロメートルほどの集落で、正式には〝アイトカイク〟という名だったが、彼はそれを〝クワテンギサ（KwaThengisa）〟と改名した。イシズールー語の〝クワテンギサンガエ（kwaThengisangaye）〟を略したもので、「彼が売られた土地」という意味である。ディヌズールーは、彼に反対して声をあげたズールー人たちから――セントヘレナ時代の秘書ダニエルズから、またその他の者たちからも――、ほかにどんな仕打ちを受けたのだろう？　彼を擁護して声をあげることのなかった者たちからは？　ディヌズールーは少人数の付き添いとひっそり暮らし、体調はどんどん悪化していった。「わたしの問題は、ほかのだれの問題とも異なります」と弁護人のシュライナーへ書く。「わたしが子どものころに父が白人に連れていかれたときにはそれに悩まされ、いまだにそれに悩まされています［…］つらいのは、殺されていながらも生きていることです。即座に死ぬのはたいしたことではありません」[18]

生きたままの死――流刑者にあまねく見られる悲しみ。二〇〇〇年前、オウィディウスは死んだほうがましだと嘆いたが、ほんとうの意味で彼の命は、ローマを去ったときに終わっていた。また、「殺されながらも生きている」ということの感覚には、それに付随するもうひとつの不安も当然ながら隠されている。つながりのある人たち――同胞、臣民、子ども――の目から見れば、自分は事実上死んでいるという不安である。手紙に返事はこなくなり、こちらの顔は人びとの記憶から日々薄れていって、賛歌の歌詞は口にされないうちにあやふやになる。
それでも『ナタール・マーキュリー』紙は、昔日(せきじつ)の王のもとへ引きつづき記者を送っていた。「体調がよければ、イギリス製のオルガンを演奏してくれる——そして英語で歌ってくれる。彼が好きな曲は、『埴生の宿(ホーム・スイート・ホーム)』である。流刑先でそれを学び、けっして忘れることはない」[19]。もちろん、感傷的な話として嘘っぽいほどうまくできている。流刑者がふたたび流刑に処され、セントヘレナで演奏できるようになったオルガンの音色が無味乾燥な草原に響きわたって、悲しげな歌声が聞こえてくる。

故郷を追われし者に、光はむなしく輝く
ああ、つつましい草ぶき屋根のコテージを返してほしい！
呼び声に応じてやってきた小鳥たちが陽気に歌い
何より愛おしい心の安らぎを与えてくれる。

一九一三年一〇月にディヌズールーが死ぬと、死亡記事を担当した記者は若きディヌズールーのセントヘレナ時代について書き、次のように認めている。
ヨーロッパの服を身につけて、ごくわずかな英語を話し、指を一本だけ使ってピアノで国歌を奏でることを学んだ。流刑中にほかに何か役立つことを学んだのかは疑わしい。非常に異なる人種と器量の男と同じように、島で人生を終えることを許されていたら、ディヌズールーにとっても南アフリカにとっても、おそらくもっとよかったのだろう。[20]

ディヌズールーとその一行の写真を見てみよう。一八九五年二月、二三人が集合しているのは、ジェームズタウンにあるモルディヴィアという家の前の段である——「異なる人種と器量」の男、ナポレオンのうす暗い住まいからさほど遠くない（だが何が？）。

実は写真は複数ある。アーカイブスには、わずかに異なる写真が二枚存在するからだ——どちらでもディヌズールーはフレームの右に立っているが、一枚では山高帽をかぶっていて、もう一枚ではそれを右手にもっている。王侯らしい虚栄心の現れかもしれないが、無意味な振舞いではなく、自分が何者なのか、何者になるのか、何者であるべきなのかをめぐる不確かさが多少なりともそこからうかがえる。細身で立派なディヌズールーのほかに、だれだかわかる人物が数名いる。ンダブコ（左端）とシンガナ（ディヌズールーの隣に小さな息子と写っている）は、頭の輪をはっきりと見せている。細身で立派な男をのちに裏切る、通訳のダニエルズ（ハンチング帽をかぶって立っている）。そして中央には女性族長のようで、堂々とし、傲然として、尊大な（インペリアス）（インペリアル）ハリエット・コレンゾがいる。ディヌズールーらの釈放に向けたイングランドでの活動について話しあうために島を訪れていた。

コレンゾの隣、ディヌズールーの連れあいムカシロモの膝の上には、大きなつばのある麦わ

III

ら帽子をかぶった幼児がいる。その年に島で生まれた息子である。名前はソロモン・ンカイシャナ・マプムザナ・カ・ディヌズールー・ズールー。マプムザナ（Maphumuzana）は「避難所」「休みを与える者」の意である。のちに彼は賛歌で「深いたまりから飲むミツオシエ（the honeybird that drinks from depp pools）」と呼ばれる。彼の治世が父の治世よりも幸福になることはなく、それは腐敗と負債によって終わる。だが一九三三年（コレンゾのわずか一年後）に死ぬときには、ソロモン王はディヌズールーが気づいていなかったことに気づいていた。この新時代には、権力は王の手ではなく政治家の手にあるということだ。ソロモンのもと、政党というかたちをとって、ズールー国家および国の自治についての新しい考えが定着する。ズールーの統一を象徴する聖なる草の輪にちなんで名づけられたインカタ（Inkatha）という政党であり、ソロモンはその影響力ある後援者だった。三〇年ほどのちには、よりラディカルに生まれかわった同党が、アパルトヘイトとの戦いで決定的に重要な勢力となる。

＊

バンバタ暴動への関与によって、四七〇〇人ほどのズールー人が投獄された。首謀者とされ、物理的な存在がズールーランドの治安を脅かすと見なされた二五人は、流刑に処された。流刑先にはインド洋のモーリシャスが指定されたが、脚気（かっけ）が大発生しているとの報告が現地政府からあったため、別の島が提案された。一九〇〇年から〇二年のボーア戦争の捕虜は言うまでもなく、ズールー人の流刑者も受け入れたことがある島である。バンバタの反乱者のうち数人は、一九一〇年に恩赦によって刑期が短縮される前の年に、セントヘレナで死んだ。一九一〇年は、ディヌズールーがトランスヴァールへ追放された年である。

南アフリカの新共和国は、政敵の排除など、住民支配の戦略をいくつかイギリスから取り入れた。一九四八年に国民党が選挙で勝ったのちに法制化されたアパルトヘイト（〝分離＝状態〈apart-hood〉〟）のもと、何百万もの黒人アフリカ人が「民族的に均質な」バンツースタンへ強制的に集められ（南アフリカの自治区は一九九四年まで存在した）、アパルトヘイトの法律を認めない何千もの地域の、たいていは地方の指導者たちが、「追放（banishment）」と正式に呼ばれるものの対象になった。

流刑は単純に流刑ではなく、ほかの追放の制度と同じように、細かく分類されていった。〝退去（deportation）〟は移転を意味したが、特定の場所に幽閉されるわけではなく、一二か月単位で適用された。〝エンドースメント（endorsement）〟は対象者の〝先住（ネイティブ）〟地域、すなわちバンツースタンからの無期限の移転を意味した。最も広く用いられた〝追放（banishment）〟では、裁判なしで総督が「彼の定める条件のもと、いかなる部族であれ、あるいはその一部であれ、あるいはいかなる先住民であれ、連邦内のある場所から別の場所、あるいは州、あるいは地区への移転」を命じることができた。[21]

イギリスはすでに権力を手放していたので、追放はたいてい共和国の境界線内で、どこかの隔離された集落へ送られるかたちをとった。北ケープ、ピーターズバーグ、北トランスヴァー

没落者

ディヌズールー・カ・チェツワヨ

ル、ンカンジャ……あるジャーナリストが、北ケープ州マフェキング（現在のマフィケング）近くの孤立した場所にあった悪名高い〝追放キャンプ〟、フレンチデールを訪れてこう記している。「子どもの声はせず、きゃんきゃん吠える犬もなく、日常生活のくぐもった雑音もない。車が通るかすかな音が遠くから聞こえてくることすらない。まったく何もない」[22]

非協力的な族長にとって、一族の墓から何百キロメートルも離れた場所へ移され、祖先から伝わる権威が認められなくなることは、それ自体が投獄と同じぐらい名誉を貶められることだった。これは実際に証明されていた。近隣諸国へ逃れた者もいれば、白人の当局に歩み寄らずに追放先で死んだ者もいる。一九世紀はじめのコーサ戦争（一七七九年から一八七九年までつづいた）のときにイギリスがコーサ人の族長たちを閉じこめた島、かつてはケープタウンの検疫所だったロベン島が、ネルソン・マンデラらアパルトヘイトのひときわ手ごわい敵が送られる監獄として有名になる。だが、三二〇〇キロメートルも離れた貧しい小島へ人を送る必要はもはやなかった。

それでもセントヘレナは、イギリス人外交官たちのあいだで懐かしの場所として一定の地位を保っていて、それは引退した植民地関係者のあいだだけではなかった。一九一七年、イギリス・ザンジバル戦争（これもまた植民地での王位継承をめぐるイギリスの戦争だった）ののち、スルタン・サイイド・ハリド・ビン・バルガシュ・アル・ブーサイードがそこへ送られた。その三〇年後、植民地囚人移転法（Colonial Prisoners Removal Act）のもと、同じくイギリス保護領であるバーレーンの支配者、シャイフ・サルマン・ビン・ハマド・アール・ハリーファの要請により、バーレイイニ・スリー（Bahraini Three）として知られる反植民地活動家の一団がセントヘレナ島へ送られる（バーレイイニの面々がジェームズタウンの高台にある古い砲台に描いた、落書き（グラフィティ）きを見せてもらった。〝すばしっこい茶色いキツネは、のろまな犬を飛びこえる〟）。

掃きだめとしてのセントヘレナの評判は、いまも保たれている。[23] 数年前、『ワシントン・ポスト』紙に寄稿したアメリカのシンクタンクの幹部が、「亡命した独裁者たちの老人ホーム」と呼ぶものにセントヘレナを指名した。彼が念頭に置いていたのは、コートジボワールのバグボ元大統領やリビアのカダフィで、彼らは人口がまばらなブルー・ヒルズ地区で生きのびることができたのではと想像をめぐらせる。セントヘレナの人びとは、故郷を単なる囚人流刑地、ニューカレドニア、サハリンと見なしたことはなかった。一八九四年にナタールから「黒人の家畜泥棒たち」を送ると提案されたときと同じ嘲笑をもって、その記事を受けとめた。

サハリン熱

レフ・シュテルンベルク

人生の終わりにさしかかり、健康のために黒海に臨む保養地ヤルタへ移っていたアントン・チェーホフは尋ねられた。晩年、サハリンでの時間について語りたがらなくなったのはなぜか。チェーホフはいつもの癖で部屋のなかを行きつ戻りつし、おそらくうら寂しい海を見るためだろう、窓のところへ向かった。そしてようやく口をひらいた。「あのとき以来、何もかもが徹底的に〝サハリン化〟された」[1]〔…〕」

はるかに長いあいだ強制的にそこにいたシュテルンベルクは、さらに深くサハリン化されていた——魂に一種のしもやけを負っていた——が、わたしが論じてきた流刑者のなかで、彼ほど流刑の経験によって高みに押しあげられた者はいない。シュテルンベルクはサハリンで天職を見つけた。流刑地のなかで流刑に処されていなければ、彼の人生があのように展開し、さらにはあらゆるドラマと栄光までがついてきたとは考えがたい。背の高い白い枯れ草、かきわけられた雪の山、「濃い霧」——タタール海峡の「何もない」剝き出しの岬へ送られていなければ。出生地のジトーミルが人生の最初の極だとしたら、「民族誌学の洗礼」を受けた地、ヴィヤハトゥは第二の極だった（わたし自身がそこで過ごしたわずかな時間――犬に嚙まれてずぶ濡れになった一時間――は、いつもなら大好きな場所と結びつく幸福感とともに、記憶にとどまっている）。

一八九七年に釈放されたあと、シュテルンベルクはジトーミルの「神に見捨てられた孤立」へ戻ることになっていた。ほかの場所ではだめで、それが恩赦の条件だった――監視のもとに置かれる必要があったのだ。シュテルンベルクは流刑地から広く文通していて、世のなかの動きを把握していた。釈放の二年前にはアムール川河口で調査をする許可も得ていた。つまり、一八八九年以来ずっと世界から完全に切り離されていたわけではない。とはいえ、アムール川もやはり、地理上は流刑地の範囲内にあった。今度はほんとうに戻ることになる――かならずしもロシアの心臓部へではないが（ジトーミルはユダヤ人居住区のなかにとどまっていた）、シュテルンベルクが最もよく知る中心へ。彼が〝ホーム〟と呼べる座標へと。

*

ロシア民族誌学の土台は流刑地で築かれた。極東ロシアに閉じこめられているあいだに民族誌学の先駆的な研究をした人民主義者は、シュテルンベルクだけではない。流刑前から学者だった者はほとんどいない。新世代の研究者のなかに、〈人民の意志〉でのシュテルンベルクの仲間で友人、ウラジーミル・ボゴラスがいた。シュテルンベルクの一年後に逮捕されたボゴラスは、コリマ川に面した土地で一〇年近くの流刑生活を送り、チュクチ族を研究した。サンクトペテルブルクへ戻ったあと、一八九八年にその成果をまとめた浩瀚な本を刊行する。それがロシア民族誌学の画期的な著作となり、ボゴラスは名声を獲得した。シュテルンベルクと同じく、ボゴラスも従順な市民になって帰郷したわけではない。一九〇五年には、農民同盟中央局（Central Bureau of the Farmers' Union）への関与によって二か月を刑務所で過ごし、一九一一年には同じ罪で九か月間も独房監禁された。その後のはるかに過酷な追放の時代には、シュテルンベルクがサンクトペテルブルクで教えた学生の多くが、流刑者として〝フィールド〟へ強制的に送りこまれる。

シュテルンベルクが帰郷したときには、〔ルイーズ・ミシェルのように〕パレードで迎えられたわけではないが、再会をよろこぶ人物がいた。子ども時代からの友人モイセイ・クロリは、シュテルンベルクがサハリンを発ったあとに最初に目にしたなじみの顔だった。一八九七年五月八日、シュテルンベルクは恩赦の知らせを受け、本来の刑期を一七か月残して、またサハリンにいたほかの――生きのびた――囚人の多くよりもはるかに遅れて、島を去ることを許された。ウクライナと家族のもとへ戻る旅は陸路をとり、明らかに時間がかかっていた。ロシア中南部のイルクーツクの街へたどり着く前に、すでに一一月になっていたことからもそれがわかる。一八九五年に釈放されたクロリは、農業の可能性を調査する委員会の一員として元流刑先のザバイカル地域へ戻っていた。回想録によるとクロリは、調査の休みのあいだにバイカル湖北岸のイルクーツクを訪れ、ジトーミルへ戻る途中の旧友レフが街を通過中であることを知ったという。一八八八年にオデーサ中央刑務所の政治犯翼棟でたまたま会ったのにつづく、偶然の再会である。

一九二九年、元政治的流刑者のニューズレターに寄稿したクロリは、再会のときにはふたりとも将来をもっぱら楽観視していたと書く。自分たちの苦しみは実り多いものだった。「シベリアの霜と大吹雪（ブリザード）にさらされた」ふたりは、「人生の苦難によって鍛えられ、新しい知識によって豊かになり、身体面でも道徳面でも強くなった[2]」。これは更生だったのか？　追放によって反体制派の反抗を〝矯正〟するという当局の目的は達成されたのだろうか？　痩せこけ、髭を生やし、顔をひくつかせている友人シュテルンベルクについて言えば、「熱意に満ちあふれた彼の理想主義はいっそう深まり、想像力はさらに豊かになって、人類とその明るい未来への信頼はこれまで以上に熱烈になった」。

クロリのような元革命家は、一九二九年にはことばの選択に慎重になっていたはずである。だが、たしかにシュテルンベルクは使命感を新たにし、エネルギーをほとんど失わずにサハリンから戻ってきたようだ――未来への興奮は、ある種の冷めた諦念によって弱められていたとはいえ。長年の月日を隔てて一九二四年にパリで再会した旧友によると、シュテルンベルクは「同じ理想主義、人間の魂の力への同じ信頼に満ちていて〔…〕現在の出来事はつかの間のものにすぎないと見なしていた[3]」。

ジトーミルへ戻って間もなく、シュテルンベルクはサラ・ラトナーという優秀で内気な女学校のユダヤ人校長と出会い、彼女と生涯をともにする。彼女がこの男のどんなところにひかれて恋に落ちたにせよ、彼はほかの流刑者の一部のように希望をすべて失ってはいなかった。明らかに未来を思い描くことができていた。友人の多くが挫折するなか、流刑を生きのびたことで、彼の信念は強化され、おそらくよみがえりさえして、残りの人生をロシアでユダヤ人文化の振興と擁護に捧げることになる。ユダヤ人はその根本からして分散した民族だとシュテルンベルクは考えていた。それがユダヤ人のアイデンティティである。シオニズムは、みずからの否定に参加することにほかならない。ユダヤ人の伝統は統一の原動力である。「そのおかげで」とシュテルンベルクは書く。「ひとつの人類という考え、すなわち人類がやがて兄弟のような連合体になるにちがいないという考えが、文明化された人びとの頭と心のなかで確立されたのだ」[4]

ジトーミルへ戻ったシュテルンベルクは、サンクトペテルブルクへ移る許可を求め、クロリら友人や元流刑者の民族誌学者がそれを助けた。一八九九年、陳情が実を結び、シュテルンベルクはサンクトペテルブルクの街へ移って、まずはクロリと住まいをともにし、ニヴフについての研究をまとめた。三か月ごとに許可を更新しなければならなかったが、それはかまわなかった。シュテルンベルクは官僚制度から受ける屈辱に免疫をもっていたからだ。サラが合流したのち、シュテルンベルクは、人類学民族学博物館の上級民族誌学者および講師に任命される。ニヴフの親族体系についての刊行論文が評価されたのが、おもな理由だった。ささやかな自由を得て、シュテルンベルクは好きな水泳とサイクリングを再開し、夏にはサラとともにサンクトペテルブルク郊外のダーチャ〔農園つきの別荘〕で過ごした。新世紀。わずか五年のあいだに、ヴィヤハトゥで惨めに打ち捨てられた状態——風、氷の泡、犬——から、首都の夫婦のベッドへ、専門家として受ける尊敬へと旅をした。理想主義的になる理由があったと言えないだろうか?

＊

一九〇五年一月の雪の日、サンクトペテルブルクへ戻って五年少し経ったころに、シュテルンベルクは、一五万人ほどのストライキ中の労働者に加わった。労働条件改善を求めて冬宮殿へ行進する人たちの列である。シュテルンベルクは基本的に人民主義者のままで、〈人民の意志〉の自然な後継組織と見なしていた新しい社会革命党とつながりをもちつつあった。危険を察知してか、当局に関与を知られて職を失うことを恐れたからか、シュテルンベルクは抗議者が目的地に着く前に行進の列を離れた。冬宮殿では四五九人が兵士と騎乗のコサック兵に殺された。血の日曜日の大虐殺〔いわゆる「血の日曜日事件」〕として知られるようになるこの事件に、ロシアの大部分は嫌悪感を抱いた。「フランス革命の記録にこれと肩を並べるものがあるとは思えない」とシュテルンベルクはのちに書く。[5]

四月はじめ、シュテルンベルクは友人フランツ・ボアズに招かれてアメリカを訪れた。ボアズはドイツ生まれの高名な人類学者で、シュテルンベルクとは一年前にシュトゥットガルトでのカンファレンスではじめて会っていた。刊行されたのは死後だったが、ボアズの依頼によって書かれたシュテルンベルクの『ギリヤークの社会組織』は、ロシア民族誌学の土台を築く研究書のひとつとなる。一方、シュテルンベルクの祖国は危機に陥っていた。彼の不在中に少なくとも四〇〇人のユダヤ人が組織的に殺され、そのうち二七人は故郷ジトーミルで殺害された――年老いた両親と姉のシュプリンツァは、まだそこで暮らしていた。シュテルンベルクが――のちにテロに反対する政治的な党派を支持するとはいえ――政治的暴力を完全に斥けることがなかったのは、ひとつにはその春に家族が経験したことのためである。

　襲撃の数日前、地元のユダヤ人が皇帝の肖像画を射撃訓練の的として使ったという噂が広がった。この大虐殺（ポグロム）は、一八八一年のアレクサンドル二世暗殺後に見られた反ユダヤ的な暴力行為の延長線上にあった。ジトーミルの警視が暗殺されたという知らせによって、街のユダヤ人と反ユダヤ主義の暴徒がにらみ合う。暴徒たちは、殺害はユダヤ人のしわざだと誤って非難し、その後、街のあらゆるところでユダヤ系の建物や人を襲撃した。暴力の中心地は、街の大聖堂広場と、カメンカ川のほとりにあるポジールと呼ばれる貧しいユダヤ人地区だった。シュテルンベルクが暮らしていたスタロヴィリスカヤ通り周辺の比較的裕福な通りは、おおむね無事だった。シュテルンベルクの姉は、自分たちが無事だったのは街のユダヤ人による抵抗が功を奏したからだと言っている。事件後、気をもむシュテルンベルクの代わりにクロリが一家のもとを訪れ、すぐに両親がニューヨークへ電報を打って、無事を知らせて安心させた。

　しかしロシアへの帰国の途上、民族誌博物館でサハリンの工芸品を調べるために立ち寄ったウィーンで、シュテルンベルクは電報を受けとった。母が死んだという。〝神経衰弱〟によって引き起こされた心不全。シュテルンベルクの目には明らかだったにちがいない。バスから引きずりおろされて棍棒で殴り殺されたポジールの若者と同じく、母もまた虐殺の犠牲者なのだと。

＊

シュテルンベルクはサハリンを去り、ジトーミルを去ることを許されたが、自分のことを完全なロシア人と見なさない者がつねにいることもわかっていた。サンクトペテルブルクのユダヤ人博物館の館長に任命された一九〇八年、シュテルンベルクは、ジュラーフスキー事件として知られることになる一件に巻きこまれる。人類学民族学博物館への収蔵品提供者のなかに、アンドレイ・ジュラーフスキーという個人収集家で、博物館の評議員を務める男がいた。彼はロシア北部のペチョラに研究所をつくり、その地域で暮らすネネツ人とコミ人の民族誌学的な物品を収集していた。博物館を監督する科学アカデミーが、研究所の資金を提供するという協定に背き、そのせいで研究所が閉鎖に追いこまれたとジュラーフスキーが主張したことで、両者のあいだに対立が生じる。彼が右派の刊行物に書いた一連の批判的記事を、悪名高い反ユダヤ主義者のコラムニスト、ミハイル・メーンシコフと、博物館の元アシスタント学芸員でシュテルンベルクの職業上のライバル、ブルーノ・アドラーが取りあげた。アドラーはジュラーフスキーに告げる。ジュラーフスキーが博物館へ提供した工芸品――一部は博物館で保存されるという条件でジュラーフスキーに手渡されていた――が裕福な売買業者（言うまでもなくユダヤ人）へ売られていて、その業者がそれを売却したり、博物館の代わりにほかのコレクションの品と交換したりしていると。

ジュラーフスキーは、協定から金銭的な利益を得たとしてシュテルンベルクと博物館の館長ラドロフをおおやけに非難し、メーンシコフのナショナリスト新聞『ノーヴォエ・ヴレーミャ』紙に掲載された手紙では、この横領の原因は、人数の少ない博物館の学芸員にユダヤ人が多数派を占めていることにあると主張した。[6] 一方でジュラーフスキー自身は、「ロシアの科学の理想」を生涯にわたって擁護してきただけでなく、民族としてもロシア人だと強調する――〝ハイム゠レイブ〟・シュテルンベルクとはちがうのだと。ジュラーフスキーは、ユダヤ人の初等学校を卒業して以来、レフという名でしか知られていなかった主任学芸員を、あくまでこの名で呼び通した。

シュテルンベルクとラドロフは科学アカデミーへ一連の手紙を書き、アドラーの言いがかりに一つひとつ詳しく論駁を加えて、ようやく一九一一年に、調停裁判所でふたりとも容疑が晴らされた。二年の月日を経てシュテルンベルクは、専門家としての名声を無事に保ったまま復活したが、ジュラーフスキーと彼を支持するナショナリスト刊行物からは、引きつづき攻撃を受けた。この一件によってシュテルンベルクは、職業上の成功を収めたとはいえ、多くの人の心のなかではやはり自分はよそ者なのだと、あらためて思い知ったのにちがいない。ボアズへ宛てた一九一一年三月の手紙では、このエピソードは自分にとっての「ドレフュス事件」だと言う。一八九五年にフランス領ギアナへ永久追放されたドレフュスと同じく、シュテルンベルクはぬれぎぬを着せられた。そしてドレフュスと同じく、嫌疑を晴らされた。

＊

人類学民族学博物館のおもな活動に現地調査の企画があり、シュテルンベルクにとって最も重要なものが一九一〇年に実施された。一〇年をこえる月日を経て、五〇歳を間近にしたシュテルンベルクは、科学アカデミーに依頼されてフィールドへ戻ることになったのだ。北太平洋のほの暗い明かりへ、カラマツと雪どけ水の香りへ、三〇〇〇の孤独な日々に毎日目にした夜明けの山々のシルエットへ……おそらくためらうことはなかっただろうが、この遠征には精神面で大きなリスクがあった。シュテルンベルクは流刑地が自分の人生に重要な意味をもったことを認めていたが、ルイーズ・ミシェルが抱いていたような相反する感情（さらには懐かしさまで）を流刑地に抱くことはなかった。そこへ永久に戻るのは、惨めな〝タチェチニキ〟のようにみずからを手押し車に鎖でつないで鍵を捨てるのと同じぐらい、いやだったはずである。

五月なかば、シュテルンベルクの一行は六年前に開通していたシベリア鉄道でロシアを横断し、二週間後にウラジオストクへ着いた。たった二週間で！　夏のあいだは本土シベリアのアムール川下流で、ラグーンや支流の周辺を歩きまわり、ナナイの人びとが暮らす地域で親族関係や結婚の慣習を調査した。そして九月はじめ、ついにタタール海峡を渡った。

アムール川の河口を離れようとするとき、砂洲（さす）のせいで船が坐礁した。ようやくアレクサン

サハリン熱

レフ・シュテルンベルク

ドロフスクへたどり着くと、前例のない春の暴風雨のせいで橋や道路が流されていた。シュテルンベルクは、タタール海峡の下に住むニヴフの雷神を思いだしていたかもしれない。「サハリンへ戻ってきました」とシュテルンベルクはサラに書く。「大きな悲しみに包まれます。思い出でいっぱいになる。何もかもが過去を思いださせます」[7]

滞在は三週間に満たず、シュテルンベルクがおこなった人類学の調査は、一八九〇年代から知っていたニヴフ男性ひとりとの会話だけだった。シュテルンベルクは、この数週間を恐怖に怯えた状態で過ごしたようだ。重要な〝発見〟はしなかったが、おそらくこの島へ戻ったこと自体が実験の性質を帯びていたと考えるべきだろう。みずからの過去への巡礼の旅。あらゆる巡礼の旅と同じく、その場所が現実に存在するのを確かめる試みでもあった。ヴィヤハトゥは訪れなかった――あまりにもきつく、あまりにも遠くて、雪どけの季節にはなおのことだ――が、アレクサンドロフスクでは恩赦の対象から外された流刑者の一部と会い、ほかの流刑者たちの墓の前に立った。アレクサンドロフスクへの訪問者のなかではチェーホフに次ぐ有名人だったので、シュテルンベルクは島の総督およびアレクサンドロフスク〝社交界〟の全員からあいさつを受けた。だが、これは楽しい里帰りではなかった。胃潰瘍のせいで頻繁に身もだえした（のちにさらに悪化する）。雨が容赦なく降り、道路は小川と見分けがつかない。「望みはひとつだけ」だと、シュテルンベルクは遠くサンクトペテルブルクにいるサラへ書く――「できるだけ早くサハリンから逃れることです」[8]。おそらく島へ戻ったことで、ずっと抑えられてきた痛みが、湿地から湧き出るあの黒い水のように目を覚ましたのだろう。

一八九三年にチェーホフの『サハリン島』が刊行されたことで、道徳的に時代に逆行するうえに、植民の手段としても効果がないと見なされていた、シベリア流刑制度への世間の懸念が高まった。そもそも毎年新しい世代の社会ののけ者が押し寄せてくる場所が、どうやって故国の一部として発展できるというのか？　刑罰と結びついた植民地主義制度の根本的な欠陥がこれであり、ニューカレドニアを単なる争いに満ちた監獄島ではなく、うまく機能する海外領に変えようとするフランスの取り組みにとって厄介だったのもこれである。だが、世界のほかの場所で刑罰と結びついた植民地主義の時代が終わろうとしていた一方で、シベリアはその後間もなく、追放の地としての歴史の途方もない新段階へ突入する。

一九〇四年にシベリア鉄道が開通したことで、シベリアはロシア人家庭の通念のなかで、もはや到達しがたい世界の最果て（ウルティマ・トゥーレ）ではなくなり、そこへ向かう旅も——流刑者の恐怖のなかでずっと大きな位置を占めていた——かつてのような潰滅的な耐久レースではなくなった。一八九九年、ニコライ二世が指令を出し、一般囚人を大量に隔離する場としてシベリアを使うのを制限して、最も深刻な政治犯だけをそこへ送らせるようにした。一九〇五年の〔血の日曜日事件に端を発する〕革命によって、これが変わる。シュテルンベルクの時代には、シベリアの政治的流刑者は数百人だったが、二〇世紀には流刑は治安妨害を抑えつける武器になっただけでなく、社会工学（ソーシャル・エンジニアリング）の手段とも化した。ただ、大量の流刑によって目の前の動乱は鎮圧できたが、そのために不平がくすぶる広大な飛び領土ができ、そこで新しい革命が育まれた。

一九一七年の革命〔いわゆる「ロシア革命」のこと、ロシア帝国の崩壊とソ連の樹立につながった〕

サハリン熱
レフ・シュテルンベルク

を経てニコライ二世が処刑されたとき、元人民主義者のシュテルンベルクは、ほとんど気の毒に思わなかったが——皇帝の打倒に何年身を捧げてきただろう？　その大義のために何人の友人が死んだのか？——、その秋のボリシェヴィキ〔レーニンらによる革命党派で、「多数派」の意〕によるクーデターのあと、人類学民族学博物館での仕事が、政治による厳しい監視の対象になるのを目のあたりにする。一九二一年春、クロンシュタットで反ソヴィエトの水兵たちが反乱を起こしたのを受けて戒厳令が宣言されると、シュテルンベルクは禁止されている社会革命党の党員であることを理由に——人生最後の——逮捕をされる。同僚たちによる釈放の嘆願が実を結ぶまでに一週間かかった。長い期間ではなかったが、シュテルンベルクは若くなく、健康でもなかった（六〇歳になろうとしていて、胃潰瘍は街の食料不足のせいで悪化していた）。未決拘留所で過ごした昼夜は、三〇年以上前のオデーサ中央刑務所の記憶をよみがえらせたにちがいない。

　一九一七年以降、シュテルンベルクは引きつづき人類学民族学博物館での仕事と、地理学研究所、およびペトログラード帝国大学での教職を兼業した。学生たちには深い印象を与えた。ことばに詰まって顔の筋肉を痙攣させ、黒い髭の向こうでたどたどしく口を動かしながら手にもった索引カードをめがねの前に掲げる。シュテルンベルクが職業上と道徳上の考えを最も簡潔に示したのが、「民族誌学者の十戒」であり、彼は毎年これを学生たちに伝えた。[9]「民族誌学は社会科学の王である」という言明と、「偽造」、剽窃、「拙速な結論」の導出、「偽証」への警告を示すほかに、「自分の文化を研究対象の文化に押しつけ」ず、検討する社会を「文化のどの段階にあろうと関係なく、愛情と配慮をもって」扱うよう学生に教えている。そうすれば「それは、より高次元の文化を目指そうとするだろう」。

シュテルンベルクは時代錯誤の社会進化論者にとどまっていて、多くのロシア人社会主義者と同様に、基本的には極東でのロシア帝国主義の支持者にもとどまっていた。それと同時に、やがて「人類は文化的・相互的な平等と協力にもとづく、ひとつの親密な連合体になるだろう」と主張していた。[10]

教え子の学生たちは、「自分のなかで燃える何かによって焦げたような、瘦せた老人」が大好きだった。[11] サハリン化されてなどいなかった。焦げていて、まだ燃えつづけていた。

＊

刑罰と結びついた植民地主義の試みとして、サハリンはその時点ですでに失敗と見なされていた。犯罪者更生の学校としては惨憺たるもので、チェーホフの本で明かされているように、残虐行為、法手続きを経ない殺人、不潔さ、性的な奴隷関係がはびこっていた。〝定住流刑者〟が去ることを許された一八九四年以降は、本土へ大量の人が流出した。一九〇五年の日露戦争ののち、一五度線より下の島の南半分が日本の支配下に置かれ、サハリンは「銃殺されなかった者の最終目的地」ではなくなる。その翌年、囚人流刑地はついに正式に閉鎖され、数千人の元囚人がタタール海峡の向こう岸へ船で送られて捨てられ、〝故郷(ホーム)〟への帰途につかされた

——それがどこであれ。サハリンは厄介な存在になり、先住民は利敵協力者になりかねないと考えられるようになる。一九三〇年代には、島のニヴフ男性の三分の一が国家保安委員会（KGB）と連邦保安庁（FSB）の前身である内務人民委員部（NKVD）に殺害された。たいていは日本のためにスパイ行為を働いたという疑いのためである。一九三四年の秘密作戦「島民事件」では、NKVDが北サハリンの二二の村の一一五人を逮捕して銃殺し、そこには先住民氏族のメンバー四〇人も含まれていた。当時は日本製の時計やめがねを所持していたり、日本語が書かれた菓子の包み紙が見つかったりするだけでじゅうぶんだった。人びとは慌てて絹の服を埋めたり燃やしたりした。NKVDによるグレゴーリエフカの村での作戦報告では、「一九三七年から三八年にかけて、北部の諸民族のなかにいる反革命および反乱分子に対して実施した鎮圧措置の結果」が述べられている。「成人人口のおよそ三六パーセントが排除された。おもに四〇歳から六〇歳のニヴフとエヴェンキ［同じく先住民集団］である。残りの六四パーセントは、ソヴィエト政府がとった措置へ理解と支持を表明している[12]」

　この時期、ニヴフを含む囚人のなかで不忠と見なされた者は、本土とポギビを結ぶトンネル建設工事の悲惨な現場で働かされた。一九二〇年代に記録されたニヴフの物語によると、「冬になると稲妻がタタール海峡の底に沈む。ポギビ岬のすぐ北だ［…］稲妻は盲目の男のように、何も見えない状態でそこで暮らす[13]」。トンネルが地底湖の壁を破ったとき、数千人の労働者のうちどれだけが死んだのか、正確にはわからない。

Ⅲ

＊

「一人ひとりの人生は文学作品のようなものであるべきです」とシュテルンベルクは友人に書いている。「完成していても未完でも。それゆえ、いつ打ち切られてもおかしくないわけですが、それでもなお啓発的で美しく、内容豊かな物語になりうるのです」[14]

シュテルンベルクはモーガンとエンゲルスの――野蛮から未開、文明へという――社会進化論を捨て去ることができなかった。それは人類統一という彼の信念の土台であり、彼の政治とユダヤ主義の本質をなしていたからだ。社会進化論の考えは、シュテルンベルクの理解では宗教の放棄だった。だが人類がここまで進化してきたのは、預言者たちの教えのおかげにほかならないと彼は主張する。

シュテルンベルクがロシア民族誌学に残したものは、スターリンが死ぬまで広く認められなかった。シュテルンベルクは、長期的な民族誌学的フィールドワークの手法を確立した。人類学民族学博物館を世界最大級の民族誌学コレクションにした。ロシアの民族誌学教育を変え、一世代のロシア人民族誌学者に刺激を与えた。その後の数十年を目にするまで長生きしなかったのは、おそらくよかったのだろう。スターリン化がすすむなか、教え子の多くはシベリアへ送られるか銃殺された。同僚で友人のウラジーミル・ボゴラスは迫害を逃れるために妥協して、生涯かけて取り組んできた民族誌学の研究をマルクス主義イデオロギーに合わせ、一九三六年に死んだ。ジミートル時代からの旧友モイセイ・クロリは、一九一八年にロシアから中国へ逃

サハリン熱
レフ・シュテルンベルク

れ、その後、フランスに渡って一九四二年に死んだ。自身も高名な民族誌学者だったサラ・ラトナー＝シュテルンベルクは、夫の研究を広めようと長年奮闘したのち、一九四一年、レニングラード包囲戦のあいだに餓死した。

サンクトペテルブルクのプレオブラジェンスコエ・ユダヤ人墓地にあるレフ・シュテルンベルクの墓石には、黒い大理石でできた地球が載っていて、彼がよりどころにしていたことばが墓碑銘として刻まれている。「全人類はひとつである」。教え子のひとりであるユーリイ・クレイノーヴィチは、シュテルンベルクが当地に到着した三七年後にサハリンでフィールドワークをしているときに、彼の死を知った。「やすらかに眠ってください、親愛なるイトィク（ityk）」ニヴフ語の「父」ということばを使って、彼は書く。「そもそもいつかは眠りに落ち、おぞましいサハリンでの暮らしから休息を見いださなければならないのですから」[15]。自身も一〇年後にシベリアのコリマへ流刑に処されるクレイノーヴィチは、チェーホフの教訓をすでに学んでいた。ある種の場所は、一度そこへ住まうと、今度はそこが自分のなかへ住まうのだと。

ホームシックについて

これらの島へ旅したおかげでわかった。なじみのものからすっかり切り離されたとき、新しい環境に慣れるのに最大の望みの綱になるのが、自分の内面に目を向けることである。そこで何を見つけ、それをどう使うのか。それが、その後の人生の道すじを決めるのかもしれない。だが記憶が過去へ向かっても、目は水平線へと向かう。人生がふたつに引き裂かれたとき、自分を保つのはときにむずかしい。シュテルンベルクがサハリンから航海するはるか前、ペテルブルク号が渡ったのと同じ黒海をローマの詩人オウィディウスが見ていた。オウィディウスはふたたびテベレ川を目にする望みを捨てていなかったが、心のなかでは「葬式もなく、墓の名誉もなく」死んで「蛮族の地に埋められる」のではと恐れていた。「骨は小さな壺に入れて帰還できるようにしておくれ」と妻に懇願する。「そうすれば、死後も私は流謫者のままということにはならないだろう」[1]

ローマを発って八年を経た紀元一七年の冬、恐れていたとおりオウィディウスは黒海のそばへ埋葬された。トミスは文化を欠いた何もない土地で、春も鳥の鳴き声も果樹園もないという考えしか彼は認められなかった。それでも書いた詩を読むと、本人の考えはよそに、本人の望みもよそに、彼は新しい住まいに適応し、折りあいをつけてすらいたことがうかがえる。「スキュティアの地域には何も楽しい話などなかろうと思っていましたが」とオウィディウスは『黒海からの手紙』に書く。「今ではここは昔ほどには憎しみの場所ではありません」。結局、彼は新しい土地の「親切にもてなしてくれ、信頼に足る」人びとに好意をもつようになったようであり、母語ラテン語の影が薄くなっていくにつれ、その代わりに現地の人びとのことば、ゲタエ語を使うことをみずからに許した。[2]

ニューカレドニアで話されていた四〇をこえる言語のうち、普遍主義者であるルイーズ・ミシェルがビスラマ語にひかれたのはおそらく自然だった。ビスラマ語は英語とメラネシア語が混ざったクレオール語で、〝普遍言語（une langue universelle）〟である。一九〇四年一二月、アルジェリアの「目覚めようとしている諸民族」とロシアで起こりそうな革命に勇気づけられて、アルジェリアからフランスへ帰国したとき、ミシェルの健康は日に日に悪化していた。一九〇五年一月五日、サンクトペテルブルクで血の日曜日の大虐殺が起こる二週間前に、マルセイユでひらかれたいくつかの集会で演説をしたのち、同地のオアシス・ホテル（Hôtel de l'Oasis）へチェックインした。ほとんど知らない街で、ありふれたホテルのなじみのない部屋で——疲労によって悪化した肺炎のために——死ぬのは、ほかならぬミシェルにいかにもふさわしい。その前年に同じような条件で死にかけたとき、ミシェルは「自然の力とひとつになる」感覚を思いだすことができた。それは「まるで無限の愛それ自体がすべてを包みこむ感覚になったかのよう」だったとミシェルは書く。[3]

二〇二〇年、ヨーロッパのほぼすべての政府が、よそ者を保護する義務を放棄したとき、活動家たちがフランスの海軍艦艇を購入し、捜索救助船に改造して、北アフリカから地中海を渡ろうとする難民を助けることにした。その船はルイーズ・ミシェル号と名づけられる。ミシェルは生涯、正義と歓待は切り離せないという庇護(アサイラム)の原則に忠実だった――世界はわたしたちの共通の家(ホーム)だと考えていたからではなく、その反対で、わたしたちはだれもがよそ者だとミシェルが理解していたからだと思う。ロンドンの学校が失敗したあとのミシェルの夢は、〝追放された者の家(maison des proscrits)〟、「あらゆる流刑者に住まいを提供する大きな避難所としての家」をつくることだった。[4]「祖国に見捨てられ、追放された者がみな、住まいを求めて向かう先がロンドンだ」とミシェルは書く。「そして、そこで自由を見いだす――けれども残念なことに、ほとんどの者は食べるものがなく、自由を享受できない」。ミシェルの念頭には一区画の土地があった。住人が温室をつくって集約農業を実践する(野生動物がたくさんいる、大好きなヴロンクール城館のことを考えていたのだろうか? あるいはデュコ半島の庭、パパイヤとヤギのことを考えていたのかもしれない)。「この国際避難所は、いかなる理由であれ追放されたり法律の保護を奪われたりしたすべての人にひらかれる。イングランドの保護のもとで運営される」[5]

実際につくられることはなかった――資金が調達できなかった――が、これは大きな目標でありつづけた。理想の協同住宅、追放された者の家。

その時代には、ミシェル、ディヌズールー、シュテルンベルクが経験したような流刑――帝国の辺境にある植民地への政治的追放――はしだいに時代遅れと見なされつつあった。[6] 一八五二年にフランスがフランス領ギアナへ最初の国外追放をしてから、その一世紀後に囚人流刑地を閉鎖するまでのあいだに、フランス帝国はおよそ一〇万の臣民をアルジェリアやニューカレドニアなどさまざまな植民地へ送り、植民地間で移動させた。イギリス帝国がなんらかのかたちで強制的に国外へ追放した者の数は約三七万六〇〇〇で、そこにはオーストラリアへ送られた一六万人と、第二次ボーア戦争後にセントヘレナへ送られたボーア人捕虜六〇〇〇人も含まれる。一方、レフ・シュテルンベルクは、ロシア帝国のもとでシベリアと極東ロシアへ送られた二〇〇万人近くのなかのひとりだった――この数字は、二五〇〇万もの人が同じ地域へ流刑に処されたソヴィエト時代には、かすんで見えるようになる。

〝帝国による流刑〟は、いまではまず耳にすることがないが、囚人流刑地の考えは現在も残っている――最も顕著なのが、キューバのグアンタナモ湾にあるアメリカの司法管轄外の軍事刑務所であり、そこではイラクとアフガニスタンの戦争捕虜が二〇年近くも惨めな生活を送っている。刑罰と結びついた植民地主義は帝国とともに廃れたかもしれないが、〝有害〟分子から本国を隔離したいという衝動は、当然いまも残っている。いつでも最も弱い立場にいるのは、帰属に疑問が投げかけられる余地のある人たちだ。ルイーズ・ミシェル号が出航した一年後にこれを書いている時点で、イギリス政府は保護を求める人たちのための「海外手続き拠点」をつくることを計画中だと報道されている。場所はセントヘレナやいまも残っているほかの保護領ではなく、六五〇〇キロメートル弱離れたドイツの元植民地、ルワンダである。

したがって、わたしが感じているのがある種の〝ノスタルジア〟だとするならば、それはすでに失われた国へのノスタルジア、世界の——少なくともヨーロッパの——〝追放された者たち（proscrits）〟に安全な避難所と見なされていた国へのノスタルジアである。それに、戦争や革命から逃れる者たちが送り返されたり、「拘留センター」や「海外手続き拠点」に閉じこめられたりする懸念なく向かえる首都へのノスタルジアだ。一八二三年から一九〇五年の外国人法（Aliens Act）導入までのあいだの、ヨーロッパ各地に革命が広がった時期に、イギリスが入国を拒んだり退去を命じたりした外国人はひとりもいなかった。[7] 不穏な政治的背景をもつ者でも同じである。信じがたいが、ひとりたりともいなかったのだ。ミシェルが言うようにイングランドは、「そのうす暗い過去から歓待という昔ながらの徳を保っていて、これはいまのわたしたちにこれまでになく必要なものである」[8]。

「私自身の運命の激変というものは、振り返ってみるときに、何物にも代え難いような強烈きわまりない刺激を与えてくれる」現代の最も有名な亡命作家、ウラジーミル・ナボコフはそう主張する〔『記憶よ、語れ——自伝再訪』若島正訳、二九四頁〕。彼の家族は革命後にロシアを逃れた。それに、オウィディウスが追放されていなければ、『黒海からの手紙』と『悲しみの歌』が書かれることはなく、その後の幾世代もの流刑者を慰めることもなかった。それでもオウィディウスはこう言うかもしれない。それらは重要な作品ではない。流刑のせいで奪われた栄光を嘆いてほしいと。ナボコフの「強烈きわまりない刺激」は身体を大きく蝕むものだったかもしれず、オウィディウスが描く「蛮族の地」がローマの地よりも豊かだと思いこめるのは、新聞や歴史書を読んだことのない人だけだ。

流刑は多くの場合、個人の窮状であるよりも集団としての窮状である。あの救命胴衣やリュックサックの山を想像してほしい。孤独な流刑者がひとりであることはあまりない。そもそも、サーベルをもった突撃や、鉱石を目いっぱい積んだ船だけが征服ではない。人がいなくなった谷、空の穀物庫、放置された暖炉で消えゆく残り火も征服である。その人たちを移動させるのは、炭坑は自動的に掘られないからだ。その人たちが、こちらの支配下で平和に暮らすよりも、死ぬほうをはっきりと選ぶからだ。その人たちが、その土地についた汚れだからだ。その人たちが、派遣軍を待ち伏せするからだ。ホームにいることは、いかなる民族にとっても最大の力の源である。それをだれもがわかっている。人びとはそのために死に、当然そのために人を殺す。

一八八九年にディヌズールー・カ・チェツワヨが追放されたズールーランドは、戻ってきたときにはただ変わっていただけでなく、跡形もなく消えていて、ある意味ではディヌズールー自身もそれとともに消えた。最初の流刑から二五年を経た一九一三年一〇月一八日にクワテンギサで死んだとき、ディヌズールーは痛風、腎炎、出血、それにある追悼文によると「傷心」を患っていた。高齢ではなかったが、この二度目の流刑から回復することはできなかった。「病気が大きな苦しみを与えながら彼を奪っていった」と、セントヘレナ時代からの友人マゲマ・フゼは書く。[9]ディヌズールーはようやくズールーランドへ戻され、祖父、曾祖父、建国の族長たちとともに、エマコシニの谷へ埋葬された。

その一四年後、ある学生がレフ・シュテルンベルクのもとを訪れた。シュテルンベルクはサラとともに、サンクトペテルブルク郊外の丘にあるダーチャで隠退生活を送っていて、エネルギーは失っていなかった。「ごらんなさい！」沈みゆく太陽に目を細めながらシュテルンベルクは声をあげた。「それにこのマツの木をごらんなさい！」[10]——マツは、ニヴフの理解では天界と地界を媒介する木である。

一九二七年八月、生まれてから六六年、サハリンに到着してから三七年、そこを去ってから三〇年を経たのちに、口をきけなくなっていたレフ・シュテルンベルクは、指を一本あげてそれを動かし、空中に文字を綴った。

Я умираю

わたしは死ぬ

*

ミシェルの流刑の一世紀前、フランス革命の政治家、ジャン＝バティスト・カリエが、〝垂直追放（déportation verticale）〟なるものを発明した。囚人は足枷をかけられて船に乗せられるが、フランス領ギアナへ送られるのではなく、ロアール川で一人ひとり水死させられる。

だが死が流刑だとしたら、どちらが流刑者なのかよくわからなくなる。死んだ者か、あとに残された者か。五月の終わり、あの恐ろしい黒旗の絵文字を父から受けとった直後に、わたしはサハリンの石油の町ノグリキを通過してユジノへ戻ろうとしていた。シュテルンベルクは一八九二年にこの道を通り、悪名高い〝黒ギリヤーク〟に会いにいったが、実際には黒ギリヤークは、歓待のお手本となるような人びとだった（ニヴフのことばでは、黒は幸運と結びつけられていて、白は喪服の色である）。

「石油の町」というと、ノグリキは景気がいいように聞こえるかもしれないが、そんなことはない――何もない土地で、沖合のプラットフォームがおもな雇用者だ。道路橋から見ると、氷がとけたばかりのトゥイミ川は木材でいっぱいで、木の幹がそっくりそのまま回転しながら静かに流れていた。川の本体は山から流れてきた沈殿物で黄土（おうど）色に染まっている。だが、支流から湿地の黒い水が川に漏れ出ている。黒はなぜか黄土色よりもきれいだった。瞳の黒。満州語でのサハリンの昔の名前が、〝黒い川の島〟という意味だったのを思いだした。

昔ながらの漁村が数十あり、かつてはにぎわいを見せていたこの海岸地も、一九四〇年にはすっかりひと気がなくなった。廃墟につぐ廃墟。まず元囚人たちが最良の漁場からニヴフを追い出し、その後、天然痘によって人がほとんど死に絶えた。コルホーズすなわち集団農場への集産化の結果、一九三〇年代に第一段階の大量再定住が起こった。その後、一九六〇年代に〝集中化〟がすすめられる――地域のコルホーズをさらに大きな農業センターへ集中させる取り組みである。一九六二年の時点では、島にはまだ一〇〇〇をこえる集落があった。一九八六年には三二九まで減る。

ニヴフ語では、〝土地〟と〝祖国〟とサハリン島それ自体がひとつのことばで言い表される。〝ミフ（myf）〟。ノグリキから五キロメートルほどの郊外にある広大な黒いラグーンの端で、ふたりの若いニヴフ男性が湿気た合板を次々と焚き火にくべていた。火のそばで暖をとっていたのが、ふたりの母親アンジェラである。バナナ色のダウンジャケットを着て、青緑の大きなめがねをかけている。彼女の一族は、〝世界〟が存在する前からこの静かな世界の片隅でずっと暮らしてきた——集産化の前から、集中化の前から、ロシアから最初の入植者がやってくる前から。自分たちのようにここへ戻ってきた者は珍しく、そのままとどまっているのはさらにまれだという。切りひらいたその土地には、木材をあてて繕われた平屋の大きな木造家屋があり、隣接する差し掛け小屋はピッチが塗られていて、なかに薪と釣り道具が入っている。傾斜した道は、この痩せた土地に典型的に見られる発育の悪いカラマツ——若木に見えるが、おそらく五〇年前から生えている——のあいだを抜けて浜へとつづいていて、その浜ではひっくり返った木のボートや修繕不可能な網が散乱し、海藻に覆われている。携帯電話の電波は届かず、ガスも電気も通っていない。水平線にはまるで飛行機雲のように長さ約一・五キロメートルの砂嘴が広がっていて、オホーツク海の大波からラグーンを守り、コククジラからの隠れ場所をサーモンに提供している。

「魚がいなければ命もないね」とアンジェラは言う。「魚を捕らなきゃ病気になる。わたしらの民族は、遺伝子がそれを必要としてるんだよ」。焚き火から煙が立ちのぼり、においもなく消えていった。

チェーホフが「サハリン熱（febris sachalinensis）」と呼んでいた状態を思いだした。サハリンの流刑者に固有の病気で、症状――「ぼうっとした気分」、頭痛、リウマチ痛――はニューカレドニアのコミューン支持者の〝ノスタルジー〟と似ていた。

そこに立ち寄ったのは偶然だが、アンジェラはまるでわたしを待っていたかのようだった。質問に驚くことはなく、興味も示さない。ずっと昔に棘を抜いた真実を口にするかのように、淡々と話した。「ほんもののニヴフみたいに踊れるし、ほんもののニヴフみたいに歌ったり魚を捕ったりもできる。でもことばを失った。ことばのない国は国じゃないよ」

その場の穏やかさは、同じ場所へさらに深く腰を落ちつけていく、とても古い場所の穏やかさだった。その場の静けさは、空を飛ぶシギの鳴き声のせいで、どこかいっそう際立っていた。

魂は不滅であり、鳥になって身体を捨てる。

「ノグリキに家があるんだけど、そこでは暮らせないね。ここにいるほうがいい。寒いけど」

シギの鳴き声が途切れて、静寂だけがあとに残った。

用語と名称について

本書で言及した場所のなかには、ヨーロッパの植民者がつけた名で現在も知られているところがある。それらの場所については旧名も記すよう努めた。「ニューカレドニア」は、さまざまな名で先住民に知られていた一連の島にジェイムズ・クックがつけた名であり、現在のカナック独立主義者のなかには、カナッキーという名を好んで使う人もいる。本書の大部分はその名が流通する前の時代を扱っているため、一貫性とわかりやすさを保つために、ここではその地域をニューカレドニアと呼んでいる。

サハリンとして知られる島につけられたニヴフ語のさまざまな名は、ニヴフ語のなかでももはや使われなくなっている。ニヴフはニヴフ人のほとんどが好む自称であり、軽蔑的と見なされるギリヤークやギリアークに代わって、一九二〇年代にソヴィエト政府が正式に採用した（ニヴヒはロシア語の複数名詞であり、ニヴフは単数名詞および形容詞である）。

イシズールー語の綴りは史料によってまちまちだが、できるだけ最新の綴りを使うようにした。植民地化前のズールーランドでは、父称（ふしょう）が広く用いられていた。ディヌズールー・カ・チェツワヨは「チェツワヨの息子ディヌズールー」の意であり、一般にはただディヌズールーと呼ばれていた。

謝辞

ペネロープ・ウィリアムズが翻訳したエディット・トマによる伝記が、ルイーズ・ミシェルについてのわたしのおもな情報源である。セルゲイ・カン『レフ・シュテルンベルク――人類学者、ロシア人社会主義者、ユダヤ人活動家』〔未邦訳〕は、ロシア語を読めない者にはきわめて貴重な資料であり、同じくおおいに活用した。またカン教授には、本書のタイプ原稿を精読してもらったことにも感謝している。故ジェフ・ガイの『川の向こうからの眺め――ハリエット・コレンゾと帝国主義に対するズールー人の戦い』〔未邦訳〕は、ディヌズールーとコレンゾの友情について、またセントヘレナでディヌズールー一行が過ごした時間について、きわめて重要な情報を提供してくれた。

クレア・アンダーソンの助言と、囚人流刑地のグローバル史を扱った彼女の著書に感謝している。アリス・ブラードの『楽園への流刑』〔未邦訳〕は、流刑に処されたさまざまな者たちと先住民の結びつきに目をひらかせてくれた。また『ロンドンのフランス人アナキストたち』〔未邦訳〕の著者で、時間を割いてルイーズ・ミシェルについての章に目を通し貴重なコメントをくれた、コンスタンス・バントマンにもお礼を言いたい。クロディーヌ・ブルスロは、ミシェルのヴロンクールについての専門知識を惜しみなく分かちあってくれ、クロティルド・ショーヴァンは、ミシェルがアルジェリアで過ごした時間について有用な情報を提供してくれた。
キャリー・クロケットにもお礼を言いたい。サハリンについての彼女の研究も、タイプ原稿を丹念に読んでくれたことも、おおいに役立った。エマ・ウィルソンからは、サハリンへの旅について助言をもらった。またブルース・グラントは、本書の原稿の一部を検討してくれた。レフ・シュテルンベルクについての彼のきわめて重要な著書と、ニヴフの社会史および政治史についての彼の研究にも多くを負っている。

ヨハネスブルグのウィットウォーターズランド大学で教え、マゲマ・フゼの伝記の著者でもあるショニパ・モコエナには、たいへんお世話になった。タイプ原稿を読んでくれ、とりわけディヌズールーの章に注意深く目を向けてくれた。セントヘレナで生まれ育った人類学者のダン・ヨンにもお礼を言いたい。ショニパを紹介してくれ、彼自身もありがたいことに原稿を読み、支援してくれた。オックスフォード大学人類学部・民族誌学博物館のトーマス・カズンズにも感謝している。また考古学の研究と、セントヘレナの「解放アフリカ人」についての考察を分かちあってくれた、アンディ・ピアソンにも。

セントヘレナでは、次のかたがたにとりわけお世話になった。バジル・ジョージおよびバーバラ・ジョージ、マルコス・ヘンリー、エドワード・ソープとヘンリー・ソープとニック・ソープ、ミシェル・ダンコワヌ゠マルティノー、その他、本文中で言及した人たち。当時のセントヘレナ総督リサ・ホーナンと、セントヘレナ・アーカイブスのアシスタント記録管理人トレイシー・バックリーにも感謝している。エイミー゠ジェイン・ダットンに、またティム・カリシュの友情と専門知識にも感謝したい。南アフリカでは、クワズールー＝ナタール大学キリー・キャンベル・アフリカーナ図書館のムバレンシエ・ズールーと、ピーターマリッツバーグ・アーカイブス・リポジトリのピーター・ネルおよびスタッフにもお礼を言いたい。ダーバンからセントヘレナまでのディヌズールーの旅を再現するのを手伝ってくれた、C・C・オハンロンにも感謝している。

ニューカレドニアでは、ルイ＝ジョゼ・バルバンソン、ニューカレドニア・アーカイブスのイスメト・クルトヴィッチとクリストフ・デルヴュー、ニコラス・クルトヴィッチ、ベルナール・シュプランにお世話になった。とりわけジャン・ロールデルには言語の専門知識、ヤンゲンでの友情、初期の原稿の一部を読んで助けてくれたことに感謝している。

サハリンへの旅は、ユジノサハリンスクのサハリン州郷土史博物館のスタッフのおかげで、スムーズで充実したものになった。ユーリイ・アーリン、ミハイル・プロコフィエフ、イリーナ・オルローワ、とりわけオルガ・ソロヴィヨーワ。ティムール・ミロマーノフ、ナターリア・コーロッソワ、ユーリイ・ヴェリーチコ、デニース・アレクサンドロヴィチ、ドミトリー・リシーツィン、アンナ・ズブコー、タチアナ・ロオン、アンナ・バブショークにも感謝している。アリーサ・キムの支援と親切がなければ、あれほど思いどおりに移動できなかった。彼女とその家族には深く感謝している。なお、名前は一部変更している。

本書の初期段階で流刑について貴重な対話をしてくれた、エヴァ・ホフマンにお礼を言いたい。ジョッシュ・コーエンは、ノスタルジアとホームシックの精神分析的な側面についての考えを聞かせてくれ、モヒト・ヴァーマは精神医学の視点を提供してくれた。シグチェーホフに焦点を合わせたサハリンの章の旧稿を『グランタ』誌に掲載してくれた、シグリッド・ラウジングに感謝している。作家財団の助成金と作家緊急・不測事態基金の助成金を提供してくれた、作家協会にもお礼を言いたい。

ありがとう、スチュアート・エヴァーズ、リサ・ベイカー・ステファニー・クロス、ウィル・アシュトン。エージェントのパトリック・ウォルシュは、本書が進化する四年のあいだずっと忠実な支持者でいてくれた。リー・ブラックストーンとエラ・グリフィスは、早い時期から本書を（またその前身となる原稿を）信じてくれていた。また、編集者のローラ・ハッサンの尽力と構想力、モー・ハフィーズによるタイプ原稿への緻密な作業にも感謝している。フェイバー社では、ジン・フォン・ノーデン、ケイト・ワード、ジョニー・ペルハム、ケイト・バートン、ジョン・グラインドロッドにもお世話になった。

本書は父のキース・アトキンズ、およびジリアン・アトキンズ、クロエ・アトキンズ、キャサリン・イェイツに捧げる。

いつものように、ビーへ愛をこめて。

訳者あとがき

望郷のあてどをうしなったとき、陸は一挙に遠のき、海のみがその行手に残った。海であることにおいて、それはほとんどひとつの倫理となったのである。

（石原吉郎「望郷と海」『石原吉郎詩文集』講談社文芸文庫、二〇〇五年、一二〇頁）

「どこでもいい、どこでもいい……、ただ、この世界の外でさえあるならば！」

（ボードレール「巴里の憂鬱」『巴里の憂鬱』三好達治訳、新潮文庫、一九五一年、一四四頁）

ここは自分の居場所ではない。しかるべき場所へ戻りたい。あるいは、しかるべき場所を見つけたい。程度やかたちはさまざまでも、多くの人がそのような気持ちを抱えて生きているのではないだろうか。

とりわけ、自分の意思に反して強制的に居場所(ホーム)から引き離され、見知らぬ遠くの場所へ送られて、帰る道が――物理的にも心理的にも――断たれたとき、そうした感情は致命的なものになりかねない。本書の著者、ウィリアム・アトキンズは言う。「不幸のいちばんの原因は〔…〕

「ここではないどこかへ行きたいという望みなのではないか」

本書は一九世紀に帝国によって離島へ流刑に処された三人の物語である。フランスによってニューカレドニアへ送られたパリ・コミューンの闘士、ルイーズ・ミシェル（一八三〇－一九〇五年）、イギリスによってセントヘレナへ送られたズールー人の王、ディヌズールー・カ・チェツワヨ（一八六八－一九一三年）、ロシアによってサハリンへ送られたウクライナの人民主義者、レフ・シュテルンベルク（一八六一－一九二七年）。

言うまでもなく、流刑はきわめて政治的な営みである。権力をもつ者——たいていは国家——が、みずからにとって不都合な者、みずからを脅かす者を遠隔の地に強制的に追いやる。それは首都を浄化し、厄介者を教化して、植民地の人手を確保する手段でもあった。だがそれはまた、きわめて個人的な経験でもある。異なる出自、生い立ち、性格、思想をもつ一人ひとりの人間が、異なる経緯で場所を追われ、異なるかたちで新しい土地に適応して（あるいは適応できずに）、異なる変貌を遂げる。

この時代のこの三人が選ばれたのは、まさに政治的なものと個人的なものが「帝国による流刑」というかたちによって結びつく交錯点にいたからにほかならない。そして著者は、それぞれの個人的な経験に徹底的に内在しながら、それをかたちづくった政治を浮き彫りにしていく。

第一部ではまず、おもに自伝や評伝などの文献資料を用いて、三人の人生、人物像、時代背景を描きだし、それぞれが流刑に至った経緯を示す。第二部では、著者が流刑先の島へ実際に足をはこび、フィールドワークによって流刑者たちの足跡をたどる。紀行文学としての本書の特徴と魅力が最も顕著にあらわれているのがここである――著者はニューカレドニアで原因不明の体調不良に陥り、セントヘレナで王の孫娘に会って、サハリンで犬に噛まれる。そして第三部でふたたび文献に拠りながら、流刑後のそれぞれの人生を振り返る。プロローグとエピローグで三人と本書全体を貫くテーマをやや鳥瞰的な視点から整理し、現代との結びつきを示す。

ミシェルはフランスの田舎の城館で非嫡出子として生まれた。皇帝の権力が揺らぎ、普仏戦争を経てパリ・コミューンが成立する激動の時代に若き日々を生きたミシェルは、やがて革命の大義に居場所を見いだす。そして政府軍と戦い、捕虜となってニューカレドニアへ追放された。

現地でも反権力を貫き、先住民に連帯する。恩赦を拒んで島にとどまりつづけたが、体調が悪化する母を案じて帰国し、その後は流刑前にもまして政治上の大義に身を捧げた。ニューカレドニアを故郷（ホーム）と呼び、そこへ戻ることもいとわなかった。

一方のディヌズールーは、王の子として鷹揚さを身につけて育つ。イギリスが植民地支配を強めるズールーランドで青年期から紛争に巻きこまれ、王位継承後はズールーランドの象徴としてイギリスに疎まれて、十数人の同行者とともにセントヘレナ島へ送られた。

島ではヨーロッパ風の服装や習慣になじみ、現地の人びととも交流して過ごしたが、帰国後にはすでに国が解体されていた。宗主国イギリスに必死に忠誠を示して生き残ろうとするが、やがて人里離れた集落へ追放される。「殺されていながらも生きている」つらさと失意を抱えて過ごしたのちに、四五年の短い生涯を閉じた。

ウクライナのユダヤ人居住区で生まれたシュテルンベルクは、ユダヤ人として強いられる抑圧的な空気のなか、またユダヤ人文化の中心地で知を吸収しながら、生来の同情心と正義感に磨きをかけて育つ。反体制組織〈人民の意志〉に加わり、やがて逮捕されてサハリンへ流刑に処された。

シュテルンベルクは流刑先でも反抗をつづけて厄介者扱いされ、さらに僻地へ追い払われるが、そこで先住民ニヴフを対象とした民族誌学のフィールドワークに目覚める。釈放後はロシア民族誌学の開拓者になった。

帝国による流刑は、いまでは過去の遺物のように思われるかもしれない。たしかに、国家があからさまなかたちで厄介者を島流しにすることは、いまではあまりない（著者が指摘するように、グアンタナモ湾収容キャンプのような例も存在するとはいえ）。しかし、二〇世紀の脱植民地化や帝国の崩壊は、権力関係の解体を意味したわけではない。より間接的で目に見えにくいかたちで抑圧や搾取がされるようになっただけであり、いまでもやはり人が居場所を追われ、あと戻りのできないかたちで傷を負って、否応なく変化、適応、生き残りを迫られている。

それは、著者が冒頭にあげる海辺の救命胴衣や砂漠のリュックサックにはっきりと示されている。それだけではない。街で、職場で、学校で、家庭で、日常生活のあらゆるところで、それは姿をのぞかせ、息苦しさとして、「ここではないどこかへ行きたいという望み」として感じとられる。流刑者たちが生きた時代に、わたしたちはいまを重ねる。流刑者たちの生き方に、わたしたちの生き方を重ねる。流刑者たちに見られる政治的なものと個人的なものの分かちがたい結びつきは、わたしたちにとってのそれを垣間見せてくれる。

本書を準備し執筆している著者の念頭には、つねに父親の病と死の予感があった。人生のなかで避けることのできないさまざまな喪失もまた、もとの居場所を奪われ、不可逆的に変化と適応を迫られる〝流刑〟の経験にほかならない。「流刑者の物語にわたしたちが心動かされるのは、ひとつには、人生における癒えることのない断絶――離別、喪失、死別――を受けとめてもらえるように思えるからだ」と著者は言う。「たとえ自分自身が生まれ故郷の村を一度も離れたことがなくても」

わたしたち一人ひとりがなんらかの流刑状態と折りあいをつけ、それを乗りこえるにあたって、また社会で、世界でつづく場所を追われる経験を見すえ、もっとやさしい世界のあり方を想像するにあたって、三人の物語が支えとなるのならば訳者としてもうれしい。

英語以外のことばが頻出する本書を訳出するにあたっては、それぞれの言語に通じた専門家のかたがたのお力添えが欠かせなかった。上林朋広氏（ズールー語）、バールィシェフ・エドワルド氏（ロシア語）、山本知子氏（フランス語）のご助力を得られたのは、訳者としてきわめて幸運だった。細やかな助言を提供してくださり、正確さを大幅に高めてくださった各氏には深く感謝もうしあげる。もちろん、残った不備はすべて訳者の責任である。

また、柏書房の天野潤平氏には、本書の制作のすべての過程でこのうえなくお世話になった。きわめて手際よく、かつていねいに原稿を確認してくださり、数々の的確なご指摘によって完成度を高めてくださったことに、またすてきな一冊に仕上げてくださったことに厚くお礼をもうしあげたい。ご縁をつくってくださり、仲介の労をとってくださった株式会社リベルのみなさまにも感謝もうしあげる。

山田文

著者　ウィリアム・アトキンズ（William Atkins）
紀行作家。最初の著書『湿原』（*The Moor*、未邦訳）がウェインライト賞の最終候補となり、二作目の『果てしない世界』（*The Immeasurable World*、未邦訳）でスタンフォード・ドーマン年間優秀紀行文賞およびエクルズ大英図書館ライター・イン・レジデンス賞を受賞。『グランタ』に定期的に寄稿し、執筆したジャーナリズムや書評は『ハーパーズ』『ガーディアン』『ニューヨークタイムズ』に掲載されている。

訳者　山田文（やまだ・ふみ）
翻訳者。訳書にヴィエト・タン・ウェン『ザ・ディスプレイスト――難民作家18人の自分と家族の物語』（ポプラ社）、キエセ・レイモン『ヘヴィ――あるアメリカ人の回想録』（里山社）、デイヴィド・ヴィンセント『孤独の歴史』（東京堂出版）、アミア・スリニヴァサン『セックスする権利』（勁草書房）などがある。

翻訳協力　株式会社リベル

帝国の追放者たち
三つの流刑地をゆく

2023年7月10日　第1刷発行

著　者　ウィリアム・アトキンズ
訳　者　山田 文
発行者　富澤凡子
発行所　柏書房株式会社
東京都文京区本郷2-15-13（〒113-0033）
電話(03)3830-1891［営業］
(03)3830-1894［編集］

装　丁　コバヤシタケシ
組　版　株式会社キャップス
印　刷　壮光舎印刷株式会社
製　本　株式会社ブックアート

Japanese Text by Fumi Yamada 2023, Printed in Japan
ISBN978-4-7601-5526-2

原注

プロローグ　ホームシックについて

［1］　Ovid, *Tristia,* III.3.73〔オウィディウス「悲しみの歌」103–4 頁〕
［2］　同上、III.10.62〔129 頁〕
［3］　同上、IV.1.85〔151 頁〕
［4］　Hofer, ‘Medical Dissertation on Nostalgia’
［5］　*Tristia,* III.8.23〔オウィディウス「悲しみの歌」121 頁〕
［6］　同上、I.3.73〔25 頁〕

I

赤旗　ルイーズ・ミシェル

［1］　Michel, *Red Virgin,* p. 18
［2］　同上、p. 9
［3］　Thomas, *Louise Michel,* p. 15
［4］　Michel, *Memoirs,* p. 5
［5］　同上、p. 20
［6］　同上、p. 22
［7］　同上、p. 45
［8］　同上、p. 5
［9］　同上、p. 25
［10］　同上、p. 26
［11］　同上、p. 52
［12］　Thomas, *Louise Michel,* p. 52
［13］　Michel, *Memoirs,* p. 46
［14］　同上、p. 53
［15］　同上、p. 54
［16］　次に引用。Robb, *Victor Hugo,* p. 454
［17］　Thomas, *Louise Michel,* p. 67
［18］　同上、p. 79
［19］　Michel, *Memoirs,* p. 64
［20］　同上、p. 65
［21］　Michel, *La Commune,* pp. 290–2〔ミッシェル『パリ・コミューン』下巻、30 頁〕
［22］　Thomas, *Louise Michel,* p. 87
［23］　*Le Cri du Peuple,* 4 April 1871、次に引用。Bullard, *Exile to Paradise,* p. 75
［24］　エドモン・ド・ゴンクールの証言による。
［25］　Williams, *Henri Rochefort,* p. 113、フローベールの書簡を引用。
［26］　Merriman, *Massacre,* p. 147
［27］　コンピエーニュ侯爵のことば。同上、p. 166 に引用。

[28] 軍事省の歴史アーカイブ所蔵、1871年軍事会議をめぐる史料に記されたミシェルの見た目の詳細。次に引用。Thomas, *Louise Michel*, p. 130
[29] 軍法会議の書記官による陳述。次に引用。Michel, *Red Virgin*, p. 84
[30] 次に引用された証言。Michel, *Red Virgin*, pp. 86–7
[31] Thomas, *Louise Michel*, p. 128
[32] 19世紀フランスの刑事政策の詳細については、次を参照のこと。Wright, *Between the Guillotine and Liberty*
[33] Édouard Proust: 'La transportation judiciare et les criminels d'habitude ou de profession', 1872, National Archives, Aix-en-Provence、次に引用。Bullard, *Exile to Paradise*, p. 121
[34] d'Haussonville, Vicomte: report on the condition of deportees to New Caledonia, *Journal officiel de la République française*, 26 July 1872、次に引用。Bullard, *Exile to Paradise*, p. 96

幽霊の山　ディヌズールー・カ・チェツワヨ

[1] Fuze, *The Black People*, p. 122
[2] 次を参照のこと。Dlamini and Filter, *Paulina Dlamini*
[3] Fuze, *The Black People*, p. 122
[4] 1862年に刊行された問題の本は、『モーセの五書およびヨシュア記の批判的検討』（*The Pentateuch and Book of Joshua Critically Examined*）という題であり、聖書を字義どおりに読むばかばかしさを示す一冊だった。次を参照のこと。Guy, *The View Across the River*, p. 22
[5] 1882年8月13日のレディ・ウォルズリーからロード・ウォルズリーへの手紙。*The Letters of Lord and Lady Wolseley*, p. 87
[6] Lock, *Zulu Conquered*, p. 230
[7] ズールー戦争の歴史家のなかには、ジベブの手先がチェツワヨの食べ物に毒を盛ったと論じる者もいるが、ズールー族の王を取り巻くセキュリティの厳重さを考えると、この解釈はイシズールー語で死を意味することば *ukufa* の誤解にもとづいている可能性が高い。ズールー人はこのことばを日常的にメタファーとして使う。たとえばカップを壊したら、'ngibulele inkomishi'、つまり「わたしはカップを殺した」と表現することもある。これを説明してくれたショニパ・モコエナに感謝している。
[8] Berglund, *Zulu Thought-Patterns and Symbolism*, p. 83
[9] ンダブコとシンガナによるチェツワヨの臨終のことばは、Guy, *The View Across the River*, p. 6より。フゼの説は、Fuze, *The Black People*, p. 123。
[10] Binns, *Dinuzulu*, p. 5
[11] Guy, *The View Across the River*, p. 6
[12] Binns, *Dinuzulu*, pp. 35–8
[13] Guy, *The View Across the River*, p. 99
[14] Binns, *Dinuzulu*, pp. 35–8
[15] Guy, *The View Across the River*, p. 245
[16] 同上、p. 260
[17] 同上、p. 280

［18］ Binns, *Dinuzulu,* p. 145
［19］ 同上、pp. 146–7
［20］ Guy, *The View Across the River,* p. 334
［21］ 同上、p. 335
［22］ セントヘレナへのナポレオンの追放については、次を参照のこと。Las Cases, *Memoirs of the Life, Exile, and Conversations of the Emperor Napoleon,* 1894, p. 37〔ラス・カーズ『セント＝ヘレナ覚書』14 頁〕

ユダヤ人居住区　レフ・シュテルンベルク

［1］ 本章で取りあげるシュテルンベルクの略歴は、ほぼ次によっている。Kan, *Lev Shternberg*
［2］ Krol, 'Vospominaniia o L. Ia. Shternberge'
［3］ 同上
［4］ Kan, *Lev Shternberg,* p. 4
［5］ ジトーミルについてのコロレンコの回想は次を参照のこと。Korolenko, *The History of My Contemporary*〔コロレンコ『わが同時代人の歴史』〕
［6］ Krol, 'Vospominaniia o L. Ia. Shternberge'
［7］ 同上
［8］ 同上
［9］ 同上
［10］ 次の本へのブルース・グラントによる序文より。Shternberg, *The Social Organisation of the Gilyak,* p. xxix
［11］ Bell, *Assassin,* p. 172
［12］ Thomas, *Louise Michel,* p. 183
［13］ Yarmolinsky, *Road to Revolution,* p. 211
［14］ Krol, *Stranitsy Moei Zhizni*
［15］ Krol, 'Vospominaniia o L. Ia. Shternberge'
［16］ Ivianski, in Rapoport, *Terrorism,* p. 87
［17］ Kan, *Lev Shternberg,* p. 318
［18］ 同上、p. 19
［19］ 同上
［20］ ふたりの再会の詳細については次を参照のこと。Krol, *Stranitsy moei Zhizmi*
［21］ ニコライ・ヤドリンツェフのことば。次に引用。Beer, *The House of the Dead,* p. 240
［22］ Kan, *Lev Shternberg,* p. 22

船酔いについて

［1］ *Chekhov: A Life in Letters,* p. 204
［2］ Gagen-Torn, *Lev Iakovlevich Shternberg,* リサ・ハイデンがわたしのために翻訳してくれた。
［3］ Doroshevich, *Russia's Penal Colony in the Far East,* p. 3

[4] Korolenko, tr. Delano, 'A Saghalinian: The Tale of a Vagrant' (published in Russian as 'Sokholinets'), in *The Vagrant and Other Tales*, p. 78〔コロレンコ「鷹の島脱獄囚——放浪者の話から——」『悪い仲間・マカールの夢、他一篇』中村融訳、岩波文庫、1958年、66–7頁〕
[5] Kan, *Lev Shternberg*, p. 23
[6] ヴィルジニー号の情報については、ベルナール・ギナールの家系についてのウェブサイト www.bernard-guinard.com に感謝している。ほかの詳細は、とくに断りがないかぎり Michel, *Red Virgin* による。
[7] Michel, *Red Virgin*, p. 90
[8] Thomas, *Louise Michel*, p.143
[9] Rochefort, *The Adventures of My Life*, p. 47
[10] Thomas, *Louise Michel*, p. 140
[11] Michel, *Red Virgin*, p. 93
[12] 同上
[13] Binns, *Dinuzulu*, p. 275
[14] ダーバンからセントヘレナまでの海の状態については、C. C. オハンロンから情報提供を受けた。
[15] 1890年3月21日のディヌズールーから母への手紙。Pietermaritzburg Archives Repository, A. ZGH 727. Z 260

II

野蛮人　ニューカレドニア

[1] Rochefort, *The Story of My Life*, p. 93
[2] Bullard, *Exile to Paradise*, p. 192
[3] 同上、p. 185
[4] Michel, *Red Virgin*, p. 93
[5] Ward, *Land and Politics in New Caledonia*, p. 1
[6] 次に引用。Clifford, *Person and Myth*, p. 30
[7] Wright, *Between the Guillotine and Liberty*, p. 140
[8] 同上、p. 148
[9] 次に引用。Bullard, *Exile to Paradise*, p. 95
[10] 同上、p. 192
[11] Rochefort, *The Adventures of My Life*, p. 219
[12] Bullard, *Exile to Paradise*, p. 200
[13] Michel, *Red Virgin*, p. 96
[14] Rochefort, *The Adventures of my Life*, pp. 1, 87
[15] 同上、p. 99
[16] 同上、p. 135
[17] Clifford, *Person and Myth*, p. 36
[18] Thomas, *Louise Michel*, p. 93
[19] Michel, *Red Virgin*, p. 96

［20］ Michel, *Red Virgin*, p. 112
［21］ Clifford, *Person and Myth*, pp. 40–1
［22］ *Bulletin de la Société d'Anthropologie de Paris*, 23 October 1879, p. 616
［23］ チバウおよびヤンゲンの大虐殺とその後の詳細は、次を参照のこと。Waddell, *Jean-Marie Tjibaou.*
［24］ Waddell, *Jean-Marie Tjibaou*, p. 39
［25］ 同上、p. 100
［26］ 同上、p. 161
［27］ Ovid, *Tristia*, III.3.54〔オウィディウス「悲しみの歌」102 頁〕
［28］ Michel, *Red Virgin*, p. 62
［29］ ウヴェア人質事件についてのここでの説明は、次に大きく拠っている。Guiart, *The Journal of Pacific History*, pp. 85–102. Guiart の説については異論がある。とりわけ次を参照のこと。Bensa and Wittersheim, *The Journal of Pacific History*, pp. 221–4
［30］ 次に引用。`Waddell, *Jean-Marie Tjibaou*, p. 17
［31］ Michel, *Red Virgin*, p. 108
［32］ Michel, *Légendes et Chants de Gestes Canaques*, pp. 43–4
［33］ Michel, *Red Virgin*, p. 105
［34］ ミシェルの回想録によると、この擁護者は Locamus 氏という人物だった。次を参照のこと。Michel, *Red Virgin*, p. 119
［35］ Ovid, *Tristia*, I.3.73〔オウィディウス「悲しみの歌」25 頁〕

月の男　セントヘレナ

［1］ 'The Calemma', unnamed author, in *Army and Navy Magazine* annual (London: W.H. Allen and Co., 1881), p. 944 より
［2］ Edith Wollaston, 'Notes on the Lepidoptera of St Helena, with Descriptions of New Species', *Annals and Magazine of Natural History*, 1879
［3］ Lockwood, *A Guide to St Helena*, p. 12
［4］ Guy, *The View Across the River*, p. 308
［5］ フェルナン・ロペスの物語は次で語られている。Azzam's *The Other Exile*
［6］ Godwin, *The Man in the Moone*, p. 10〔ゴドウィン「月の男」14 頁〕
［7］ Kauffmann, *The Dark Room at Longwood*, p. xviii
［8］ *St Helena Guardian*, 27 February 1890
［9］ 同上
［10］ 1890 年 3 月 21 日のディヌズールーから母への手紙。Pietermaritzburg Archives Repository, A. ZGH 727. Z 260
［11］ *Illustrated London News*, 26 April 1890
［12］ *St Helena Guardian*, 27 February 1890
［13］ Melliss, *St Helena*, p. 75
［14］ Fuze, *The Black People*, p. 134
［15］ Duncan, *A Description of the Island of St Helena*, p. 198
［16］ Fuze, *The Black People*, p. 134

[17] Loos, 'The Zulu Exiles on St Helena', p. 41
[18] 同上
[19] Fuze, *The Black People*, p. 134
[20] 同上、p. 8
[21] 同上
[22] Mellis, *St Helena*, pp. 30–1. ルパーツ・バレーでの埋葬と発掘についての情報は、Pearson et al., *Infernal Traffic* および Pearson が 2020 年 11 月 25 日におこなったオンライントークに多くを拠っている。
[23] Fuze, *The Black People*, p. 135
[24] Binns, *Dinuzulu*, p. 146
[25] 1890 年 3 月 21 日のディヌズールーから母への手紙。Pietermaritzburg Archives Repository, A. ZGH 727. Z 260
[26] この手紙で触れられている「ハバナニ」と「ネネグワ」が何を指しているのかはよくわからず（そのような場所や人は見つけられない）、誤訳かディヌズールーの秘書の書きまちがいかもしれない（ディヌズールー自身はまだ英語で文章を書けなかった）。
[27] 'Visiting the Island Princess', *Mail and Guardian*, South Africa, 27 August 2007（無記名の記者が「プリンセス・ディヌズールー」を訪れている）
[28] Loos, 'The Zulu Exiles on St Helena', p. 36
[29] 同上、p. 36
[30] 同上、p. 37
[31] 同上、p. 39
[32] Garreth van Niekerk, 'The Secret History of King Dinuzulu', *City Press*, South Africa, 20 September 2015
[33] Guy, *The View Across the River*, p. 338
[34] Jackson, *St Helena*, p. 95
[35] Guy, *The View Across the River*, p. 338
[36] Fuze, *The Black People*, p. 28
[37] 1893 年 4 月 10 日の書簡、St Helena archives, Jamestown
[38] この発見についての 2022 年の論文（'On two species of *Opogona* Zeller, 1853, from St Helena Island', *Metamorphosis*, vol. 33）でカリシュは次のように述べる。「この種は、島で知られているほかのすべてのオポゴナの種と非常に異なり、前翅に特徴的なブロンズと黒の斑点模様がある」。それゆえ彼は、ラテン語のブロンズ、*aeneus* にちなんで、それに *Opogona aenea* という学名をつけた。
[39] St Helena *Sentinel*, 5 April 2018
[40] 同上
[41] Guy, *The View Across the River*, p. 313
[42] 同上、p. 307
[43] 同上、p. 330
[44] 同上、p. 331
[45] 同上、p. 341
[46] 同上、p. 354
[47] 同上、p. 385

[48] Loos, 'The Zulu Exiles on St Helena', p. 39
[49] 同上、pp. 39–40
[50] Guy, *The View Across the River,* p. 403
[51] 同上、p. 388
[52] Colenso (ed.), 'Zulu Letters from St Helena' (pamphlet), London, 1895
[53] 同上
[54] 同上
[55] George, *St Helena's Zulu Princess*
[56] ナポレオンの死については次を参照のこと。Unwin, *Terrible Exile*
[57] Guy, *The View Across the River,* p. 432
[58] ジョンストン宛てのコレンゾの手紙については、同上、pp. 433–4 を参照のこと。

黒い川の島　サハリン

[1] 1890年3月9日のチェーホフからスヴォーリンへの手紙。*Anton Chekhov: A Life in Letters,* p. 204
[2] Hawes, *In the Uttermost East,* p. 337
[3] Beer, *The House of the Dead,* p. 241
[4] Chekhov, *Sakhalin Island,* p. 53〔チェーホフ「サハリン島」、88–9頁〕
[5] Kan, *Lev Shternberg,* p. 36
[6] 同上、p. 41
[7] Chekhov, *Sakhalin Island,* p. 165〔チェーホフ「サハリン島」、271頁〕
[8] 同上、p. 123〔199頁〕
[9] 同上、p. 293〔523頁〕
[10] Hawes, *In The Uttermost East,* p. 341
[11] Shternberg, *Social Organisation,* p. 4
[12] 同上、pp. 3–4
[13] Morgan, *Ancient Society,* p. 3〔モルガン『古代社会』上巻、24頁〕
[14] Shternberg, *The Social Organisation,* p. 5
[15] 同上
[16] Korolenko, 'A Saghalinian', pp. 114–15〔コロレンコ「鷹の島脱獄囚」76頁〕
[17] Shternberg, *Social Organisation* (introduction by Bruce Grant), p. xxxiii
[18] 同上、p. xxxiii
[19] Sirina and Roon, 'Lev Iakovlevich Shternberg', p. 212
[20] Gagen-Torn, *Lev Iakovlevich Shternberg,* p. 44（リサ・ハイデンがわたしのために翻訳してくれた）
[21] 次を参照のこと。Bullard, *Exile to Paradise,* p. 193
[22] Kan, *Lev Shternberg,* p. 22
[23] 同上、p. 101
[24] Shternberg, *Social Organisation,* p. 6
[25] Kan, *Lev Shternberg,* p. 93
[26] 同上、p. 48

[27] Shternberg, *Social Organisation*, p. 6
[28] 同上、p. 7
[29] 同上、p. 81
[30] Grant, *In the Soviet House of Culture*, pp. 31–2
[31] 同上、(introduction by Bruce Grant), p. xxiv
[32] 同上、p. 98
[33] 同上、(introduction by Bruce Grant), p. iv
[34] Engels, *The Origin of the Family*, p. 15〔エンゲルス『家族・私有財産・国家の起源』237 頁〕
[35] 'When a Gilyak applies the term': Shternberg, *Social Organisation*, p. 98

III

黒旗　ルイーズ・ミシェル

[1] Peter Kropotkin, 'Anarchism', *Encyclopaedia Britannica* (London: 1910), pp. 914–19
[2] Michel, *Red Virgin*, p. 169
[3] 同上、p. 121
[4] Michel, *La Commune*, p. 392〔ミッシェル『パリ・コミューン』下巻、242 頁〕
[5] Thomas, *Louise Michel*, p. 165
[6] Michel, *Red Virgin*, p. 121
[7] Thomas, *Louise Michel*, p. 232
[8] Williams, *Henri Rochefort*, p. 251
[9] Thomas, *Louise Michel*, p. 189
[10] 同上、p. 207
[11] 同上、p. 209
[12] Michel, *Red Virgin*, p. 158
[13] Thomas, *Louise Michel*, p. 209
[14] Michel, *Red Virgin*, p. 215
[15] 同上、pp. 167–9
[16] Thomas, *Louise Michel*, p. 223
[17] 同上、p. 224
[18] 同上、p. 229
[19] 同上、p. 230
[20] 同上、p. 233
[21] Michel, *Memoirs*, p. 200
[22] 同上、p. 200
[23] 同上、p. 207
[24] Thomas, *Louise Michel*, p. 244
[25] Paul Lafargue, 'A Visit to Louise Michel', *Le Socialiste*, 26 September 1885
[26] Thomas, *Louise Michel*, p. 250
[27] 同上、p. 279
[28] 同上、pp. 280–1

[29] 同上
[30] 同上、p. 282
[31] 同上、p. 283
[32] 同上、p. 305
[33] 同上、pp. 308–11
[34] 同上、p. 310
[35] Michel, *Red Virgin,* p. 192
[36] 同上、p. 149
[37] Thomas, *Louise Michel,* p. 322
[38] Constance Bantman, 'Louise Michel's London Years: A Political Reassessment (1890–1905)', *Women's History Review,* 26:6, p. 1003
[39] Thomas, *Louise Michel,* p. 323
[40] Barrès, Maurice, *Mes Cahiers,* vol. V, p. 55
[41] Thomas, *Louise Michel,* p. 382
[42] 次に引用。Anderson, *A Global History of Convicts and Penal Colonies,* p. 137
[43] Girault, *Une Colonie d'Enfer,* pp. 61–2
[44] 同上、p. 61

没落者　ディヌズールー・カ・チェツワヨ

[1] Guy, *The View Across the River,* p. 436
[2] Binns, *Dinuzulu,* p. 161
[3] Guy, *The View Across the River,* p. 441
[4] 同上、p. 435
[5] 1879 年 10 月 9 日、ナタール総督のサー・ガーネット・ウォルズリーがズールーの族長たちに語ったところによる。次に引用。Binns, *Dinuzulu,* p. 171
[6] Binns, *Dinuzulu,* p. 181
[7] Stuart, *A History of the Zulu Rebellion, 1906,* p. 108
[8] Fuze, *The Black People and Whence They Came,* p. 143
[9] ディヌズールーの宰相マンクルマナによる。次に引用。Binns, *Dinuzulu,* p. 195
[10] Stuart, *A History of the Zulu Rebellion, 1906,* p. 214
[11] Holt, *The Mounted Police of Natal,* p. 209
[12] 次に引用。Binns, *Dinuzulu,* p. 245
[13] 同上、p. 249–53
[14] 同上、p. 253
[15] Marks, 'Harriette Colenso and the Zulus', p. 403
[16] 同上、p. 405
[17] Jackson, *St Helena,* p. 98
[18] Binns, *Dinuzulu,* p. 252
[19] *Natal Mercury,* 日付不明
[20] Loos, 'The Zulu Exiles', p. 32
[21] 次に引用。Badat, *The Forgotten People,* p. 29

[22] Cole and Flaherty, *The House of Bondage,* 次に引用。Badat, *The Forgotten People,* p. xviii
[23] 'For Gaddafi, a Home on St Helena' by William C. Goodfellow, of the Center for International Policy, *Washington Post,* 2 June 2011

サハリン熱　レフ・シュテルンベルク

[1] この話はアレクサンドロフスクで聞いたもので真偽のほどはさだかでないが、とりわけ次を参照のこと。Krestinskaya, T. P., *Motifs of Sakhalin in Chekhov's Works,* vol. xx, p. 111 (Nizhni Novgorod: Nizhni Novgorod Teacher's Training College, 1967)
[2] Krol, 'Vospominaniia o L. Ia. Shternberge'
[3] 同上
[4] Kan, *Lev Shternberg,* p. 125
[5] 同上、p. 145
[6] ジュラーフスキー事件の詳細については同上を参照のこと。
[7] 同上、p. 198
[8] 同上
[9] 次を参照のこと。同上、pp. 356–7, Sirina and Roon, 'Lev Iakovlevich Shternberg', p. 243
[10] Kan, *Lev Shternberg,* p. 286
[11] 同上、p. 279
[12] 同上、p. 103 での「島民事件」についての説明
[13] 同上、p. 117
[14] 同上、p. vii
[15] Kan, *Lev Shternberg,* p. 395

エピローグ　ホームシックについて

[1] Ovid, *Tristia,* III.3.45〔オウィディウス「悲しみの歌」102–3 頁〕
[2] Ovid, *Black Sea Letters,* II.1.3〔オウィディウス「黒海からの手紙」294、446 頁〕
[3] Thomas, *Louise Michel,* p. 383
[4] Bantman, 'Louise Michel's London Years', p. 1006
[5] Thomas, *Louise Michel,* p. 356
[6] 刑罰としての国外追放についての世界の数字は次による。Anderson (ed.), *A Global History of Convicts and Penal Colonies*
[7] John Saville, '1848 – Britain and Europe', in Freitag (ed.), *Exiles from European Revolutions: Refugees in Mid-Victorian England,* p. 19
[8] Thomas, *Louise Michel,* p. 356
[9] Fuze, *The Black People,* p. 145
[10] Sirina and Roon, 'Lev Iakovlevich Shternberg', p. 383

参考文献

Anderson, Clare (ed.), *A Global History of Convicts and Penal Colonies* (London: Bloomsbury, 2018)

Applebaum, Anne, *Gulag: A History* (London: Allen Lane, 2003)〔アン・アプルボーム『グラーグ――ソ連集中収容所の歴史』川上洸訳、白水社、2006 年〕

Azzam, A. R., *The Other Exile: The Remarkable Story of Fernão Lopez, the Island of St Helena and a Paradise Lost* (London: Icon, 2017)

Badat, Saleem, *The Forgotten People: Political Banishment Under Apartheid* (Johannesburg: Jacana, 2012)

Bantman, Constance, 'Louise Michel's London Years: A Political Reassessment (1890–1905)', in *Women's History Review,* 26:6, p. 1003

——, *The French Anarchists in London, 1880–1914: Exile and Transnationalism in the First Globalisation* (Liverpool, Liverpool University Press, 2013)

Beer, Daniel, *The House of the Dead: Siberian Exile Under the Tsars* (London: Allen Lane, 2016)

Bensa, Alban and Wittersheim, Eric, 'Jean Guiart and New Caledonia: A Drama of Misrepresentation', *The Journal of Pacific History,* vol. 33, no. 2 (September 1998)

Bell, Bowyer, *Assassin: Theory and Practice of Political Violence* (London: Routledge, 2005)

Berglund, Axel-Ivar, *Zulu Thought-Patterns and Symbolism* (London: Hurst and Company, 1989)

Binns, C. T., *Dinuzulu: The Death of the House of Shaka* (London: Longman, 1968)

——, *The Last Zulu King: The Life and Death of Cetshwayo* (London: Longman, 1963)

Bullard, Alice, *Exile to Paradise: Savagery and Civilization in Paris and the South Pacific, 1790–1900* (Stanford: Stanford University Press, 2000)

Carton, Benedict, et al. (eds), *Zulu Identities: Being Zulu, Past and Present* (London: Hurst, 2009)

Chekhov, Anton, translated by Rosamund Bartlett and Anthony Phillips, *Anton Chekhov: A Life in Letters* (London: Penguin, 2004)

——, translated by Brian Reeve, *Sakhalin Island* (London: Alma, 2013)〔チェーホフ「サハリン島」『チェーホフ全集 12』松下裕訳、ちくま文庫、1994 年、65–580 頁〕

Clifford, James, *Person and Myth: Maurice Leenhardt in the Melanesian World* (Durham and London: Duke University Press, 1992)

Colenso, Harriette (ed.), 'Zulu Letters from St Helena' (pamphlet), privately published, London, 1895

Cope, Nicholas, *To Bind the Nation: Solomon kaDinuzulu and Zulu Nationalism 1913–1933* (Pietermaritzburg: University of Natal Press, 1993)

Dlamini, Paulina and H. Filter, translated by S. Bourquin, *Paulina Dlamini: Servant of Two Kings* (Pietermaritzburg: University of Natal Press; and Durban: Killie Campbell Africana Library, 1986)

Doroshevich, Vlas, translated by Andrew A. Gentes, *Russia's Penal Colony in the Far East* (London: Anthem Press, 2011)

Engels, Friedrich, *The Origin of the Family, Private Property and the State* (London: Penguin, 2010)〔エンゲルス『家族・私有財産・国家の起源』戸原四郎訳、岩波文庫、1965 年〕

Figes, Orlando, *A People's Tragedy: The Russian Revolution* (London: Jonathan Cape, 2006)

Fuze, Magema, translated by Harry Lugg, *The Black People and Whence They Came* (Pietermaritzburg: University of Natal Press; and Durban: Killie Campbell Africana Library, 1979). Originally published as *Abantu Abamnyama Lapa Bavela Ngakona*, 1922

Gagen-Torn, Nina I., *Lev Iakovlevich Shternberg* (Leningrad: Vostochnaya Literatura, 1975)

George, Barbara, *St Helena's Zulu Princess* (privately published, St Helena)

Girault, Ernest, ed. Clotilde Chauvin, *Une Colonie d'Enfer* (Toulouse: Les Éditions Libertaires, 2007)

Godwin, Francis, *The Man in the Moone* (London, 1657)〔ゴドウィン（大西洋一訳）「月の男」『ユートピア旅行記叢書 2　月の男　新世界誌　光り輝く世界』大西洋一、川田潤訳、岩波書店、1998 年〕

Grant, Bruce, *In the Soviet House of Culture: A Century of Perestroikas* (Princeton: Princeton University Press, 1995)

Guiart, Jean, 'A Drama of Ambiguity: Ouvéa 1988–89', *The Journal of Pacific History*, vol. 32, no. 1 (June 1997)

Guy, Jeff, *The View Across the River: Harriette Colenso and the Zulu Struggle Against Imperialism* (Charlottesville: University Press of Virginia, 2001)

Haberer, Erich, *Jews and Revolution in Nineteenth-Century Russia* (Cambridge: Cambridge University Press, 1995)

Hawes, Charles H., *In The Uttermost East: Being an Account of Investigations among the Natives and Russian Convicts of the Island of Sakhalin, with Notes of Travel in Korea, Siberia, and Manchuria* (London and New York: Harper and Brothers, 1904)

Hofer, Johannes, translated by Carolyn Kiser Anspach, 'Medical Dissertation on Nostalgia by Johannes Hofer, 1688', *Bulletin of the Institute of the History of Medicine*, vol. 2, no. 6, August 1934

Holt, H. P., *The Mounted Police of Natal* (London: John Murray, 1913)

Horne, Alistair, *The Fall of Paris: The Siege and the Commune 1870–71* (London: Macmillan, 1965)

Illbruck, Helmut, *Nostalgia: Origins and Ends of an Unenlightened Disease* (Evanston: Northwestern University Press, 2012)

Jackson, E. L., *St Helena: The Historic Island from its Discovery to the Present Date* (London: Ward Lock and Co., 1903)

Kan, Sergei, *Lev Shternberg: Anthropologist, Russian Socialist, Jewish Activist* (Lincoln and London: University of Nebraska Press, 2009)

———, '"My Old Friend in the Dead-end of Empiricism and Skepticism": Bogoras, Boas, and the Politics of Soviet Anthropology of the Late 1920s–Early 1930s', *Histories of Anthropology Annual*, Vol. 2, p. 33 (Lincoln: University of Nebraska Press, 2006)

———, 'Moisei Krol's Return to the Jewish People via Ethnographic Research among the Buryat', unpublished paper

Kauffmann, Jean-Paul, *The Dark Room at Longwood* (London: Harvill, 1999)

Korolenko, Vladimir G., translated by Neil Parsons, *The History of My Contemporary* (London: Oxford University Press, 1972)〔ヴラジーミル・ガラクチオーノヴィチ・コロレンコ『わが同時代人の歴史』全4巻、斎藤徹訳、文芸社、2006年〕

———, translated by Aline Delano, *The Vagrant and Other Tales* (New York: Thomas Y. Crowell, 1887)

Krol, M.A., *Stranitsy Moei Zhizni* (New York: Union of Russian Jews, 1944)

———, 'Vospominaniia o L. Ia. Shternberge', *Katorga i ssylka*, 1929

Las Cases, Emmanuel-Auguste-Dieudonné, *Memoirs of the Life, Exile, and Conversations of the Emperor Napoleon*, 1894〔ラス・カーズ『セント＝ヘレナ覚書』小宮正弘編訳、潮出版社、2006年〕

Lock, John, *Zulu Conquered: The March of the Red Soldiers, 1822–1888* (London: Frontline, 2010)

Lockwood, Joseph, *A Guide to St Helena: Descriptive and Historical, with a Visit to Longwood, and Napoleon's Tomb* (London: S. Gibb, 1851)

Loos, Jackie, 'The Zulu Exiles on St Helena, 1890–1897', *Quarterly Bulletin of the South African Library*, vol. 53, no. 112 (1998)

Melliss, John Charles, *St Helena: Physical, Historical and Topographical Description of the Island* (London: I. Reeve, 1875)

Merriman, John, *Massacre: The Life and Death of the Paris Commune of 1871* (New Haven: Yale University Press, 2014)

Michel, Louise, *La Commune* (Paris: P.-V. Stock, 1898)〔ルイーズ・ミッシェル『パリ・コミューン――女性革命家の手記』上下巻、天羽均、西川長夫訳、人文書院、1971年〕

———, *Légendes et Chants de Gestes Canaques* (Paris: Kéva et Co., 1885)

———, *Red Virgin: Memoirs of Louise Michel*, edited and translated by Bullitt Lowry and Elizabeth Ellington Gunter (Tuscaloosa: University of Alabama Press, 1981)

Mokoena, Hlonipha, *Magema Fuze: The Making of a Kholwa Intellectual* (Scottsville: University of KwaZulu-Natal Press, 2011)

Morgan, Lewis H., *Ancient Society* (London: Macmillan, 1877)〔L. H. モルガン『古代社会』上下巻、青山道夫訳、岩波文庫、1958～1961年〕

Ovid (Ovidius Publius Naso), translated and introduced by Peter Green, *The Poems of Exile:* Tristia *and the* Black Sea Letters (Berkeley: University of California Press, 2005)〔オウィディウス『悲しみの歌／黒海からの手紙』木村健治訳、京都大学学術出版会、1998年〕

Pearson, Andy, et al., *Infernal Traffic: Excavation of a Liberated African Graveyard in Rupert's Valley, St Helena* (York: Council for British Archaeology, 2011)

Piłsudski, Bronisław, ed. Werner Winter and Richard A. Rhodes, *The Collected Works of Bronisław Piłsudski. Volume 1: The Aborigines of Sakhalin* (Berlin: De Gruyter Mouton, 2018)

Rapoport, David C. (ed.), *Terrorism: The First or Anarchist Wave* (London: Routledge, 2006)

Reid, Anna, *The Shaman's Coat: A Native History of Siberia* (London: Weidenfeld and Nicolson, 2002)

Robb, Graham, *Victor Hugo* (London: Picador, 1997)

Rochefort, Henri, *The Adventures of My Life*, vol. II (London: Edward Arnold, 1896)

Saville, John, '1848 – Britain and Europe', in Sabine Freitag (ed.), *Exiles from European Revolutions: Refugees in Mid-Victorian England* (New York, Oxford: Berghahn Books, 2003)

Shternberg, Lev, ed. Bruce Grant, *The Social Organisation of the Gilyak* (New York: American Museum of Natural History, 1999)

Sirina, Anna A., and Tatiana P. Roon, 'Lev Iakovlevich Shternberg: At the Outset of Soviet Ethnography' in *Jochelson, Bogoras and Shternberg: A Scientific Exploration of Northeastern Siberia and the Shaping of Soviet Ethnography* (Fürstenberg, Havel: Verlag der Kulturstiftung Sibirien, 2018)

Stephan, John J., *Sakhalin: A History* (Oxford: Clarendon Press, 1971)〔ジョン・J. ステファン『サハリン――日・中・ソ抗争の歴史』安川一夫訳、原書房、1973年〕

Stuart, J., *A History of the Zulu Rebellion, 1906* (London: Macmillan, 1913)

Thomas, Edith, *Louise Michel*, translated by Penelope Williams (Montreal: Black Rose Books, 1980)

Unwin, Brian, *Terrible Exile: The Last Days of Napoleon on St Helena* (London: I.B. Tauris, 2010)

Waddell, Eric, *Jean-Marie Tjibaou, Kanak Witness to the World: An Intellectual Biography* (Honolulu: University of Hawai'i Press, 2008)

Ward, Alan, *Land and Politics in New Caledonia* (Canberra: Department of Political and Social Change Research School of Pacific Studies, 1982)

Welsh, Frank, *A History of South Africa* (London: HarperCollins, 1998)

Williams, Roger L., *Henri Rochefort: Prince of the Gutter Press* (New York: Charles Scribner's Sons, 1966)

Wolseley, Garnet Joseph, *The Letters of Lord and Lady Wolseley* (London: William Heinemann, 1922)

Wright, Gordon, *Between the Guillotine and Liberty: Two Centuries of the Crime Problem in France* (Oxford: Oxford University Press, 1983)

Yarmolinsky, Avrahm, *Road to Revolution* (Princeton: Princeton University Press, 2014)

本文の出典について

引用した作品と画像の著作権者と可能なかぎり連絡をとるよう努めた。オウィディウス著、ピーター・グリーン訳の *Poems of Exile*（© 2005）からの引用文は、カリフォルニア大学出版局の許可を得て再掲した。ルイーズ・ミシェル著、ブリット・ロウリーおよびエリザベス・エリントン編訳の *The Red Virgin*（© 1981）からの引用文はアラバマ大学出版局の許可を得て再掲した。アントン・チェーホフの抜粋は、ペンギン・クラシックスの *A Life in Letters* からのものである（翻訳著作権 © Rosmund Bartlett and Anthony Phillips 2004）。ペンギン・ブックスの許可により再掲した。

画像について

20 頁　ヴロンクールの城館。日付不明のポストカード。著者所有
41 頁　ルイーズ・ミシェル。ウジェーヌ・アペールによる。パリのカルナヴァレ美術館所蔵
45 頁　1888 年、ピーターマリッツバーグでのディヌズールー・カ・チェツワヨ。クワズールー＝ナタール大学キャンベル・コレクション、D37/127
64 頁　1872 年ごろ、ジトーミルにてレフ・シュテルンベルクとその家族。ロシア科学アカデミー、サンクトペテルブルク支部のシュテルンベルク・コレクション、80/1/194:21
102 頁　ルイーズ・ミシェルによるサンタ・カタリナのスケッチ。ニューカレドニア・アーカイブス
172 頁　フランシス・ゴドウィン『月の男』の口絵
175 頁　「流刑に処されたズールーの王子、ディヌズールーのセントヘレナへの上陸」。『イラストレイテド・ロンドンニュース』96 巻、1890 年 4 月 26 日に掲載された版画
199 頁　新種の蛾、*Opogona aeanea*。写真 ©Timm Karisch
295 頁　1871 年 11 月にルイーズ・ミシェルが描いたヴロンクールの城館。パリ市／マルグリット・デュラン図書館
318 頁　1895 年 2 月、セントヘレナ島ジェームズタウンのモルディヴィア・ハウスにて、ディヌズールー、コレンゾ、同行者たち。ピーターマリッツバーグ・アーカイブス・リポジトリ